www.bbulmedia.com

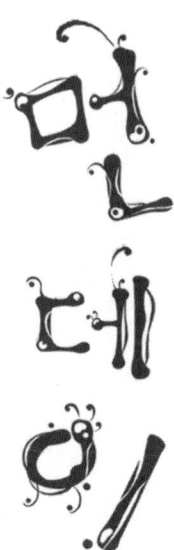

먼데이

DAHYANG
ROMANCE STORY

이예찬 장편 소설

목 차

프롤로그

철컹철컹, 요란한 소리를 내며 대문이 바람에 흔들렸다. 대문은 군데군데 녹색 페인트가 벗겨져 붉은 기마저 감도는 녹이 드러나 있었다. 평상시 문을 열고 닫을 때조차 끼이익 절로 눈살이 찌푸려지는 소리를 내는 대문이니 오늘같이 가지가 휠 정도로 바람이 부는 날에는 힘센 남자가 두 손으로 대문을 쥐고 흔드는 것마냥 쉴 새 없이 소리를 질러대었다. 바람 때문이란 걸 알면서도 대문이 비명을 질러댈 때마다 소녀의 어깨가 절로 움찔거렸다.

다다닥, 골목을 내달리는 발자국 소리. 가끔은 그 소리와 함께 웅얼웅얼 사람들의 목소리도 들려왔다. 소녀는 세상이 내는 모든 소리에 촉각을 곤두세운 채로 좁은 마루 구석에 쪼그리고 앉아 있었다. 무릎을 바짝 끌어당긴 채 고개를 싶숙이 처박은 소녀는 속으로 오늘 학교에서 배운 동요를 정신없이 부르고 있었다.

먼데이
7

'엄마가 섬 그늘에 굴 따러 가면 아이는 홀로 남아 집을 보다가.'

얇은 창호지 너머엔 술 취한 아빠의 흐느낌이 계속해서 들려왔다. 그 흐느낌 너머로 소녀를 밖으로 쫓아낸 할머니의 코 고는 소리가 뒤섞여 있었다.

[야, 이년아. 똑바로 말 안 해! 우리 몰래 네 애미 만났쟈? 그렇쟈?]

술 취한 아빠가 벽에다 자기 머리를 쿵쿵 쳐 박으며 죽어 버리겠다고 소리칠 때마다 할머니는 소녀의 팔뚝을 와락 움켜잡으며 눈을 부라렸다. 당장 소녀의 엄마를 데려오라고, 죽여 버리고 말겠다고.

그 순간만큼은 소녀도 새벽에 몰래 도망간 엄마가 제발 멀리, 되도록 멀리 도망갔기를 간절히 기도하곤 했다.

다시 철컹, 대문소리가 났다. 마치 누군가가 억지로 들어오려고 문을 뒤흔드는 것만 같다. 소녀는 덜덜 떨리는 고개를 간신히 들었다. 시멘트 수돗가에 나뒹구는 빨간 플라스틱 대야가 까만 어둠 속에 간신히 고개를 내민 달빛에 모습을 드러냈다. 소녀는 힘겹게 할머니, 하고 불렀다.

잘못했어요, 잘못했어요. 할머니.

하지만 여전히 간헐적으로 아빠의 흐느낌만 들릴 뿐 소녀더러 도망간 엄마를 쏙 빼닮아 재수 없다고 머리통을 내려치던 할머니는 아무런 대답이 없었다.

소녀는 고개를 들어 하얀 기운을 내뿜고 있는 달을 올려다보았다. 그 은은한 달빛에 절로 눈물이 뚝, 하고 떨어졌다. 행여 흐느낌이 새어나갈까 아랫입술을 꼭 다물었지만 어느새 울음이 북받쳐 올라왔다.

엄마, 어디야?

멀리, 아주 멀리 갔지?

술만 먹으면 엄마를 걷어차는 아빠가 없는 곳으로, 엄마를 찾으면 찢어 죽이겠다는 할머니가 없는 곳으로 꼭꼭 숨었지? 그렇지?

하지만, 하지만 엄마…….

너무 꼭꼭 숨지는 마.

내가 언젠가 엄마를 찾을 수 있게 너무 꼭꼭 숨지는 마…….

1.
벨기에 와플

"어서 오세요."

종업원은 주기적으로 이곳을 찾아오는 이영에게 친근하게 웃으며 고개를 까닥였다.

삼청동에 위치한 이 카페는 항상 조용하고 그윽했다. 초콜릿처럼 은은하게 어두운 실내와 삼청동의 풍경을 훤히 내다볼 수 있는 전경은 언제나 그녀의 마음을 흐뭇하게 만들었다.

이영은 저녁때라 조금은 붐비는 카페 안을 이리저리 둘러보았다.

"자리가 있습니다. 이리로 오세요."

마침 입매가 부드러운 남자 종업원이 이영이 매번 앉는 자리를 손으로 가리켰다.

이곳을 찾을 때마다 앉는 자리니 눈썰미가 있는 종업원이라면 기억이 날 수밖에 없겠지만 이영은 종업원의 정감 어린 마음이 참 좋다는 생각을 했다.

"아, 네. 고맙습니다."

이영은 커다란 백 팩을 의자에 내려놓고 자리에 털썩 앉으며 자연스레 신발을 벗어던졌다. 이영은 발이 갑갑한 걸 유독 참지 못했다. 그래서 구두보다는 운동화를 즐겨 신었고, 그 운동화라는 것도 항상 한두 사이즈는 큰 것들이었다. 주위사람들에게 여자답지 못하다고 귀가 닳도록 잔소리를 듣고 있었지만 이영은 발이 숨을 못 쉬면 가슴도 먹먹하게 막혀오곤 했다.

"주문하시겠습니까?"

이번에도 눈에 익은 여자 종업원이 다가와 물었다. 전체적으로 단정한 모습이지만 어쩐지 눈매가 사나워 보이는 여자였다.

"아메리카노랑 벨기에 와플 주세요."

"네, 알겠습니다."

종업원이 절도 있게 돌아서는 모습을 무심히 보곤 이영은 가방 안에서 책을 꺼내 펼쳐들었다. 몇 주 전에 구입을 해놓고 이렇게 방학을 하고서야 겨우 편히 읽을 수 있었다.

서너 페이지를 읽었을까. 이영의 앞에 선명한 붉은색과 하얀색으로 토핑 된 와플이 놓여졌다. 맛있게 드세요, 라는 종업원의 말에 고개만 끄덕인 이영은 분명 올 때마다 먹는 건데도 뭔가가 달라진 것만 같아 와플을 이리저리 돌려보았다.

벨기에 와플은 정통 그대로 먹는 것도 맛있지만 이영은 언제나 하얀 슈거 파우더에 생크림, 딸기, 블루베리가 토핑 된 것을 즐겨 먹곤 했다. 조콜릿 시럽이 생크림이나 아이스크림 위에서 흘러내리는 것을 보고 있노라면 절로 침이 꿀꺽 넘어갈 지경이었다.

이영은 와플 접시를 이리저리 살펴보다 모자가 불편해 벗어 버렸다. 그러자 앙증맞고 동그란 이마가 드러났다. 모자에 눌려 앞머리가 납작하게 되었는데도 그 모양새가 전혀 어색하거나 우습지 않았다. 당사자인 이영도 무심히 머리카락을 한 번 쓸어 넘기고는 그린색 체크셔츠 주머니에서 머리핀을 꺼내 아무렇게나 슥 꽂았다.

이영은 토핑이 유난히 많이 된 것 같다는 생각을 하며 와플에 장식된 과자를 하나 쑥 뽑아들어 와싹 씹어 먹었다. 이 카페의 분위기에 끌려 찾아오곤 하지만 언제나 생각나는 것은 겉은 바삭하지만 씹을수록 쫄깃한 이 벨기에 와플이었다. 게다가 단것이라면 사족을 못 쓰는 그녀였으니 와플에 토핑 된 생크림이며 온갖 과일들이 발길을 끄는 것은 어찌 보면 당연했다.

마지막 와플 조각을 접시에 남은 초코시럽에 듬뿍 발라 먹은 뒤 이영은 조금 아쉬운 듯 한숨을 내쉬고는 포크를 내려놓았다. 그리고는 커피를 한 모금 마시면서 다시 책을 펼쳐 들었다.

"괜찮으시면 이 와플 한번 시식해 보시겠어요?"

잠시 뒤, 식어 버려 조금은 밍밍해진 커피를 마시고 있던 이영은 작고 동그란 황금빛의 와플이 담긴 접시를 밀어 주는 남자의 긴 손가락에 퍼뜩 고개를 들었다.

두어 번 접힌 소매의 셔츠 자락 아래 남자의 구릿빛 팔뚝이 이영의 시야에 들어왔다가 사라졌다. 이영은 그녀를 향해 고개를 숙인 채 지극히 사무적인 미소를 띠고 있는 남자를 올려다보았다.

이마에 자연스럽게 흘러내린 머리카락과 서너 개의 단추가 열린 하얀 와이셔츠. 그리고 보기에도 날렵한 허리엔 푸른색의 앞치마가 남자의 기다란 다리에 감싸여 있었다.

어딘가 카페의 분위기와 이질적이다 여겨지는 얼굴인데도 초콜릿처럼 은은한 조명엔 딱 어울린다 싶은 묘한 남자였다.

"시식이요?"

이영의 미간에 살짝 구김이 갔다. 남자의 시선이 이영의 동그랗고 까만 눈동자에 곧장 와 박혔다.

"이번에 벨기에 와플 장인이 직접 제작한 정통 와플기계로 만든 리에주 와플입니다. 토핑은 많지 않지만 안에 벨기에산 펄 슈거가 들어가서 달콤함을 즐길 수 있습니다. 다음 달부터 새롭게 선보이게 될 메뉴입니다. 잘 부탁드립니다."

"아…… 네…….'

말을 길게 늘어뜨리며 이영은 조금 어색하게 웃었다. 남자의 태도가 정중하다 못해 서늘하다. 달콤한 와플을 만드는 사람치고는 말이다.

이영은 조금은 어색하게 미소를 흘리며 감사하다고 조그맣게 중얼거렸다.

"그럼, 좋은 시간 되세요."

남자는 잠시 직업적인 미소를 입가에 걸치더니 아주 짧은 시간에 양반다리를 하고 앉은 그녀의 두 다리와 두 개의 실 핀을 찔러 넣은 앞머리. 그리고 아무렇게나 던져놓은 가방과 테이블 위에 내팽개쳐진 책을 훑고 지나갔다.

남자의 말대로 펄 슈거 덕에 와플은 토핑이 없이도 충분히 달달했다. 이영은 남자가 건너편 테이블에 가서도 똑같이 무언가를 묻는 것을 바라보며 캐러멜 향이 진하게 김도는 앙증맞은 와플을 조금은 즐겁게 바라보았다.

"반응이 어때?"

바(bar)에 들어서자 준경이 심드렁하게 물었다.

우현은 수첩에다가 무언가를 적으며 무심하게 고개를 끄덕였다.

"일단은 괜찮아."

"나, 보고해도 되는 거야?"

우현은 준경의 얼굴을 말없이 한번 쏘아보고는 수첩을 탁, 소리 내어 닫았다.

"겁나긴 한가 보다?"

"체, 누가 겁난대? 성가시고 짜증 나서 그런다."

준경은 팔목에 채워진 셔츠의 단추를 끄르며 투덜거렸다.

"그렇게 시작했으면 남이 보기에도 열심히 하면 좀 좋냐? 이게 그냥 버려둔다고 굴러가냐? 외식업이 요즘 얼마나 침체기에 있는지 너도 잘 알잖아."

"형까지 잔소리 보태지 마. 머리 터질 것 같아."

관자놀이를 제 손가락으로 꾹 누르며 짜증을 내는 준경을 보고 우현은 기다란 한숨을 삼켰다. 신경질 적으로 앞치마를 끄르며 서늘한 눈매로 준경을 쏘아보았다.

"공짜 컨설팅은 오늘로 끝이다. 명심해."

"뭐, 뭐야!"

우현이 자기 어머니의 성화에 못 이겨 나타난 것을 알고 있으면서도 치밀어 오르는 짜증을 참지 못했다. 하지만 우현의 성격을 잘 알고 있는 준경은 아차, 하는 마음에 아랫입술을 깨물었다.

"테이크아웃 메뉴를 좀 더 늘려 봐. 들어오는 입구 복도에 기다리는 손님들을 위해 벤치를 두는 것도 좋아. 잡지도 몇 권 두고."

옷걸이에 걸린 짙은 회색 재킷을 입으며 우현은 자칫 무심하게 들릴 수도 있는 어조로 말을 하고는 돌아섰다.

"형."

"간다."

"혀영……"

준경은 우현의 머리 위에 깜박이는 적신호를 보며 부러 애절한 목소리로 그를 부르며 종종 걸음으로 쫓아갔다. 하지만 찬바람만 일으키며 냉큼 돌아서는 우현을 보며 준경도 픽 토라져 그의 뒤통수에 대고 까칠하게 중얼거렸다.

"공짜는 무슨……. 나 봐주는 대신 엄마한테 뭐 받았지?"

그 말에 잠깐 우현의 걸음이 멈칫하더니 천천히 뒤돌아보았다.

서늘하게 굳은 그의 표정을 보면서도 준경은 짜증스럽게 투덜거렸다. 젠장, 될 대로 되라.

"그렇잖아. 형이 언제 공짜로 해 주는 게 있어? 왜 생색내고 그래?"

"잔소리."

"뭐?"

"우진이 결혼식, 내내 잔소리시잖아. 어머니 잔소리 좀 그만두게 해 달라고 이모한테 조건을 내걸었다. 됐냐? 간다."

우현은 오른손을 슬쩍 들어 보이고는 뒤돌아서서 입구로 성큼 긴 다리를 움직였다.

마침 카운터에 모자를 눌러 쓴 여자가 계산을 하고 있었다. 여자는 카운터의 직원에게 생글 웃으며 말했다.

"아까 리에주 와플, 너무 맛있었어요."

언뜻 아까 스치듯 보았던 여자의 테이블엔 '생물이 생글생글'이라는 제목의 책이 놓여 있었다. 제목이 웃긴 것도 그렇지만 여자는 뭐랄까, 분명 눈길을 끌 만큼 예쁜 얼굴인데도 무언가 미간을 찌푸리게 하는 것들이 있었다. 우현은 여자가 아무렇게 벗어던진 운동화와 앞 머리카락에 생뚱맞게 꽂힌 머리핀을 떠올렸다. 뭔가 불편한 마음이 꿈틀거리며 고개를 내밀었다.

우현은 카운터의 직원이 건네는 반가운 인사에 가볍게 고개를 끄덕이며 통로를 빠져나갔다. 그러자 계산을 마친 여자가 슬쩍 뒤를 돌아본다. 여자의 눈동자가 잠시 오롯이 자신에게 박히는 것을 보는 순간 우현은 또다시 왠지 모를 찌릿함에 미간을 슬쩍 접었다.

가게 문을 열자 딸랑, 풍경소리가 청명하게 들려오고 곧이어 서늘한 비 기운이 들이닥쳤다. 우현의 머릿속에 갑자기 내일 의정부에 있는 대학에서 열릴 야외 바비큐 요리 대회가 퍼뜩 떠올랐다. 이번에 바비큐 프랜차이즈 모집을 위해 우현의 회사에서 주최해서 열리는 전국 요리 대회였다. 시계를 힐끔 보며 마케팅팀의 김 부장 전화번호를 꾹 눌렀다.

"여보세요? 부장님?"

통화를 하며 무심결에 고개를 돌리자 여자는 가게 처마 아래서 내리는 빗줄기를 향해 손바닥을 벌린 채 조금은 들뜬 목소리로 통화를 하고 있었다.

"어디서 보자고? 아, 거기? 근데 지금 비 온다?"

우현의 통화가 막 끝나기도 전에 여자는 비가 오는데도 거리낌 없이 거리를 가로질러 갔다. 금세 백 팩에 빗방울이 떨어지고 있었지만 여자의 뒤통수엔 아까 들떠 있던 목소리가 그대로 드러났다.

"내일 비가 오면 일정이 어떻게 되죠?"

우현도 통화를 하면서 비오는 하늘을 올려다보며 도로에 주차된 자신의 차를 향해 리모컨을 눌렀다. 차를 향해 걸어가며 우현은 잠시 여자가 사라진 거리를 저도 모르게 바라보았다.

아까 시식하라며 준 와플도 말끔히 먹어 치운 뒤, 턱을 괴고 앉아 고요히 창밖을 내다보던 여자의 뒤통수가 수면 위에 살짝 모습을 드러내다 사라졌다.

여자가 사라진 거리엔 앙상하게 가지만 드러낸 가로수들이 겨울을 알리는 차가운 비에 흠뻑 젖어들고 있었다.

"개자식."

나무 탁자 위에 동동주 잔을 거칠게 내려놓으며 은수는 그에 걸맞는 욕설을 내뱉었다.

동동주와 파전으로 유명한 이 집은 복잡한 명동의 조금은 허름한 골목에 자리를 잡고 있었다. 낡은 기둥 위에 매달린 파란색 날개의 선풍기가 먼지를 뒤집어쓴 채 고개를 축 떨어뜨리고 있었다.

보브 스타일의 머리를 한 은수는 낡은 탁자에 놓인 동동주 사발이 무색할 정도로 이질감을 느끼게 하는 옷차림이었다. 희다 못해 푸른 기운까지 내비치는 블라우스는 매끈한 허벅지를 덮고 있었고 그 아래론 까만 레깅스에 감싸인 다리가 신경질적으로 꼬여 있었다.

맞은편에 앉아 파전을 젓가락으로 먹기 좋게 갈라놓던 이영은 은수의 잔에 얼음처럼 차가운 동동주를 가득 부으며 대수롭지 않은 듯 짧게 입을 열었다.

"잊어."

이영은 바닥에 하얀 운동화를 툭하니 벗어던져 놓고 의자 위에 양반다리를 하고 앉아 자신의 잔에 물을 가득 부었다. 앉자마자 쉼 없이 마셔대는 은수 덕에 이영은 일찌감치 동동주를 포기한 터였다.

또다시 동동주를 단숨에 마셔 버린 은수의 술잔엔 빨간 립스틱이 진하게 찍혀 있었다. 평소라면 '그놈, 그 자식이 글쎄 어쨌는지 알아?' 하며 온갖 욕설을 갖다 붙이며 고함을 질러댔을 은수는 아무런 말없이 입술만 꽉 다물고 있었다.

"그런 개자식한테 감정 낭비할 게 뭐야, 잊어."

그러나 은수는 가방에서 무언가를 뒤지며 무심하게 또 중얼거리는 이영을 쏘아보며 부들거리는 자신의 손가락을 신경질적으로 끌어 모았다.

"흥, 연애도 못 해 본 년이 말은 잘 하네."

마치 토악질을 하듯 저도 모르게 신랄한 말이 튀어나왔다.

가방 어딘가에 나뒹굴고 있을 휴대폰을 찾던 이영의 손이 잠깐 멈칫했다. 고개를 모로 돌리니 은수의 입술이 삐딱하게 말려 올라가 있었다.

"가끔, 아니 너 자주 재수 없어. 알아?"

이영은 휴대폰의 매끈한 본체를 손에 쥐고는 똑바로 앉아 은수를 응시했다.

"자……주?"

"그래, 자주. 이런 감정이라곤 개뿔도 모르는 게 만날 교과서에 나오는 말이나 지껄이지. 그거, 자꾸 들어 봐. 엄청 재수 없어."

은수는 마치 자신의 연애에 또 다른 획을 그은 그 개자식에게가 아니라 이영에게 원한이 있는 사람처럼 눈을 부라렸다.

"꼭 겪어 봐야 아는 건 아냐."

이영은 손가락으로 물 잔의 테두리를 만지며 중얼거렸다.

"아니, 겪어 봐야 알아. 눈물을 흘려 봐야 안다고. 여기, 심장이 아파야 안다고."

이영은 은수가 자신의 가슴을 손가락으로 찌르는 것을 묵묵히 쳐다보았다.

그래, 눈물을 흘려야만 비로소 아는 일은 많다. 그러나 눈물을 흘리지 않아도 심장이 아픈 일은 허다하다. 게다가 남녀 사이의 사랑도 결국은 인간 사이에서 일어나는 수많은 감정 중의 하나일 뿐이다. 세상엔 사랑 말고도 울 일이 너무나 많다.

이영은 마치 시큼하고 달콤한 동동주를 내내 마신 것처럼 속이 씁쓸하게 아파오는 것을 느꼈다.

흔들거리는 은수를 차에 밀어 넣고 이영은 운전대를 잡았다. 몸을 못 가눌 정도로 마신 것도 아닌데 오늘 은수는 이상하게 온몸의 기운을 술잔에 담아 마셔 버린 사람처럼 축 늘어졌다.

"이영아……."

"응?"

"있잖아, 진짜 늙는다는 게 뭔지 요즘 알 것 같아."

고개를 흘깃 돌리니 은수는 창문에 머리를 기댄 채 뚫어져라 거리를 내다보고 있었다.

"서른둘에?"

"있잖아……. 막 눈물이 나……."

"눈물이?"

은수가 제일 싫어하는 주사 중 하나가 술만 먹었다 하면 우는 족속들이었는데 이미 그녀의 말끝엔 물기가 가득했다.

"응, 요즘은 젊은 애들만 보면 막 가슴이 뭉클하면서 눈물이 나."

은수가 바라보는 거리엔 젊은 아이들이 여럿 모여 어깨동무를 하며 걷고 있었다. 노랫소리가 들리는 것도 같았다. 그 뒤를 이어서 젊은 연인이 서로의 허리에 꼭 매달려서 상대의 얼굴을 쳐다보느라 정신이 없었다.

"예전엔 그래, 좋을 때다, 하며 피식 웃기만 했는데 말이야. 언제부턴가…… 막 눈물이 나. 이영아, 나 진짜 늙었나 봐……."

그러면서 돌아보는 은수의 두 뺨엔 이미 눈물 한 줄기가 흘러내리고 있었다.

"은수야…… 젊음은 그런 거야."

줄을 지어 서 있는 차량들의 불빛이 이영의 눈동자 속에서 반짝거렸다.

"……."

"가슴이 뭉클하고 벅찬 거라고."

은수는 손등으로 눈물을 훔쳐내며 이영의 말에 귀를 기울였다.

"그리고 너, 아직 늙지 않았어. 나는 가끔 널 보면 가슴이 뭉클하고 벅차. 기특해."

은수는 도로를 주시하며 좌회전에 신경을 쏟고 있는 이영의 움직임을 말없이 좇았다. 설핏 장난기라도 담고 있을 것 같은 이영의 표정은 진지하기 그지없었다. 또 눈물이 차올랐다.

내가 무슨 말을 지껄인 거야.

"……미안해."

코를 훌쩍이며 은수가 중얼거렸다.

"너, 진짜 취했구나?"

이영이 장난기 있는 목소리로 쿡 찔렀지만 은수는 또다시 훌쩍이기 시작했다.

"내가 나쁜 년이야. 네가 어떤 앤데. 네가 어떤 친군데…… 흑, 나 진짜 나쁜 년이야! 남자 때문에 너한테 신경질이나 내고, 엉엉!"

이영은 터져 나오는 한숨을 속으로 구겨 넣고는 합정역을 지나 은수의 빌라로 천천히 차를 몰았다.

2.
YH 외식 컨설팅

　이영은 콜록거리는 엄마의 기침 소리에 눈을 비비며 일어나 벽에 걸린 시계를 올려다보았다. 그녀는 눈살을 찌푸리며 서늘한 거실을 가로질러 엄마의 방문을 열었다.

　아직 동도 트지 않은 겨울 새벽. 이영의 엄마, 미옥은 허리가 꺾이도록 기침을 하면서도 옷을 챙겨 입고 있었다.

　"오늘도 나가게요?"

　"코, 콜록, 콜록! 나가야지, 가서 일찍 오더라도 나가야지. 안 그럼 필주 아줌마 혼자 힘들어…… 콜록, 콜록!"

　급기야 얼굴이 벌겋게 되도록 기침을 하기 시작하자 이영은 얼른 달려가 미옥의 등을 급하게 두드렸다.

　"괜찮아요?"

　아무 말 없이 기침을 계속하던 미옥은 결국 입을 틀어막고는 욕실로 뛰어 들어갔다. 몇 번의 토악질 소리가 들려오자 이영도 급히 욕실로 뛰어 들어갔다. 욕실 타일의 싸늘한 기운이 발바닥을 타고 저릿하게 올라왔다.

"괜찮아요?"

이영이 등을 두드려 주자 미옥은 몇 번 더 헛구역질을 하고는 힘겹게 일어섰다.

창백한 표정의 미옥을 부축하며 이영은 깊은 한숨을 쉬었다.

"휴우, 필주 아줌마한테 전화로 얘기하고 오늘은 그냥 쉬어요. 응?"

"야, 괜찮다. 그냥 기침만 좀 하는 건데 뭐."

그게 괜찮은 거냐고 와락 고함을 지르려다 이영은 짜증스런 한숨을 쉬며 마음을 가라앉혔다.

"감기가 더 심해졌잖아요. 약 먹어도 소용도 없고."

"나이가 들어서 그래. 글구 이번 감기는 엄청 독하다더라."

그러면서 주섬주섬 가방을 챙겨들었다.

어쩔 수 없이 바라보고만 있던 이영은 이내 또 이어지는 미옥의 기침 소리에 얼른 그녀의 가방을 내려놓았다.

"오늘은 가지 마요."

"아, 됐다는데도 그러네."

그러나 이영은 도로 가방을 들고 일어서려는 미옥의 어깨를 조금 강하게 눌렀다.

"그렇게 걱정되면 제가 갔다가 올게요."

"니가 왜 가? 가서 뭐한다고? 내가…… 콜록, 콜록!"

펄쩍 뛰며 손을 내젓던 미옥은 또다시 발작적인 기침이 이어지자 더 이상 말을 잇지 못했다. 이영은 그런 미옥을 억지로 이불 속으로 밀어 넣고는 평소와 달리 단호한 어조로 말을 이었다.

"운동 삼아 금방 갔다 오죠 뭐. 방학이라 너무 늘어졌었는데 잘 됐다. 금방 갔다 올게요. 아직 약 남은 거 있죠? 국 데워놓고 갈 테 니 조금이라도 먹고 한숨 주무세요."

또 안 된다는 말을 하려던 미옥은 걱정이 가득한 이영의 얼굴을 물끄러미 바라보며 열기로 발갛게 달아오른 얼굴로 고개만 간신히 끄덕였다.

이영은 두꺼운 이불 아래 간신히 얼굴만 드러내고 누워 있는 미옥 을 가만히 내려다보았다. 유난히 붉은 두 볼과 파랗게 질린 입술이 자 꾸만 마음에 걸렸다. 이영은 잠시 움찔거리며 움츠러들었다.

논현동, 대현빌딩.

이영은 티코를 주차장에 주차시키고는 이제 겨우 어스름하게 보 이는 거리를 둘러보았다. 이영이 숨을 쉴 때마다 하얀 입김이 연기 처럼 피어올랐다가 사라지곤 했다.

"잠깐만요, 어떻게 오셨습니까?"

이영이 로비에 들어서자마자 50대 중반으로 보이는 경비 아저씨 가 다가왔다.

"안녕하세요? YH 외식 컨설팅을 찾아왔는데요."

이 시간에 무슨 일이냐는 표정으로 쳐다보는 아저씨에게 이영이 설명을 하려고 입을 열려는 찰나 호들갑스럽게 차가운 기운을 몰고 필주가 들어섰다.

"아이고, 추워라! 이제 12월인데 이렇게 추워서 어쩐대? 어! 이영 이 아니냐? 네가 웬일이래?"

"아줌마, 안녕하세요?"

이영은 푹 눌러쓴 털모자를 벗으며 고개를 숙였다.

짧은 파마머리에 꽃분홍색 파카를 걸친 필주는 이영의 얼굴을 보고 이미 짐작을 했다는 표정으로 혀부터 끌끌 차기 시작했다.

"쯧쯧, 내 그럴 줄 알았다. 기어이 드러누웠지? 어제 숨이 넘어갈 듯이 기침할 때부터 내가 알아봤다는 거 아니냐."

"네에."

이영은 그저 고개만 주억거렸다. 마치 자신이 죄인이 된 것처럼 기분이 축 가라앉은 탓이었다.

"아가씨가 이쁜 아줌마 딸이우? 에구, 완전 판박이네. 참하다, 참해. 그래, 어머닌 괜찮아요? 많이 아프대요?"

"내참, 김씨가 왜 그게 궁금하우? 웃기는 양반이네? 자, 자. 추운데 들어가자."

필주는 이영의 눈치를 살피며 김씨에게 타박을 주었다. 아픈 사람 챙기다가 괜스레 무안만 당한 김씨는 억울한 표정이었지만 필주는 이영의 앞에서 미옥에게 관심을 드러낸 김씨의 등짝이라도 한 대 갈겨 주었으면 하는 표정으로 한 번 더 노려보곤 이영의 팔을 잡아당겼다.

"전화하면 됐지, 왜 찾아와."

"엄마가 아줌마 혼자선 힘들다고 하셔서요."

"왜 혼자서 못해? 네 엄마 데리고 오기 전엔 나 혼자서도 거뜬히 했구만. 하여튼 네 엄마는 걱정이 많아서 팔자도 그 모양이야, 알아?"

12, 13층에 사리한 YH 외식 컨설팅은 꽤나 큰 규모였다. 100평은 족히 되어 보이는 층엔 온갖 부서들이 칸막이마다 붙어 있었다.

"여기를 다 청소하시는 거예요?"

"별로 안 힘들어. 워낙에 깨끗하게 쓰기도 하지만 매일 청소하니까 특별히 치울 것도 없어. 와서 쓸고 닦고, 쓰레기통이나 비우는 정도지 뭐."

대수롭지 않게 말하던 필주는 13층 한 귀퉁이에 위치한 자그마한 방으로 이영을 이끌었다. 12층은 직원들이 주 업무를 보는 곳이고 13층은 주로 세미나실이나 회의실, 조리실 등으로 구분되어 있었다.

"앉아, 앉아. 너랑 커피 한 잔 마실 시간은 있다. 이거 마시고 몸 좀 녹이고 집에 가."

"아니에요. 엄마 대신 도와드리고 갈게요. 그러려고 왔어요."

자그만 온돌에 깔린 전기장판에 전기를 꽂던 필주는 이영의 대답에 고개를 휙 하니 돌렸다.

"아서라. 혼자서도 충분하다니깐?"

이영은 낡은 테이블 위에 놓인 포트에 물을 올려놓고는 입고 온 흰색 파카를 벗어 옷걸이에 걸어두었다.

"됐다는데도 그러네?"

"저, 청소 엄청 잘해요. 모르셨죠?"

"집에서 그냥 하는 청소랑 같아?"

필주는 두 팔을 걷어붙이며 장난스레 웃는 이영을 보며 청소하는 일을 한다고 부끄러워하는 자신의 딸을 떠올렸다. 차라리 식당에서 설거지를 하라는 딸년이다. 그런 딸년을 대학 보내려고 평생을 일했는데. 하여튼 미옥이 복은 제대로 타고났다.

"청소할 때 입는 옷 같은 것도 있어요? 엄마 입던 거 저, 주세요."

필주는 자신의 말은 들은 체도 않고 방 안을 두리번거리는 이영

26

을 쳐다보았다.

서른둘이라고 했다. 그런데도 아무렇게나 질끈 묶은 머리며 겨자색 후드와 청바지를 걸친 모습이 영락없는 스무 살 아이 같았다.

"하여튼, 네 년도 네 엄마랑 똑같아. 그 지긋지긋한 똥고집."

필주는 투덜거리며 옷걸이에서 회색 윗도리를 하나 들어 툭하니 던져 주었다. 이영은 피식 웃으며 옷에 팔을 끼워 넣었다.

"12층은 내가 할게. 13층은 커다란 방, 몇 개만 쓸고 닦으면 될 거다. 책상도 그냥 대충 훔쳐둬. 내가 나중에 또 하면 되니까. 사장실만 좀 꼼꼼하게 하면 돼. 사장님 책상은 건드리지 말고 바닥만 청소해. 내가 얼른 하고 올라올게. 한두 시간도 안 걸릴 거야. 후딱 하고 밥 먹자."

"네, 아줌마도 수고하세요."

이영은 무뚝뚝한 얼굴로 열쇠 꾸러미를 툭, 하고 던져 주는 필주에게 방긋 웃어 보였다.

필주는 다시 한 번 고개를 절레절레 저으며 계단으로 내려갔다.

잠이라도 깊이 든 것인지 미옥은 전화를 받지 않았다.

이영은 미옥이 그나마 잠이 든 것에 안도의 한숨을 쉬며 휴대폰을 끊었다.

"안 받아?"

옆에서 반찬을 꺼내던 필주가 돌아보며 물었다.

"네, 약 먹고 주무시나 봐요."

"그래, 그래. 요즘 너무 피곤해서 그런가 보다. 며칠 전에 빌딩 전체가 물청소한다고 난리였거든. 아마 그래서 그럴 거야."

"네에."

고개를 끄덕이면서도 이영은 요즘 유독 감기를 달고 사는 미옥 생각에 표정이 어두워졌다.

매달 생활비를 주어도 소용이 없다. 가지 말았으면 좋겠다는 얘기를 몇 번이나 넌지시 했었다. 하지만 언제나 집에서 놀면 뭐하냐며 들은 체도 하지 않았다.

이영은 자신이 준 돈이 차곡차곡 그대로 쌓여 제 앞으로 된 통장에 고스란히 들어가는 것을 알고 있었다.

"어때? 힘들지?"

필주는 조그맣고 빨간 낡은 밥통에서 하얀 쌀밥을 푸면서 의기양양하게 물었다.

"네, 무지 힘들어요. 아줌마나 엄마나 대단하세요."

과장되게 고개까지 주억거리며 칭찬을 하자 필주의 얼굴이 더욱더 기세등등해졌다.

"이게 힘으로 하는 건 줄 알아? 다 경험이 쌓여서 하는 거야. 요령으로 하는 거라고. 근데 이제 이 청소 일도 젊은것들이 하도 하려고 해서 육십 넘은 것들은 다 쫓겨나는 분위기야. 내참, 나이 먹는 것도 서러운데 이런 일도 못 하게 하면 뭘 하라는 건지. 공원에서 윷이나 던지고 화투나 칠까? 야, 생각만 해도 끔찍하다. 돈 없고 할 일 없어서 그러고 사는 노인네들 보면 내가 다 몸서리가 쳐진다. 나는 몸 움직일 수 있을 때까진 어떻게든 일해서 돈 모을 거야. 요양원 갈 돈이라도 마련해야지. 야, 이것 좀 맛봐라. 내가 다른 건 몰라도 김치 하나는 끝내준다. 자!"

필주는 갓 담은 김장김치를 손으로 쭉 찢어 이영의 밥에 얹어 주었다. 그리고는 고춧가루가 묻은 손가락을 입으로 쭉 빨며 기대에 찬 표정으로 이영을 살폈다.

"우와, 진짜 맛있다! 나는 아줌마 김치는 언제 먹어도 맛있더라."

필주는 생글 웃으며 밥을 가득 퍼 올리는 이영을 조금은 애잔하게 바라보았다. 자꾸만 어릴 적 이영이 떠오른 탓이었다.

필주는 미옥의 부탁으로 몰래 이영을 살펴보곤 했다. 제 팔자 고치려고 간 주제에 언제나 버려두고 온 딸을 못 잊어 울먹울먹 이영의 안부를 묻곤 하던 미옥이었다.

서 있기만 해도 땀이 줄줄 흘러내리는 중복쯤, 필주는 수박 한 통을 들고 이영의 집 앞 골목을 서성거렸다. 시장에서 단돈 오천 원을 주고 산 화려한 꽃무늬가 기하학적으로 프린트된 냉장고티가 무색할 정도로 등 뒤로 땀줄기가 연신 흘러내리고 있었다.

그때 아이스 바를 하나씩 입에 물고 서너 명의 아이들이 나타났다. 빨갛게 익은 두 볼과 관자놀이로 흘러내리는 땀에도 아이들은 아이스 바 하나에 무척이나 즐거운 표정이었다. 그 무리에 이영이 없는 걸 보고는 눈길을 거두려던 찰나 그들 뒤로 앙상하게 마른 여자아이 하나가 눈에 들어왔다.

미옥과 있을 때 보고 근 2년 만에 보는 얼굴이었다. 전혀 자란 것 같지 않은 아이의 얼굴에 필주의 미간이 잔뜩 구겨졌다. '미친 년!' 미옥에게 절로 욕이 튀어나왔다. 도망갈 당시 옆에서 부추겼던 것은 잊고 이영의 모습에 가슴이 찢어질 듯 아려왔다. 내내 발치만 보고 걷던 이영이 필주와 눈이 마주치자마자 우뚝 걸음을 멈추었다. 그러나 입술만 달싹일 뿐 어떤 말도 꺼내지 않았다.

[잘 지내지?]

아이는 그냥 고개만 끄덕거렸다.

필주도 딱히 할 말이 없었다. 네 엄마는 잘 지내고 있다는 말도, 사실은 매일 울면서 전화한다는 말도 할 수가 없었다. 그래서 필주는 아이의 앙상한 두 손에 수박만 건네주고는 돌아서 버렸다.

[……아줌마, 엄마 잘 지내죠?]

그때 필주의 심장이 어땠는지 지금도 생생히 기억이 난다. 속으로 낳은 자식이 아닌데도 아이의 떨리는 목소리에 울컥 울음이 터져 나오려고 했으니 말이다.

결국 고개만 끄덕이고는 쫓기듯이 그 골목을 빠져나왔었다.

필주는 그때의 아련한 기억을 지우고는 이영의 밥 위에 손으로 쭉 찢은 김치를 얹어 주었다.

그때, 갑자기 문이 벌컥 열리더니 인상이 잔뜩 굳은 남자 하나가 불쑥 들어왔다. 남자를 보자마자 필주가 당황스런 표정으로 후다닥 일어섰고, 이영도 얼떨결에 일어섰다.

"에구머니, 안녕하세요? 근데 사장님께서 무슨 일로……."

"제 방 청소, 아주머니가 하셨습니까?"

필주의 인사에 아무런 대꾸도 없이 칼처럼 냉랭한 남자의 목소리가 날아들었다. 그 목소리에 이영의 눈이 살짝 치켜 올라갔다.

"아! 네, 네. 제가 했는데요?"

필주의 대답에 이영은 고개를 번쩍 들었다. 그러나 필주는 무언가 말을 하려는 이영의 팔을 슬쩍 건드렸다.

"제가 책상 위는 건드리지 말아달라고 부탁드린 걸로 알고 있는데요?"

남자의 말투가 좀 짜증스럽게 들렸다.

"그, 그랬지요. 네, 네."

남자의 눈길이 잠시 이영에게 머물렀다. 이영도 그 눈길을 피하지 않고 받아 주었다.

그러나 남자의 눈동자를 마주한 순간 이영은 얼마 전, 정수리에서 낮게 울리던 남자의 목소리를 기억해 냈다.

이영은 말끔한 남자의 검은색 슈트를 쳐다보며 살짝 미간을 찌푸렸다.

남자도 무언가를 기억해 냈는지 잠깐 눈썹이 실룩하고는 꿈틀거렸다.

"지금 당장 제 방으로 오세요."

남자는 조촐한 밥상과 고춧가루가 묻은 이영의 손가락을 차갑게 훑고는 나가 버렸다.

"네, 네."

남자가 가고 없는데도 연신 고개를 숙이며 후다닥 바닥으로 내려서는 필주를 보고 이영도 급하게 내려섰다.

"아줌마, 제가 갈게요. 제가 청소했잖아요. 뭐가 잘못된 모양인데 제가 가서 해명이라도 할게요."

"야, 됐다. 네가 대신했다는 거 알게 되면 골치만 더 아프다. 내가 가서 뭔 일인지 보고 올게."

그러면서 후다닥 물 한 잔으로 입을 가시고는 나가 버렸다. 이영은 잠시 멍하니 서 있다가 이미 식어 버린 밥이며 반찬을 차곡차곡 냉장고에 집어넣었다. 그러나 아무리 생각해도 이건 아니다 싶어, 급히 문을 열고 사장실로 향했다.

아무리 되짚어 보아도 사장실에서 자신이 잘못한 게 생각나지 않았다. 책상 위의 물건도 당연히 건드리지 않았다. 그러니 필주가 필요 없는 사과를 하거나 굽실거리는 것을 그냥 보고 있을 수만은 없었다.

이영이 결의에 찬 표정으로 사장실에 다다랐을 때, 마침 필주가 조심스레 사장실 문을 닫고 나오고 있었다.

"아줌마!"

크게 침울한 표정은 아니었지만 이른 아침부터 싫은 소리를 들은 탓인지 필주의 인상이 다소 굳어 보였다.

"야, 걱정 마라. 그냥 무조건 죄송하다고 사과하니깐 나가 보라고 하더라."

"아니, 아줌마가 뭘 잘못했다고요."

"뭐, 중요한 서류가 없어진 것 같더라. 뭐라 설명은 하는데 무식해서 뭔 말인지 알아들어야 말이지. 그러니 어쩌냐, 무조건 빌어야지."

이건 또 무슨 소린가. 서류가 사라졌다니!

이영은 미간을 잔뜩 접으며 사장실에 들어갔을 때를 떠올렸다. 건드리지 말라던 책상 위는 의외로 지저분했다. 서류더미와 책들이 곳곳에 쌓여 있었다. 그래도 건드리지 말라고 했기 때문에 유심히 쳐다보지도 않았다. 단지 재떨이가 있는지 확인했을 뿐이다. 바닥을 쓸고 돌아다니는 종잇조각은 쓰레기통에 담았다.

아! 종. 잇. 조. 각!

이영은 가던 발걸음을 갑자기 멈추고 허공에 '아!' 하고 신음을 토해냈다.

분명 테이블 밑을 돌아다니던 종이였다. 그래서 아무런 의심 없이 쓰레기통에 버렸다. 다만 이런 사람들은 무슨 일을 하나, 하며 잠시 들여다보긴 했지만 무슨 낙서처럼 휘갈겨 쓴 글들만 잔뜩 있었다.

분명 주워 담은 종이는 서너 장 안팎이다. 그러니 그걸 찾는 것쯤
이야.

"야, 신경 쓰지 마라. 이영아!"

필주는 갑자기 후다닥 어딘가로 뛰어가는 이영을 다급히 불렀다.

"아줌마, 제가 해결할게요. 그 서류, 어디 있는지 알 것 같아요."

필주는 어리둥절한 표정으로 이영이 향한 화장실로 따라 들어갔
다. 이영은 장갑도 끼지 않은 손으로 파란 쓰레기통을 뒤지고 있었
다. 몇 분이 지났을까.

"아, 찾았다!"

이영은 세 장의 종이를 필주 앞에 흔들며 환하게 웃었다.

"이게 왜 여기 있냐? 진짜 네가 버린 거야?"

"아니에요. 바닥에 떨어져 있었는걸요. 제가 갖다 주고 올게요."

"됐다. 내가 후딱 갔다 올게. 그래도 찾았으니 다행이야."

"아니에요. 제가 갈게요."

필주가 더 말리기도 전에 이영은 눈동자까지 반짝거리며 결의에
찬 표정으로 휙 하니 돌아섰다.

그녀는 무조건 빌었다는 필주의 말을 계속 떠올리고 있었다. 필
주가 머리를 조아리고 비는 영상이 이영의 마음을 아프게 했다. 아
는 것이 없어서 변명도 제대로 못한다는 필주의 말에 더 울컥 무언
가가 치밀어 올랐다. 게다가 아까 남자는 필주의 인사에도 아랑곳
않고 자기 할 말만 대뜸 하고는 나가 버렸다.

사장은 그래도 된단 말이지?

이영은 필주의 모습에 미옥이 겹쳐지자 자신노 모르게 어금니에
힘이 잔뜩 들어갔다.

우현은 지끈거리는 관자놀이를 손가락으로 꾹 누르며 좀체 마시지 않는 커피를 블랙으로 쭉 들이켰다.

연신 죄송하다고 고개만 숙이는 청소부 아주머니를 노려봐 봤자 잃어버린 종잇조각이 돌아오는 것은 아니다. 분명 책상 위는 건드리지 말라고 처음부터 말했지만 아주머니가 보기에 낙서한 종이 같아 버렸을 수도 있었다. 단순히 책임을 물을 일은 아니라고 생각하면서도 근래 받은 스트레스 때문에 신경이 꽤 날카로워진 모양이었다.

[어머니가 알게 되는 날엔 난 그대로 퇴출이야. 그러면 형이 다시 들어와야 하는 건 알지? 어떡할 거야? 도와줄 거야, 말 거야?]

우진의 가당치도 않은 협박에 콧방귀라도 제대로 뀌었어야 했다. 하지만 그럴 수가 없었다. 실제로 어머니, 백정남 여사가 지긋지긋한 컴백 홈을 부르짖을 것이 뻔했고 인정하긴 싫지만 회사에 대한 우려 때문에 평소처럼 무덤덤할 수가 없었다.

그래서 결국 정남 몰래 우진에게 컨설팅을 해 주기로 약속하고는 회사 현황을 알아보기 위해 서류의 일부를 건네받은 터였다.

우리나라가 점점 외국 외식 브랜드의 낙원으로 변모하고 있다는 것은 곳곳에 보이는 간판들만 보아도 충분히 알 수 있다. 일부 글로벌 브랜드는 본토 못지않게 큰 인기를 누리고 있는 실정이다.

우리나라 토종 패밀리 레스토랑 1호라고 할 수 있는 '해피니스'는 2년 전만 해도 현재 패밀리 레스토랑 업계 1위를 달리고 있는 외국 스테이크 하우스에 바짝 추적한 상태였다. 하지만 외식침체기에 잠깐 위기를 느낀 우진이 외식업이 아닌 다른 곳에 투자를 한답시고 일을 저지르고 만 것이다. 항상 우현에게 조언을 구하던 우진이

단독으로 저지른 일이라 작년 말 그 소식을 가까운 친구 녀석에게 듣고는 바로 사실 확인을 위해 우진을 닦달해야만 했다.

결론은 우려했던 대로 심각할 수도 있다는 거였다. 눈치가 빠른 정남이 현 상황을 알게 되는 것은 시간문제였다. 우현은 지끈거리는 관자놀이를 손으로 꾹 누르며 의자에 깊숙이 등을 기대었다. 해야 할 일은 산더미고 하루는 불행히도 24시간밖에 되지 않았다.

우현은 이제 해피니스도 퓨전 오리엔탈 음식에 좀 더 비중을 두어야 한다고 생각했다. 몇 해 전만 해도 한국 사람들은 유독 서양인만큼 퓨전 음식에 큰 매력을 못 느끼고 있었지만 한국도 서서히 입맛이 서양화되어서 국내에서도 서서히 인기몰이를 하고 있었다. 그러나 무엇보다 해피니스 체인들의 매니저 교육이 시급한 것이 아닌가 하는 생각이 들었다. 정기적으로 전국 각 매장의 매니저 교육이 이루어지고 있다고는 하지만 총 매출에만 관심을 가지고 매니저 관리를 소홀히 한다면 결국 내실이 무너지기 마련이다.

우현은 정기적인 음식 업데이트나 프로모션에 대한 구체적인 상황을 떠오르는 대로 메모해 두었다. 오늘 아침엔 그것들을 문서화시켜서 마무리 지을 생각이었다.

우현은 물론 머릿속에 남아 있다고는 하나 다시 끄집어내어 생각해내야 한다는 게 갑자기 너무 끔찍하게 느껴졌다.

한숨을 크게 내쉰 우현은 컴퓨터를 켜고는 뻐근한 목을 이리저리 돌렸다.

그때, 짧은 노크소리가 들리더니 그가 대답하기도 전에 문이 벌컥 열렸다.

"뭡니까?"

"안녕하세요? 박이영이라고 합니다."

대뜸 꾸벅 인사를 하는 여자는 아까 청소부 아주머니랑 같이 있던 여자였다. 그리고 준경의 카페에서 봤던 그 여자였다.

아까 눈이 마주쳤을 때부터 우현은 여자를 단박에 알아보았다. 여자의 하얀 목덜미와 앙증맞은 이마, 그리고 까맣고 동그란 눈동자가 부지불식간에 머릿속에 떠오르곤 했기 때문이었다. 여자의 무엇이 우현을 이리도 생경하게 하는 것일까, 그는 꽉 다문 여자의 입술이 제법 귀엽다는 어이없는 생각을 하며 자신에게 맘껏 조소를 퍼부었다. 덕분에 평소보다 더 차갑게 말을 툭 던졌다.

"무슨 일입니까?"

분명 청소 일을 하는 아주머니는 두 명이었다. 자신이 직접 채용에 관여하진 않았어도 여기 13층을 항상 왔다 갔다 하는 아주머니의 얼굴 정도는 알고 있었다.

대학생들이 요즘은 이런 아르바이트도 하는 것일까.

"혹시, 찾고 계신 종이가 이건가요?"

여자는 손에 든 종이를 불쑥 내밀었다. 어딘가 결의에 가득 찬 표정이었다. 카페에서 언뜻 보았던 여자는 지금과는 사뭇 다른, 조금 유해 보이는 인상이었다.

우현은 자리에서 일어나 여자에게 가까이 다가갔다. 여자가 꼭 쥔 종이는 약간 구겨지고 여기저기 얼룩이 져 있긴 했지만 자신이 찾던 것들이 맞았다.

"그런 것 같은데."

그러나 여자는 전혀 건네줄 생각이 없는지 그저 꼭 쥐고는 우현을 똑바로 쳐다볼 뿐이었다.

"책상 위는 건드리지 말라고 했다죠?"

"……."

"그런데 이 종이들은 분명 여기, 바닥에 나뒹굴고 있었거든요?"

"무슨……."

여자가 대뜸 가까이 다가왔다. 여자에게서 시원한 박하향이 나는 것 같았다. 분명 여자는 고춧가루를 묻혀가며 김치를 먹고 있었는데 말이다.

아무렇게나 넘긴 머리카락과 소파에 턱하니 책상다리를 하고 앉아 있던 여자. 예쁘장한 인상과 달리 너무 털털한 모습이라 절로 인상이 구겨졌었다. 우현은 '생물이 생글생글' 이라는 이상한 제목의 책을 기억에 떠올렸다. 어딘가 묘하게 매치가 안 되는 여자는 이 시간, 이 장소에서도 어딘가 불쑥 나타난 느낌이었다.

"여기 그쪽 회사에서 청소 일을 하시는 아주머니가 내 어머니세요. 오늘 몸이 불편해서 내가 잠깐 대신 일을 했는데요. 물론 내가 이 방을 청소했고요. 필주 아주머니가 분명 책상은 건드리지 말라고 당부하셔서 아무리 지.저.분.해도 건드리지 않았습니다. 아까도 말했지만 이 종이들은 분명 여기 이 테이블 밑을 돌아다니고 있었고요. 이쪽 일에 무식한 나는 단순히 버려진 쓰레기인 줄만 알고 충실히 쓰레기통에 담았답니다. 그러니 나의 잘못도, 필주 아주머니의 잘못도 아닙니다. 필주 아주머니가 그쪽한테 무조건 용서를 빌 이유가 없단 말입니다."

어찌 보면 사소한 오해다. 하지만 여자의 표정과 말을 듣고 있노라니 자신이 무슨 대단한 잘못이라도 한 느낌이다. 꼭 움켜쥐고 있는 종잇조각들도 그렇고, 여자의 반짝이는 눈동자도 그렇다.

"분명 책상 위에 올려놓고 퇴근을 하긴 했지만 실수로 떨어졌을 수도……."

"아주머니를 추궁하기 전에 그런 가능성도 생각했어야죠. 그래야 맞죠. 안 그런가요?"

우현은 자초지종을 설명하지도 않고 대뜸 미안하다고 얘기한 쪽은 아주머니였다는 말을 하려다가는 입을 다물었다. 상대는 이미 해답을 가지고 있었다. 그런 사람은 믿고 싶은 것만 믿는 법이다.

"대충 알아들었으니 그 종이나 돌려주지?"

여자의 딱딱거림에 우현의 목소리도 냉랭하게 울려 퍼졌다. 어린 여자한테 훈계를 듣는 것 같아서 더 기분이 나빴다. 그러나 여자는 한 번 더 우현을 노려보곤 종이를 마지못해 건네주었다.

"최소한 사과 정도는 해 주세요. 그게 도리죠."

우현은 사과라는 여자의 말에 울컥, 화가 치밀었다. 내내 참았던 스트레스가 극에 달하는 기분이었다.

"이봐, 그쪽이 한 말을 내가 믿지 않는다면 어쩔 거야? 나는 어제 분명 책상 위에 올려놓고 갔으니 그럴 리 없다고 우기면 어쩔 거냐고."

우현도 질세라 여자에게 가까이 다가갔다. 그러나 움찔거릴 거라 생각했던 여자는 전혀 미동도 하지 않았다.

"뭐라고요?"

"엄밀히 따지면 서로가 오해했어. 안 그래? 자초지종을 상세히 설명 않고 무조건 자신이 그랬다고 사과를 한 건 그 아주머니란 말이야. 그런데 내가 무슨 성인군자라고 이런저런 가능성을 생각하며 그 아주머니를 두둔한단 말이야."

분명 틀린 말이 아닌데도 여자는 전혀 흔들림이 없었다. 다만 눈매가 좀 더 깊어졌다. 그 눈동자가 잠시 우현의 마음을 불편하게 했다. 전혀 어린 여자의 눈동자가 아니다.

잠시 아무 말이 없던 여자는 천천히 입을 열었다.

"자초지종을 설명해 봐야 아무런 소용이 없다는 것을, 일개 청소부의 말을 들어주는 사장 따위는 없다는 것을 알고 있었던 모양이죠. 게다가 아무리 청소부라도 육십이 가까운 어른이 허리까지 숙여 인사를 하는데 인사를 받아주기는커녕 대뜸 따지듯 물으니 하려던 말도 아마 쏙 들어가 버렸겠죠. 그저 밥줄이 끊길까, 다 당신 잘못이다 했겠지요. 그러고 보면 그쪽은 인사를 받아주는 일엔 참 인색하군요? 내가 이름을 밝혔는데도 그쪽은 아무런 대꾸가 없네요. 안 그래요? 채우현 씨?"

힐끔 팻말을 보고 비꼬듯 말한 여자는 들어올 때와 같이 안녕히 계시라는 인사를 꾸벅하고는 고개를 빳빳하게 들고 나가 버렸다.

우현은 여자가 나간 문을 기가 찬 표정으로 노려보았다.

나이도 훨씬 어릴 것 같은 여자가 서른이 훌쩍 넘은 여자처럼 얘기를 한다.

여자가 건네준 종잇조각에서 어째 시원한 박하향이 나는 것도 같다. 우현은 가슴에 싸한 기운이 퍼지는 것을 느끼면서 미간을 찌푸렸다.

3.
심장센터

우현이 홧김에 미옥을 잘라 버렸더라도 이영은 눈 하나 깜짝하지 않았을 것이다. 오히려 잘 되었다며 내심 안도의 한숨을 내쉬었을지도 몰랐다. 하지만 미옥은 그 다음날 무사히 출근을 했으며 또 무사히 퇴근을 했다.

이영은 여전히 미옥이 청소 일을 하는 것이 못마땅했다. 미옥의 감기는 그저 단순한 감기가 아니다. 요즘 부쩍 그런 생각이 든 까닭이었다.

그 예감이 적중한 것은 1월에 접어들었을 때였다.

이영은 그녀가 근무하고 있는 학교의 교장 선생님으로부터 급한 호출을 받고 아침부터 학교에 나온 참이었다.

"선생님, 저 왔어요. 무슨 일이신데요?"

대뜸 교장실에 들어서자마자 다급한 일이 무엇이냐고 묻자 상준은 혀를 끌끌 차며 읽던 책을 덮고는 자리에서 일어났다.

"넌 항상 뭐가 그렇게 급하냐?"

책상을 돌아 나와 물이 든 포트의 스위치를 눌렀다. 심심해서 나오라 했다고는 절대 말 못 한다. 혼자 힐끔 이영의 눈치를 보던 상준은 두꺼운 파카에 묻혀 잔뜩 웅크리고 있는 이영의 모습에 슬쩍 미소를 지었다.

"완전히 굴러 왔구먼?"

"지금 얼마나 추운 줄 아세요?"

이영은 몸을 잔뜩 움츠리며 소파에 털썩 걸터앉았다.

"이번 방학에 연수 없다고 너무 집에만 있는 거 아니냐? 그러니 추위에 덜덜 떨밖에."

이영은 눈을 가느다랗게 뜬 채, 다급한 전화 목소리치고는 너무 느긋하게 행동하는 상준을 지그시 쳐다보았다.

또 속았다!

"아니, 그러는 선생님은 방학하고도 뭐하러 자꾸 학교에 나오신데요? 선생님이야말로 연세를 생각하셔서 댁에 좀 계세요."

"집에 있어 봐야 혼자서 뭐하냐. 심심해서 나왔지."

이영은 항상 저 말엔 꼼짝을 못한다. 우울한 표정으로 저리 처량하게 말을 하는데 누가 대놓고 들어가라, 절대 나오지 마라 하겠는가.

"네, 네. 잘 나오셨어요. 대신 점심에 자장면 시켜 주세요."

이영은 투덜거리며 파카의 지퍼를 내렸다.

"오냐, 오냐."

껄껄 웃으며 흔쾌히 고개까지 끄덕이는 상준을 보며 이영은 잠시 생각에 잠겼다.

아내와 오래전에 헤어졌다고 했다. 워낙에 조용하고 인자한 성격이라 이혼했다는 말에 모두들 놀라기 일쑤였다.

"왜, 재혼 안 하세요?"

한 번도 물어본 적이 없었다. 중학교 시절, 우연히 상준이 혼자 살고 있다는 것을 알게 되었다. 그때부터 지금까지 문득문득 이영은 그게 궁금했었다.

상준은 녹차 티백을 뜨거운 물에 띄우다 잠시 멈칫하며 고개를 들었다.

"언제나 묻고 싶었어요. 요즘은 이혼이나 재혼이 큰 흠도 아니잖아요. 그게 아니더라도 친구처럼 가볍게 만날 이성 정도는 있어도 좋지 않아요?"

"재혼할 생각은 한 번도 한 적이 없다."

"왜요?"

"필요하다고 생각한 적도 없고 같이 살고 싶은 사람을 만난 적도 없어."

이영은 무심히 대답하는 상준을 조금 먹먹하게 바라보았다. 자신 또한 그런 사람을 만난 적이 없지만 육십이 훌쩍 넘은 상준이 몇 십 년의 세월 동안 그런 사람, 하나 만나지 못했다는 것이 조금은 쓸쓸하고 슬프다는 생각을 했다.

"혹, 아직도 사모님을……."

"뭐냐, 이 녀석아. 추운데 나오랬다고 늙은이 과거 추궁하는 거냐?"

이 녀석이라는 말에 이영은 중학생 꼬마가 되어 앉아 있는 기분이었다. 그래서 조금 어색하게 배시시 웃어 버리곤 뜨거운 기운이 서서히 사라진 녹차 잔을 집어 들었다.

"……사랑했었지. 그땐 그랬다."

그의 낮은 목소리에 이영이 고개를 드니 상준은 창가에 흩날리는 눈을 바라보고 있었다.

"근데 왜 헤어지셨어요?"

"글쎄, 이젠 왜 그랬는지도 잊었다. 그냥 그땐…… 사랑만으로 안 되는 것들이 너무 많았어. 사랑하는데도 행복하지가 않았지."

상준의 눈가에 진 주름이 상념으로 깊어졌다.

"그래도 지금껏 잘 지내 왔다. 물론 자식 놈들 때문이기도 하지만 이젠 그 사람이나 나나 많이 늙기도 늙었고."

사랑하는데도 행복하지가 않았다니.

엄마도 사랑했지만 행복하지 않았을까?

사랑한다면 행복한 게 당연하다고 믿고 싶지만 언제나 현실에선 쉽게 그 모든 것이 좌절되고야 만다.

"아, 이래서 제가 남자를 못 만난다니깐요. 사랑이 전부라고 믿고 싶은데 사랑이 전부가 아니라고 하고. 사랑을 하면 마냥 행복해야 하는데 행복하지 않다고 하니!"

이영은 일부러 과장되게 비통한 표정을 지어 보였다.

"이 녀석아, 걱정 마. 너는 행복한 사랑을 하면 돼. 그런 남자를 만나면 돼."

"아이고, 그게 그렇게 간단해요?"

입을 삐죽이며 녹차를 홀짝이는 이영을 바라보며 상준은 시끄러, 하며 장난스레 타박을 주었다.

잠시 두 사람은 제법 굵어진 눈을 바라보며 앉아 있었다.

"정말…… 저에게도 그게 가능할까요?"

들릴 듯 말 듯 이영은 낮은 목소리로 중얼거렸다. 상준의 시선이 잠시 이영의 갸름한 옆선을 향했다. 이영의 눈동자엔 여전히 하얗게 흩날리는 눈들로 가득 차 있었다.

열 살짜리 이영도 지금처럼 눈에 띄는 아이였다. 짧은 커트머리에 선머슴애처럼 바지만 입고 다녔어도 이영은 사람들의 눈길을 끌었다.

상준은 이영이 보고 있지 않은데도 가만히 고개를 끄덕였다.

너는 행복한 사랑을 할 수 있기를…….

그런 사람을 만나기를…….

인간관계엔 몇 분간의 침묵도 참지 못하는 관계가 난무하다. 그럼에도 이영은 나이와 직위를 떠나 이렇게 편안한 침묵을 즐길 수 있는 상준이 고맙기만 했다. 초등학교 때, 그에게 눈물을 보인 이후 상준은 이영에게 선생님보다는 아버지와 같은 존재였다.

그러나 잠시 뒤, 이 한가로운 고요함을 깨며 이영의 휴대폰이 요란하게 울렸다.

"여보세요?"

─이영이냐? 야, 이영아.

"여보세요? 필주 아줌마? 아줌마세요?"

─이영이지? 이영이 맞지?

필주는 마치 이영의 목소리가 안 들리는 것처럼 이영의 물음엔 대답도 않고 자꾸만 이영의 이름만 연이어 불러댔다.

"아줌마, 아줌마! 이영이에요. 저, 이영이 맞아요."

—아! 그래, 그래. 이영이구나. 야, 큰일 났다. 네 엄마가……

심장이 덜컥, 내려앉았다. 기어코 예감하던 일이 벌어지고야 말았다는 생각에 이영의 몸이 **뻣뻣하게** 굳어갔다.

"네, 말씀하세요. 엄마가, 엄마가 어떤데요?"

—야, 아무래도 큰일이지 싶다. 입술도 새파랗고, 얼굴도 퉁퉁 붓고. 야, 아무래도 이상타. 숨도 자꾸 거칠고. 걸레질을 조금만 해도 숨차 하고 말이야. 지금도 비틀거리는 거, 겨우 눕혀놓고 왔다. 병원에 가자는데도 싫단다. 야, 이영아. 이상치? 이상하지? 어떡할까, 네가 올래? 아니면 내가 병원에 강제로 보낼까?

좀체 당황스러워하는 일이 없는 필주의 목소리에는 다급함과 걱정스러움이 섞여 있었다.

"제가 갈게요. 제가 갈게요, 아줌마. 조금만 기다리세요."

—그래, 그래. 그게 낫겠다. 아무래도 이상타. 입술이 너무 새파래서…… 야, 나 겁나 죽겠다.

기어이 울먹이는 필주의 목소리를 들으며 이영은 다급하게 전화를 끊었다.

"선생님, 저 그만 가 봐야겠어요. 엄마가, 엄마가 많이 편찮으시대요."

다급한 손길로 파카를 다시 껴입는 이영을 보며 상준은 걱정스런 눈길로 따라 일어섰다.

"그래, 어서 가 봐라. 내가 공연히 불러서 미안하구나."

"아니에요. 가서 연락드릴게요. 그럼, 안녕히 계세요."

그 와중에도 꾸벅 인사를 한 이영은 텅 빈 복도가 울릴 정도로 소리를 내며 뛰어갔다.

상준은 바지 주머니에 손을 찔러 넣고는 창가로 걸어갔다.

쉼 없이 내리는 눈 때문인지 운동장에 조금씩 눈이 쌓여가고 있었다. 흩날리는 눈 속에서 이영이 우산도 쓰지 않은 채 다급하게 운동장을 가로질러 뛰어나가고 있었다.

이 학교에 부임하고 이영을 다시 만났을 때, 이영은 조금 쑥스러운 듯 웃으며 이렇게 말했다.

[엄……마가 돌아오셨어요. 지금 같이 살아요.]

초등학교 때 엄마가 집을 나가 할머니와 아버지 손에서 자란 걸 알고 있다. 가끔 지각을 하거나 볼이 퉁퉁 부어 등교를 하는 이유가 할머니의 매질 때문이란 것도 알고 있었다. 수업을 마치고 조용히 불러 왜 이렇게 되었냐고 물어도 이영은 끝내 말해 주지 않았었다.

그렇듯이 엄마가 어떻게 해서 돌아오게 되었는지 이영은 말해 주지 않았다. 상준은 그때나 지금이나 그저 이영의 이야기에 고개를 끄덕여 주며 어깨를 토닥거려 주는 게 다였다.

이유야 어쨌든 엄마와 살고 있는 이영이 편안해 보여 좋았는데 아까 전화통화로 언뜻 들은 내용이 심상치가 않아 상준의 얼굴이 걱정으로 굳어졌다.

부디 심각한 일이 아니어야 할 텐데.

이영이 뛰어가며 남겨놓은 발자국에 금세 다시 눈이 쌓이고 있었다. 그 위로 상준의 걱정도 겹겹이 쌓여갔다.

이영은 대현 빌딩 앞에 택시가 서자마자 차문을 열며 넘어질 듯 뛰어 내렸다. 처음 이곳에 들렀을 때와 달리 꽤나 많은 사람들이 회전문을 드나들고 있었다.

이영이 걱정으로 거칠어진 숨을 몰아쉬며 후다닥 문을 향해 뛰어 들어가려는 찰나, 누군가가 다급하게 부르는 소리가 들려왔다.

"이영아!"

"어, 아줌마!"

필주는 검정색 벤츠의 문을 열며 나오고 있었다.

"엄마는요? 어디 있어요? 괜찮아요?"

"아이고, 시간 맞춰 잘 왔다. 지금 안 그래도 너한테 전화하려던 참이었어. 아무래도 안 되겠다 싶어서 네 엄마 데리고 나오는데 마침…… 하여튼 얼른 타라."

그러면서 다짜고짜 이영을 벤츠로 밀어 넣었다.

"아무 소리도 말아라. 사장님 차야."

낮게 속삭이는 필주의 목소리에 이영은 눈을 휘둥그레 떴다.

"예? 무, 무슨……."

운전석으로 고개가 휙 하니 돌아가려는 이영의 팔을 잡아당기며 필주는 다짜고짜 이영을 뒷좌석으로 밀어 넣었다.

"병원에 도착하거든 전화해라. 내 얼른 마치고 뒤따라갈게. 알았지?"

"하지……."

필주는 이영의 말을 다급하게 자르며 차문을 닫았다. 창문으로 얼른 가라며 손을 흔드는 필주를 바라보며 이영도 어쩔 수 없이 살짝 고개를 끄덕였다.

고개를 돌리자 뒷좌석에 머리를 젖힌 채 앉아 있는 미옥의 모습이 보였다. 그 모습에 이영의 심장이 두근두근, 불안하게 뛰기 시작했다.

"엄마, 괜⋯⋯찮아요?"

이영은 떨리는 손으로 미옥의 팔을 가만히 잡았다. 필주의 말처럼 입술이 파랗게 질려 있었다.

"하, 이⋯⋯영⋯⋯아."

미옥은 돌아보는 것도, 눈꺼풀을 들어 올리는 것도 힘에 겨운 듯 가쁜 숨을 몰아쉬고 있었다. 무언가 말을 하고픈데 쉬 말이 되어 나오지 않는지 눈동자만 애절하고 깊었다.

그 모습에 이영은 울컥하고 무언가가 목구멍으로 꾸역거리며 올라오는 것을 느꼈다. 그녀는 마른침을 억지로 삼키고 나서야 비로소 운전석에 앉아 있는 남자를 바라보았다.

"저, 감사합니다. 제가 그냥 모셔가도 되는데 폐를 끼치게 되었네요."

"뭐, 나도 나가는 길이었으니까."

남자의 목소리를 듣자마자 이영의 고개가 번쩍 들렸다.

룸미러에 비친 남자의 얼굴을 확인하는 순간, 이영은 두 눈을 질끈 감았다. 단순히 운전기사일 거라 생각했던 이영은 지그시 아랫입술을 깨물었다. 하지만 쌕쌕, 가쁜 숨을 몰아쉬는 미옥의 숨소리에 이영은 다짐한 듯 입을 열었다.

"가, 감사합니다."

"감사할 것 없어. 어머니가 아산병원으로 가자시던데 나도 마침 그쪽으로 가는 길이니까."

'아산병원'이라는 말에 이영은 머릿속이 하얗게 흐려지는 것을 느꼈다.

평소 다니는 병원 따위는 없다. 이영이 알기론 그랬다. 하지만 미옥이 가자고 했다는 말에 이영의 심장이 덜컹, 내려앉았다. 미옥은 자신이 왜 이러는지 아는 거다. 그런 깨달음이 이영의 뇌리를 불안하게 스치고 지나갔다.

우현은 천천히 차를 움직이며 룸미러 속의 이영을 힐긋 쳐다보았다. 나이에 맞지 않게 요란스럽게 울지도, 당황하지도 않는다.

가족이라곤 단둘뿐인가?

하얗게 질린 얼굴로 용케 눈물 한 방울 흘리지 않는 이영을 힐긋 바라보며 우현은 좀 성가신 기분이 들어 살짝 미간을 찌푸렸다.

아산병원.

차가 신관을 지나 동관으로 들어갈 즈음 미옥은 내내 잠든 것처럼 조용하던 눈꺼풀을 힘겹게 들어올렸다.

"여……기서…… 내리……자."

"네? 네, 네. 그래요. 내려요."

이영은 미옥의 말에 연신 고개만 열심히 끄덕였다.

"저기요, 여기까지 태워 주셔서 감사해요. 우린 여기서 그만 내릴게요."

우현은 잠시 주차장으로 들어가는 코너에 차를 세우고는 뒤를 돌아보았다.

"응급실에 가실 거 아냐? 거기까지 가지."

"아니……에요. 여기……면 돼요."

쌕쌕, 숨을 몰아쉬며 말하는 미옥의 목소리에 우현은 입을 다물었다.

"정말 감사해요."

다시 한 번 고개를 숙이며 인사한 이영은 서둘러 내려 미옥을 부축했다.

병원 건물이 보이자마자 이영의 심장은 튀어나올 듯이 거세게 뛰고 있었지만 애써 침착한 표정을 짓고 있었다.

미옥은 힘겹게 엉덩이를 움직이며 차 밖으로 한 발 내딛었다.

"사……장님, 감……사합……니다."

하얀 입김을 내뿜으며 겨우 말을 마친 미옥은 힘겹게 고개를 들어 수많은 사람들이 오가는 병원 입구를 쳐다보았다. 눈발이 점점 가늘어진 탓인지 옹기종기 눈을 구경하는 사람들이 유리문 가까이 붙어 서 있었다.

"엄마, 업히세요."

이영은 파카를 벗어서 미옥의 머리에 씌워 주고는 등을 보이며 앉았다.

이영의 냄새가 눈 냄새와 어우러져 미옥의 코끝에 와 닿았다. 그리고 딸의 여린 등을 보는 순간 갑자기 눈앞이 흐려지면서 목구멍을 타고 눈물이 울컥울컥 치솟아 올랐다.

숨이 가쁘다. 의사가 심장이 퉁퉁 부어 있다고 했다. 그래서일 거다. 그래서 숨을 쉬기도, 말을 하기도 너무너무 힘이 들었다. 가쁜 숨을 내쉬며 미옥은 흐려지는 시야너머로 이영의 등만 내려다보았다.

이영은 고개를 내젓고 있는 미옥을 돌아보며 깊은 한숨을 내쉬었다.

"그게 빨라요. 빨리 가야잖아. 어서요."

차라리 퉁퉁 부은 심장이 터져 버렸더라면…….

미옥은 이영의 어깨에 떨리는 손을 가만히 얹었다.

우현은 그저 기사 노릇만 하면 그만이었다. 게다가 오후에 준경의 카페에서 우진을 만나기로 약속이 되어 있었다. 잠시 어깨를 추스르고는 기어에 손을 대었다. 하지만 사이드미러로 이영이 미옥을 힘겹게 업어 올리는 모습을 보고는 주춤 손을 멈추었다. 아슬아슬, 넘어지기라도 할 것 같더니 기어이 번쩍 업어 올렸다.

넘어지지 않는다. 넘어지지 않는다.

자신도 모르게 마음속으로 주문을 걸며 조마조마하게 지켜보던 우현은 짜증스런 한숨을 내쉬었다. 결국 자동차를 가까운 주차장 라인에 세우고는 성큼 차에서 내려 몇 걸음도 옮기지 못한 그녀들을 따라잡았다.

"잠깐, 내가 업을게."

이영은 대뜸 길을 막아서며 등을 내보이는 우현을 보며 눈을 동그랗게 떴다. 그의 짙은 남색 코트 위로 하얀 눈이 내려앉자마자 녹아내리고 있었다.

"아, 아니에요. 그러지 마세요."

"참나, 가다가 몇 번은 넘어지겠네."

우현은 망설이는 이영의 등에서 미옥을 내려 냉큼 업어 버렸다.

심장병 센터라니.

이영은 동관 1층에 위치한 이곳을 보면서도, 간호사가 미옥을 아는 체하는 것을 보면서도 계속 팻말에 적힌 '심장' 이라는 단어에서 눈을 뗄 수가 없었다.

대기실 의자에 앉아 있으면서도 이영은 미옥의 팔만 꼭 잡고 있었다. 미옥도 힘든 숨만 내쉴 뿐 아무런 말이 없었다.

심장에서 일어날 수 있는 모든 병들을 생각해 보았다. 아이들에게 수시로 가르치고 시험문제에까지 낸 적이 있었음에도 지금 이 순간, 이영은 '심장'을 떠올리는 순간 '죽음'이라는 단어가 모든 기억을 까맣게 지울 정도로 무겁게 짓눌러오는 것을 느꼈다.

"들어오세요. 안 그래도 송 과장님이 기다리셨어요."

간호사의 안내를 받아 진료실로 들어가자 풍채 좋은 남자 선생이 이영의 모습을 잠깐 눈여겨보더니 이내 다정하게 웃었다.

"드디어 항상 말씀하시던 따님을 보게 되는군요?"

송 과장의 말에 미옥의 입술이 약간 느슨해졌다.

"자, 자 앉으세요. 어머니한테서 말씀을 들었겠지만……."

"아뇨, 아무런 말씀도 듣지 못했어요."

송 과장은 얼굴빛이 어둡다 못해 창백한 이영을 보고는 미옥을 잠시 나무라듯 바라보았다.

그러나 이내 시선을 외면하는 미옥을 보며 송 선생은 이영의 눈을 똑바로 쳐다보았다.

"결론부터 말씀드리면, 어머니는 MR, 즉 승모판 폐쇄부전증(Mitral Regurgitation)입니다."

"네?"

"만성으로 판막이 심하게 변형되어 판막 치환술(valve replacement)이 시급합니다."

이영은 '네?'라고 반복해서 되묻기만 하고 있었다. 이영은 이런 자신이 바보 같다고 여기면서도 송 과장이 심장 모형을 가지고 초등학생을 가르치듯 상세하게, 또박또박 알아듣기 쉽게 얘기해 주는 것을 그저 멍하니 듣고만 있었다.

"금속판막은 탄소 제재로 만든 것으로 기계판막이라고도 하죠. 내구성이 뛰어나 반영구적으로 사용할 수 있다는 장점이 있지만 혈전을 일으킬 수 있기 때문에 수술 후 평생 와파린을 먹어야 하는 단점이 있습니다."

심장 판막을 바꿔야 한다고? 그럼, 심장을 열어 봐야 한다는 말인가?

"2개의 반원형 판엽(leaflet)이 나비 날개 모양의 움직임을 갖도록 외골격에 연결시킨 판막입니다. 여기 보시면 1977년 처음 제작된 세인트 주드 판막 외에 카보메딕 판막, 듀로메딕 판막등 많은 종류의 이첨판형 기계 판막들이 계속적으로 개발되고 있습니다. 저희 병원에서는……."

송 과장의 말이 더 이상 잘 들리지 않았다. 이명처럼 가슴을 찌를 듯 괴롭히는 잡음이 들려왔다. 이영은 송 과장의 말을 자르며 마른 침을 삼키며 떨리는 목소리로 입을 열었다.

"심, 심장을 열어 봐야 한다는 뜻인가요?"

"네, 개심술(開心術)이 행해집니다."

무섭다. 미옥을 살릴 수만 있다면 어떤 수술이라도 동의할 수 있지만 심장을 절개하여 열어 본다는 게 마음에 걸렸다.

판막을 갈아야 한다면 어떤 것이라도 좋다. 하지만 심장을 절개해서 열어야 한다니, 그 사실 하나만으로도 이영은 이 모든 것이 악몽인 듯 끔찍해졌다.

송 과장은 눈앞에 하얗게 질린 얼굴로 두 주먹을 불끈 쥔 채 안쓰럽게 떨고 있는 여자를 보며 일부러 너스레를 떨 듯 웃어 보였다.

"우리 흉부외과 교수님들이 수술 잘 해드릴 겁니다. 우리 허 교수한테 수술 받으려고 온두라스 아시죠? 지구 반대편에 있는 그곳에서도 찾아온답니다. 하하하, 우리 미옥 씨가 운이 좋은 거예요."

"······다른 방법은 없는 건가요?"

"네, 없습니다."

송 과장의 부드럽지만 단호한 말투에 이영은 고개를 들어 그를 똑바로 쳐다보았다. 이영의 망설임을 짜증스러워하거나 성가셔하지 않는 그의 눈빛에 그녀는 눈을 천천히 감았다가는 다시 떴다. 단호한 눈빛이 반짝거렸다.

"네, 그럼 이제 어떻게 하면 되나요?"

우현은 심장센터에 들어서자마자 우뚝 서 버린 이영을 바라보았다.

그녀는 내내 그 팻말만 뚫어져라 쳐다보고 있었다. 그렇게 주위의 어떤 것도 눈에 들어오지 않는 것처럼 멍하니 미옥과 앉아 있다가는 진료실로 들어가 버렸다.

우현은 대기실에 우두커니 앉아 그녀가 들어간 문과 대기실에 빼곡하게 앉아 순서를 기다리는 사람들을 둘러보았다.

인사를 건넬 필요도, 감사의 인사를 딱히 기다리는 것도 아니었다. 그녀가 아무렇게나 벗어놓고 간 하얀 파카가 옆에 있었지만 그런 것쯤이야 간호사에게 맡겨두면 그만이었다. 하지만 우현은 대기실 의자에서 좀체 움직일 수가 없었다. 여기에 들어서는 순간, 모든 것을 잊은 듯 하얗게 질리는 그녀의 모습이 이상하게도 마음에 걸렸기 때문이었다.

우현은 이런 일에 마음을 쓰는 자신을 비웃기라도 하듯 피식 웃으며 일어섰다. 그러나 하얀 파카를 손에 쥐고 접수대로 향하는 순간 진료실의 문이 열리면서 이영이 나왔다.

간호사의 설명에 고개를 끄덕이던 이영은 미옥을 부축하며 자리를 떴다. 역시나 그는 안중에도 없었다.

"어머니는?"

우현은 큰 걸음으로 성큼 다가가 이영의 옆에서 나란히 걸었다.

멈칫, 고개를 돌린 이영은 미간을 잔뜩 찌푸리고 그를 올려다보았다. 마치 그가 왜 여기에 있는지, 아니 이 사람이 도대체 누구야? 하는 표정이었다.

"채우현, 기억나?"

저도 모르게 농담 섞인 말이 툭하니 튀어나왔다. 그제야 이영의 눈동자가 오롯이 그에게 박혀들었다.

"아, 아! 미안해요. 나는……."

순간, 울컥 저도 모르게 눈물이 나오려고 하자 이영은 당황스런 표정으로 급히 고개를 돌렸다. 이토록 낯선 사람 앞에서 눈물이 나오려고 하다니.

이제 더는 감정이 격해지는 일은 없을 거라고 자부하고 있었는데 이 모든 것을 한 방에 날려 버릴 정도로 미옥의 병은 이영에게 충격적이었다.

"부탁 좀 드려도 될까요?"

대뜸 다시 고개를 돌린 이영은 전혀 망설임 없이 입을 열었다.

그녀의 눈가가 젖어 있었다. 그런 것쯤은 간과해 버리면 좋을 텐데, 우현은 어느새 이영의 눈동자에 젖어들고 있었다. 그냥 가만히 고개만 끄덕였다.

"택시 정류장까지 좀 데려다 주실래요?"

그의 차를 얻어 타고 오는 것조차 부담스러워하던 이영이었다.

그는 흘깃 미옥을 쳐다보았다. 병원으로 오고 가는 일조차 힘겨웠는지 미옥의 고개가 불안하게 이영의 어깨에 닿아 있었다.

"내가 업을게."

우현은 대답 대신 이영에게 파카를 건네고는 미옥의 축 늘어진 팔을 잡아당기며 등에 업었다.

바깥은 아까 눈이 내렸다는 흔적은 찾아볼 수 없을 정도로 겨울 햇살이 따스하게 내리쬐고 있었다. 잠깐 하늘을 올려다본 그는 성큼 계단을 내려와 주차장으로 향했다.

이영은 그녀의 어깨에 기대어 잠이 든 미옥을 잠시 내려다보았다.

차는 전혀 미동도 없이 움직이고 있었다. 그녀는 힐끗 운전석을 바라보았다. 깔끔한 우현의 머리카락이 보였다. 역시 한 인간을 단정적으로 정의할 순 없는가 보다. 저 남자의 도움을 받을 일이 생길 거라 누가 생각이나 했을까.

이영은 머리를 뒤로 젖히고는 지친 듯 눈을 감았다.

불러야 할까? 그분을, 불러야 할까?

다시 눈을 뜬 그녀의 눈동자가 불안하게 흔들리고 있었다.

4.
병문안

"동경 FOODEX에 참가할 인원은 다 모집되었습니까?"

김 차장은 우현의 책상 위에 보고서를 올려놓으며 일정에 대해 브리핑을 하기 시작했다.

"예, 말씀하신 대로 김정욱 교수님께서 인솔하시기로 했습니다."

우현은 일본 외식산업 전문가이자 자신의 회사에 전문위원으로 있는 김정욱 교수를 떠올리며 고개를 끄덕였다.

[우리나라 박람회는 왜 아직까지 무슨 졸업작품전 경연대회 같은 느낌을 주는지 모르겠어. 거기에 사물놀이패는 왜 나오느냐 말이야. 이봐, 채우현 사장. 해외 연수도 좋지만 국내에도 일반시민이나 외식과 관계없는 사람도 돈 주고 참관할 수 있는 전시회 좀 추진해 봐.]

김 교수의 말에 쓸쓸한 미소를 지었던 기억이 났다.

이번 YH 외식 컨설팅에서 주최하는 해외 연수는 'FOODEX JAPAN 박람회 참관 및 외식시장 벤치마킹'이라는 제목으로 인원 모집을 시작했다. 이번 연수는 선진 외식기업들의 최신 전략 체험 기회와 더불어 일본의 최대 주방용품 시장인 갓빠바시 시장 견학과 도쿄진구의 고급 식당가 견학, 또한 신주쿠 게이오 프라자 호텔에 위치한 세계적인 한식당의 주방장에게서 특강까지 들어 볼 수 있는 국내 최고의 일본 연수과정이었다. 공고를 내자마자 단시간에 모집이 끝났다는 얘기에 흡족하게 고개를 끄덕이다가도 씁쓸한 마음이 드는 것 또한 어쩔 수가 없다.

일본도 우리나라와 마찬가지로 경제 불황을 겪고 있지만 일본의 외식업계는 어딘가 모르게 국민과 공조해 나간다는 느낌이 드는 반면 우리나라는 무슨 문제가 터질 때마다 매스컴 한 방으로 발길이 뚝 끊기고 만다. 속은 좀 뒤틀리지만 그래서 일본이 외식업계에서도 선진국인가, 이런 생각을 하기도 한다.

"이대점은 어떻게 되었습니까?"

이대 근처에 새로 오픈한 브런치 카페에 대해 우현이 묻자 김 차장의 얼굴이 만족스럽게 느슨해졌다.

"류 사장이 요즘은 거의 서울에서 지내는 듯합니다. 사장님 말씀대로 테이크아웃 할 수 있는 샌드위치 메뉴를 개발한다고 얼마 전에도 저희 연구소에 잠시 들렀습니다."

우현은 부산 해운대 근처 조그마한 골목집에서 발견한 샌드위치 가게를 떠올리며 미소를 지었다.

"한번 맛보러 가야겠군요."

"요즘같이 간편하고 맛있는 패스트푸드를 원하는 세대들한테는 딱이지 싶습니다. 게다가 호밀빵으로 만든 샌드위치가 요즘 젊은이들 사이에서 인기랍니다."

"아, 그리고 이번 점장 세미나는 어디서 개최되지요?"

"제기동에서 열릴 예정입니다."

"네, 수고하셨어요. 그만 나가 보세요."

"네."

우현은 김 차장이 나가자마자 자리에서 일어났다.

준경에게 들렀다가 우진을 보러 갈려면 좀 서둘러야겠다는 생각을 하며 복도를 성큼성큼 걸어가고 있을 때였다.

"지금 나가세요?"

마침 화장실에서 나오던 필주가 함박웃음을 지으며 친근하게 인사를 건넸다.

"네."

"그럼, 안녕히 가세요."

우현은 그 일 이후에 유독 친근하게 대하는 필주에게 약간 고개를 숙여 인사를 하고는 걸음을 옮겼다. 하지만 몇 걸음을 가다 잠시 주춤거리며 걸음을 멈추었다. 고개를 돌려 잠시 망설이다 그녀를 불러 세웠다.

"아주머니, 잠깐만요."

"네? 네, 말씀하세요."

필주는 우현이 말하는 거라면 뭐라도 들어줄 듯, 방긋 웃으며 다가왔다.

"……그분은 어찌 되었나 해서요."

그날 이후 일본 출장길에 올라 거의 일주일을 보내고 온 터였다.

가끔, 아주 가끔 미옥을 업은 이영이 떠오르곤 했다.

"아, 그때 그 아줌마요? 에고, 제가 미리 말씀드려야 하는데 죄송해요. 여기 차장님한테만 보고를 올리고는 말았네요. 그날 이후로 회사는 그만두고요, 며칠 전에 입원해서 어제 수술했어요. 심장에 판막을 다시 갈아 끼우는 수술이라나? 뭐, 그렇다네요. 하여튼 엄청 큰 수술인 모양이에요. 그렇잖아요. 사람이 심장이 젤로다가 중요한데 그 심장이 아파서 수술을 했으니까요. 어제는 내내 조마조마해서 죽는 줄 알았어요. 그것이 딸 하나 말고는 아무도 없거든요. 이영이 고것도 얼굴이 반쪽이 되어갖고 병원에 죽치고 있어요. 며칠은 중환자실에 있어야 하는 모양이에요. 그나마 수술은 성공했다니까 안심이지만서도. 하여튼 잊어먹지 않고 관심을 가져 주셔서 너무너무 감사하네요. 감사해요."

"네, 수술이 성공적이었다니 다행이네요. 그럼, 수고하세요."

우현은 마치 자신의 일인 양 허리까지 숙여 인사하는 필주에게 다시 한 번 고개를 숙이고는 몸을 돌렸다.

엘리베이터의 단추를 누르며 복도의 창문을 바라보았다. 눈이라도 올 양인지 온통 회색빛이던 하늘에 용케 달이 삐죽 나와 있었다.

판막이라니, 그래서 그때 그녀의 얼굴이 그랬던 거다.

"이 메뉴는 손을 좀 봐야겠다."

우현은 준경이 내어 놓은 바나나와 피칸 와플을 먹으며 엄숙하게 중얼거렸다.

"그냥 좀 먹지. 맛 평가해 달라고 내놓은 거 아니거든?"

준경이 투덜거리며 커피를 홀짝거렸다.

"우진이가 그러는데 레스토랑에 가서도 눈을 번쩍거리면서 두리번거린다며? 종업원들이 벌벌 떤다고 막 짜증 내더라."

"그거야 옛날 사장이었으니 그럴밖에."

"체, 그럴 거면 왜 나간 거야?"

우현은 준경이 투덜거리며 자신을 쏘아보든 말든 상관없이 와플을 음미하다 내려놓고는 커피 잔을 집어 들었다.

"헛소리 집어치우고 그래, 가게는 잘 돼가?"

우현의 물음에 준경의 얼굴이 조금은 느긋하게 바뀌었다.

"뭐, 그럭저럭. 어머니는 아직 불만이긴 하지만 말이야."

"열심히 해. 차려놓고 게으름 피우니까 그러시지."

준경은 와플을 먹는 우현을 얄밉다는 듯 노려보았다.

"흥, 이래도 저래도 항상 잔소리뿐이셔. 알면서 그래. 엄마들은 당최 잔소리가 줄지를 않아. 왜 그런 거래? 이모도 여전히 잔소리한다며? 우진이가 난리더라. 결혼식 날짜까지 잡혔는데도 우진이만 보면 인상을 찡그리신다며?"

"뭐, 사실은 나한테 짜증 내고 싶으신 거야. 동생 먼저 결혼하게 만든 바보 멍충이라고 며칠 전엔 전화로 고함을 치셨으니까."

우현의 말에 준경은 하하, 웃음을 터트렸다.

"근데 형은 정말 결혼 생각 없어? 지금 벌써 서른넷이야. 아니네, 이제 것도 얼마 안 남았네."

"결혼? 허니문 짐 풀자마자 으르렁거리며 싸우는 거? 그럴 바엔 혼자 살지."

우현은 소파에 등을 기대어 앉으며 심드렁하게 대답했다.

"행여 우진이한테 그런 소리 해라."

"나는 그렇다는 말이야."

"우진이 녀석은 어릴 때부터 빨리 결혼하고 싶다고 했었잖아. 결국 이렇게 사고까지 쳐 가면서 결혼하는 거 보면 정말이긴 한가 봐. 그지?"

준경의 말에 우현은 아무 대꾸 없이 천장에서 내리쬐는 나비 등의 불빛을 바라보았다.

참, 이상한 일이다. 같은 부모에게서 태어나 거의 비슷한 환경에서 자랐으니 보고 듣는 것이 비슷할 수밖에 없다. 그런데도 '결혼관'이나 '인생관'이 이렇게도 다르다니.

우현은 부모님을 보면서 결혼에 대한 환상을 버렸고 우진은 부모님을 보면서 자신은 부모님처럼 살지 않겠노라 다짐을 했다.

우현은 카페 안을 둘러보다 창가의 테이블에 잠깐 시선을 멈추었다. 이영이 앉았던 테이블이었다. 그녀가 양반다리를 하고 앉아 벨기에 와플을 먹던 모습이 불쑥 떠올랐다.

"근데 우진이 녀석, 진짜 괜찮은 거래? 결혼 앞두고 웬 위경련? 현정 씨가 엄청 놀랐겠더라. 홀몸도 아닌데."

"내일 이것저것 검사할 거래. 위염인 것 같다고 하는데 어머니가 확실히 해야 한다고 또 난리셔."

"지금 바로 병원에 갈 거야?"

"그래, 들러야지. 또 뭔 소리 들으려고."

"그래? 그럼 잠깐 기다려. 우진이가 부탁한 게 있거든."

우현은 바(bar)로 향하는 준경을 보며 천천히 자리에서 일어났다. 시간이 지날수록 점점 더 늘어나는 손님들을 바라보며 슬쩍 미소를 지었다. 하루가 멀다 하고 걸려오는 이모의 전화에 내일은 시원하게 답을 해 줄 수 있을 것 같기도 했다.

"이거."

우현은 준경이 내민 종이 가방을 받으며 안을 들여다보았다.

"뭐야?"

"와플. 식기 전에 후딱 갖다 줘. 현정 씨가 며칠 전부터 엄청 먹고 싶다고 했대."

우현은 병원 주차장에 세워둔 차의 문을 열면서 어이없는 미소를 지었다.

조수석에 떡하니 와플이 든 종이 가방이 그대로 있었기 때문이었다.

[벌써 치매야? 왜 그래?]

제수씨 앞에서 그런 소리를 지껄이는 우진을 제대로 쏘아보지도 못하고 곧 가져오겠다며 병실을 나온 참이었다.

미간을 살짝 접으며 종이 가방의 밑바닥에 가만히 손을 대어 보았다. 그러나 아직 제법 따뜻한 온기가 느껴져 우현은 흡족한 미소를 지으며 차문을 닫았다.

걸음을 옮기던 우현은 동관을 흘깃 쳐다보았다. 어쩌면 저기 그녀가 있을지도 모른다. 우진이 입원한 곳이 아산병원이란 얘기를 듣는 순간 우현은 자연스레 이영과 미옥이 떠올랐다.

[이영이 고것도 얼굴이 반쪽이 되어갖고 병원에 죽치고 있어요.]

거의 화장기가 없는 이영의 얼굴이 떠올랐다. 그러자 연상 작용처럼 유난히 하얀 피부와 농그란 이마가 차례차례 떠올랐다. 대수롭지 않다. 그냥 쉽게 잊혀지는 얼굴이 아니기 때문이다.

그래, 별거 아니야.

우현은 다짐을 하듯 마음속으로 중얼거리고는 서둘러 동관을 스쳐 지나갔다. 그러나 얼마 못 가 걸음을 우뚝 멈추었다. 가로등 아래 벤치에 낯익은 모습이 보였기 때문이었다.

천천히 뒤를 돌아보았다.

이영이 우두커니 벤치에 앉아 있었다. 그냥, 우두커니.

추운 날씨에도 불구하고 이영은 기다란 목을 그대로 드러낸 채 앉아 있었다. 필주의 말처럼 이영의 뺨이 홀쭉한 듯도 보였다.

그 모습에 우현의 마음이 묵직하게 가라앉았다. 그때 종이 가방에서 흘러나온 다디단 와플 냄새를 맡은 사람처럼 이영이 불쑥 고개를 들었다.

우현은 이영의 눈동자를 마주하자마자 저도 모르게 움찔 숨을 죽였다.

이영이 조금은 당혹스런 표정으로 벌떡 일어서자 종이 가방을 든 우현의 손가락에도 힘이 들어갔다.

"어? 안녕하세요? 여긴 어쩐 일이세요?"

"병문안."

그의 짧은 답변에 이영의 눈이 동그랗게 커졌다. 동생 병문안이라고 말해야 하는데 뒤이어 웃음 짓는 이영의 모습에 우현은 그만 입을 다물었다.

"진짜요? 안 그래도 되는데……."

"이거."

뜬금없이 와플이 든 종이 가방을 내밀었다. 마치 와플을 사오기로 약속이나 한 사람처럼 말이다.

이영의 눈동자가 종이 가방에 머물렀다가 이내 우현의 얼굴로 시선을 옮겼다.

"뭐예요?"

"와플, 벨기에 와플."

그의 대답에 이영의 눈동자가 반짝거렸다.

"나, 되게 좋아하는데."

"알아."

"그럼, 커피는 내가 살게요."

이영은 활짝 웃으며 자판기 커피가 있는 곳으로 가볍게 걸음을 옮겼다. 그녀의 뒤를 따르던 우현은 잠시 뒤를 돌아보았다. 벤치엔 그녀의 목도리가 아무렇게나 나뒹굴고 있었다.

그런데도 그녀는 아무것도 모르는 사람처럼 성큼성큼 병원 안으로 들어서고 있었다.

짧게 한숨을 쉰 우현은 목도리를 챙겨들고는 그녀의 뒤를 따랐다.

이영은 우현이 사온 와플을 테이블에 펼쳐 놓으며 와, 하고 탄성을 질렀다. 그리곤 고맙다는 인사만 하고는 정말 너무너무 기다렸던 사람처럼 그에게 먹어 보라는 인사치레도 없이 깔끔히 먹어 치웠다.

우현은 쓰디쓴 자판기 커피를 마시며 그런 그녀를 묵묵히 바라보았다.

후룩 벗어던진 목도리는 여전히 그의 옆에 놓여 있었다.

검정 니트 사이로 보이는 이영의 가느다란 목이 병원의 불빛 아래서 하얗게 반짝거렸다.

손가락에 묻은 생크림까지 핥아먹은 이영은 그제야 고개를 들어 우현을 바라보았다. 자신을 바라보고만 있는 그에게 겸연쩍게 웃으며 이미 다 식어 버린 종이컵을 집어 들었다.

"맛있어요. 엄청 단 게 먹고 싶었거든요. 고마워요."

뒤로 질끈 묶은 머리에서 삐져나온 머리카락이 관자놀이를 덮고 있었다. 버릇처럼 앞 머리카락을 아무렇게나 쓸어 넘길 때 드러나는 이마가 꽤나 앙증맞았다. 뽀얀 피부와 금방 와플을 먹어서 색이 짙어진 분홍빛 입술이 소녀같이 예쁘다. 확실히 되짚어서 보고 싶은 얼굴이다.

"얘기 들었어. 심장 수술을 하셨다고?"

"네, 다행히도 성공적이래요. 심장에서 소리가 나긴 하겠지만 엄만 심심하지도 않고 좋겠다고 그러세요."

어찌 들으면 슬픈 얘긴데 그녀의 얼굴은 전혀 슬퍼 보이지 않았다. 오히려 행복한 표정이었다.

슬프거나 사연 있는 인간은 으레 성격도 모가 나기 마련이라고 우현은 평소 생각하고 있었다. 게다가 우현은 그런 사람들의 넋두리에 귀를 기울일 만큼 인내심이 많지 않았다.

우현은 담백하게 방긋 웃는 그녀에게 기특한 표정을 지으며 의자에 등을 기대었다.

"근데, 왜 나한테 자꾸 말을 놔요?"

"어?"

"그렇잖아요. 생각해 보니까 처음부터 그랬네? 왜 그래요?"

이영의 입술이 삐죽이 올라갔다. 그 표정에 우현은 장난기가 불쑥 치솟았다.

"이봐, 난 학교 졸업한 지 까마득해."

"누군요?"

"초등학교 말고 대학 말이야."

"피차일반이네요."

우현의 눈썹이 의심스러운 듯 하늘로 치솟았다.

"왜 그렇게 쳐다봐요?"

"도대체 몇 살인데?"

"나요? 서른둘."

"말도 안 돼!"

좀체 놀라는 일이 없는 우현이 대뜸 고함을 지르며 상체를 곧추세웠다. 눈을 동그랗게 뜨고는 이영을 아래위로 훑어보는 모양새가 정말 꽤나 놀란 모양이었다. 그 모습에 이영의 눈이 살짝 가늘어졌다.

"왜요? 스타킹이나 진실게임에 한번 나가 봐요?"

삐죽이는 그녀를 보면서도 우현은 좀체 감정을 드러내지 않는 얼굴에 온갖 감정을 드러내며 앉아 있었다. 처음 대면했을 때의 기억이랑 회사에서 마주했을 때의 기억까지 낱낱이 떠올려 보았다. 그러다 사무실로 당당하게 따지러 들어왔을 때의 눈빛이랑 병원에서 마주한 그녀의 눈동자가 불쑥 떠올랐다.

그래, 그래서였나 보다. 어린 외모와 달리 까맣고 동그란 눈동자에 깃든 깊이에 가슴이 뜨끔거린 것은.

어딘가 매치가 되지 않는 눈동자라는 생각만 했었는데 사람은 역시 아무리 외모가 어려 보인데도 나이를 숨길 수 없는 뭔가를 한 가지씩은 가지고 있기 마련인가 보다.

"주위 사람들 말에 의하면 나이에 맞지 않게 입고 다녀서 그렇대요. 운동화에 청바지만 줄기차게 입고 다녀서 그렇다나요? 체, 서른

넘은 여자는 어떤 옷을 입어야 한다고 정해져 있나?"

이영은 투덜거리며 그녀가 입고 있는 청바지에 손바닥을 쓱쓱 문질렀다.

입고 있는 것이 문제가 아니다. 조금의 영향이야 주겠지만 매끈한 피부나 동그란 눈매 때문이다. 스물을 갓 넘겼다고 해도 믿을 수 있을 정도였다.

"그쪽은요? 나랑 별 차이 없을 것 같은데, 아니에요?"

"서른넷."

"체, 겨우 두 살?"

그러면서도 이영은 반말을 하는 그에 대해 더 이상 따지고 들진 않았다.

"진짜 병문안 온 거예요?"

이영은 힐끗 우현을 곁눈질하며 두 다리를 쭉 폈다.

"응, 진짜로."

우현은 고개를 끄덕이다 문득 우진을 떠올렸다. 아까부터 주기적으로 올리는 진동소리가 아마도 그일 것이다.

이영은 의미 없이 운동화로 바닥을 쓱쓱 문지르다, 그를 힐끔거리며 좀 쑥스러운 듯 손가락으로 볼을 긁었다.

"그땐 내가 좀 심했죠? 미안해요."

우현은 의외의 말에 눈썹을 휙 하니 올렸다.

"아마도 자격지심 같은 게 좀 있었나 봐요. 그쪽이 필주 아줌마 인사는 받아주지 않고 다짜고짜 짜증을 내서 그만 확 속이 뒤틀렸거든요. 청소부 일을 한다고 사람을 무시하나? 이런 생각을 했거든요. 원래 욱하는 성격이 아닌데 나이가 들어서 그런지 거슬리는 것은 못 참겠는 거예요. 이상하죠? 나이가 들면 좀 너그러워질 줄 알았는데 나는 아니더라고요."

서른둘이라곤 믿기지도 않는 여자가 나이가 들면 어쩌고 하니까 우습다. 우현의 입술이 미세하게 꿈틀거렸다.

"뭐, 나도 잘한 건 없으니까."

그리곤 짧은 침묵이 흘렀다. 식어 버린 커피를 홀짝거리는 이영의 곁에서 우현은 병원을 드나드는 사람들을 바라보며 앉아 있었다.

그때였다. 갑자기 허리를 꼿꼿하게 세운 이영이 벌떡 일어섰다. 잠깐만요! 라고 그에게 다급하게 외치고는 종종 걸음으로 자리를 떴다. 그곳엔 한 중년의 남자가 서 있었다.

이영이 뭐라고 말을 하자 중년의 남자는 손을 들어 눈가를 문질렀다. 남자의 눈은 어찌나 울었는지 몇 미터 떨어진 우현이 보기에도 퉁퉁 부어 있었다.

아버지인가? 아니다. 청소부 아줌마의 말에 의하면 이영은 엄마와 단둘이라고 하지 않았던가? 삼촌인가? 우현은 남자의 팔을 어루만지며 열심히 위로하는 이영을 바라보았다.

저렇게 울 사람은 그녀 같은데, 그녀는 울었을까.

문득 그게 궁금해졌다. 하지만 더 생각이 이어지기도 전에 또 한 번 휴대폰이 거세게 몸을 떨었다. 마치 상대의 분노를 알리기라도 하듯 그 떨림도 꽤나 거칠었다.

"여보세요?"

─길 잃었어? 어디야.

"집."

─……치매니? 치매야?

"응, 그런가 봐. 제수씨한텐 미안하다고 전해. 다음에 맛있는 저녁 대접한다고."

—채우현!

고함치는 우진의 목소리가 연이어 들렸지만 우현은 종료버튼을 눌러 버렸다. 어차피 와플을 기다리는 것이니 빈손으로 가 봐야 반기지도 않을 것이다.

드디어 남자가 가고 이영이 돌아섰다. 그를 보고는 희미하게 미소를 지었지만 어째 좀 작위적이었다. 조금 지친 듯도 보였다.

"누구?"

"아, 그게……."

그냥 가볍게 물은 질문에 이영의 얼굴이 조금 난처해졌다.

"대답하지 않아도……."

"아버……지가 될 뻔한 분이요."

참, 여러 가지로 말문을 막히게 하는 여자다.

우현은 이영의 조그만 얼굴을 쳐다보았다. 단지 조금의 어색함 외에는 어떤 것도 읽을 수가 없었다.

"한 십 년을 엄마랑 사셨거든요."

"아……."

역시 복잡한 여자였다. 구구절절 사연이라도 읊어대는 것은 아닐까. 우현은 불편한 듯 몸을 뒤척였다.

"사랑, 그거 해 봤어요?"

그러나 이영은 대뜸 우현에게 어이없는 질문을 던졌다.

"사랑? 글쎄……."

"그 나이에 설마 사랑도 못 해 봤단 말이에요?"

어째 실망한 듯도 한 목소리에 우현은 눈을 내리깔고 조금은 장난기를 담아 대답을 했다.

"그땐 사랑이었는데 지나고 나면 아닌 것도 있었지만, 아마도 사랑 비슷한 걸 해 봤을걸?"

하지만 금방 와플을 먹고 맛있어요, 하고 소녀처럼 웃던 그녀는 없다. 서른둘의 여자가 앉아 있었다.

"사랑이 뭐라고 생각하는데요?"

동그랗고 까만 눈동자가 우현에게 오롯이 박혔다. 다시 가슴이 싸해진다.

"상대가 아니면 안 되는 절절함? 그리움? 멍하니 있어도 생각나는 마음? 언제나 함께하고픈 거?"

우현은 사귀었던 여자들이 구구절절 토해내던 단어들을 덤덤하게 나열했다.

이영은 그런 말투에서 시니컬함을 읽어내고는 고개를 돌려 그를 똑바로 쳐다보았다.

"사랑이…… 환상이라고 생각해요?"

"외로움이 만들어낸 환상이지. 그것도 유효기간이 아주 짧은."

그러면서 삐딱하게 웃어 버리는 그를 이영은 진지하게 쳐다보았다.

"심하게 데었구나?"

"아니."

"아냐, 배신당했어. 그죠? 엄청 사랑한 여자한테."

"아니라니까."

"아직도 좀 가슴이 먹먹하고 그래요? 그래서 말하기도 싫어요?"

"소설 써? 왜 사람 말을 못 믿어? 그런 일 없다고, 이 아가씨야."

"에? 정말요?"

실망한 표정까지 지어 보이는 이영의 모습에 우현도 어처구니없는 표정을 지어 보였다.

배신당한 적이 없다는데 실망할 건 또 뭐란 말인가.

"그런데 왜 그런 생각을 갖게 되었지?"

"그러는 댁은 사랑이 뭔데?"

"음…… 상대가 아니면 안 되는 절절함? 그리움? 멍하니 있어도 생각나는 마음? 언제나 함께하고픈 거?"

그리곤 키득 웃어 버렸다. 우현이 눈을 가늘게 뜨고 쳐다보자 민망한 듯 웃음을 그치고는 의자에 편하게 등을 기대어 앉았다.

"사실 잘 몰라요. 언제나 사랑이 어쩌고저쩌고 하는 사람들한테 좀 질린다는 생각을 하기도 하지만 궁금은 하거든요. 왜 그렇게 안달인지, 왜 그렇게 모든 걸 버리고 올인하는지……."

병원 밖 어둠을 응시하는 이영의 목이 여전히 병원의 불빛 아래서 차갑게 반짝였다.

우현은 저도 모르게 목도리를 집어 들어 불쑥 내밀었다.

"어? 내 목도리."

이제야 생각이 난 듯 이영은 목도리를 받아들며 활짝 웃었다.

"해. 너무 추워 보여."

그 말에 이영의 미소가 잠시 주춤했다.

"난 추운 게 좋은데."

하지만 곧 장난스레 코를 찡긋거리며 목도리를 하얀 목에 걸쳤다.

[엄마가, 엄마가 많이 아파요.]

상대가 전화를 받자마자 이영이 뱉은 말이었다. 휴대폰 너머로 숨을 들이키는 소리가 유독 크게 들려왔다.

[큰, 아주…… 큰 수술을 해야 한대요.]

[어, 어쩌다가…….]

상대는 말을 잇지 못했다. 하지만 이영은 보지 않아도 상대의 표정을 짐작할 수 있었다.

[심장이 아프대요. 내일 판막 수술 해요.]

기어이 상대는 흑, 하고 흐느낀다. 이영도 아직 울지 않았는데 말이다.

[……오실 수 있죠? 엄마가 보고 싶어 하실 거예요.]

[그래, 그래. 가야지. 수, 수술하면 살 수 있는 거냐? 괜찮아지는 거야? 그런 거지? 응? 위험한 거 아니지?]

[그, 그럼요, 괜찮아요. 판막 수술쯤이야 심장 수술 중에선 아무것도 아니래요.]

사실은 나도 무서워요. 아무도 나에게 괜찮을 거야, 라고 말해 주지 않거든요.

그래서 겁나요. 그래서 아저씨의 도움이라도 받고 싶어요.

혼자는 싫으니까. 또 다시 혼자가 되는 건 싫으니까.

미옥의 수술 전날, 이영은 결국 태호한테 전화를 했다. 유효기간이 유독 짧다며 시니컬하게 말하는 우현과 달리 태호의 사랑은 언제나 가슴이 먹먹할 정도로 한결같다. 종이컵을 들고 일어나는 우현의 커다란 실루엣을 바라보는 이영의 눈동자가 병원의 삭막한 테두리를 밝게 비추는 달빛을 받아 산산하게 가라앉았다.

우현의 기다란 몸을 바라보며 이영은 목도리를 꼭 여몄다. 목이 일순 답답해 왔지만 이영은 그가 몰고 온 서늘한 기운이 가슴을 시원하게 해 준다고 생각했다. 시원? 불현듯 드는 생각에 이영의 미간이 살짝 접혔다. 유독 더위를 못 견디는 이영은 언제나 버릇처럼 서늘하고 차가운 것을 찾아다니곤 했다. 그래서일까, 오늘은 유독 우현이 내뿜는 서늘한 기운이 마음을 끈다고 생각했다. 와플 접시를 밀어 줄 때 언뜻 보았던 우현의 기다란 손가락이 갑자기 떠올랐다.

저 남자의 손도 서늘할까.

5.
오레곤 피노누아

"출근해도 되는 거야? 어머닌?"

은수는 용케 이 시간에 준경의 카페 안, 이영이 항상 앉는 그 자리에 앉아 있었다.

"퇴원하셨잖아."

"그래도 지금은……."

은수의 말은 종업원의 등장으로 끊겨 버렸다. 하지만 은수는 조금은 홀쭉해진 이영을 내내 바라보았다. 수술을 하고 나서야 연락을 준 이영이었다. 못된 계집애! 하고 욕을 퍼부어도 이영은 '미안, 미안.' 하며 웃을 뿐이었다.

전화가 뜸할 때부터 무슨 일이 있을 거라 짐작했어야 했다.

"……하여튼 미안하다."

"야, 너무 많이 들어서 약효가 떨어졌어."

투명한 물 잔을 집어 들며 이영이 이죽거렸다.

"아무리 생각해도 미안한걸 뭐. 난 언제나 결정적인 순간에 네 곁에 없어. 넌 그렇지 않은데. 왜 이런 거니? 왜 이렇게 타이밍이 맞지 않는 거냐?"

"그건 네 탓이 아냐. 내 팔자가 그런 모양이지 뭐. 결정적인 순간엔 언제나 너 혼자 감당해라, 하고 신이 내 정수리에 대고 중얼거렸나 보지."

"야, 재수 없는 소리 그만해라. 생각만 해도 끔찍하다."

정말 끔찍한 듯 몸을 부르르 뜨는 은수를 바라보며 이영은 그냥 피식 웃었다.

때때로 스스로가 원치 않아도 끔찍한, 그런 일은 일어나기도 한다. 팔자가 어쩌고 지껄이긴 했지만 이영 자신도 외로움이라면 끔찍하다.

이영은 오늘따라 유난히 북적이는 카페 안을 둘러보다 테이블을 돌아다니는 한 남자를 발견했다.

……우현인가?

이영의 눈이 살짝 가늘어졌지만 방긋 웃으며 돌아서는 남자는 이 카페에서 항상 보던 남자다. 가끔 이영과 눈이 마주친 적이 있는 서글서글한 눈매의 남자.

그날 이후로 우현을 본 적은 없다. 그날 헤어질 때 뭔가 할 말이 있는 듯 잠깐 주춤거렸지만 그는 이내 어머니의 쾌유를 빈다는 말을 하고는 가 버렸다.

"한 학기 정도는 쉬어도 되지 않아? 뭐, 간병 휴가나 그런 거 없냐?"

"괜찮대도 그러네. 그리고 지금, 혼자 계신 거 아니야."

"간병인이라도 써? 아님, 누가……!"

이영의 표정에서 무얼 읽기라도 했는지 은수는 다급히 입을 다물었다.

"서, 설마!"

"맞아, 그 설마가 맞아."

"야! 너, 너 미쳤어! 그, 그 사람을……."

은수는 더 이상 말이 이어지지 않는지 입술만 벙긋거렸다.

"정말 있어야 될 분이잖아. 내내 우셨어."

은수는 담담하게 말하며 종업원이 두고 간 와플 접시를 바싹 당기는 이영을 바라보았다.

"어머니가 싫어하실걸?"

"뭐, 조금 당황해하시긴 하더라. 그래도 지금은 누워 계시잖니. 그리고 몸이 아플 땐 그리운 사람이 보고 싶기 마련이야."

"아이구, 효녀났네. 이것아, 니가 누구 때문에…… 으휴, 내가 말을 말자."

자신이라면 도저히 용납할 수 없다. 용서할 수도 없다. 애초에 돌아온 어머니를 받아들이지도 않았을 것이다. 하지만 이영은 어린 자신을 버리고 다른 남자와 십 년을 살다 돌아온 어머니를 자연스럽게 받아들였다. 도대체 무슨 심정으로 그러는 건지 은수는 짐작도 할 수 없었다.

이영은 은수의 말에 그저 아무것도 아닌 양 히죽 웃었지만 맛있던 와플이 입안에서 서걱거리는 느낌에 실찍 미간을 찌푸렸다. 입에 모래가 잔뜩 들어앉았는지 어떤 맛도 느낄 수가 없었다. 요 근래 계속 이런 상태였다. 그래서 와플을 먹으면 좀 나아질 거라 생각했는데.

이영은 와플을 내려놓고 아메리카노를 집어 들었다.

결국 태호 앞에서 눈물을 흘리던 미옥의 모습이 떠올랐다. 그리고 자신보다 더 자연스럽게 '엄마'라고 부르는 지훈과 지수의 모습도.

일순 떠올리지 않아도 될 과거의 모습까지 잔잔히 수면 위로 떠올랐다.

사람에겐 누구나 지우고 싶어도 지워지지 않는 기억이 있다. 눈을 감아도, 귀를 막아도 마음을 울리며 지나가는 영상이 있다.

"넌, 어떻게 지냈어?"

더는 생각하기도 싫어진 이영은 일부러 화제를 바꿨다.

"……나? 난 뭐, 여전하지."

"그 남잔 어떻게, 잊었어?"

"누구? 그때 그 자식? 야, 잊었어. 걱정 마. 내가 그런 자식 땜에 시간 낭비하겠냐? 흘린 눈물도 아깝다."

"그래, 그래. 잘했어. 걱정 마. 이젠 제대로 된 남자 만날 거야."

은수의 얼굴이 금세 발그레해졌다. 흠흠, 하며 이영의 눈치를 힐끔 보는 모양새가 왠지 수상쩍었다.

"누구, 생겼어?"

"나…… 선봤어."

"선?"

한번도 '선'이란 걸 본 적이 없는 은수였다. 웃기셔, 하고 콧방귀를 날리기 일쑤였다. 아직은 그런 절차 없이도 남자쯤은 거뜬히 만날 수 있다며 자존심마저 상해하던 그녀였다.

"응. 그게…… 뭐, 이젠 지친 것도 있고. 야, 너도 알잖아. 이상하게 나한테 나쁜 놈들만 걸려드는 거. 그래서 하루는 심각하게 고민했잖아. 내 눈이 이상한가? 내가 남자를 보는 눈이 없는 게 아닌가 하고."

"그래서 부모님의 눈을 믿기로 했다?"

"손해 볼 것도 없다 싶기도 하고. 부모님이 그러시는 거야. 너는 널 확 휘어잡을 수 있는 남자여야 해. 근데 너도 알다시피 내가 만난 남자들은 다 야들야들, 무늬만 숙맥인 연하남뿐이었잖니."

이영은 얼굴을 빛내며 말을 이어가는 은수를 가만히 바라보았다.

언제나 사랑을 쉽게 하고, 그 사랑에 상처 받아도 한 번 울곤 털어 버리는 은수.

그 다음 사랑도 언제나 쉽게 찾아온다.

사랑이…… 은수에게 사랑은 대체 뭘까.

"근데 이 남자, 나보다 네 살 많은데 물론, 첨엔 무슨 이런 늙다리를 소개해 주냐며 짜증을 부리긴 했지. 하여튼 그 남자, 내가 여태 찾던 남자랑 영 딴판인데도 이상하게 맘을 확 끌어당기더라? 이상하지? 이런 게 인연인가?"

"사랑…… 할 것 같아?"

"호호호. 야, 이제 겨우 몇 번 만났는데 뭐. 하지만 왠지 예감이 좋아. 그래, 솔직하게 말하면 사랑하게 될 것 같아."

그러면서 커피를 홀짝였다. 볼은 발그스레하고 입매는 부드럽게 말려 올라가 있었다.

그 모습을 지켜보던 이영의 마음이 갑자기 전에 없이 가라앉기 시작했다. 평소라면 죽하한다며 웃어 버릴 일인데 이상하게 그렇게 되지 않았다.

사랑? 그게 그렇게 마음먹은 대로 되는 건가? 사랑하게 될 것 같
은 예감도 그렇게 수시로 찾아오는 것인가? 그럼, 그렇게나 쉬운 사
랑이 왜 자신한테만은 이리도 어려운가. 그렇게나 사랑이 쉽다면 자
신도 보란 듯이 해 보고 싶다.

매일 술을 먹고 엄마만 찾았던 아빠도, 어린 딸을 버리고 갈 정도
로 사랑에 목말라 했던 엄마도, 엄마를 잊지 못해 매일 집 앞에서
서성이던 아저씨도 결국은 사랑이었다.

정작 자신의 사랑이 아니라 주위의 사랑 때문에 상처를 받고 외
롭게 자랐지만 한 번도 사랑을 혐오한 적은 없었다. 언제나 그걸 꿈
꿨었다.

[외로움이 만들어낸 환상이지. 그것도 유효기간이 아주 짧은.]

문득 우현의 시니컬한 대답이 떠올랐다.

이영은 사랑이 대단한 거라고 떠들 수도 없지만 보잘 것 없다고
말할 수도 없었다. 다만 사랑을 꿈꾸지 않는 삶이란, 참 쓸쓸하고
슬플 거라는 생각을 우현을 보면서 했다.

"맛이 괜찮습니까? 뭐, 더 필요한 건 없으시구요?"

이영은 준경의 상냥한 말에 고개를 돌렸다.

"네, 괜찮아요."

웃으며 대답하는 은수의 말이 끝나자마자 이영은 남자의 눈을 마
주 쳐다보았다. 분명 눈앞의 남자는 우현과는 전혀 다르게 생겼다.
우현이 전체적으로 선이 날렵하다면 이 남자는 꽃미남과에 속한다.
그러나 이곳에서 우현을 봤기 때문일까, 자연스레 그에 대한 기억이
눈에 잡힐 듯 선명해진다. 그러자 이영 자신조차 알 수 없는 조급함
이 꾸물꾸물 마음속을 헤집고 올라왔다.

사랑에 시니컬한 남자.

사랑이 환상이라고 삐딱하게 말하던 그 남자가 보고 싶다. 사랑은 그런 게 아니라고 말하면 웃어 버릴지도 모르지만 왠지 그 말을 할 때 문득 읽힌 그의 외로움이 눈에 잡힐 듯 그려진다.

어쩌면 사랑하고 싶다, 그렇게 외친 건지도 몰라. 외로우니까.

준경의 카페에 들어서자마자 우현의 눈길은 자연스레 항상 이영이 앉던 그 창가 자리에 머물렀다. 그러자 그의 눈매가 슬쩍 가늘어지면서 몸의 근육들이 일제히 긴장감에 굳어졌다.

이영이다!

준경이 반갑게 손을 흔들며 아는 체를 하는데도 우현의 눈길은 그녀에게서 떠날 줄을 몰랐다.

[나, 박이영이에요.]

병원에서 헤어질 때, 그녀는 별안간 자신의 뒤통수에 대고 이렇게 소리쳤다.

[뭐?]

[이름말이에요. 박이영이라구요.]

[알아.]

[예? 안다구요?]

놀라움에 더 동그래진 여자의 눈동자는 꽤나 귀여웠다. 하지만 곧 통성명하던 때가 떠올랐는지 잠시 난감한 표정을 지어 보였다.

[오늘 정말 고마웠어요.]

다시 한 번 꾸벅 인사하는 이영의 정수리를 쳐다보며 우현은 비지주머니에 한쪽 손을 집어넣었다. 무심코 그녀의 정수리를 향해 손가락이 움직인 탓이었다. 명치끝이 아려온다. 우현은 생경한 마음을 들키지 않으려 서둘러 몸을 돌리고는 무심하게 손만 들어 보였었다.

그렇게 헤어지고 가끔 그녀의 하얀 목과 소녀처럼 깔깔거리던 웃음이 생각나곤 했다. 복잡한 사연을 잔뜩 가진 주제에 여자는 잘 웃고, 잘 재잘거렸다. 인연이라면 또 어떻게든 만날 거라 가볍게 생각하며 여자가 몰고 온 싸한 기운은 잊으려고 노력했다.

우현은 턱을 괴고 앉아 맞은 편 여자의 말을 진지하게 듣고 있는 이영을 잠시 쳐다보았다. 고개를 끄덕이기도 잠시 미소를 짓기도 했지만 오늘은 왠지 가라앉아 보인다고 생각했다. '괜찮아요'를 모토처럼 생각는 여자치고는 꽤나 우울한 얼굴이다.

"뭐야, 인사해도 못 본 체하고."

불퉁하게 투덜거리면서 준경은 우현이 앉은 맞은편에 털썩 앉았다.

"여긴 웬일이야?"

"아, 근처 볼일 보러 왔다가."

우현은 손가락으로 이마를 문지르며 메뉴판을 뒤적였다.

"오감 마케팅 모르냐? 메뉴 북이 왜 이렇게 복잡해? 50% 정도는 여유 공간이 있어야 복잡해 보이지도 않고 좋아. 그리고 똑같은 듯하지만 늘 새롭게. 정기적인 메뉴 업데이트는 필수라고."

"네, 네. 당장 시정하겠습니다. 사장님이 말씀하신 프리퀀트(Frequent) 카드도 잘 활용하고 있습니다요."

준경이 장난스럽게 거수경례를 하며 하하, 웃자 앉아 있던 손님들 중에서 몇몇이 미소를 머금고 돌아보았다.

우현은 어이없다는 듯 웃으며 다시 창가로 고개를 돌렸다. 그러자 곧장 이영과 시선이 마주쳤다. 놀란 듯 이영의 눈동자가 동그래지며 입가엔 조금 어색한 미소가 그려졌다. 약간 뒤로 주춤 물러나는 듯한 반응에 우현의 입가에 절로 힘이 들어갔다.

우현이 손을 들어 보이자 이영도 어설프게 손을 들어 보였다. 그러자 이영 맞은편에 앉은 여자의 머리가 휙 하니 돌아선다.

누구? 하고 묻는 듯한 말에 이영이 무어라 오물거린다. 무어라 말했을까.

"뭐야, 누군데? 아는 사람?"

준경이 고개를 쭉 빼고 창가를 두리번거렸다.

"아, 저 손님! 우리 단골인데, 알아? 어떻게?"

"그냥."

우현의 심드렁한 대꾸에 준경의 눈썹이 모로 올라갔다.

"저 손님, 우리 알바하는 녀석이 되게 좋아하잖아. 분위기가 묘하다나, 어쨌다나? 나는 저렇게 너무 캐주얼한 여잔 별로던데. 여자는 뭐니 뭐니 해도 몸매가 확 드러나는 옷을 입고 다녀야 이쁘지, 안 그래?"

뭔가 생각에 잠긴 듯 보이는 우현의 인상을 살피며 준경은 '쳇!' 하며 팔짱을 끼었다.

"하긴, 형 타입도 아니긴 아니다."

그 말에 우현의 고개가 준경에게로 향했다.

"내 타입?"

"그래, 형 타입. 몰라? 형은 똑똑한 여자 좋아하잖아. 엄청 스마트한 여자."

재수 없게…… 이 말은 속으로 삼키고 순경은 우현을 쳐다보았다.

"보기에도 냉기가 뚝뚝 흘러내리는 커리어우먼 좋아하잖아. 아냐? 저번에 뭐야, 한국대학교 교수. 여자지만 엄청 위압감 주더만. 뭐, 둘이 같이 있으면 그림은 되긴 하더라."

준경은 우현의 기다란 몸을 바라보며 눈살을 찌푸렸다. 저 인간은 뭘 먹고 저렇게 큰 거람?

안 그래도 185는 훌쩍 넘는 키 때문에 눈에 확 띄는 데다 언제나 슈트 차림이다 보니 탄탄한 어깨선이며 날렵한 허리선이 잘 드러났다. 게다가 어딘가 모르게 금욕적인 인상을 풍겨 보는 사람으로 하여금 한 번은 주춤하게 만드는 인상이었다.

"그래도 은근 섹시한 타입 좋아하잖아, 아냐? 하긴 섹시한 여자 싫어하는 남자가 있나?"

그 말에 우현은 미간을 접었다. 그런가? 내가 그런 타입을 선호했었나? 우현은 슬쩍 이영을 훔쳐보았다. 겉옷을 벗은 그녀는 커다란 영문자가 프린팅된 박스형 흰색 티셔츠를 입고 있었다. 그러자 선명하게 드러난 하얀 목덜미가 멀리 있는 여기서도 확연히 보인다. 순간 움찔 명치가 조여들었다.

뭐지?

인상을 구기는데 이영과 또 눈이 마주쳤다. 저도 놀랐는지 흠칫 고개를 돌리는 게 보였다. 그 모습에 우현은 눈앞의 물 잔을 들어 한 모금 마시고는 자리에서 일어났다.

"안녕하세요?"

은수는 인사를 건네면서도 호기심 어린 눈동자로 우현을 훑어보기에 여념이 없었다.

이영을 알아 온 지, 거의 십오 년이 훌쩍 넘었다. 그동안 제대로 된 연애사 하나 없는 이영이었다. 미팅이나 소개팅에서 언제나 애프터를 받았던 이영인데도 그저 친구같이 편하게 만나는 정도로 그치곤 했다.

그런데 아까 어설프게 손을 들어 인사한 당사자가 성큼 다가와 합석해도 되는지 물었다. 그러자 이영은 조금 난처한 기색이다가 이내 그 '다정' 병을 버리지 못하고 어물쩍 네, 하고 방긋 웃었다.

"방해가 된 건 아닌지 모르겠습니다."

"아, 아니에요. 만날 보는 얼굴인데요 뭐. 안 그래도 막 지겹던 참이었어요. 근데 우리 이영이랑 어떻게 아세요? 도통 연관되는 게 없어서요. 이 인간이 인간관계는 엄청 폭 넓은데 다 거기서 거기인 인간들이라 그쪽처럼……."

"시끄러."

"야, 내가 틀린 말 했냐?"

눈앞의 실랑이를 바라보며 우현은 이영의 얼굴을 가만히 쳐다보았다. 머리카락을 반만 그러모아 뒤통수에 아무렇게나 묶었는데도 그 자연스러움이 눈앞의 여자에게는 너무 잘 어울린다. 예쁘다. 두고두고 보고 싶을 정도로 예쁘다.

"어, 저도 합석해도 돼요?"

짙은 쌍꺼풀이 예쁜 남자가 방긋 미소 지으며 말을 걸자 은수의 얼굴이 보름달처럼 환해졌다.

"어머, 그럼요. 여기 사장님 아니세요?"

"네, 맞아요. 저희 가게 단골이시죠?"

준경이 이영을 가리키며 자리에 앉았다. 우현의 못마땅한 시선에도 아랑곳 않고 준경은 우현의 팔을 툭 건드리며 자기소개를 했다.

"여기 채우현 씨 사촌동생이에요. 이름은 김준경."

사촌동생이라는 말에 이영이 우현을 쳐다보았다. 우현이 가만히 자신을 쳐다보고 있자 이영의 하얀 얼굴이 서서히 달아올랐다.

"바쁘신 거 아니에요?"

우현이 잘 안다는 강남의 바(bar)로 이동하는 차 안이었다. 이영은 장소를 이동하자는 우현의 제안을 흔쾌히 받아들였으면서도 자신의 충동을 약간 후회하고 있었다. 며칠 동안 태호의 애절한 모습을 본 데다 은수의 새로운 남자 이야기에 내내 기분이 가라앉은 탓이었다. 그렇다고 이 남자를 붙잡고 뭐 어쩌려고? 괜스레 안전벨트를 매만지며 어색하게 우현을 힐끗거렸다.

은수와 준경은 뒤에 앉아 앞의 두 사람에게 온 신경을 쏟고 있었다.

조수석 문을 열어 자연스레 이영을 앞에 태우는 것을 보고 준경과 은수의 눈이 심상치 않게 반짝거렸다.

"아냐. 안 그래도 오늘은 일이 일찍 끝나 그냥 들어가야 하나, 고민 중이었거든."

"일 중독이신가 봐요?"

대뜸 은수가 고개를 삐죽 내밀며 물었다.

"그런가요? 요 근래 일에 치여 일찍 퇴근한 적이 별로 없었던 터라 일찍 들어가면 오히려 이상하긴 하더라고요."

"체, 없는 일도 만드는 덴 선수랍니다."

준경이 약간 삐딱한 시선으로 우현의 뒤통수를 흘겨보며 중얼거렸다.

"무슨 일을 하시는데요?"

은수는 우현이 너무 궁금해서 안달이 날 지경이었다.

너무 선이 날카로웠다. 우아하게 움직였지만 어딘가 칼처럼 차가워 보이는 남자였다. 이런 남자가 이영의 타입일 거라곤 한 번도 생각해 본 적이 없었다. 그저 막연하게 이영은 그녀 자신처럼 다정하고 따뜻한 남자를 원할 거라 생각했었다. 남녀 사이에는 딱 끼워 맞춘 틀이라는 게 존재하지 않는다는 걸 알고 있지만 왠지 눈앞의 남자와 이영의 모습은 상상이 가지 않는다. 이영은 은수가 여태 보았던 누구보다 긍정적이고 밝은 사람이었다. 이영의 어린 시절을 훤히 다 알고 있는 그녀로서는 그게 신기하고 기특한 일이긴 했다.

[네 몸에 있는 유전자를 지도로 한번 펼쳐 봤으면 좋겠다. 분명 그 망할 놈의 착한 유전자가 떡하니 돌연변이처럼 버티고 있을걸?]

은수의 말에 이영은 고개를 한껏 젖히며 깔깔거렸었다.

남자는 이영에 비해 너무 차갑다. 그냥 보기만 해도 차가운 기운이 뚝뚝 흘러내린다. 게다가 마치 세상을 향해 굽어보며 이렇게 내뱉을 것만 같은 분위기다.

'뭐, 어쩌라고?'

아까 가게를 내려오며 이영이 무어라 하자 남자가 그 커다란 몸을 접고는 그녀에게 가까이 귀를 가져다 대는 것을 보았다. 그러자 이영이 움찔 놀라며 고개를 뒤로 젖혔다. 하지만 남자의 표정은 지극히 평온해서 은수의 입장에선 좋다고 해야 할지 나쁘다고 해야 할지 당최 감이 오지 않는다는 거였다.

내가 오늘 그것을 밝혀 주마.

사명감에 불타오른 은수는 짧은 시간동안 어떻게든 눈앞의 남자에 대해 모든 걸 밝혀내고야 말겠다고 주먹을 불끈 움켜쥐었다.

"이것저것 조언해 주는 일을 하고 있어요."

"쉽게 말해 잔소리하는 일이죠 뭐."

준경은 팔짱을 낀 채 장난스레 이죽거렸다.

"그럼, 회사를 경영하시는 거예요? 아님, 프리랜서?"

은수는 운전하는 우현의 손가락을 흘깃 훑어보았다. 고생한 손은 아니다. 하지만 뽀얀 샌님의 손도 아니다.

"은수야, 됐거든?"

"야, 난 그냥……."

"도착하거든. 알았지? 도착하거든 내가 실컷 물어봐 줄게."

이영은 행여 난처할 우현을 대신해서 은수의 질문을 막아섰다.

은수는 아쉬운 듯 입을 다물었지만 연신 우현을 꼼꼼히 훑어보았다. 계집애, 하며 이영을 흘겨봤다가 드물게 남자를 힐끔거리며 볼을 붉히는 모습에 혼자서 흡족한 미소를 지었다.

은은한 불빛의 간판 조명엔 'HEXE'라는 특이한 이름이 멋지게 박혀 있었다. 나무 계단을 몇 개 오르자 제법 큰 해피트리가 입구와 창가 주변에 자리 잡고 있었다. 그리고 벽돌모양의 콘크리트와 인공적으로 낡게 만든 목재들이 자연스레 배치가 되어 있어 마치 숲을 끼고 있는 펜션에라도 놀러온 듯한 느낌이었다.

"우와, 나 여기 아는데. 여기 분위기 좋아서 꽤 유명해요."

은수는 자리에 앉자마자 반가운 듯 주위를 둘러보았다.

모두들 자리를 잡고 앉자 금세 매니저가 우현을 아는 체하며 다가왔다.

"채 사장님, 오랜만입니다."

"네, 잘 계셨죠?"

우현도 마주 인사를 하고는 매니저가 건네는 메뉴판을 펼쳐들었다.

"괜찮은 와인이 있는데, 어떠십니까?"

"좋아요."

열광적으로 고개를 끄덕이는 은수 옆에서 이영도 말없이 고개를 끄덕였다.

"그럼 오레곤 피노누아가 들어왔는데, 어떠세요?"

매니저의 말에 우현이 고개를 끄덕였고 매니저는 깍듯하게 허리를 굽히고는 자리를 떴다.

"어머닌?"

우현은 발이 불편한 듯 꼼지락거리는 이영을 바라보며 말을 걸었다.

"네, 좋으세요. 그래서 오늘은 이렇게 여유 부리며 나왔잖아요."

"다행이네."

"어머니가 어디 아프셨어요? 그래서 카페에 자주 못 오셨구나."

준경이 염려스런 표정으로 이영을 쳐다보자 그녀도 마주 보며 살짝 웃어 주었다.

그 웃음에 준경의 볼이 약간 붉어지는 듯하더니 괜스레 기본안주로 나온 칩을 와삭 씹으며 혼자서 큼, 큼 했다. 준경은 순간 규빈이 녀석이 여자의 무엇에 반한 건지 조금은 알 것 같은 생각이 들었다. 여자는 분명 보면 볼수록 시선이 가는 분위기를 가지고 있었다.

준경의 모습에 우현은 무표정한 얼굴로 의자 등받이에 등을 기대었다. 잠깐 주위를 돌아보다 이영과 눈이 마주쳤다. 그녀가 또 방긋 웃는다.

그러나 우현은 조금은 차갑게 일갈하고는 고개를 돌렸다.

하여튼, 너무 잘 웃어. 그것도 아무한테나.

이영의 눈이 조금 놀란 듯 휘둥그레졌지만 이내 말을 거는 은수에게로 고개를 돌렸다.

베리 향과 담배 향 비슷한 것이 입안에서 맴돌았다.

한 모금 더 입안에 머금어 보니 바닐라 향과 초콜릿 향도 느껴지는 것 같았다. 타닌의 맛은 길지 않지만 깊은 여운을 주었다. 무엇보다 색깔이 환상적이었다.

이영은 불빛에 와인을 흔들어 보며 그 색깔에 잠시 취해 있었다. 가끔 마트에서 사더라도 스위트 와인이 전부였다. 타닌이 강한 와인을 즐겨 본 적은 없었다. 그런데 오늘은 이상하게 그 떫은 여운이 혀끝에서 기분 좋게 머물러 있었다.

이영은 마치 와인이 아니라 그 색에 취한 사람처럼 마음이 한 꺼풀 내려앉는 것을 느꼈다.

여전히 재잘거리는 은수와 툴툴거리면서도 대답하는 준경. 그리고 조용히 가끔 이영을 지켜보는 우현이 있었다.

"우리 이영이 너무 예쁘죠? 아기 같죠? 피부가 장난이 아니라고요. 한번 봐요."

진짜 나이라도 든 것일까. 은수는 요즘 부쩍 술에 빨리 취하는 듯했다.

"그러게. 실례가 아니라면 나이가 몇이에요?"

준경도 대놓고 이영의 얼굴을 꼼꼼히 뜯어보며 물었다. 이영의 나이는 어려 보이는데 친구라고 나온 여자는 못해도 서른은 넘어 보인 탓이었다.

은수는 말 대신 손가락으로 대답을 대신했다. 준경의 눈이 휘둥 그레지더니 다시 이영을 이리저리 훑어 내렸다.

"진짜요? 진짜?"

"같은 여자로서 좀 재수 없긴 하지만 도저히 서른둘론 안 보이죠?"

은수의 말에 준경은 멍하니 고개만 끄덕였다. 감탄인지 어떤지 알 수 없는 눈길로 이영을 바라볼 뿐이었다.

우현은 그런 준경의 눈길에 살짝 입매를 굳혔다.

"그래도 나이가 어디 가? 여기 봐. 눈가에 주름도 몇 개 있더 라. 이건 기미야, 주근깨야?"

은수와 준경의 눈이 휘둥그레지는 것도 모르고 우현은 손가락으 로 이영의 얼굴을 꼼꼼하게 가리키면서 주절거렸다.

"저기요, 에티켓도 몰라요?"

이영이 우현의 손가락을 탁 쳐내며 노려보는데도 그는 나이의 흔 적을 찾느라 얼굴의 이곳저곳을 훑어 내렸다.

"아! 이것 봐. 손도 거칠거칠하네? 이게 다 나이가 들었다는 흔적 이지, 쯧쯧."

그러다 우현이 테이블 위에 올려진 이영의 손을 가리키며 혀를 차자 이영은 얼른 주먹을 쥐고는 허벅지 위로 내렸다.

"이, 이건 어릴 때부터 밥을 해서 그렇거든요? 초등학교 때부터 밥하고 설거지해 봐요. 이렇게 안 되나. 그것만 했나? 콩나물도 다 듬고 시금……."

이영은 아무 생각 없이 말을 이어가다 주위의 시선이 심상치 않 은 것을 느끼고는 말끝을 흐렸다.

"아, 하하! 내가 또 워낙에 착해서요. 공부도 잘했지만 집안일도 얼마나 잘 도와줬게요. 하하하!"

학교에서 돌아오면 기다리는 건 앓고 계시는 할머니와 술을 마시는 아버지였다.

밥을 하고, 반찬을 하고 밥상을 차려서 허겁지겁 먹고 나면 할머니의 잔소리를 들으며 또 설거지를 하고, 숙제를 하고 아버지의 술주정을 들어야만 했다. 하지만 같은 반, 명숙은 할머니마저 돌아가셔서 고아원에 가야 한다고 했다. 그런 명숙보다 자신은 백 배, 아니 천 배는 행복하다고 생각했다.

"이제 그만 일어나죠."

잠시 뒤, 이영은 자꾸만 히죽 웃어대는 은수를 바라보며 와인 잔을 내려놓았다.

"야, 왜 그래. 아직 맛 못 본 와인이 남았구만. 그리고 아직 물어볼 말도 많단 말이야."

"나중에. 다음에 또 만나면 되잖아."

"네, 그래요."

"우현 씨, 내가 오늘 기분이 좋아서 좀 많이 마셨거든요. 우리 이영이한테 남자가 있는 거 보니깐 내가 너무 기뻐서요. 첨엔 둘이 안 어울린다 싶었는데 자꾸 보니깐 우리 이영이처럼 물렁한 애한텐 우현 씨 같은 남자가 딱이라는 생각도 들어요. 내가 너무 기분이 좋아서, 그래서 좀 오버했으니까 우현 씨가 이해하세요. 알았죠?"

그러면서 은수는 또 배시시 웃었다.

"이영이가 요즘 좀 힘들거든요. 그래서 내가 무지무지 우현 씨한테 고마워요. 우리 이영이, 얼마나 예뻐요. 그죠? 만날 바지만 입고 털털하게 다닌다고 그게 숨겨지나요? 그런데 이 인간은 그러면 남자들이 모를 거라 생각하나 봐요. 웃기죠?"

"내가 언제 숨겼다고 그래? 내 미모가 숨긴다고 숨겨지냐? 야, 정은수. 나 예쁜 거 세상 사람들이 다 아니까 이제 그만 집에 가자."

"박이영, 내가 너무 기분이 좋아서 그런다. 하하, 야! 드디어 니가 사랑을 하는구나! 막 소문이라도 내고 싶은 심정이야. 이제야 니가, 니가 더 이상……."

잠시 은수의 아랫입술이 떨리는가 싶더니 이영의 어깨를 와락 끌어안아 버렸다. 잠시 뒤 목덜미로 은수의 눈물이 느껴졌다. 그 느낌에 이영의 눈동자가 까맣게 내려앉았다. 말없이 은수의 등을 토닥여 주면서 고개를 들었다. 자신들을 가만히 내려다보는 우현과 눈이 마주쳤다. 이영은 조금 어색하게 미소를 지어 보였다.

준경은 다시 가게에 들러야 한다며 가 버렸다. 잠깐 우현을 향해 이상한 웃음을 지어 보였지만 이영에겐 깍듯이 인사를 하고 사라졌다.

바(bar)를 나와 은수의 집으로 가는 동안 은수는 또 이영에 대해 뭐라 지껄였고 그때마다 우현은 그에 응답하듯 네, 그렇군요. 라는 말과 함께 고개를 끄덕여 주곤 했다.

"우리 이영이, 잘 부탁해요. 우리 이영이…… 불쌍하거든요."

결국은 이런 말까지 지껄인 다음에야 은수는 내렸다.

"미안해요."

골목을 돌아서 나오는 길에 이영은 낮은 목소리로 입을 열었다. 그 말에 우현의 시선이 잠깐 이영에게 머물렀다가 다시 앞을 향했다.

"뭐가?"

"아니라고 해도 은수가……. 아무튼 미안해요."

"기분 나쁜 거 없었어. 나도 덕분에 무료한 저녁 잘 보냈고. 근데 두 사람 만나는 데 내가 방해한 거 아냐?"

이번엔 이영이 그의 옆모습을 흘깃 쳐다보았다. 조금 망설이듯 머뭇머뭇하던 이영은 천천히 입을 열었다.

"사실은…… 적당한 시간에 딱 맞춰서 나타나 줬어요. 백마 탄 왕자님처럼 짠! 그렇게요."

그러면서 이영은 장난스럽게 헤헤거리며 웃었다. 그러나 이내 웃음이 잦아들고 안전벨트를 손으로 만지작거리며 창밖으로 얼른 고개를 돌렸다.

우현이 그때 나타나지 않았더라면 이영은 아마도 은수가 말하는 도중에 벌떡 자리에서 일어났을지도 몰랐다. 아니면 은수에게 너한텐 사랑이 왜 그렇게 쉬운 건데? 하며 따졌을지도 모를 일이다.

우현은 이영의 귀밑으로 흘러내리는 머리카락을 보며 운전대를 잡은 손가락에 힘을 주었다. 감정을 전혀 읽을 수 없는 그녀의 옆모습에 우현의 신경이 조금씩 날카로워졌다. 몇 번 만나지 못했지만 그녀는 항상 눈에 보일 듯 감정을 드러내 보이는 사람이었다.

그런데 오늘은 왜일까. 무슨 일이 있는 걸까. 부서질 듯 아련하다. 사라질 듯 조마조마하다.

마른침을 삼키는지 여자의 목울대가 잠깐 움직였다. 그러자 어이없게도 그의 몸이 깜박하고 신호를 보내기 시작했다. 여자의 목을 만지고 싶다. 하얀 턱을 날카롭게 낚아채 자신에게 오롯이 시선이 박히도록 돌리고 싶다. 어이없는 갈망이 명치를 치고 올라왔다.

차는 반포대교를 가로질러 서서히 주택가로 접어들었다.

"여기서 잠깐 커피나 한잔 할래요?"

이영은 반포대교가 훤히 보이는 공원을 가리켰다.

차를 주차시키자마자 이영은 잠시만요, 라는 말과 함께 차에서 내렸다. 그리곤 조그만 슈퍼 옆에 놓인 낡은 자판기에서 익숙하게 커피를 뽑아 왔다. 마치 이곳에서 이렇게 커피를 마시는 일이 익숙한 사람처럼 그녀의 움직임은 꽤나 여유로웠다.

언제나 늦게 불어닥치는 추위가 더 매섭다. 그건 이제 겨울이 막바지에 왔다고 쉽게 믿어 버리는 사람들의 느슨한 마음 탓일 것이다.

"어머닌, 정말 혼자 괜찮으셔?"

이영은 대답 대신 커피를 홀짝였다. 뜨거운 온기가 손바닥을 통해 전해져 온다. 하지만 차가운 공기가 냉큼 그 온기를 앗아가 버렸다.

"네, 그리고 혼자 계시지 않거든요. 이젠 걱정 없어요."

순간 우현의 머릿속에 병원에서 마주한 눈이 퉁퉁 부어 있던 중년의 남자가 떠올랐다. 아버지가 될 뻔한 사람이라 했던가? 하지만 뭔가 더 질문하려던 우현은 그냥 입을 다물어 버렸다.

"집 근처에 이렇게 조그만 공원이 있어서 좋네."

우현은 벤치에 기대어 앉아 고개를 젖혀 하늘을 올려다보았다.

"네, 가끔 여기서 혼자 커피도 마시고 별도 보고 그래요."

우현은 어두운 골목길 가로등 너머 보이는 주택가의 어둠을 잠시 쳐다보았다. 항상 늦은 시간에도 환하게 반짝이는 고층 아파트 단지만 보다가 어둠 속에서 실루엣만 드러내고 있는 주택지를 보고 있자니 생소한 기억 한 자락이 떠올랐다.

조그만 마당이 있고 그곳에 상추며 고추를 키우는 아버지가 계셨다. 그리고 항상 그런 아버지의 뒷모습을 못마땅하게 쳐다보는 이미니가 계셨다.

"이번 여름엔 앉을 자리도 없었어요. 한밤중인지 한낮인지 알 수
없을 만큼 북적거렸거든요."

이렇게 말하면서 두 다리를 쭉 뻗었다. 그리곤 발밑으로 드리워
지는 그림자를 하릴없이 쓱쓱 문질렀다.

"하긴 너무 더웠잖아."

이영과 이렇게 일상처럼 날씨 얘기를 하고 있으니 어째 좀 우스
운 생각이 들었다. 하지만 어색한 느낌은 없었다. 항상 별을 보면서
내일은 어떤 바람이 불까, 얘기했던 사이 같았다.

"길긴 또 얼마나 길었어요? 윽, 끔찍해! 어떻게 견뎠나 몰라. 난
추운 게 좋거든요. 더운 건 질색이야."

병원에서도 그랬다. 추운 게 좋다며 칭칭 동여 맨 목도리를 냉큼 풀
어 버린 그녀였다. 지금도 종이컵을 쥔 그녀의 손가락이 가로등 불빛
아래에서 발갛게 얼어 있는데도 그녀는 전혀 추운 기색이 아니었다.

"여자는 몸이 따뜻해야 한다잖아. 몰라? 벌써 서른둘인데, 이제
몸도 챙기고 해야지."

나이 얘기에 이영이 냉큼 노려보았지만 그의 눈동자는 장난스럽
게 반짝거렸다.

"저기요, 서른넷의 남자도 몸 차게 하면 안 좋아요. 치질 걸릴지
도 몰라."

"저기요, 서른넷 남자는 아직 쌩쌩하거든요?"

우현이 그녀의 말을 흉내 내자 이영은 얄밉다는 듯이 그를 노려
보았다.

"서른둘 여자도 마찬가지네요."

이영이 입술을 삐죽이자 우현은 쿡쿡, 낮게 웃었다. 그 웃음소리

가 이영의 귓가를 기분 좋게 간질거렸다. 이영은 미소를 지으며 살며시 눈을 감았다.

"사귀는 사람, 없어요?"

이영 자신도 모르게 튀어나온 말이 밤공기를 가르며 두 사람의 발치에 툭하고 떨어졌다. 그 질문에 놀란 사람은 우현도 아닌 당사자인 이영이었다. 도로 주워 담을 수도 없는 말을 뱉은 덕에 이영은 숨까지 멈추고는 눈을 질끈 감아 버렸다.

미쳤구나. 미쳤어.

이영은 천천히 눈을 떴다. 우현이 알 수 없는 눈동자로 그녀를 뚫어져라 바라보고 있었다.

"아니, 그게……."

일순 당황한 그녀는 종이컵을 쥔 손에 힘을 잔뜩 주었다.

"왜 없냐고 묻지? 내가 없어 보여?"

"그, 그럼 있……어요?"

조심스레 다시 되묻자 그는 장난스레 눈동자를 빛내며 냉큼 아니라고 대답했다.

이영이 뭐야, 하며 노려보자 우현의 입꼬리가 실룩 위로 올라갔다. 이 나이에 이런 말장난을 하며 재미를 느끼다니, 이제 정말 늙은 건가. 하지만 역시 이영이 힐끔 노려보는 것이 재미있다. 눈이 휘둥그레지는 것도 재미있다. 아까 은수의 등을 두드릴 때의 그런 눈동자는 안 봤으면 좋겠다. 슬프게 가라앉은 눈동자는 왠지 싫다.

이영의 동그란 눈매를 손가락으로 문질러 보고 싶다. 부러 이영의 어깨 쪽으로 긴 팔을 죽 늘여보았다. 목덜미를 간질이는 그녀의 머리카락이 이른 봄바람에 살랑 움직였다. 그 움직임을 따라 우현의 손가락 끝이 꿈틀거렸다.

"그게 왜 궁금한데?"

이번엔 이영 쪽에서 아무런 대답이 없었다. 장난스런 표정을 지우고 자세히 들여다보니 어딘가 곤혹스러운 표정이 역력했다.

"그, 그게……."

"왜, 나랑 연애라도 하게?"

"예?"

금세 눈이 휘둥그레지는 이영의 모습에 우현의 입매가 슬쩍 휘어졌다.

"뭐야, 그것도 아니면서 왜 물어?"

이영은 체, 하며 삐죽이는 우현을 잠시 바라보다 피식 미소를 지었다.

"이런 말 웃기지만, 다행이에요."

"내가 연애 안 하는 게?"

"네. 웃기죠?"

그러면서 웃는 이영의 모습에 우현의 명치끝이 또 찌릿하다. 아니 심장 부근인가.

"사실 오늘 좀…… 우울했거든요. 은수가…… 연애를 또 시작한다고 하더라구요. 평상시라면 축하한다며 진심으로 웃어 주었을 텐데…… 오늘은 왠지 그러고 싶지 않은 거예요. '아니, 왜 이렇게 사람들한텐 사랑이 쉬운 거야? 왜 이렇게 이성하고 만나는 게 쉬운 거야?' 하며 막 고함지르고 싶더라고요. 이거, 노처녀 히스테리죠? 아님, 자격지심인가?"

혼자 고해성사하고 자가진단을 하던 이영은 손가락으로 턱을 쓰다듬으며 하늘을 올려다보았다. 잠시 바람이 부는 듯 목덜미에 살랑, 기척이 느껴졌다.

고개를 돌리자 자신에게로 긴 팔을 뻗고 있는 우현과 눈이 마주쳤다. 아주 짧은 눈 마주침에 이영의 심장이 쿵, 하고 바닥으로 내려앉았다. 당황스런 마음에 눈이 동그랗게 되기도 전에 우현의 손가락이 짓궂게 이영의 머리카락 끝을 살짝 잡아당겼다.

"사랑, 그거 별거 아니야."

우현은 몸을 바로하고는 자리에서 툭 하니 일어섰다. 그리곤 이영을 내려나보았다.

"너무 진지하게 생각하기 때문에 쉽지 않은 거야. 그냥 가볍게 생각해. 그래야 가볍게 왔다가 가볍게 간다고."

사랑이 가볍다는 우현의 냉정한 말에 절로 인상이 구겨졌다. 이영의 대꾸도 조금은 차갑게 튀어나왔다.

"집에서 뭐라고 안 그래요? 사랑이 환상이네 하면서 여자나 울리고 다니면?"

"아아, 어쩌지?"

그러면서 기다란 상체를 수그려 이영의 얼굴 가까이 우현의 얼굴이 다가왔다. 달빛을 등에 지고 다가온 우현의 실루엣이 이영의 심장을 마구 두드려댄다. 그 소리에 지레 놀란 이영의 상체가 화들짝 뒤로 물러났다.

"내가 만난 여자들은 눈물 한 방울 흘리지 않던데."

길게 늘어진 우현의 말투에 설핏 조롱기도 섞여 있는 것 같다. 이영의 입매가 굳어졌다.

"우습게 알았다간 큰코다칠 날이 올 거예요."

"설마?"

"도대체 그 자신감은 어디서 오는 거예요? 막 재수 없어질라 그래요."

"어, 주위에서 모두들 나 좀 재수 없다고 그래."

"네, 네. 좋으시겠어요. 재수 없는 채우현 씨."

자리에서 일어서며 이영은 우현을 향해 이죽거렸다.

"연애하면 무조건 결혼, 그런 생각을 갖고 있지?"

이영의 앞 머리카락을 슬쩍 건드리며 툭툭, 장난을 걸 듯 말을 던졌다.

"네에. 나는 손 한 번 잡으면 바로 사귀어야 되는 줄 아는 처자랍니다."

그의 손을 툭 쳐내며 우현을 흘깃 노려보았다.

하지만 연애하고 사랑한다고 무조건 결혼해야 한다는 생각은 갖고 있지 않았다. 결혼이 사랑의 완성이라고는 전혀 생각하지 않는다. 하지만 우현이 너무 얄미워 대답이 불퉁하게 튀어나왔다.

"서른둘에 아직도 그런 생각을? 너무 현실을 모르는 거 아냐?"

"네에. 이 순진한 처자는 꼭 나 같은 순진한 남자 만나 알콩달콩 사랑하면서 삽니다."

앞서 몇 걸음 걸으며 이영은 심드렁하게 중얼거렸다.

"하, 그게 쉬운 줄 아나?"

뾰족한 마음이 들어 차갑게 툭 던졌다.

"그래도 그런 남자, 하나쯤은 있지 않겠어요? 바보같이 사랑을 믿는 그런 사람."

하며 몸을 빙글 돌려 우현을 똑바로 바라본다. 가슴이 답답하다.

여자의 머리통을 흔들어 그 어처구니없는 생각을 탁탁, 털어내 버리고 싶다는 충동이 불같이 치민다.

사랑에 전부를 거는 여자는 싫다. 그 사랑이 모든 걸 해결해 줄 거라고 믿는 여자도 싫다. 살아가는 데 목표는 뚜렷하되 사랑을 가벼이 여기는 여자, 그런 여자가 자신한테는 딱이다. 그러니 이 바보 같은 여자에게 잘해 보셔, 하며 가볍게 어깨를 툭 쳐 주고는 뒤돌아서야 했다.

하지만…… 하지만 여자가 믿고 있는 그런 사랑이 여자에게 불현듯 찾아올까 두렵다. 여자가 웃고, 여자가 안기고, 여자가 바라볼 남자가 혹시나 있을까…… 그게 너무 싫다.

이영은 우현의 어깨너머로 가로등 불빛을 제치며 지나가는 자동차를 잠시 바라보다 입을 열었다.

"있잖아요……. 사랑을 믿는다는 둥, 꿈꾼다는 둥 하면서 정작 그 사랑을 못 해 봤다니 너무 웃기지 않아요? 하지만 조금 더 생각해 보면 내가 항상 주춤했던 것 같더라고요. 몇 번 만났던 남자들이 심각하게 다가오면 나도 모르게 한 발짝 물러나는 거예요. 아, 불편한데, 이러면서……. 너무 웃기지 않아요? 그쪽 말처럼 나, 너무 현실을 모르는 거겠죠?"

씁쓸하게 웃으며 이영은 하늘을 올려다봤다. 잠깐 미풍처럼 가늘게 불던 바람이 그녀의 머리카락을 헝클어놓았다.

우현은 이영의 옆모습을 말끔히 바라보았다.

가로등 불빛 아래 드러난 그녀의 하얀 볼이 가슴이 시릴 정도로 너무 투명하다.

사랑을 믿지 않는다. 그 사랑에 웃고 우는 인간도 믿지 않는다.

그러니 여태 사랑이란 걸 했지만 크게 상처 받은 적은 없었다. 차라리 친구나 동료로 남았으면 좋았을 걸, 하는 아쉬움이 남았던 이가 두 명 정도 있었다.

"줘 봐."

대뜸 손을 내밀며 우현이 말했다.

"뭘요?"

"휴대폰."

우현의 말을 가늠해 보듯 이영의 눈매가 가늘어졌다. 하지만 순순히 가방을 뒤져 휴대폰을 손에 쥐어 주었다. 우현은 자기 번호를 입력하고 통화 버튼을 누른 후, 흡족한 미소를 지은 채 돌려주었다. 곧이어 우현의 휴대폰이 울리자 그는 슬쩍 휴대전화를 확인하고는 종료버튼을 눌렀다. 전화번호 하나 안 것인데 여자의 뭔가를 훔쳐온 것마냥 기분이 좋다.

"나한테 한 수 배우고 싶으면 언제라도 연락해. 내가 가르쳐 주지. 그러다 보면 사랑, 그거 별거 아니란 걸 알게 될 거야."

여자의 바보 같은 환상을 마구 뭉개 버리고 싶다. 우현은 삐죽 헤집고 나오는 마음을 고스란히 드러낸 채 이영의 손을 잡고는 경쾌하게 흔들었다.

차갑다.

너무 차가워서 사랑을 믿는다는 여자의 말이 거짓말 같다.

6.
소개팅

시야에 노란 운동장이 보이고 그 둘레에 연두빛 울타리가 보인다. 그 울타리 사이사이 아이들의 모습이 보였다가 사라지기를 반복한다. 이영은 커피가 든 머그잔을 손에 감싼 채 아침이 불러낸 활기찬 기운을 잠시 만끽하고 있었다. 그러다 문득 서늘함이 느껴지며 우현이 떠올랐다.

그의 말끔한 슈트, 눈동자, 그리고 따듯하던 손까지.

사랑에 시니컬한 남자치고 그의 손은 따듯했다. 그 따듯함에 잠시 마음이 일렁거렸다.

책상 위에 놓인 휴대폰을 집어 들었다. 남자는 그날 이후로 꼬박 문자를 보내오곤 했다.

〈짐심은?〉

〈커피 마시고 있지?〉

〈애들이 말썽 피우면 연락해.〉

〈나 일본 간다.〉

마지막 문자를 떠올리며 이영은 잠시 멍하니 휴대폰을 만지작거렸다. 연애를 하자고 한 것도 아닌데 우현의 일상적인 문자에 마음이 싱숭생숭하다. 이런 마음을 안다면 그 남자는 아마 기겁을 하고 말 것이다. 사랑이 가볍다는 남자이니 말이다.

〈먹었죠.〉

〈네에.〉

〈신경 *끄셔요*.〉

〈잘 갔다 와요.〉

마지막 문자를 보낼 때 몇 번이나 썼다 지웠다를 반복했다. 무언가 더 말하고 싶다가도 어떠한 군더더기도 붙이기 싫은 이중적인 마음에 그 짧은 문자를 보내면서 내내 아랫입술을 초조하게 깨물었던 기억이 났다.

"굿모닝!"

1학년 주임 선생님인 김은해 선생이 이영에게 웃으며 손을 흔들었다.

"왔어요? 커피?"

김은해 선생은 동료인 동시에 대학교 2년 선배였다. 재학시절엔 그저 안면만 튼 상태였지만 작년 이곳에 부임한 이후 급속도로 친해지기 시작했다. 그녀는 이미 결혼해 아이가 둘이나 있었다.

"땡큐, 땡큐."

김은해 선생도 이영과 마찬가지로 커피를 물처럼 마셔댔다. 그런데 커피를 다 마시고 머그잔을 말끔히 치우는 이영과 달리 은해는 마시다가 창틀에 두기도 하고, 수다를 떨다가 다른 사람의 책상 위에 남겨두고 오기도 했다. 그래서 '어? 내 커피.' 하며 또 다른 머그잔에 마시다 보니 어쩔 땐 은해의 머그잔이 교무실 곳곳에 돌아다니곤 했다. 동료들도 어느새 익숙해져서 그녀의 머그잔이 눈에 띄면 자연스레 은해의 책상 위에 올려다 놓고 가곤 했다.

"이영아."

"어?"

은해가 이영아, 하고 부를 땐 이영도 친근하게 대답하곤 했다.

"너, 소개팅 한 번 해라."

"소개팅?"

"어. 나 구제 좀 해 주라."

"웬 구제씩이나?"

"저번 우리 집들이 때 너보고 소개팅해 달라고 난리 치는 인간이 있대. 내가 아주 지랄을 한다고 그렇게 면박을 줬는데도 어제는 우리 집에 쳐들어와서는 소개해 달라고 아예 드러눕더라구."

그 남자가 자신이 꿈에 그리던 화장품을 뇌물로 내놓았다는 말은 꼴깍 삼키고 은해는 애절한 눈길로 이영을 바라보았다.

"집들이 때? 누구지?"

"그 왜, 제일 늦게 도착한 사람 있잖아. 김도윤이라고. 사람은 괜찮아. 선생이라고 하면 봉으로 알고 달려들 사람도 아니고, 돈벌이도 괜찮대. 이 불경기에 그래도 꾸준히 일이 들어오나 봐. 건축회사 하거든. 한번 만나 봐. 응?"

은해의 말에 이영은 기억을 더듬었다. 그날, 술자리가 막 시작될 무렵 나타난 남자였다. 조금은 긴 듯한 머리카락을 쓱 쓸어 넘기며 식탁에 밥을 차려 주는 이영에게 연신 미안하다고 말하던 남자는 거실에서 벌어지는 술자리에 힐끗 눈길을 주고는 허겁지겁 참 복스럽게도 밥을 먹었다. 배가 많이 고팠나 보다. 그런 생각을 하며 물끄러미 바라보았을 때 남자는 조금 허둥대며 점퍼를 벗었다.

[이제 막 일이 끝나서요. 하하, 회사 옷을 아직도 입고 있었네. 하하하.]

겸연쩍게 웃던 남자의 점퍼엔 회사 로고가 왼쪽 가슴에 박혀 있었다. 점퍼에 묻은 흙먼지가 남자의 성실함을 대신 말해 주는 것 같아 남자가 밥 한 공기를 비우자마자 기다렸다는 듯이 한 공기를 더 담아 주었다.

[아, 제가 해도 되는데…… 감사합니다.]

이영은 은해가 불러서 곧 거실로 나가 버렸지만 은해가 말하는 순간 남자의 웃음이, 성실함이 기억이 났다.

[너무 진지하게 생각하기 때문에 쉽지 않은 거야. 그냥 가볍게 생각해.]

가볍게 생각하라는 우현의 말이 생각이 났다. 보란 듯이 남자의 말에 반기를 들고 싶었지만 어쩌면……이라는 생각이 불현듯 들었다. 뭐 어때? 시작은 가볍게.

"그래, 그러지 뭐. 언제 볼까?"

"호호, 잘 생각했다. 그럼 그쪽한테 번호 넘긴다?"

아이들이 하나둘 등교하면서 주위가 금세 분주해졌다. 은해도 이영도 자리에서 일어나 각자의 교실로 향하며 서로 손을 흔들었다.

"변화하는 소비자들을 감지하고 경쟁사보다 앞서 충족시키는 것이 비즈니스 성공의 지름길입니다. 즉, 정보에 민감해야 합니다. 계속 같은 메뉴로만 영업을 하다간 어느 순간 시대에 뒤떨어질 수도 있습니다. 과거와 같이 기업이 주도적으로 대규모 광고, 판촉 활동을 통해 유행을 창조하고 시장을 조성해가는 시대는 사라져 가고 있습니다. 소비자와의 긴밀한 연계를 통한 쌍방향 마케팅 활동이 필요한 시점입니다."

강연장 안에는 KS 경제연구원의 박상현 선임연구원의 설명이 또랑또랑 이어지고 있었다.

YH가 주최한 이번 세미나는 '외식 산업의 활성화 방안' 이라는 주제로 열렸다. 우현은 코엑스 컨퍼런스 룸을 가득 메운 사람들을 뒤에서 바라보며 서 있었다.

"다음 달에 열리는 '한국 외식 산업 식자재 박람회' 에서 강연하기로 했다며?"

우현의 고개가 모로 돌아갔다.

타이트한 검정 정장을 차려입은 짧은 커트머리의 여자가 강연장을 보며 서 있었다.

"오늘 고맙다."

우현도 앞을 보며 담담하게 인사말을 전했다.

한국대학교 조리서비스 경영학과 교수로 재직 중인 이은영은 '효율적인 소스의 사용과 응용' 이라는 주제로 조금 전에 강연을 마쳤다.

"맨입으로? 밥 사."

무뚝뚝한 표정으로 툭하니 내뱉는 말에 우현은 피식 입꼬리를 올렸다.

"그으래? 너희 학교 융합기술연구원이랑 한국전통가공식품협회

랑 다리 놔준 건 누구지? 그때 밥 샀던가? 아, 맞다! 물 한 잔도 못
얻어 마셨지?"

뜨악한 표정의 은영이 우현의 옆모습을 노려보는데도 그는 아무
표정 없이 앞을 바라보고 있다가 조용히 몸을 돌려 강연장을 나왔다.

"자기는 어째 달라진 게 없니?"

뒤따라 나온 은영은 군더더기 없이 딱 떨어지는 모던한 라인의
검정 바지 주머니에 양손을 찔러 넣고는 우현을 잔뜩 노려보았다.

"갑자기 달라지면 죽는다."

"에구, 말이나 못하면……."

그러더니 은영의 고개가 신경질적으로 휙휙 돌아갔다. 무언가를
찾는 듯 초조한 기색이 완연하다.

"가는 곳마다 어째 흡연실이 줄어드냐? 당최 찾지를 못하겠다.
그냥 확 피워 버려?"

"쯧쯧, 끊는다고 안 그랬어?"

"나, 그 정도로 독한 사람 아니거든?"

은영의 씩씩거리는 대답에 우현은 피식 웃음을 흘렸다. 냉정하다
못해 독한 구석이 많은 여자였다. 우현이 알기론 그랬다. 2년 전 처
음 봤을 때부터 두 사람은 서로 같은 과라는 걸 알았다. 그래서 데
이트를 시작했고 소위 연애란 것을 9개월가량 했다.

두 사람 다 서로 일하는 분야도 비슷했고 얘기도 잘 통했다. 아무
런 문제가 될 게 없었는데도 그 연애는 1년도 채우지 못했다.

왜일까?

우현은 헤어질 당시도 생각지 않았던 문제가 지금 갑자기 너무나
궁금했다.

"우리 왜 안 만나기 시작한 거야?"

담배대신 자판기 커피를 뽑아 마시며 인상을 있는 대로 그리고 있던 은영은 뜻밖의 질문에 종이컵에 입술을 댄 채로 눈을 동그랗게 떴다.

"그게 갑자기 왜 궁금한데?"

"그냥."

우현의 심드렁한 대답에 은영의 눈썹이 위로 씰룩 올라갔다.

"그때 내가 뭐라 그랬는지 기억 안 나지?"

"응."

그럴 줄 알고 있었지만 역시 조금 상처 받는다. 은영은 다디단 커피를 한입에 마셔 버리고는 신경질적으로 종이컵을 구겼다.

"궁금한 게 없었어."

"어?"

"서로 궁금한 게 없었잖아. 점심에 뭘 먹었는지, 어제는 왜 전화 안 했는지 등등……."

"그게 이유라고?"

별 대수롭지도 않은 대답을 들은 탓인지 우현의 표정이 어이없다는 듯 슬쩍 구겨졌다.

은영은 그런 우현을 힐끗 쳐다보곤 종이컵을 쓰레기통에 던져 넣었다.

"그땐 궁금하지도 않는 남자랑 연애보다는 친구로 남는 게 좋을 것 같다고 생각했어. 그냥 그게 다야. 나 간다. 빨리 이 빌어먹을 건물을 벗어나든지 해야겠어. 박람회 때 볼 수 있으면 봐."

은영은 뒤 돌아서서 손을 흔들어 보이며 엘리베이터로 향해 걸음을 옮겼다.

항상 일방통행이어서 지쳤다는 말은 하지 않을 것이다. 자존심이 허락하지 않는다. 저 남자가 안달 내는 모습을 보고 싶다. 초조한 모습, 화내는 모습. 이 모든 감정을 담아 일그러지는 우현을 보고 나면 2년 전 구겨졌던 자존심이 조금은 회복될 것도 같았다.

우현은 은영의 뒷모습을 잠시 바라보다 강연장에서 쏟아져 나오는 박수소리에 몸을 돌렸다. 그러다 주머니에서 문자도착을 알리는 알림소리에 아무 생각 없이 휴대폰을 꺼냈다.

〈나, 드디어 소개팅해요.^^ 너무 진지하게 생각하지 말랬죠? 그래서 마구 시도해 보려고요. 잘했죠? 소개팅 잘 되길 빌어 주삼.〉

어이가 없다.

우현은 문자를 보고 또 보았다. 보낸 사람이 누군지 확인까지 했다.

갑자기 명치끝에 뜨거운 기운이 차오른다. 가슴이 쿵쾅쿵쾅 요란하게 뛴다. 휴대폰을 쥔 손에 절로 힘이 잔뜩 들어간다.

이 여자가 도대체 뭐라는 거야!

우현의 눈동자가 자신도 알 수 없는 노기로 까맣게 내려앉았다.

아직까지 제대로 피지도 못한 개나리의 새싹들이 봄비 속에서 선명하게 초록을 드러내고 있었다. 3월로 접어들었는데도 봄기운은커녕 다시 겨울이 시작된 게 아닌가 싶을 만큼 스산하고 선득한 비만 주말마다 내리다 말다를 반복하고 있었다.

봄을 좋아하는 것만큼 봄비를 좋아하는 이영조차 끈덕진 미련의 끝을 보는 것 같아 비를 바라보는 시선이 사뭇 짜증스럽다. 작년엔 담장에 벌써 개나리들이 너울너울 춤추듯 팔을 뻗치고 있었는데 지금은 가느다란 빗속에서 꽃을 피워 보려 안간힘을 쓰고 있는 모습이 외려 안쓰럽기까지 하다.

부모님 상담 기간이라 오늘도 내리 두 시간가량을 조그마한 의자에서 자리를 뜨지 못했다. 그래서 그런지 등줄기가 뻣뻣하니 굳어 있다. 이영은 창가에 서서 목덜미를 손으로 문지르다 주먹으로 어깨를 통통 두드렸다.

5학년이라 그런지 부모님들의 표정도 조금은 여유로운 편이다. 요즘은 상담기간 중에도 음료수 하나도 들이지 못하는 것을 알고 있으면서도 부모님 대신 상담을 온 조부모님은 그저 죄송하다며 몸 둘 바를 모른다. 학교교칙이라고 설명을 하는데도 그래도 그건 예의가 아닌데, 하며 난감해하신다.

하긴 우리나라 문화 자체가 남의 집에 찾아갈 때 빈손으로 가지 않는다. 부침개 하나를 나눠 먹어도 빈 접시로 돌려보내지 않고 처음 누군가의 집을 방문할 땐 하물며 휴지 한 두루마리라도 사 가지고 간다. 그러니 그런 것에 익숙한 어르신들은 자신들의 손자손녀를 가르치는 선생님을 찾아뵙는데 음료수 하나를 들고 오지 못하게 하니 그저 몸 둘 바를 모르는 거다.

[저기, 이거라도 드셔요. 애미가 절대 아무것도 가져가지 말라는데, 그래도 그건 아니지 싶어서…….]

그러면서 낡은 손가방의 지퍼를 열며 박카스 한 병을 수줍게 건네신 반 아이 할머니가 검정색 우산을 쓰고 담벼락을 자박자박 걸어가고 있는 모습이 눈에 들어왔다.

"박이영 선생, 안 가?"

은해가 문을 빼꼼히 열고는 다정하게 물었다.

"어, 지금 가려고."

"가방 챙겨, 같이 가자."

건물 뒤쪽 주차장으로 걸어가면서 은해는 이영을 힐끔 보며 궁금한 것을 물어보았다.

"연락 왔어?"

"음?"

"김도윤 씨."

"아아, 어."

"정말? 이야, 그 남자 되게 빠르네."

은해는 킥킥 웃으며 가방을 뒤져 차키를 꺼내들었다.

"언제?"

"내일 보기로 했어."

"우와! 너무 진도 빠른 거 아냐? 늙다리들이라 그런가?"

장난스레 농을 거는데도 이영은 잠시 생각에 잠긴 듯 시선이 멍하다.

"여튼 잘 되면 알지? 한턱 크게 쏴라! 박이영, 내 말 들어?"

그제야 이영의 시선이 은해에게 다급히 쏠렸다.

"왜, 내일 생각하니까 벌써 떨리니? 그러게 남자도 좀 만나고 하라니깐 그 나이 되도록 뭐했냐? 촌스럽게."

"운전 조심하시고요, 주말 잘 보내세요."

은해의 말을 툭 잘라먹으며 허리까지 숙여 비꼬듯 말을 높여 인사를 건네는데도 은해는 뭐가 그리 좋은지 킬킬거리며 운전석에 올랐다.

"꼭 보고해. 알았지? 야, 근데 내가 왜 떨리냐?"

몇 분 더 수다가 이어지고 나서야 은해는 시동을 걸고 차를 움직였다. 자칭 베스트 드라이버라는 이름이 무색할 정도로 은해는 거칠게 차를 빼더니 끼익, 타이어 소리가 요란하게 차를 돌려 나갔다.

요란한 퇴장에 고개를 저으면서도 이영의 입가엔 친근한 미소가 어렸다. 그러다 자신의 차를 타고는 또 잠시 멍해졌다.

은해의 말에 뭐라도 생각난 듯 가방을 뒤지는 이영의 손길이 바빠졌다.

휴대폰을 급하게 손에 쥔 이영은 오늘 아침에 도착한 우현의 문자를 바라보며 서서히 미간을 좁혔다.

〈언제?〉

급하게 출근하던 길이라 보면서 깊이 생각하지 못했다. 이렇게 아침 일찍 문자를 보낸 적도 없는 데다 뜬금없이 언제라니, 분명 문자를 잘못 보낸 거라 생각하고 나중에 잘못 보낸 거 아니냐고 장난스레 답장이라도 보내야지, 하다가 오늘 일정에 밀려 까맣게 잊고 있었다.

그러다 은해의 말에 갑자기 생각나 버렸다.

자신한테 보낸 게 맞나? 어제 소개팅을 한다고 거들먹거리며 충동적으로 보낸 문자에 대한 답이었나? 굳이 확인하기도 뭐하다. 더이상 문자가 없는 것을 봐서는 잘못 보낸 것 같기도 하다. 그 남자 성격으론 대번 왜 씹어 대냐고 문자가 왔을 것 같으니 말이다.

이영은 횡단보도 앞에 잠시 정차해 있는 동안 다시 한 번 그의 문자를 꺼내 읽어 보았다.

아무래도 잘못 보내온 문자라는 생각이 든 탓에 피식 웃음이 나왔다.

좌회전 신호에 따라 차를 움직이자 얼마 전, 그와 앉았던 공원의 벤치와 조그만 슈퍼가 거리 속 평범한 풍경에 묻혀 모습을 드러냈다. 하지만 그곳을 지날 때마다 우현을 자연스레 떠올리는 자신의 모습에 이영은 얕은 한숨을 내뱉으며 운전대를 톡톡 건드렸다.

약간 경사진 언덕길을 올라 모퉁이를 돌아서자 바로 이영이 살고 있는 집이 보였다.

이영은 차를 잠그고는 습관처럼 이층 창문을 쳐다보았다.

그러다 주춤하고 동작을 멈추었다. 갑자기 당혹스런 표정이 된 이영은 빠른 걸음으로 대문 앞에 도착했다.

다급하게 열쇠를 찾아 열며 이 층 돌계단을 후다닥 밟아 올라가 문의 손잡이를 잡아당겼다. 분명 잠겨 있어야 하는 문이 쉽게 스륵 열렸다.

현관에 놓인 낯익은 낡은 신발을 보았다. 고개를 들자 왼쪽 모퉁이로 사라지는 부엌에서 규칙적으로 탁탁탁, 소리를 내는 도마 소리가 들려왔다.

이영은 조급하게 신발을 벗었다.

부엌엔 낯익지만 예전보다 왜소해진 미옥이 열심히 도마질을 하고 있었다.

"왔어? 오늘은 좀 늦었네?"

평소와 다름없이 미옥이 돌아섰다. 잠시 이영을 훑어 내리는 눈길이 까맣게 내려앉았지만 이영은 그런 걸 지켜볼 여유가 없었다.

"왜 그렇게 섰어? 넌 한 달 만에 엄마 보는데 반갑지도 않냐?"

돌아선 미옥의 브이자로 패인 윗옷 사이로 아직 붉은 기가 남아 있는 수술 자국이 설핏 보였다. 게다가 두 사람 사이엔 재깍재깍,

미옥의 심장이 소리 내어 뛰고 있었다.

"엄마, 왜……."

"배고프지? 네가 좋아하는 김치찌개 끓여 놨다. 얼른 씻고 나와."

미옥은 금세 등을 돌리곤 부산스럽게 도마 위의 파를 찌개에 넣었다.

이영의 심장이 미옥의 소리에 맞춰 두근두근, 뛰기 시작했다.

엄마다. 엄마야.

마음속으로 그렇게 중얼거리면서 미옥의 등을 하염없이 바라보았다.

가라고 했는데, 이제 가라고 했는데.

갑자기 시야가 흐려졌다. 말갛게 차오르는 물기를 느끼며 이영은 떨리는 걸음을 옮겨 미옥의 허리를 꼬옥 껴안았다. 미옥의 움직임도 일순 멈추었다.

엄마의 냄새. 엄마의 등. 엄마의, 엄마의 느낌.

꽉 껴안은 이영의 손등 위로 미옥의 손이 살며시 겹쳐졌다.

파란 불꽃 위에서 보글보글 끓고 있는 냄비의 뚜껑이 덜컹덜컹 소리를 내고 있었다.

"몸은 괜찮아요? 이렇게 움직이면 안 되는 거 아냐?"

"괜찮아. 의사 선생님도 약간씩 움직이는 건 괜찮다고 했고 상처 부위도 이젠 별로 안 당겨."

하지만 미옥의 심장 소리가 너무나 선명하게 들려왔다.

재깍재깍.

"아냐, 아냐. 이만 들어가. 내가 할게."

"야, 잔말 말고 빨리 옷이나 갈아입어. 너 기다리느라 배고파 숙겠다. 아, 어서!"

그러면서 이영의 등을 찰싹 치며 떠다밀었다. 이영은 부엌을 나가기 전에 다시 한 번 뒤를 돌아보았다.

퇴원하던 날, 미옥은 별다른 말없이 태호를 따라나섰었다. 일부러 환하게 웃으며 재잘거리는 이영을 알 수 없는 눈길로 쳐다보긴 했지만 태호에게 가라는 말에 화를 내진 않았다. 이영은 그 모습에 다행이라고 생각하면서도 마음 한곳이 내내 허허롭고 아득했었다.

"내일은 가세요."

저녁상을 치운 후, 사과의 몸뚱이를 정확하게 네 등분하여 접시에 놓으며 이영은 입을 열었다. 저녁을 먹는 내내 이것저것 수다를 늘어놓던 미옥의 얼굴이 갑자기 굳어졌다.

"여기가 내 집인데 어딜 가?"

미옥은 사과를 와삭 씹으며 퉁명스레 대답했다.

"엄마……."

하지만 말이 쉬이 이어지지 않았다. 웃으면서 너스레라도 떨어야 하는데 이영은 그저 오물거리는 미옥의 입만 멍하니 바라보고만 있었다. 그러다 이젠 제법 혈색이 돌아온 미옥의 얼굴을 찬찬히 쳐다보았다.

[빼다 박았어.]

할머니는 언제나 이영의 얼굴을 보며 불쾌한 듯 인상을 구기곤 했다.

[그 재수 없는 얼굴로 네 애비 앞에서 얼쩡거리니까 그놈이 만날 술 먹고 지랄인 거야. 망할 년, 나가려면 지 새끼도 데리고 갈 것이지. 화냥질에 미쳐서 자식도 버린 년, 나쁜 년!]

이영은 할머니의 붉은 눈동자를 기억에서 지우듯 고개를 흔들었다.

"엄마 혼자 어떻게 있어. 아저씨한테 가요."

미옥의 인상이 서서히 굳어졌다. 그와 동시에 심장소리가 빨라졌다.

"헛소리 마. 내가 병자냐? 이젠 판막도 새 걸로 갈아 치워서 말짱해. 계단도 쉬지 않고 한 번에 거든히 오르내리니까 걱정 마. 그리고…… 거기 갔던 건 지수랑 지훈이 때문이야. 그 애들은, 그 애들한텐 내가 지은 죄가 있어서……."

그러나 얼른 입을 다물어 버렸다. 지은 죄로 치자면 이영에게 지은 죄에 비할까. 심장이 욱신거리며 죄어들었다. 이러다 새로 갈아치운 판막마저 고장 날까, 미옥은 아랫입술을 지그시 깨물었다.

"꼭 그것 때문만은 아니야. 이젠 엄마, 아저씨랑 살아요. 난 괜찮아."

잠시 무거운 침묵이 방 안을 휘감아 돌았다. 텔레비전엔 미옥이 즐겨 보는 일일 연속극이 흘러나오고 있었다. 마침 남자주인공이 어릴 때 자신을 버리고 간 친모와 대면하는 장면을 끝으로 자막이 올라가기 시작했다.

"사과나 먹어."

미옥은 포크로 사과를 찍어 이영에게 내밀었다. 여전히 자신을 바라보고 있는 이영에게 재촉하듯 사과를 흔들어 보였다. 그제야 이영의 손이 포크를 받아 쥐었다.

"엄마 아프기 전에도 *가끔* 그런 *생각* 했었어요. 그러니까 이젠……."

미옥은 이영의 말을 자르곤 단호한 표정으로 이영을 똑바로 바라보았다.

"나, 뻔뻔하고 나쁜 년이란 건…… 아는 사람들은 다 안다. 너도 알고. 너 버리고 십 년을 그 사람하고 살았어. 사랑, 그게 뭐라고 네 아버지한테 죽도록 맞고 의심받는 게 싫어서 너 버리고 도망갔었잖아. 그런 내가 행복했을 것 같니? 그래, 아무렇지도 않게 콩나물도 다듬고 방도 쓸고 닦았어. 그리고 지수, 지훈이 먹이고 입혀서 학교도 보냈다. 흰 쌀밥도 가득 퍼 올려서 매끼마다 잘도 처먹었어. 필주한테 니가, 니가…… 끼니도 제대로 못 때우고 지낸다는 얘기를 들으면서도, 할머니한테 만날 구박 받는다는 얘기를 들었으면서도 나는 꾸역꾸역 잘도 처먹고 잘 살았다. 나, 그런 년이야……."

잠시 미옥의 턱이 미세하게 떨렸다. 울컥 울음이라도 솟구치는지 미옥은 어렵게 침을 삼키며 고개를 숙였다.

"엄마, 아니야. 나는……."

"너 버리고 그렇게 갔는데 행복해야지. 뻔뻔하게 어떻게 니 앞에 나타나니. 난 그렇게 못한다. 수십 번도 더 독하게 맘을 먹었더랬어. 그랬는데, 그랬는데…… 행복하지가 않았어. 사랑? 그거 자식 버리고 간 년한텐 아무것도 아니더라. 그냥 잠시 위안거리밖에 안 되더라고. 그걸 나중에야 알게 되었어. 나중에야."

다시 고개를 든 미옥의 눈동자엔 붉은 눈물이 가득 차 있었다. 그러다 기다렸다는 듯이 눈물이 폭포를 이루며 떨어져 내렸다.

내 죄를 어찌 갚을까. 수백 번을 다시 태어난대도 나는 그 죄를 다 갚지 못한다. 심장이 아프다는 얘기를 들었을 때도 나는 뻔뻔스럽게 어떻게든 살고 싶었다. 내가 널 남겨두고, 또 널 남겨두고 어찌 가나. 나는 가지 못한다. 네가 나를 내쳐도 나는 가지 못한다. 세상이 날 뻔뻔한 년이라 욕해도 나는 네 아버지 장례식 날, 날 부둥켜안던 너의 그 작은 몸뚱이를 잊지 못한다.

미옥은 이영의 손을 꽉 움켜잡았다.

"너하고 내가 얼마나 더 같이 있겠냐? 십 년? 이십 년? 그 시간이 얼마나 짧은지 아니? 그 시간을 생각하면 내가 얼마나, 얼마나 초조한 줄 아니? 그런데 나보고 어딜 가라고? 난 못 간다. 니가 학교 가고 없는 시간에도 보고 싶은데 나보고 어디 가라고……."

처음이다. 미옥이 이렇게 온 마음을 드러내어 표현한 것은.

그녀가 집을 나갈 때에도 말없이 갔고, 다시 들어왔을 때도 아무 말이 없었다.

그냥 부둥켜안고 한참을 울었던 기억밖에는 없다.

"엄……마……. 나, 엄마 이해해. 어렸지만 아빠한테 두들겨 맞는 것보단 엄마가 어디라도 도망가길 바랬었어. 정말이야. 그러니까……."

아니다. 그렇다고 상처 받지 않은 것은 아니었다. 언제나 묻고 싶었다. 왜 나는 남겨두었어요? 이렇게.

"네 아버지도 좋은 사람은 아니었어. 나도 나쁜 년이었고. 그런 부모한테서 어떻게 너처럼 착하고 고운 아이가 태어났을까……. 이것아, 세상이 얼마나 험한테 이렇게 마음이 여려서 되냐? 좀 모질고 독하게 굴어도 돼. 세상은 그래도 상처 받기 일쑤야. 알아?"

미옥은 이영의 머리카락을 부드럽게 쓸어 넘겨주며 애잔하게 속삭였다.

미옥의 눈가엔 아직 채 마르지 못한 눈물이 남아 있었고 여전히 심장소리가 재깍재깍 그녀의 생명을 이어가고 있었다. 이영은 그 소리가 못 견디게 아팠다.

"하여튼 이제 그런 헛소리 하지 말아라. 나는 이제 막 뭐든지 다 할 수 있을 것 같아. 쌩쌩해서 날아갈 것 같아. 이젠 정말 운동도 열심히 하고 약도 꼬박꼬박 챙겨먹을 거야. 너 결혼하고 아기 낳는 거 보고 죽으려면 무엇보다 건강해야잖아. 안 그래?"

미옥의 눈동자가 의욕적으로 반짝거렸다. 더불어 심장도 힘차게 뛰고 있었다.

언제나 이영의 마음 한구석엔 자신이 미옥을 억지로 붙잡고 있는 게 아닌가 하는 죄책감이 있었다. 가끔 태호에게서 안부 전화를 받으면 마음이 더욱더 그러했다.

태호가 미옥의 병실에서 울음을 터트리는 것을 보면서, 무덤덤한 듯 보여도 눈가에 눈물이 맺히는 미옥을 보면서 이영은 이젠 정말 때가 되었다는 생각까지 했었다.

하지만 외로움이 꾸물꾸물 발밑을 감싸며 죄어들었다. 모든 것이 잘되었다고 속삭이면서도 어릴 적 처절하게 외로웠던 그때가 또 되새김질하듯 떠오르곤 했다. 그래서인지도 몰랐다. 은수의 사랑이야기에 불끈 마음이 들끓었던 것도, 사랑에 시니컬한 그 남자가 사실은 자신과 동질의 마음을 앓고 있다고 멋대로 생각해 버린 것도.

이영은 방 안으로 들어와 침대 위에 가만히 앉았다.

부산스럽게 거실을 오가는 미옥의 소리가 들렸다. 재깍재깍, 심장소리가 마치 이영의 바로 곁에 있는 것처럼 선명하게 들렸다.

착하다고? 곱다고? 아니야. 이렇게 돌아온 엄마를 붙잡고 싶은데. 가라고 했던 건 그저 위선일 뿐이었는데 이런 내가 착하다고?

털썩 침대에 등을 대고 누워 버렸다. 감은 눈 위로 팔을 얹어 놓았다.

그때, 메시지가 도착했다는 휴대폰의 낭랑한 목소리가 들려왔다.

〈배고파? 왜 문자를 씹어!〉

이영은 잠시 멍하니 문자를 내려다보았다.

예상한 남자의 반응이 웃기면서도 언제, 라고 보낸 남자의 마음이 갑자기 궁금하다. 이영은 여전히 답을 보내지 못하고 휴대폰만 쥐고 있었다. 그러나 남자의 마음을 가늠하는 일이 얼마나 어려운 일인지를 깨닫고는 물었던 질문에 간단한 답만 하고는 휴대폰을 침대 위에 던져 놓았다.

〈내일요.〉

밤늦도록 우현에게서 더 이상의 문자는 없었다. 그저 평상시와 다름없는 안부 정도였나 보다 여기면서도 가슴에 바람이 쓸쓸히 지나간 것마냥 헛헛하다.

문득 우현의 차분히 가라앉은 눈동자가 떠올랐다. 입가에 슬쩍 미소를 매달면서도 눈동자만은 차분하던 남자. 장난기 어린 미소를 슬쩍 걸치면서도 눈동자는 항상 이성으로 차갑게 반짝거린다. 그 남자는 그런 사람이다. 이영은 여성으로서의 직감이 경종을 울리듯 울어대는 것을 느꼈다.

위험해. 그 남자는 말로만 지껄이는 남자가 아니야. 속속들이 사랑을 우습게 아는 남자야.

하지만 공원에서 마주친 남자의 따스한 손이 자꾸만 마음을 두드린다. 미옥의 말처럼 사랑이란 게 잠시 위안거리 정도밖에 되지 않는다 해도 지금은 사랑에 한번 가슴을 데워 보고 싶다.

—거기가 어디야?

우현이 전화를 받자마자 정남이 대뜸 물은 말이었다.

"회사로 전화 거셨잖아요."

그는 전화기를 어깨에 걸치고는 서류를 들추며 무뚝뚝하게 대꾸했다. 어제 밤새 뒤척인 탓에 눈가가 시큰거려 죽을 맛이었다.

—우진이 그 자식이 일 벌인 데가 어디냐고.

어떻게 알았냐고 물을 필요는 없었다. 정남이 알아내는 건 시간 문제라고 생각했으니 말이다. 그나마 다행인 건 해결하고 난 뒤에 이런 전화를 받았다는 거였다.

"해결하고 없어요."

—······.

"걱정 마세요. 다른 곳에 넘기고 손 털었어요."

—휴우! 그 자식 미친 거 아냐! 있는 사업이나 잘 하라고 그래. 왜 다른 사업까지 손대려고 그러는 거야! IT? 웃기고 있네. 개나 소나 다 하니깐 저도 잘 하겠다 싶었던 거래? 그래?

정남의 독설을 고스란히 들으면서도 우현의 표정엔 변화가 없었다. 서류를 넘기면서도 오늘 소개팅을 하고 있을 이영의 모습이 뇌리에 박힌 것마냥 좀처럼 떨어지지 않는다.

또 배시시 웃고 있을까. 착한 표정으로 다정하게 반달을 그리며 웃을 여자의 모습이 손에 잡힐 듯 그려졌다. 웃으면 살짝 콧등에 주름이 지는 이영의 모습을 상대 남자도 눈여겨볼까? 조곤조곤 할 말 다 하는 당찬 모습도, 눈에 담아도 담아도 이상하게 자꾸만 눈이 가는 그 얼굴을 상대 남자는 무슨 생각으로 바라보고 있을까? 오늘 횡재했다고 생각할지도 몰랐다. 어쭙잖게 얼굴을 붉히며 이영의 눈앞에서 하하, 웃을 모습이 겹쳐 떠오르자 우현은 질끈 눈을 감으며 관자놀이를 꾹 눌렀다.

가볍게 왔다가 가볍게 가는 게 사랑이라고 이영에게 가르치듯 말했다. 가볍게 시도해 보려 했다니, 기특하다고 해야 했다. 하지만 우현은 이영에게 사랑은 절대 가볍지 않을 거라는 생각에 자신도 알 수 없는 짜증이 스멀스멀 수위를 벗어날 만큼 피어올랐다.

―네가 개입했지?

"아뇨. 전 IT에 관심 없습니다. 제 사업만으로도 벅차거든요."

―거짓말 마. 네가 지금 하는 사업 말고도 손대고 있는 일이 있다는 걸 모를 줄 알아? 이게 다 너 때문이야. 니가 이것저것 손을 대니까 저도 그러고 싶었던 거야. 몰라? 그 녀석은 어릴 때부터 니가 하는 건 모조리 따라하고 싶어 안달이었잖아.

카페 '레드 앤(Red Anne)'을 모를 리 없다는 것을 알면서도 우현은 정남이 묻지 않는 이상 얘기를 꺼낸 적이 없었으며 정남 또한 요즘 드라마에 심심찮게 등장하는 우현의 카페를 보면서도 입을 꾹 다물었다.

카페 레드 앤이 글로벌 브랜드 틈바구니에서 단 시간에 성공을 거둔 이유는 커피 맛에만 올인을 한 것이 아니라 커피를 마시는 공간에도 많은 중점을 두었기 때문이었다. 하루 종일 죽치고 앉아 노트북을 두드려도, 자기가 가지고 온 LP판을 하루 종일 틀어도, 창가에 앉아 멍하니 생각에 잠겨 있어도 누구 하나 터치하지 않는 지극히 개인적이면서 편한 공간을 염두에 두고 시작한 카페였다.

모든 사람이 만족할 수 있는 공간. 그것이 목표였고 우현의 예상은 빗나가지 않았다. 얼마 전 부산 광복로에 10호점을 오픈했다.

아마도 정남은 이라도 부드득 갈고 있을 것이다. 우현의 눈엔 그 영상이 선명하게 잡혔다.

"그래도 저와 달리 결혼이란 걸 하잖아요."

—하! 지 여자 임신시켜서 하는 결혼? 대단한 일 하신다 그래!

우현은 결국 서류를 덮고는 지친 듯 의자에 등을 기대었다.

끔찍하게 결혼을 끝낸 정남은 그것을 고스란히 지켜본 큰아들에게 결혼을 강요했다. 다른 것은 담담히 받아들였다. 부모들의 싸움, 끔찍한 이혼, 그리고 정남의 상처. 받아들이고 싶었다기보다 그 감정에 휘말리기 싫어서 받아들인 척, 냉정하게 감정을 묻었다. 하지만 아직까지 이해가 안 되는 한 가지는 바로 정남의 이런 태도였다. 생전 살가운 것은 모르던 정남은 우현이 레스토랑을 박차고 나온 순간부터 결혼을 의무처럼 들이밀기 시작했다.

"어머니, 우진이가 직접 컨설팅을 의뢰했어요. 제가 하는 일이 뭔지는 아시죠? 전 의뢰를 받은 대로 해결해 줬을 뿐이에요. 손해를 좀 보긴 했지만 여름이 오기 전에 아마 우진이가 해결을 볼 겁니다. 걱정 마세요."

—야, 내가 어떻게 걱정을 안 하니? 응? 매사에 실수투성이에 충동적인 녀석이잖아. 덜컥 지 여자 임신 시켜놓고 형 앞질러 결혼하는 거 봐라. 그게 잘하는 짓거리야?

"우진일 믿고 기다려 보세요. 여태껏 레스토랑 관리 잘 하고 있잖아요. 외식업이 워낙에 불황이니 다른 것에도 눈을 돌려 본 것뿐이에요. 처음이라 손해를 좀 본 거고요. 다음엔 더 잘할 겁니다."

—다음? 너, 나 죽는 꼴 보고 싶어서 그래? 결국 이곳저곳 기웃거리다 있던 사업까지 말아먹으려고? 그게 그냥 시장 통에 있는 국밥집인 줄 알아!

와락 큰 소리를 질러대는 정남의 목소리에 우현의 미간이 잔뜩 구겨졌다.

"변화 없이 그냥 두었다간 어머니가 말씀하신 그런 국밥집이 될 수도 있습니다."

—너, 너……!

"휴우! 다음번엔 제가 개입할게요. 그 녀석이 좋아할지 모르겠지만 지켜보겠습니다. 됐습니까?"

—약속했다.

한참 후에야 정남은 화를 가라앉혔는지 차갑고 이성적인 목소리로 입을 열었다.

—너도 알 거다. 이 모든 것엔 네 책임도 있다는 것을. 아니, 어떻게 보면 이게 다 네 탓이야. 집안 사업 버리고 다른 회사를 차린 네 놈 탓이라고.

항상 듣던 말이다. 레스토랑을 나오고 나서 일주일에 한 번은 꼭 듣던 말이다. 매번 무심하게 굴어 정남의 속을 더 뒤집어 놓곤 했지만 사실 우현의 속내는 그렇게 편하지 못했다. 그녀의 말대로 그가 '가족'이라는 이름하에 짊어진 책임을 툴툴 털어 버릴 순 없었기 때문이었다.

우현은 전화를 끊고 목이 갑갑한 사람처럼 넥타이의 끝을 느슨하게 잡아당기며 자리에서 일어났다. 따스한 햇볕이 내리쬐는 창가로 걸어가 하늘을 올려다보았다.

파란 하늘에 걸려 있는 흰 구름이 따스하고 한가롭게 어디론가 흘러가고 있었다.

[숨 좀 돌려, 가끔은 하늘도 봐 주고.]

우현은 아버지가 바로 곁에서 하늘을 바라보고 있는 것처럼 고개를 돌렸다.

언제나 그렇게 말하며 활짝 웃으시던 분이었다.

그래, 숨 좀 돌리자.

하지만 큰 숨을 제대로 내쉬기도 전에 우현은 손바닥으로 눈을 문지르며 짜증스럽게 돌아섰다. 책상 모서리에 놓인 휴대폰을 지그시 노려보다 조금 거친 몸짓으로 집어 들어 목록에서 원하는 이름을 찾자마자 망설임 없이 통화 버튼을 눌렀다. 하지만 컬러링만 길게 이어지자 우현의 어깨가 조금씩 굳어졌다.

너무 외롭다. 나, 눈물이 난다.

우현이 듣기에 생소한 남자가수의 목소리가 처절하게도 들려온다. 이 여자, 진짜 외로운가 보다. 컬러링을 듣는데 설핏 실소가 머금어지면서도 오늘의 소개팅이 여자에겐 아마도 이 외로움을 끝내고자 하는 발버둥일지도 모른다는 생각에 우현의 눈빛이 어둡게 가라앉았다.

─……여보세요?

두 번째 통화도 거의 끝날 무렵 주구장창 외롭다고 외치던 남자의 목소리가 그치고 숨죽인 이영의 목소리가 들려왔다.

우현은 저도 모르게 등을 꼿꼿하게 세우며 다그치듯 들리지 않으려 노력하며 입을 열었다.

"어딘데?"

우현의 시선 너머 창문을 뚫고 내려앉은 햇살이 나른하게 잠에
빠져드는 고양이처럼 여유롭게 늘어지고 있었다.

7.
가벼운 연애

"나, 늦은 거야?"

우현은 청담동에 위치한 이탈리안 레스토랑에 도착하자마자 이영을 바로 알아보았다. 저녁시간이라 테이블은 꽉 차 있었지만 그녀는 예상대로 창가에 앉아 있었다.

"……아뇨. 내가 좀 일찍 왔어요."

마치 어제도 만난 사이처럼 정답게 인사를 건네는 우현의 모습에 이영의 표정이 조금 당혹스럽게 변했다. 도대체가 이 남자의 마음을 따라가지 못하겠다. 가볍고 차갑게 툭 감정을 발로 차면서 다닐 것 같은 남잔데 아까 통화하면서는 남자의 어떤 감정을 살짝이라도 엿본 것만 같아 이영의 심기가 불편했다.

[나중에 전화할게요.]

[언제 끝날 건데?]

급히 끊으려 하자 우현의 다급한 다그침이 들려왔다.

[그게…….]

[맘에 들어?]

[저기요…….]

[급하게 할 얘기가 있어서 그래.]

[무슨 얘기요?]

[아주아주 중요한 얘기.]

우현의 말에 잠시 이영의 얼굴이 곤혹스럽게 바뀌었다. 이 남자
와 아주아주 중요한 얘기를 주고받을 사이인가? 그런 깨달음이 들
기도 전에 우현은 냉큼 만날 장소와 시간만 말하고는 전화를 끊어
버렸다.

이영은 아까 오후에 주고받았던 전화내용을 떠올리며 딱히 뭐라
고 정의내릴 수 없는 감정의 잔해를 곱씹고 있었다.

우현은 이영의 맞은편에 앉아 조금은 느긋한 시선으로 찬찬히 그
녀를 쳐다보았다. 그러나 이내 우현의 눈동자가 차갑게 굳어졌다.

어설프지만 미소를 짓는 그녀의 얼굴이 조명 아래 따스하게 빛났
다. 우현이 보았을 때마다 뒤통수에 달랑 묶여 있던 머리카락이 어
깨 위로 차분하게 내려와 있었다. 아무렇지도 않게 앞 머리카락에
머리핀을 꽂던 여자의 이마엔 신경을 쓴 듯 예쁘게 펌이 들어가 있
었다. 게다가 유난히 말끔한 얼굴에 전과 달리 스커트 차림이었다.

우현의 차가워진 눈길은 모르고 이영은 밝은 색이 들어간 체크무
늬 스커트를 어색하게 만지작거렸다.

"나도 가끔 치마 정도는 입어요."

"아주 멋을 내셨구만."

우현은 신랄하게 중얼거리며 스커트 아래 앙증맞게 드러난 이영의 검정색 플랫슈즈를 쳐다보았다. 커다란 운동화에 가려져 있던 그녀의 발은 의외로 아담하고 작았다. 그 발을 보는 순간 몸이 움찔 반응을 보였다. 저 발을 오늘 소개팅 남자도 봤을 거라는 생각이 들자 이상하게 화가 끓어올랐다.

뭐지? 도대체 뭐지? 왜 이렇게 불편하고 짜증스러운 거지?

이영에게 다정하게 조곤조곤 말을 건네고 싶다가도 불퉁하게 쏘아대고 싶다. 스커트를 입은 이영이 너무 이쁜데도 그 이쁨에 막 신경질이 난다. 미친 건가? 팔짱을 낀 채 의자에 등을 기대어 앉은 우현의 입가가 못되게 일그러졌다. 더구나 여자의 발을 보면서 성욕이 솟구치다니, 미쳐도 단단히 미친 거다.

"저기요, 중요한 얘기가 뭐예요? 아주아주 중요한 얘기가 있다면서요."

우현의 표정에 이영의 말투도 조금 불퉁스러워졌다. 하지만 이런 어이없는 짓을 한 자신에게도 딱히 할 말이 없었다.

[가셔야 해요?]

도윤의 얼굴엔 아쉬움이 그득했다. 조금 예상했던 대로 도윤은 서글서글한 인상만큼 다정다감한 사람이었다. 약간 상기된 표정으로 어떻게든 대화를 이어가려는 그의 순수한 성실함이 어여쁘기도 했다. 하지만…… 그게 전부였다. 그냥 좋은 사람. 몇 번을 만나도 그 정도일 것 같은 느낌이 도윤을 만난 지 한 시간도 되지 않아 들었다.

[첫눈에 느낌이 없어서 싫다니, 그게 말이 되니? 하여튼 나이 들어서 결혼 못한 것들은 다 이유가 있다니깐? 뭐, 지가 영화 주인공

이라도 된다니? 소설 여주인공이야? 첫눈에 확 반하는 사랑이 몇이
나 된다고. 몇 번을 더 만나야 사람을 알지. 아니 막말로 몇 십 년
을 부부로 산다고 그 사람을 전부 아냐? 하여튼 나이가 들어도 철
이 없다니깐.]

예전 은해가 결혼 안 한 친구에게 남자를 소개해 준 적이 있었는
데 그 친구가 만난 지 한 시간도 안 되어 좋은 사람 같지만 자기랑
은 맞지 않는 것 같다며 미안하다고 전화를 해 왔다고 했다. 은해는
그 말에 어이가 없어 거품을 물며 열변을 토했었다. 그땐 그냥 웃어
넘기고 말았다. 사실 은해의 말이 맞는 것도 같아 내심 고개를 끄덕
이기도 했다. 하지만 정작 자신도 은해의 친구와 같은 꼴이다.

도윤의 따스한 눈동자를 보면서도 우현의 서늘한 눈매가 떠오
른 것은 왜일까. 분명 도윤은 자신과 마찬가지로 사랑을 진지하게
생각할 사람 같았는데 '사랑, 그따위' 하며 가볍게 여기는 이 남
자가 왜 머릿속에서 떠나지 않는 것일까. 알고 보면 자신도 나쁜
남자를 좋아하나? 도대체가 알 수가 없다. 그렇다고 첫눈에 반한
것도 아닌데, 요즘 자신의 상념 속엔 항상 우현이 꼬리표처럼 붙
어 있다.

사랑을 하고 싶다. 하지만 결혼이 목표는 아니다. 그래서일까, 문
득 은해의 친구도 이런 심정이었을지도 모른다 싶어 괜한 동정심이
일었다. 나이가 차니 주위에서 결혼해야지 하며 들이미는 상대는 많
다. 하지만 사랑을 해 봐, 하며 적극적으로 밀어주는 이는 없다. 사
랑, 그게 뭐라고. 결혼하면 다 거기서 거기라는 얘기를 듣기 일쑤
다. 그러면서 왜 모두들 결혼을 하라고 등을 떠미는 것인지 이영 또
한 그게 이해 안 되기는 마찬가지다.

사랑을 하고 싶다. 가슴이 절절하고 미칠 것 같은 그런 사랑.

그래서 휴대폰에 우현의 이름이 뜨자 일렁거린 마음을 도저히 무시할 수 없었던 것이다.

"참, 찾기 힘들지 않았어?"

이영의 말은 못 들은 척 테이블에 팔꿈치를 올려놓으며 엉뚱한 질문을 했다.

"아뇨, 근처에서 지나가는 사람들한테 물으니까 단박에 가르쳐주던데요? 청담 사거리에서 조금만 올라오면 되더라고요."

꽤 유명한 집이라고 했다. 이영이야 원래 이렇게 분위기 있는 곳을 찾아다니지 않으니 생소했지만 우현은 '외식 컨설팅'을 하는 사람이지 않은가. 어쩌면 이곳도 그와 관련이 되어 있는지도 몰랐다.

"여기도 잘 아는 곳이에요? 예약이 필수라고 하던데요?"

"그냥 가끔 들르는 곳."

정남이 알면 뒤로 까무러칠지도 모를 일이지만 우현은 진짜 가끔 이곳에 들르곤 했다. 얼마 전엔 이층에 와인 바를 오픈했는데 소문엔 꽤 성공적이라고 했다.

이영은 메뉴판을 들여다보며 미간을 접었다. 생소한 메뉴 탓도 있었지만 가격도 만만치 않은 탓이었다.

"우와, 가격이 왜 이렇게 비싸요?"

"내가 살게."

"어? 그런 말이 아닌데……."

"내가 멋대로 장소 정했잖아. 정 마음이 불편하면 다음엔 당신이 사."

그의 입에서 자연스레 흘러나온 '당신'이라는 말에 이영의 얼굴이 붉게 달아올랐다. 어떻게 저런 말을 저렇게 태연하게 할 수가 있지? 콩닥거리는 가슴을 애써 진정시키며 실눈을 뜬 채 그를 살폈지만 그는 무심히 메뉴판만 들여다보고 있었다.

"떡, 떡볶이 집에 데려갈지도 몰라요. 우리 학교 앞 문방구 떡볶이."

이영은 메뉴판을 내려다보며 더듬거리며 말을 이었다.

"아, 꼬맹들이 먹는 거? 나 엄청 먹고 싶었는데, 좋아."

우현의 장난스런 농담에 이영도 조금은 편안하게 피식 웃음을 흘렸다.

"자, 그럼 오늘은 나한테 맡겨. 이 집 디너 메뉴가 꽤 괜찮거든."

그러면서 한 손을 살짝 들었다.

"네, 그럼 염치불구하고 잘 얻어먹겠습니다!"

고개를 살짝 숙여 씩씩하게 인사를 건네자 우현의 입이 어이없다는 듯 벌어졌다.

"거, 되게 무드 없는 인사인 거 알아? 무슨 여자가 그래?"

"그럼 당연한 듯이 얻어먹어요? 사귀는 사이도 아니고."

"사귀는 사이는 얻어먹어도 된단 말이지?"

"헤, 나 좋아하는 남자는 맛있는 거 있음 나한테 막 먹이고 싶어 하지 않겠어요? 그럼 나는 맛있게 먹어 주고."

그러면서 또 헤헤, 하고 웃는 이영의 얼굴을 우현은 오랫동안 바라보았다. 그 시선을 느낀 이영의 볼이 조금 붉어진 듯하더니 이내 물을 마시고는 귀엽게 툴툴거렸다.

"체, 농담이에요. 내가 또 한 공평하거든요? 연애하면 무조건 남자가 사야 한다는 생각은 없어요."

"가끔은 그래도 돼. 그리고 가끔은 뭐 사달라고 조르기도 하고. 연애하면 다 그러는데 뭐."

"체, 그런 여자만 만났나 보네."

입을 삐죽이는 이영이 너무 귀엽다. 그런 그녀의 모습을 바라보던 우현은 노란색 니트 사이로 설핏 보이는 그녀의 쇄골에 잠간 눈길이 갔다. 선이 예쁘다. 가슴이 저릴 만큼. 또다시 그의 몸이 불편하게 조여들었다.

"오랜만입니다."

잠시 일본에 출장 갔던 얘기를 하던 중에 그들의 정수리로 낮은 남자의 목소리가 들려왔다. 이영은 고개를 들어 남자를 올려다보았다. 우현은 그와 안면이라도 있는지 고개를 까닥여 보였다.

"아, 오랜만입니다."

"이거, 지척에 좋은 곳을 두고 누추한 이곳을 방문해 주셔서 뭐라고 감사를 드려야 할지……."

이영은 남자의 말에 살짝 미간을 찌푸렸다. 말하는 뉘앙스가 어째 비비 꼬여 있는 탓이었다. 그녀는 찬찬히 남자를 살펴보았다.

우현과 마찬가지로 말끔한 차림이었지만 어딘가 느슨한 데가 보이는 남자였다. 타이를 매지 않아서인가?

"뭐, 자부심을 가지셔도 됩니다. 이곳 음식을 나름 즐기니까요."

"오, 그래요? 행여 스파이 노릇을 하거나 뭐, 그렇진 않지요?"

"그럼요. 그쪽이 가끔 우리 쪽을 들르는 이유랑 거의 비슷하답니다."

남자는 우현의 말에 눈썹을 치켜 올리더니 대뜸 짜증 난 투로 입을 열었다.

"야, 어쩌다가 몇 번 간 거야. 너처럼 정기적으로 들르지 않는다고."

대뜸 들리는 남자의 반말에 이영의 눈이 휘둥그레졌다. 남자와 우현을 번갈아 쳐다보았다.

"인사나 해. 나 혼자 온 거 아니잖아. 실례야, 몰라?"

"아, 미안합니다. 이 자식, 아니 우현이가 나타나면 괜히 심사가 뒤틀려서요. 이경훈입니다."

그러면서 이영을 향해 방긋 웃었다. 방긋 웃는 남자의 치아가 부러울 만큼 반듯했다.

"설마 우현이랑 사귀는 분은 아니죠? 내가 좀 아는데 이 녀석 스타일은 아닌 것 같아서요. 하긴 사귄다고 해도 이 녀석의 실체를 아시면 금방 후회할 거예요. 차갑고 냉정하고 당최 무슨 생각을 하는지 속내도 알 수 없고."

이영은 우현을 돌아보았다. 하지만 그는 경훈의 말에 전혀 화가 난 기색이 아니었다. 무심하게 물 잔만 만지작거리고 있었다.

"박이영입니다. 그리고 우현 씨랑 사귀는 사이는 아니지만, 나는 속을 확 펼치고 다니는 사람보다는 우현 씨 같은 사람이 좋더라고요."

경훈은 눈을 휘둥그레 뜨고는 이영을 바라보다 우현에게로 고개를 획 돌렸다. 우현도 조금 놀란 듯 눈을 동그랗게 떴지만 이내 어쩔 수 없는 웃음이 입가에 묻어 있었다. 하지만 웃음을 꾹 참고는 그냥 거만하게 어깨만 으쓱할 뿐이었다. 그 모습에 약이 오른 경훈은 우현의 등을 슬쩍 치며 귓가에 조그맣게 속삭였다.

"야, 딱 내 스타일이다."

"꺼지시지."

이영은 금세 마주 보고 웃는 두 남자를 보며 인상을 구겼다. 뭐라 속닥거리며 이영을 힐끔거리는 모양새가 신경에 거슬렸다.

"어쨌든 좋은 저녁 되십시오. 자주 뵈었으면 좋겠습니다."

음식을 든 종업원이 다가오자 경훈은 깍듯하게 인사를 하고는 사라졌다.

"도대체 누구예요?"

"여기 주인."

이영의 눈썹이 휙 하니 올라갔다. 왠지 정감 어리고 아기자기한 이곳의 분위기랑 쉽게 매치가 되지 않은 탓이었다. 오히려 화려하고 은밀한 파티장에나 어울릴 법한 남자였다.

"그리고 사람을 앞에 두고 속닥이는 건 실례예요. 아시죠?"

"네에. 조심하겠습니다."

우현의 장난스런 대꾸에 슬쩍 인상을 구기는 척하던 이영도 결국 웃어 버렸다.

잠시 뒤, 이영은 후식으로 나온 초콜릿 케이크와 망고 셔벗을 먹으며 우현을 힐끔 쳐다보았다.

"아까 스파이 노릇이 무슨 말이에요? 우현 씨, 이런 레스토랑도 해요?"

우현은 잠시 주춤하는 듯 보이더니 이내 아무렇지도 않게 홍차를 마시며 대꾸했다.

"아, 집에서 조그맣게 하는 레스토랑이 있어. 나랑은 전혀 상관없이.”

이영은 잠시 호기심이 발동했지만 그가 더 이상 말하기를 꺼려한다는 것을 느끼고는 입을 다물었다. 사람에게는 누구나 말하고 싶지 않은 것들이 적어도 한 개쯤은 있기 마련이었다. 이영은 고개만 끄덕이고는 초콜릿 케이크의 달콤함을 수저로 듬뿍 퍼 올렸다.

대부분 여자들은 눈을 동그랗게 뜨고는 어떤 레스토랑요? 어디예요? 하고 물어보기가 일쑤였다. 우현은 자신이 오히려 조급한 마음이 되어 그녀가 먹는 것을 가만 내려다보았다.

“나, 박이영 좋아하나?”

“네?”

수저를 입에 문채 고개를 든 이영의 눈동자가 눈에 띄게 커졌다.

“이렇게 맛있는 거 막 먹이고 싶은 거 보면 말이야.”

이영은 입에 든 케이크를 꿀꺽 넘기고는 수저를 내려놓았다. 도대체 저 남자가 말하는 의미가 뭘까. 이걸 진지하게 생각해야 하나, 가볍게 장난으로 받아야 하나. 그렇다고 이렇게 속절없이 뛰는 가슴은 또 어쩌나.

갑자기 엉켜드는 자신의 마음과 달리 눈앞의 남자가 너무 담담해 보여 이영의 입술이 지그시 다물어졌다.

저 남자, 장난이야.

“왜요? 미운 놈 떡 하나 더 주는 건 아니고요?”

“난 미운 사람은 마주 보고 앉지도 않는데?”

“네에, 성격 굉장히 좋으시네요. 사회생활 엄청, 잘하죠?”

비비 꼬는 말투인데도 이영의 조그만 입술이 너무 예쁘다. 새침하게 다시 수저를 든 이영의 정수리를 쳐다보며 우현은 어쩌면 후회할지도 모를 얘기를 툭, 던지듯 꺼냈다.

"나랑 연애하자."

이영이 아까 경훈에게 정색을 하며 우현이 좋다고 한 말, 어찌 보면 아무 의미도 없는 말이다. 워낙에 반듯한 사람이니 경훈의 비아냥거림이 거슬렸을 것이다. 그렇지만, 그럼에도 불구하고 그녀가 좋다고 말한 순간 가슴에 싸한 박하향이 진동하듯 퍼져나갔다. 알싸하게 심장을 내리누르는 그 감각이 불편하면서도 좋다.

이영의 눈이 또 동그래졌다. 하지만 이내 눈동자가 진지하게 젖어들었다.

"진짜야. 아까 아주아주 중요한 얘기가 있댔잖아. 이 얘기 하려고."

"……연애하자는 말요?"

이영의 눈이 우현의 진심을 가늠해 보듯 가늘어졌다.

"왜요?"

"싫어?"

그녀의 대답을 초조하게 기다리는 기색을 내비치기 싫어 우현은 부러 장난스레 되물었다.

그래도 대답 없이 말끔히 쳐다보고만 있자 우현은 얕게 숨을 내뱉고는 의자에 등을 기대었다.

"나, 당신한테 관심 있어. 몰랐어?"

이영의 눈동자가 점점 짙어졌다. 우현의 말을 어떻게 받아들여야 하나 고심하는 듯 미간이 살짝 구겨졌다.

"……진지해지는 거 싫다면서요."

"그러니까, 그게 너무 안타까운 거지. 가벼운 연애가 얼마나 좋은데. 내가 가벼운 연애의 진수를 보여 줄게. 어때? 응? 당신도 나, 싫지는 않잖아. 그지?"

어린 소녀에게 사탕을 쥐고 흔드는 변태아저씨가 된 것 같다. 서른 둘이나 먹은 여자에겐 어림도 없는 수작임에도 우현은 제발, 제발……하며 애가 닳을 지경이었다.

"뭐…… 싫지는 않……."

"그럼 됐어! 우리 가볍고 산뜻하게 시작하자. 당신이 진지한 연애를 시작하기 전까지. 어때?"

유효기간까지 주며 부담을 줄이려 하는 우현의 속내는 모르고 이영의 표정은 점점 더 차분해져 갔다.

예전에 진지하게 시작될 수도 있는 연애를 불편하다는 이유로 이영 스스로가 물러난 적이 있었다. 오늘 소개팅을 한 도윤처럼. 하지만 이 남자의 손을 잡는다면 어쩌면…… 상처를 받을지도 모른다. 그게 손에 잡힐 듯이 그려지는데도 물러날 수가 없다. 이 남자의 제안을 거절한다면 아마도 상처보다 더 진한 후회를 안고 살아가야 할지도 모른다. 이미 이영의 심장은 우현을 향해 속절없이 뛰기 시작했으므로.

"그래요, 좋아요. 그쪽이 말하는 가벼운 연애, 한 수 배워 보죠."

가벼운 연애 어쩌고 잘도 지껄인 주제에 이영의 입에서 나온 말투가 어째 신경에 거슬린다. 그 느낌에 살짝 눈살을 찌푸리면서도 이영이 화사하게 미소를 짓자 저도 모르게 마음에 안도감이 그득 차올랐다.

"이거, 걱정이네?"

"네? 뭐가요?"

"가벼운 연애의 매력에 흠뻑 빠지는 거 아냐?"

"네에, 어련하시려구요. 고수신데."

이영의 삐죽거림에 우현은 유쾌하게 하하, 소리 내어 웃었다.

그래, 여기까지. 이 여자와는 절대로 집착과 눈물, 아우성이 난무하는 감정으로 흐르지 않을 것이다. 아니, 그렇게 흐르도록 내버려두지 않을 것이다. 여태 그런 감정으로 흐른 적이 없었으니 이렇게 미리 걱정하는 것조차 어쩌면 우스운 일일지도 모른다.

"어때? 괜찮았어?"

"네, 내 입맛이 그다지 고급스럽다는 생각은 안 했는데 여태 이런 걸 안 먹어 봐서 그렇게 생각했나 봐요. 맛도 깔끔하고 특히, 그거 이름이 뭐였죠? 전복 리조또? 맛이 기가 막히던데요? 전복을 보면 이제 여기가 생각나게 생겼어요. 예전엔 전복을 무슨 맛으로 먹나 그랬거든요. 뭐, 비싸기도 하고."

그러면서 생글 웃는 이영의 입가에 초콜릿 케이크의 부스러기가 묻어 있다. 잠시 그 입 꼬리를 가만히 쳐다보던 우현은 테이블 너머로 손을 뻗어 살짝 떼어냈다.

"앗!"

화들짝 놀라며 상체를 뒤로 젖힌 이영의 얼굴은 순식간에 붉게 달아올랐다. 눈을 동그랗게 뜬 채로 자신의 입가를 어색하게 매만졌다.

집게손가락 끝에 붙은 케이크 부스러기를 바라본 우현은 장난스레 눈동자를 반짝였다.

"단 거 엄청 좋아한다더니, 아껴뒀다 나중에 먹으려고?"

"아, 아니거든요!"

발끈한 이영의 말에 우현은 피식 웃으며 날름 집게손가락에 붙은 부스러기를 자기 입안으로 쏙 집어넣었다.

"으음, 맛있네."

쿵쾅쿵쾅.

두 귀에 생생하게 들릴 정도로 심장이 소리 내어 뛰고 있었다. 행여 우현의 귀에라도 들릴까, 조바심을 내며 고개를 들었더니 조금은 능글맞은 미소를 짓고 있는 그가 보였다.

은은한 조명 아래 보이는 이영의 쇄골 부근이 서서히 붉게 달아오르고 있었다. 그와 눈도 제대로 못 마주치고 허겁지겁 셔벗을 먹고 있는 이영이 귀여워 저도 모르게 놀리고 싶다는 생각이 들었다. 우현은 그녀에게 불쑥 얼굴을 내밀었다.

"얼굴이 빨갛네? 여기도 빨갛고."

이영은 우현의 손가락을 쳐다보다 황급히 자신의 목 언저리를 손바닥으로 감쌌다.

내참, 그런 거는 그냥 지나치는 에티켓도 없나?

"더, 더워서 그래요."

"아…… 네에."

일부러 말을 길게 늘이며 대답하는 그가 얄미워 이영은 눈을 가늘게 뜨고는 노려보았다.

왠지 '숙맥'이라고 머리 위에 네온이라도 밝힌 기분이었다. 이럴 줄 알았다면 연애라도 실컷 해 볼걸, 하는 후회가 씁쓸하게 밀려들었다.

"저기요, 다 먹었으면 나가죠."

이영의 새침한 말에 우현은 키득거리는 웃음을 감추고는 일어나서 그녀에게 손을 내밀었다.

잠시 주춤하던 이영은 우현의 얼굴에서 무엇을 보았는지 이내 입을 꾹 다물고는 비장한 표정으로 손을 마주 잡았다. 그저 손에 땀이라도 나서 우현이 더 의기양양해지는 일이 없기만 간절히 빌었다.

식당을 나오자마자 둘은 각자 가지고 온 차 앞에 우두커니 서 있었다.

그러다 이영이 먼저 어색하게 우현과 잡았던 손을 빼내었다. 불행히도 손은 땀에 젖어 있었다.

"저게…… 내 찬데요."

손가락으로 가리키는 이영의 차는 회색 티코였다.

고개만 주억거리곤 우현도 바지주머니에 손을 찔러 넣고 잠시 가만히 서 있었다.

"그럼, 이제 헤어지자고?"

"뭐, 커피도 마셨고 대충 얘기도 다 한 것 같기도 하고……."

이영이 쭈뼛거리며 설명을 이어가자 우현은 어깨를 한 번 추스르고는 성큼 다가왔다.

"당신 동네서 그때 그 자판기 커피 한 잔 더 하는 건 어때? 홍차를 마셨더니 커피가 생각나기도 하고."

연애의 규칙에 남자가 여자를 꼭 바래다줘야 한다고 정해놓은 것은 아닐 테지만 이영은 우현의 말에 기대감으로 가슴이 두근거리는 것을 느꼈다. 가벼운 연애도 할 건 다 하네.

"좋아요. 그럼, 내 차 잘 따라와요."

차에 올라탄 이영을 보며 우현도 차에 올라탔다.

우현은 빨간 신호등 앞에 서서 이영의 차를 쳐다보았다. 이영의 머리가 잠깐 또 뒤로 돌아보았다. 백미러로 보아도 보일 터인데도 그녀는 출발하고 내내 그가 잘 따라오는지 확인하는 사람처럼 고개를 돌리곤 했다.

그는 손가락으로 운전대를 톡톡 건드리며 살짝 미간을 찌푸렸다.

참내, 불안하게.

낯익은 동네에 이르자 우현은 비로소 안도의 한숨을 내쉬고는 차에서 내렸다. 조그만 차에서 내린 그녀는 약간 어색한 미소와 함께 그를 기다리고 있었다.

"이거 그냥 티코 아니에요. 슈퍼티코라고요."

약간 굳은 인상으로 차를 쳐다보는 그를 보고 이영은 괜스레 가슴을 쫙 펴며 의기양양하게 말했다.

이영은 매번 동료들에게서 아직까지 이런 걸? 하는 눈초리를 받곤 했다. 근 십여 년을 같이한 차였다. 게다가 직장을 오가기엔 얼마나 적합한가 말이다.

"그래? 왠지 달라 보이더라니."

쿡쿡거리는 웃음을 참으며 우현은 몸을 돌려 공원 입구로 들어섰다.

이영은 우현의 차를 훑어보곤 입을 삐죽거렸다.

체, 외제차가 왜 필요하냐 말이야.

"뽑아 갈게요. 앉아 있어요."

우현은 종종걸음으로 자판기로 향하는 이영의 뒷모습을 바라보며 벤치에 사리를 잡고 앉았다. 제법 봄기운이 느껴져서인지 운동이니 산책 겸 나온 사람들이 간혹 눈에 띄었다. 지나다니는 사람들을 쳐다보며 꽤 편안하게 앉아 있는 우현의 곁으로 이영이 김이 모락모락 나는 커피를 들고 앉았다.

그러나 바싹 붙어 앉는 건 어색했던지 약간 떨어져 앉았다.

그런 그녀를 곁눈질하면서도 우현은 아무런 내색 없이 커피를 한 모금 마셨다.

이영은 고개를 들어 어렴풋이 보이는 그녀의 집 창문을 바라보았다.

이영을 기다리는 따스한 불빛에 그녀의 마음이 푸근하게 내려앉았다.

"난 아직 철이 없나 봐요."

"왜?"

이영은 발치에 떨어진 나뭇잎을 구두코로 툭툭 건드렸다.

"서른이 넘었는데도 집에서 엄마가 기다리고 있다는 게 참, 좋아요."

방긋 웃는 이영은 마치 열 살 소녀처럼 해맑아 보였다.

"우현 씨는 어때요? 남자들은 그런 거 잘 없죠? 엄마랑은 말 몇 마디도 안 하고 그러죠? 그저 밥 먹었어요, 안녕히 주무세요, 이게 전부라면서요?"

"뭐, 대부분은."

"아, 그래서 엄마한텐 딸이 있어야 한다나 봐. 아들만 있는 엄마들은 삭막해서 어떻게 산대요?"

딱히 정남을 그런 그림에 끼워 맞춰서 생각해 본 적은 없었다. 언제나 하는 일이 넘쳐나는 정남이었다. 어릴 때도 정남을 그리워하며 기다린 적은 없었다. 간혹 우진이 울면서 정남을 찾긴 했지만 우현은 정남이 집에 있어 좋다거나 없어서 좋다거나 하는 감정 자체가 없었다.

우현은 이영의 해맑은 모습에 마음이 조금 불편해졌다. 왠지 예전 누군가가 음울한 녀석이라고 빈정거린 기억이 새삼 떠올랐다.

"어릴 때 어땠어요?"

어릴 때의 기억을 떠올릴 일이 뭐가 있을까. 그저 학교에 다니고 학원을 다니고 그게 다였다. 돈은 풍족했으니 읽고 싶은 책을 마음 껏 읽었고 보고 싶은 영화나 게임도 실컷 했다.

우현은 시큰둥한 표정을 지었다.

"늙었나? 어땠는지 기억도 안 나."

그가 쉽게 속내를 드러내지도, 마음대로 그 속을 보는 것도 허락 하지 않을 거라는 건 짐작하고 있었다.

이영은 우현의 얼굴을 잠시 살피다 고개를 젖혀 하늘을 올려다보 았다.

"당신은 어땠어?"

"나요? 나도 기억이 별로 안 나네?"

아직은 서늘한 밤공기가 장난스레 웃는 이영의 얼굴을 상쾌하게 맴돌았다.

우현은 미간을 슬쩍 구기며 이영의 손을 잡았다.

이 여자는 왜 이렇게도 추워 보이는 거지?

움찔하며 그녀가 쳐다보는 게 느껴졌지만 우현은 트렌치코트 주 머니로 그녀의 손을 집어넣었다.

"추워."

허리를 곧게 편 이영의 눈이 가로등 불빛 아래에서 동그랗게 반짝 빛이 났다.

잠시 입술을 달싹이던 이영은 결국 아무 말 없이 우현을 따라 하늘을 올려다보았다.

유난히 하얀 달이 이제 곧 목련을 터트릴 나뭇가지에 걸려 있었다.

따듯하다. 남자의 손이란 이렇게 따듯한 것이구나.

눈을 감은 그녀의 얼굴을 달빛이 따스하게 비춰주고 있었다. 그리고 그런 그녀를 지그시 바라보는 남자가 있었다.

기억이란 아니, 인간의 뇌란 참으로 비합리적이게도 안 좋은 기억을 더 저장해 두려는 경향이 있다.

아빠가 술을 마시는 게 이영의 탓이라며 추운 겨울날 할머니한테 흠씬 두들겨 맞고 쫓겨난 적이 있었다. 그래서 밤새 흐느끼는 아빠의 울음소리를 들으며 칠이 벗겨진 대문 앞에 쪼그리고 앉아 있어야 했다.

평소라면 할머니가 불러 주실 때까지 돌돌 떨면서도 기다렸을 텐데 그날은 이 모든 것이 지긋지긋했다. 언젠가는, 언젠가는…… 하는 희망이 점점 더 사라지고 있었다. 끝없는 어둠, 보이지 않는 아득함. 아무도 불러 주지 않아 결국은 괴물한테 짓이겨지고 말 거라는 끔찍한 공포.

이영은 무엇엔가 쫓기듯 몇 번을 꼬꾸라지면서도 그 어두운 골목을 뛰쳐나왔다. 어디에 있는지도 모르는 엄마를 찾아서, 엄마가 어쩌면 자기를 기다리고 있을지도 모른다는 희망을 안고 이영은 예전에 가 본 적이 있는 필주의 집으로 미친 듯이 몸을 움직였다.

얼마나 달렸는지 모른다.

큰 대로변에 다다르자 이영의 걸음이 일순 멈추었다. 한밤중이라 생각했는데 아닌 모양이었다. 네온이 대낮처럼 환하게 거리를 비추고 있었다. 사람들이 웃고, 떠들고, 심지어 평화롭다.

분명 자신이 살고 있는 골목길엔 괴물이 그득한 어둠만이 까맣게 내려앉아 있었다. 그래서 언제나 그곳에서 입술을 앙다물고 누군가가 찾아와 주길, 누군가 불러 주길 기다리면서 아버지의 시중을 들고 할머니의 매질을 견디었다. 그래도, 그래도 그들은 자신을 버리지 않았느냐고 스스로 위안하며 살았다. 그런데 세상엔 도망간 엄마와 술 취한 아빠, 매질하는 할머니가 없이 잘 살아가는 이들이 훨씬 많다는, 어찌 보면 당연한 깨달음. 하지만 이영의 어린 마음속에 더 강하게 불어닥친 것은 허망함과 허탈함이었다.

이영은 필주의 집근처 상가에 웅크리고 앉아 자꾸만 움푹 꺼져가는 마음을 가까스로 움켜쥐고 있었다. 무릎에 박고 있던 고개를 들어 아무 표정 없이 오가는 사람들을 보고 있을 때였다. 나이가 조금 들긴 했지만 한눈에 필주를 알아볼 수 있었다.

반가운 마음이 들기도 전에 필주 옆에 서서 걷고 있는 낯익은 형체에 이영의 고개가 휙 하니 올라갔다. 무릎을 펴고 벌떡 일어나려는 순간 미옥의 손을 잡고 있는 남자아이가 눈에 들어왔다. 초롱초롱한 눈동자로 연신 미옥과 필주를 번갈아 살피는 모습이었다.

비틀거리며 일어선 이영은 상가건물 안으로 슬쩍 몸을 숨겼다. 미옥은 여전히 고왔다. 간간히 고개를 돌려 남자아이에게 무어라 말을 건네면서도 필주의 말에 몸을 잔뜩 기울이고 있었다. 걷어차는 남편이 없으니 행복한 모양이다. 예전 이영과 있을 때는 볼 수 없었던 단정하고 고운 차림이다. 이영은 어째 빛을 바래 버린 것 같은 휘황찬란한 거리를 무표정하게 돌아보고는 그들과 반대쪽으로 걸음을 천천히 내딛었다. 마치 벌거벗겨진 채로 거리를 걷는 것처럼 온몸에 찢어질 듯한 냉기가 뿌리를 내리듯 찾아들었다.

이영은 자신의 어린 시절을 되돌아보면 항상 추웠던 기억이 먼저 떠올랐다. 그래서인지 추위에 익숙하다고 생각했다. 그러나 사실은 익숙한 게 아니라 참고 있었던 걸까. 우현의 손을 잡는 순간 생각지도 못한 따스함이 온몸에 기분 좋게 스며들었다.

8.
구두와 고등어

—나, 결혼해.

이영은 지훈의 목소리에 조금은 가식적인 미소를 지었다. 목소리 톤도 평상시보다 더 한껏 높혔다.

"우와! 정말? 축하해!"

—엄마랑 그날 꼭 와.

"당연하지. 엄마도 알아?"

—어, 저번에 집에 오셨을 때 인사도 했어.

"그래, 그랬구나."

이영은 대답을 하면서도 초조한 듯 손가락으로 의자 팔걸이를 쉴 새 없이 두드리고 있었다.

—참, 누나도 시간 좀 내 줘. 소개시켜 줄게. 언제 시간 돼?

"소……개?"

―왜, 안 돼? 누나한테 꼭 보여 주고 싶은데. 진작 보여 주고 싶었지만 엄마가 병원에 계시는 바람에 좀 그랬어.

시무룩한 지훈의 말에 냉큼 이영은 이번 주 내로 꼭 보자는 답을 해 주고는 전화를 끊었다.

이영은 의자에서 천천히 일어나 창문 가까이 다가갔다. 노란 운동장엔 골대 옆에 아무렇게나 벗어놓은 가방들과 공을 차며 노는 아이들이 보였다. 요즘은 방과 후에 곧바로 학원차로 직행하는 아이들이 대부분이라 예전 이영이 다니던 그때처럼 운동장이 북적이지 않았다.

이영은 노란 운동장 너머 하늘을 바라보았다. 빗질을 한 것처럼 구름이 가지런하게 펴져 있었다. 답답한 사람처럼 가슴을 크게 들썩이며 숨을 내쉬었다. 그러나 쇳덩이를 달고 한없이 추락하는 낡은 가방처럼 마음은 너덜하고 무겁고 답답했다.

하늘을 올려다보며 깊은 한숨을 다시 한 번 내쉴 때였다. 손바닥에 꼭 쥐고 있던 이영의 휴대폰이 웅, 소리를 내며 몸을 떨었다.

〈뭐해? 날씨가 너무 좋아서 졸고 있는 건 아니지?〉

우현이었다.

이 사람도 지금 나처럼 하늘을 보고 있을까. 왠지 그럴 것 같다. 매일 입고 다니는 재킷을 벗은 하얀 셔츠 차림의 그가 창가에 서서 하늘을 보고 있을 것만 같았다.

이영은 그런 상상을 하며 지그시 눈을 감았다.

무겁던 마음이 조금씩 수면 위로 떠오르려고 열심히 헤엄을 치고 있었다.

좋다, 누군가를 생각하며 마음이 느긋하기는 처음이다.

좋다. 연애란, 참 좋다.

이영은 한 번 더 문자를 확인하고는 충동적으로 통화 버튼을 눌렀다.

이영은 명동의 시끌벅적한 분위기를 좋아했다.

거리를 오가는 사람들의 표정이 단조롭고 지루한 요즘, 그래도 명동의 거리엔 재미있고 흥미로운 표정들을 가끔 만날 수 있어 좋았다. 나이가 들면서 친구들은 그녀더러 아직 좋을 때라는 둥 농담을 하곤 했다. 사람들 구경하러 일부러 나간다는 말에 한 친구는 어이없는 표정을 짓기도 했었다. 하지만 이영은 여전히 명동의 수많은 인파들 속에 있으면 마음이 편안해지곤 했다. 곳곳에서 뿜어져 나오는 그들의 에너지가 우울한 마음을 가끔 누그러뜨려 주기 때문이었다.

그래서일까. 오늘 문득 어깨를 스치는 수많은 인파들 속에서 그를 만나고 싶었다.

명동, 이라는 말에 그는 잠시 어디라고? 하며 되물었다. 아마도 어이없거나 황당한 표정을 지었을 것이다. 그러나 이내 명동 어디? 하고 물었다.

"이렇게 숨어 있으면 어떡해?"

갑자기 어깨를 툭 치는 손길에 이영은 조금 놀라 뒤를 돌아보았다. 이런 명동의 거리를 활보하기엔 누구보다 어색할 것 같은 우현은 의외로 편한 표정이었다. 이영의 눈이 남자답게 각이 진 턱 선과 블랙 슈트 사이로 타이를 매지 않은 스카이블루의 셔츠에 잠시 머물렀다. 갑자기 북적이던 소음이 잦아들었다.

"도착하면 전화하랬잖아요."

이영은 긴장된 미소로 순간의 설렘을 숨기며 엉거주춤 일어났다.

우현은 명동 길거리에서 만나자는 이영의 말에 적잖게 당황했었다. 여태껏 길거리에서 약속을 정하고 만난 적이 없는 데다 사람들이 북적이는 곳을 내켜하지 않는 성격인 터라 더 그러했다. 하지만 왜요? 싫어요? 라고 조그맣게 말하는 이영의 목소리를 듣는 순간 왠지 그녀가 실망하는 모습은 보고 싶지 않다고 생각했다.

우현은 걸어오면서도 그녀를 찾아 헤매는 것이 아닐까 내심 초조했었다. 하지만 그는 건물 앞 벤치에 앉아 있는 사람들 중에서 단박에 그녀를 찾아낼 수 있었다.

이영은 기다란 회색 카디건에 검정색 얇은 터틀넥을 입고 있었다.

"자, 어디라도 들어가. 배고파."

우현은 이영의 손을 자연스레 잡아끌며 걸음을 옮겼다. 이영은 흘깃 그를 바라보며 따라 걸었다.

이래도 되나? 좋다. 이 남자와 손을 잡는 것이 좋다.

이영은 우현의 옆모습을 몰래 훔쳐보았다. 겨우 몇 번 만난 남자랑 손을 잡는 게 좋다니.

제대로 된 연애는 못 해 봤지만 남자와 손은 몇 번 잡아봤었다. 그땐 그냥 그랬다. 싫지도 좋지도 않아서 자신은 그저 남자랑 손잡는 건 별로인가? 그렇게 생각해 버렸다.

"가요, 오늘은 내가 살게요."

이영은 우현의 손을 약간 힘주어 잡으며 조금 앞서 걸음을 옮겼다.

"당신 덕에 좋은 가게를 알게 된 것 같아."

외식 컨설팅을 하는 우현에게 이런 얘기를 들으니 왠지 으쓱해지는 느낌이었다. 이영도 은수를 따라 몇 번 와보곤 단골이 된 가게였다.

일본식이 아니라 한국식 비벼 먹는 돈가스 가게였는데, 외양은 별다른 게 없었지만 나오는 메뉴가 갈 때마다 달라지곤 해서 새로운 재미가 있는 곳이었다.

"요즘 외식업계는 수요보다는 공급이 훨씬 많은 과당 경쟁 상태거든. 그렇다 보니 경쟁에서 살아남으려면 뭔가 독특한 얘기꺼리가 필요해. 그런 점에서 저 가게는 거의 성공한 것 같아. 그렇게 좋은 상권도 아닌데 말이야."

와인 바나 이탈리안 레스토랑 같은 곳을 선호할 줄 알았다. 분명 이영이 자주 가는 곳에 가면 이질적으로 보일 거라 예상 했었다. 하지만 우현은 아마도 매운 떡볶이 집에 데려다 놓았어도 비싸 보이는 슈트 따위는 의자에 대충 걸쳐놓고 셔츠 자락을 풀 남자였다.

우현은 왼손을 바지 주머니에 집어넣고 이영의 곁에서 나란히 걸었다. 이영도 카디건에 두 손을 찔러 넣고는 걷고 있었다. 그는 잠시 그녀의 손을 잡을까, 망설이다 그만두었다.

왠지 머리가 복잡하다. 그저 연애 초보인 그녀를 놀리며 키득거리던 가벼움 대신 아까 그녀를 찾아냈을 때 두근거렸던 심장의 울림이 마음을 초조하고 불안하게 만든 탓이었다.

복잡할 거랬잖아.

불쑥 차가운 자각이 그를 일깨웠다.

연애란 그저 가볍고 가벼운 유희. 잠깐 동안의 즐거움. 그 이상도 그 이하도 아니었다. 그러니 이영과의 연애가 다르게 흘러갈 리 없다. 아니, 흘러가서는 안 된다.

어둡게 가라앉은 그가 자기만의 생각에 잠긴 채 걷고 있다가 문득 곁에 이영이 없다는 것을 발견했다. 우뚝 걸음을 멈추고는 황망한 시선으로 고개를 돌렸다.

이영은 개나리와 벚꽃으로 장식된 커다란 쇼윈도 앞에서 꼼짝 않고 서 있었다. 그 안에는 한 번쯤 돌아볼 만큼 근사한 신발들이 조명 아래 반짝 빛을 내고 있었다.

구두라도 살 생각인 걸까.

그녀의 눈동자는 평범하지만 약간 고급스러워 보이는 구두에 머물러있었다.

"들어가 볼까?"

역시 그녀도 평범한 여자다. 오늘 저녁도 얻어먹었으니 구두 하나쯤은. 우현은 가볍게 생각하며 이영에게 물었다. 그 물음의 끝엔 약간의 안도가 숨어 있었다. 그래, 그녀는 특별하지 않아.

그의 말에 고개를 들어 보인 그녀는 잠시 망설이는 기색이었다.

"그래도…… 될까요?"

"음."

그의 대답에 이영은 사탕 가게에 들어가는 소녀처럼 환한 미소를 지으며 유리문을 밀었다.

가게 안엔 대 여섯 팀이 이미 들어와 구경을 하고 있었다.

종업원은 얼른 이영에게 다가왔지만 뒤에 서 있는 우현을 보고는 공손하게 인사만 하고는 한 걸음 물러나 있었다.

이영은 매장을 죽 훑어보다 원하던 것을 발견한 사람처럼 곧바로 걸어 들어갔다.

뒤에 서서 이영이 보고 있는 구두들을 쳐다보던 우현은 살짝 미간을 접었다.

여성적인 취향이 별로라고 말하긴 했지만 그녀가 보고 있는 구두들 대부분이 왠지 그녀의 나이와는 맞지 않아 보인 탓이었다.

"야, 저 구두 예쁘지 않니?"

"저거?"

"그래, 화사하고 이쁘지?"

"됐거든? 이게 엄마 나이 대에 어울린다고 생각해?"

이영은 검정색 구두를 하나 집어서 이리저리 살피다 옆 라인에서 들리는 한 모녀의 대화에 잠시 고개를 돌렸다.

"나는 여자 아니니? 나도 이런 구두 신고 싶어야."

"알았어, 신어나 봐."

투덜거리는 이십 대 중반의 여자는 그녀의 엄마가 즐거운 미소를 지으며 구두를 신어 보는 것을 내려다보고 있었다.

이영은 구두 한 짝을 들고는 멍하니 그 모녀를 쳐다보고만 있었다. 우현은 그녀의 옆모습을 잠시 쳐다보다 시선을 가로막으며 앞으로 나섰다.

"그거 하게?"

이영은 눈동자에 장막을 걷어내듯 눈을 깜박이더니 고개를 들었다.

"네?"

"그거, 할 거냐고. 할 거면 신어 봐."

그제야 이영은 그녀가 들고 있던 구두를 내려다보았다.

"아? 아니에요. 생각해 보니까 같이 오는 게 좋겠어요."

"같……이?"

이영은 구두를 다시 내려놓으며 나가요, 하며 출입문으로 걸음을 옮겼다.

"엄마랑 같이 올래요. 행여나 사갔다가 마음에 안 들면 서로 번거롭잖아요."

이영은 가게를 나와 새겨놓기라도 하듯 다시 가게를 돌아보았다.

"생각해 보면 나 엄청 나쁜 딸이었던 것 같아요."

이영은 두 손을 주머니에 찔러 넣고는 걷기 시작했다.

"여태 엄마한테 신발 하나 사 준 적이 없거든요."

"한 번도?"

"네, 시장 노점에서 파는 만 원짜리 신발조차 사 준 적이 없어요."

"어? 진짜 나쁘네? 왜 그랬어?"

가볍게 말을 흘리며 우현도 바지 주머니에 손을 집어넣었다.

이영은 잠시 망설이듯 우현을 힐끔 쳐다보았다.

"……신발을 사 주면 도망간다잖아요."

"어?"

"이상하게 그 말이 잊히지가 않는 거예요. 또 도망가면 어쩌나, 이제야 돌아왔는데 또 가면 어쩌나…… 그랬었어요. 웃기죠?"

이영은 쑥스러운 듯 웃으며 고개를 돌렸다. 하지만 우현의 모습이 보이지 않았다. 당황한 그녀가 고개를 돌리니 우현은 몇 발자국 뒤에서 알 수 없는 표정을 지은 채 서 있었다.

"뭐해요? 빨리 와요."

이상하다. 아까 무리해서 먹은 것도 아닌데 갑자기 명치끝이 답답하게 조여들었다.

우현은 그녀를 향해 걸어가면서 잠시 명치를 어루만졌다.

"우리 이제 어디 갈까요? 커피, 술? 말해 봐요. 오늘은 내가 풀 서비스로 죽 모실 테니까."

우현은 카디건 주머니에 들어가 있는 이영의 손을 빼내었다. 그리곤 꽉 움켜잡았다.

"당신 좋을 대로."

잠시 눈이 휘둥그레 진 이영은 종종걸음으로 따라가며 그를 흘깃 쳐다보았다.

이영은 아까 가게 안에서 울컥, 눈물이 날 것 같은 마음이 그와 손을 맞잡은 순간 왠지 단단한 돛을 만난 배처럼 흔들림을 멈추고 고요해지는 것을 느꼈다.

이영과 우현 앞에 수많은 네온이 이정표처럼 죽 이어져 있었다.

"사랑은요……."

이영이 말했다.

"체, 그까짓 것!"

그녀는 취했는지도 모른다. 입술을 삐죽이던 그녀는 이내 손바닥으로 테이블을 치며 '사랑, 그거 해 보고 싶다고요!' 하고 외쳤다.

우현은 카디건을 팔꿈치까지 밀어올린 채 손등에 턱을 괴고 있는 그녀를 바라보았다.

어느 정도 술이 취했는지 약간은 느슨해진 그녀가 이렇게 물었다.

"저기, 우현 씨는 왜 그렇게 사랑이 시시해요?"

"시시? 나, 시시하다고 안 그랬는데?"

그의 말에 그녀의 입술이 삐죽 올라갔다.

"뭐야, 그럼 신선하다고 했나?"

"재미없다고 하지 않았나? 아니, 지겹다고 했나? 맞다! 환상이라 말했네. 하하하."

약간 열에 들뜬 그녀와 달리 그는 말짱해 보이는 얼굴로 장난스레 웃었다.

이영은 눈을 가늘게 뜬 채 웃어 버리는 우현을 바라보았다.

참 이상하게도 사랑이 아무것도 아니라고 말하는 우현 앞에서 '사랑'에 대해 그냥 지껄이게 된다. 속내를 털어놓는 유일한 친구, 은수 앞에서조차 쉽지 않던 일이었다.

익명 게시판이나 얼굴이 보이지 않는 라디오, 아니면 하얀 가운을 입은 정신과 의사 앞에서나 떠벌리고 싶었던 말들이 왜 우현 앞에선 툭하고 튀어나오는 걸까.

잠시 이영의 눈이 그를 찬찬히 훑어 내렸다.

어딘가 차갑고 꿰뚫어 보는 듯한 눈동자.

절대 마음을 움직일 것 같지 않은 느낌. 그런데도 그녀는 지금 우현 앞에서 사랑을 얘기하고 남자가 장난처럼 건넨 가벼운 연애를 하자는 말에 설레어하며 손을 잡았다.

왜? 왜 설레는 거지?

약간 마음이 불편해진 이영은 슬쩍 미간을 접었다. 하지만 취기가 서서히 오르려는지 턱을 받치고 있던 손등이 자꾸만 힘없이 미끄러지려고 했다. 나이가 드니 술도 약해진다는 동기들과 달리 언제나 끝까지 말짱하던 그녀였다. 그런데 동동주 서너 잔에 취기 같은 것이 몰려왔다.

우현은 이영의 팔이 서서히 테이블 위로 늘어지는 것을 지켜보았다. 그 손등 위로 이번엔 그녀의 볼이 서서히 내려앉았다.

가게 안엔 여전히 가야금 소리가 드문드문 들려오고 이따금씩 주인인 여자가 나타나 기본안주를 착실히도 채워 주곤 했다.

"이봐, 자?"

상체를 내민 그가 이영의 코끝을 장난스레 살짝 잡았다 놓았다. 그러나 그녀는 이미 눈을 감고 있었다.

"아아뇨……."

하지만 말을 길게 늘이는 것이 곧 잠이라도 들것 같았다. 우현은 그런 그녀의 모습에 피식 웃으며 동동주 잔을 들었다.

술을 마시면서 상대 여자가 저렇게 편안하게 늘어지다니, 어찌 보면 참 난감하거나 어색할 텐데도 우현은 이렇게 이영을 바라보는 게 웬일인지 편안했다.

그런 느긋함에 우현도 왼쪽 어깨를 벽에 기대었다. 그때, 이영이 조용히 그를 불렀다.

"우현 씨……."

"음?"

"쓸쓸하지 않아요?"

"……?"

"사랑을 믿지 않는 거, 그거 쓸쓸하잖아요. 그죠?"

"글쎄? 딱히 그렇다고 느낀 석은 없는데?"

쓸쓸? 왜 쓸쓸하다 말인가. 여자를 만나 연애를 했고 그 감정 앞에선 늘 정직했다. 상대가 떠나려 할 땐 그 이유에 고개 끄덕여 주었고 자신이 떠나고플 땐 또 미련 없이 떠났다. 젊은 혈기로 사랑에 목숨을 거니 어쩌니 하는 친구들 틈 속에서도 우현은 아주 평온한 이십 대를 보냈다. 그리고 앞으로도 그럴 것이다. 가끔 만나는 지인들과 또 가끔 만나는 여자, 그리고 일. 이 모든 것이 있는데 왜 쓸쓸하단 말인가. 이 여자는 도대체 나이를 어떻게 먹은 거야. 이젠 그 감정이 그저 한때 지나가는 바람보다 더 못하다는 것을 알아야 하는 나이 아닌가? 눈에 내내 밟혀 사 버린 장난감이 어느 순간엔 발치에 툭 차이며 귀찮아지는 것. 그게 사랑이다. 아니, 그게 모든 감정의 수순이다.

우현의 말에 이영은 천천히 눈을 떴다. 취기 따윈 원래 없었던 것처럼 그녀의 눈동자는 맑고 깨끗했다.

"바보."

"뭐?"

그러나 그녀의 눈은 이내 닫혀 버렸다. 우현은 잠시 황당한 표정으로 그녀의 얼굴을 내려다보았다. 이영은 마치 잠을 자면서 뒤척이는 사람처럼 천천히 우현이 안 보이는 쪽으로 고개를 돌려 버렸다.

주인 여자는 비워진 테이블을 치우면서 이영과 우현의 테이블을 흘깃 쳐다보았다.

한 삼십 여분 전부터 여자는 잠이 들었는지 테이블에 묻은 고개를 들지 않았다. 남자는 맞은편에서 일어나 여자의 옆에 살며시 앉았다. 그리곤 옷걸이에 걸어둔 재킷을 여자의 어깨에 살포시 덮어 주었다. 재킷 깃에 흐트러진 여자의 머리카락을 잠시 매만져 주기도 했다.

남자는 벽에 등을 기대고 앉아 한쪽 무릎을 올리고는 그 위에 팔을 걸쳐놓았다.

가끔 남은 술을 마시고, 가끔 여자의 어깨를 눈으로 매만졌다.

홀과 방의 테이블 사이를 가끔씩 오가던 주인 여자는 히터의 온도를 조금 높였고, 자신이 아끼는 오래된 테이프에서 나오는 가야금 소리도 조금 더 높였다.

이영은 현관문 소리에 눈꺼풀을 꿈틀거리다가 무겁게 들어올렸다. 매일 빠지지 않고 동네를 한 바퀴 돌고 오는 미옥이 거실을 오가는 소리가 들려왔다. 많이 마시지도 않았는데 머리가 멍하고 입안이 텁텁했다.

시계를 보니 벌써 9시가 훌쩍 넘어 있었다.

그녀는 가만히 천장을 바라보며 누워 있었다. 오래 된 둥근 전등 갓 속엔 어떻게 들어갔는지 죽은 벌레의 그림자가 보였다.

[박이영, 가끔 울어도 돼.]

그 그림자 너머로 가만히 우현의 목소리가 머릿속을 울리며 지나갔다. 이영은 미간을 찌푸리며 천천히 일어났다.

뭐지? 그가 언제 이런 얘기를 했던가? 가만히 어제의 기억을 더듬어 보아도 당최 떠오르지 않는다. 취기가 올랐었지만 기억이 가물거릴 정도는 아니었다. 그런데 언제 그에게서 이런 얘기를 들었지?

이영은 창문을 열었다. 늦은 아침이었지만 공기는 아직까지 청명했다. 크게 기지개를 펴며 하늘을 올려다보았다.

이영은 크게 숨을 들이마시고는 이불을 들어올렸다. 이불장을 열고 이불을 하나둘 얹어 놓다 갑자기 우뚝 동작을 멈추었다.

어제 잠에서 깨었을 때, 그녀의 어깨를 덮고 있던 그의 재킷이 떠올랐다. 그리고 괜스레 마음을 설레게 하던 그의 체취가 코끝에서 느껴졌다.

대리운전기사가 운전을 하고 뒷좌석에 그와 함께 앉았었다.

가만 그녀의 손을 잡은 그가 마치 흘러가는 말처럼 이렇게 중얼거렸었다.

[박이영, 가끔 울어도 돼.]

"이거 먹어 봐. 살이 두툼하니 실하지?"

미옥은 이영의 밥에 하얀 고등어의 속살을 얹어 주며 방긋 웃었다.

"이거 어디서 샀는지 아니?

대답 없이 눈으로 묻는 이영에게 활짝 웃어 보이며 미옥은 텔레비전을 가리켰다.

"홈쇼핑. 얼마나 망설였는지 몰라. 당최 손으로 만져 보지 않으니 믿을 수가 있어야 말이지. 그러다 가격도 너무 싸고 해서 눈 딱 감고 시켰지. 근데, 너무 괜찮지 않니? 속살도 두툼하고. 그지?"

"응, 잘했어. 가끔 괜찮은 것도 꽤 있다나 봐."

고개를 끄덕이면서도 이영은 '고등어다.' 하며 속으로 중얼거렸다.

"저…… 이거, 니가 준 카드로 샀다?"

몇 년 전, 우연히 홈쇼핑을 뚫어져라 바라보는 미옥을 발견한 적이 있었다. 이불이었는지, 냄비 세트였는지 지금은 기억에 없지만 그 얼굴을 보고 그냥 지나칠 수가 없었다. 그래서 카드를 마음껏 사용하라고 주었지만 여태 이영 앞으로 청구되어 온 적은 한 번도 없었다.

"잘했어, 잘했어."

이영의 말에 미옥은 함박웃음을 지으며 더 열심히 고등어의 뼈를 발라 이영의 그릇에 놓아주었다.

"먹어, 너 어릴 때 얼마나 고등어를 좋아했는데? 밥 안 먹으려고 할 때마다 고등어 구워 주면 한 그릇은 그냥 뚝딱이었어. 내내 안 먹는다던 녀석 맞나 싶게 말이야."

묵묵히 숟가락으로 밥을 푸던 이영의 손이 멈추었다. 고개를 들어 미옥을 쳐다보았다.

기억하는구나.

"시장에 데리고 가도 너는 생선가게 앞만 지나면 이렇게 물었었어. 엄마, 고등어는? 고등어는 어딨어?"

"근데 왜 여태 고등어 안 구워 줬어?"

미옥은 이영의 얼굴을 애잔하게 쳐다보았다.

"그냥…… 그럴 수가 없었어. 고등어 그게 뭐라고. 나, 너 없이 사는 동안에도 고등어는 거들떠도 안 봤거든. 그래서 그랬는지 너랑 다시 살게 되어서도 이상하게 고등어는 굽지 못하겠더라고. 아마…… 고등어의 푸른 등만 봐도 너 두고 집 나가던 때가 생각나서 그랬나 봐."

목구멍이 따갑다. 이영은 힘겹게 입안의 밥을 넘기고는 미옥을 바라보았다.

"칫, 내가 얼마나 고등어를 좋아하는데. 엄마 없는 동안 몇 번 먹어 봤는데 엄마가 해 준 그 맛이 안 나는 거 있지? 어쩔 땐 살이 너무 없고 또 어쩔 땐 너무 짜고. 하여튼 이상했어. 그래서 나도 제대로 못 먹었어. 이젠 자주 해 줘. 알았지?"

"야, 걱정 마라. 홈쇼핑에서 엄청 많이 주더라. 엄마가 왕창 구워 줄게."

"그럼 고맙고."

두 사람은 이내 눈을 맞추며 하하 웃었다. 이영은 미옥의 마음이 어떤 것이었는지 이해할 수 있을 것 같았다. 아마도 자신이 이제 미옥에게 구두를 사 주고 싶은 마음과 같으리라.

미옥이 집을 나가고 할머니는 언제나 배가 고파 죽을 지경이 되어서야 밥을 차려 주었다. 그래서 언제나 허겁지겁 남김없이 먹어 치운 기억이 있다.

또 가끔 할머니가 며칠 집에 안 계실 땐, 아빠의 술안주인 멸치만 내내 먹은 적도 있었다. 너무 짜다 싶으면 물을 한 사발 들이켜곤 했다. 그러면 금세 배가 불뚝 솟아올랐다.

너무 배가 고플 땐 가끔 미옥이 구워 줬던 고등어 꿈을 꾸곤 했다. 꿈속에서 이영은 행복하게 고등어의 푸른 등에 올라타 깔깔거렸다.

갑자기 흰 쌀밥 위로 눈물 한 방울이 뚝, 떨어져 내렸다.

[박이영, 가끔 울어도 돼.]

그의 말이 주문이 되어 마법처럼 이루어지고 있었다.

9.
봄비 그리고 키스

 우현은 정남이 좋아하는 치즈케이크를 들고는 차에서 내렸다.

 5년 전, 회사를 나왔을 때 집에서도 자연스레 나오게 된 그는 정남에게 이 주일에 한 번은 꼭 들르라는 명령을 들은 터였다. 하지만 사람 일이란 게 언제나 그렇듯 자로 재듯 재깍 움직여 주지 않는다. 그래서 이번에도 한 달 만에야 들르게 된 것이다.

 우현은 현관에 들어서자마자 무언가 어수선한 분위기에 잠시 주춤했다. 왠지 평소의 분위기가 느껴지지 않은 탓이었다. 아니나 다를까, 언제나 깔끔하던 가죽 소파 위엔 쿠션과 신문, 잡지가 아무렇게나 있었고 테이블 위의 커피 잔엔 말라 버린 갈색 테두리가 덩그러니 남아 있었다.

 "이줌미는요?"

 우현은 신발을 벗으며 마침 주방에서 나오는 정남을 바라보았다.

"없어, 없어. 빨리 들어와. 밥 먹자."

어디 잠시 갔다는 건지, 쉬는 날이란 건지 제대로 된 설명도 없이 정남은 서둘러 주방으로 들어가 버렸다.

우현은 슈트 상의를 벗어두곤 주방으로 들어갔다. 그러다 우뚝 멈추어 섰다.

가스레인지 앞에서 부산하게 움직이는 정남을 본 탓이었다. 간혹 아주머니가 안 계실 때 들르더라도 아주머니가 챙겨둔 반찬을 꺼내거나 국을 데우는 정도였다.

"뭐해? 앉아."

된장이 보글보글 끓고 있는 뚝배기를 식탁 중앙에 내려놓으며 정남은 우현을 힐끔 쳐다보았다.

"이게 다 뭐예요?"

"뭐라니? 저녁이지."

우현은 의자에 앉아 식탁 위에 차려진 접시들을 멍하니 바라보았다.

된장은 여전히 앙증맞게 보글보글 방울을 만들며 끓고 있었고, 풀이 죽어 늘어진 시금치와 소금 입자가 다소 많아 보이는 구운 김이 보였다.

"야, 배고프다. 얼른 먹자."

숟가락으로 밥을 가득 퍼 올리는 정남 또한 어딘가 달라 보였다. 항상 말끔하던 얼굴엔 장시간 불 앞에 있어서인지 볼이 발갛게 익어 있었고, 관자놀이엔 땀에 젖은 머리카락이 몇 가닥 붙어 있었다.

"어머니가 직접 하신 거예요?"

우현은 젓가락을 들고 어디에 손을 댈까 잠시 망설이다 시들한

시금치를 집어 들었다.

"응? 그래, 내가 다 했어. 먹어 봐라. 너도 깜짝 놀랄 거다. 내가 그냥 국밥 집 딸이 아니었어. 네 할아버지 손맛을 내가 타고났나 봐. 진즉에 해 볼걸 그랬어."

"아주머닌요?"

"그 여편네 얘긴 하지도 마라. 아들 따라 부산 내려갔다. 영 거기 서 살 거래."

정남은 아직까지 서운한 마음을 지울 수가 없었다. 15년이란 세 월은 없던 정도 생겨나는 법이다. 그런데 아들 녀석이 부른다고 냉 큼 가 버리다니.

"그래요? 그럼 다른 분 안 구하셨어요?"

"왜 안 구해? 근데 어디 내 입맛에 딱 맞아야 말이지. 청소하는 것도 음식하는 것도 그냥 설렁설렁. 하여튼 죄다 맘에 안 들어."

"그럼, 요즘 계속 어머니가 혼자 다 하세요?"

"그럼 누가 하냐?"

우현은 정남의 짜증스런 표정을 보면서도 왠지 전처럼 차가운 무 게감을 느낄 수가 없었다. 무언가 한 꺼풀 벗겨진 듯한 정남의 모습 이 신기하기까지 했다.

"아직 안 갔다지?"

저녁을 먹고 거실에서 우진의 청첩장을 보고 있는 중이었다. 청 첩장엔 우진과 현정의 사진이 그림처럼 예쁘게 박혀 있었다.

"네?"

"우진이 말이야. 아버지 찾아갔대?"

정남은 아무 대답이 없는 우현을 보며 긴 한숨을 내쉬었다.

"걔는 왜 그런다니? 지 나이가 몇인데 아직 아버지한테 그래? 그럼 아버지 없이 결혼식이라도 올리겠다는 거야? 그 녀석은 너와 달리 왜 그렇게 매사에 삐딱하게 군다니? 그런 녀석한테 사업이란 걸 맡겼으니…… 에구, 머리야!"

정남은 진짜 머리가 지끈거리는지 손가락으로 관자놀이를 누르며 소파에 기대어 앉았다.

우현은 묵묵히 과일을 먹으며 청첩장을 바라보다 좀 짜증스럽게 대꾸했다.

"그냥 두세요."

"야, 그냥 어떻게 두니? 내가 볼 때마다 얘기한다. 그때마다 예, 예, 건성으로 대답만 하고 하는 짓 봐라. 내가 상견례 때도 얼마나 망신스러웠는데."

기어코 오지 못하게 한 우진 때문에 정남은 혼자서 현정의 부모님을 만나야 했다. 정남이 아버지를 모셔오자는 말에 우진은 현정의 부모님도 자신의 사정을 다 아니 걱정할 것 없다는 말을 무뚝뚝하게 했었다.

"요즘엔 이혼이 큰일이니? 그렇다고 우리가 원수처럼 지내는 것도 아니고 말이야. 이게 다 너 때문이야. 네가 진즉에 나서 봐라. 그녀석이 그렇게 버티나. 넌 동생 일에도 그렇게 무심하게 굴 거냐?"

"그냥 우진이한테 맡겨두세요."

"하! 이젠 가족 일도 귀찮다 이거니?"

항상 극단적으로 달리는 정남의 어투에 우현은 목구멍으로 치밀어 오르는 한숨을 억지로 밀어 넣어야 했다.

"아시잖아요. 이혼할 당시 우진이 겨우 열두 살이었어요. 한참 아버지가 필요할 때였다구요. 그리고 몇 년 동안 아버지를 만나지 못하게 한 것도 어머니였잖아요. 기억나시죠? 우진이가 아버지에 대해 안 좋은 감정을 갖게 된 건 어머니 탓도 있어요."

"너! 어쩜 그런 말을……!"

우현도 정남도 그 지옥 같았던 3년이라는 시간을 기억하고 있었다. 그건 어린 우진도 마찬가지였다. 마음이 여리고 정이 많았던 우진에겐 아마 더 상처가 되었을 것이다. 이혼 직후 정남은 그야말로 온 세상에 저주를 퍼붓고 다니곤 했었다.

"그러니까 그냥 두세요. 그래도 그 녀석, 결국 아버질 찾아갈 거예요. 그냥 시간이 필요한 것뿐입니다."

정남은 냉정하게 잘라서 말하는 우현을 멍하니 바라보았다. 원래가 차갑고 무심한 녀석인 걸 알고는 있었지만 이렇게 부모 가슴에 못을 박는 말을 아무렇지도 않게 하는 걸 듣고 있노라니 새삼 자신의 속으로 낳은 자식이 맞나 하는 생각까지 들었다.

"진짜 너무하는구나. 어떻게 그러니? 너는 누구보다 날 이해해 줘야 하는 거 아니니? 사업을 안 하겠다고 뛰쳐나갔을 때도 나는 참았다. 니가 마땅히 책임져야 하는 것을 나 몰라라 하는 것도 참았단 말이다. 그런데 어떻게 니가……."

"부모로서의 책임은 어쩌구요. 왜 자식으로서 짊어져야 할 책임만 말씀하시는 거죠?"

잠시 경악에 찬 침묵이 무겁게 거실을 맴돌았다.

우현은 입술을 꾹 다물며 고개를 돌려 버렸다. 거실의 한 면을 차지하고 있는 커다란 유리문에 크리스털 조명 아래 차갑게 얼어붙은 정남이 비쳤다. 그 뒤로 불시착한 별똥별처럼 도시의 야경이 배경처럼 흩뿌려져 있었다.

"그만 가라."

냉담한 말과 함께 정남이 일어섰다.

"내일 우진이한테 연락해 볼게요."

그러나 정남은 문을 쾅 닫고 들어가 버렸다. 남겨진 우현은 결국 긴 한숨을 토해내고 말았다. 하얗게 질린 정남의 얼굴이 마음을 무겁게 했다.

빌어먹을, 빌어먹을!

서른넷이라는 나이가 허무하게 무너지는 것 같았다.

부모님의 인생은 부모님의 것. 이렇게 생각하며 감정을 내보이지 않고 잘 살아왔다.

내 인생도 나만의 것. 누군가에게 상처를 주고 책임질 일 따위는 만들지 않는, 지극히 안정적인 인생을 살아가자고 서른도 되기 전에 맹세했었다.

우현은 엘리베이터에 오르자마자 지친 듯 벽에 등을 기대었다. 양면에 자리 잡은 거울 속엔 서른넷의 남자가 열여섯의 마음을 하고 서 있었다.

거리엔 비까지 내리고 있었다. 봄비라곤 하지만 어쩐지 싸늘한 기운마저 느껴졌다. 우현은 잠시 가로등에 주황색 방울들이 흩날리는 것을 가만히 바라보았다.

문득 이영의 얼굴이 떠올랐다. 왠지 그녀도 이 밤, 어딘가에서 이 비를 보고 있을 것만 같은 생각이 들었다.

사람과 사람 사이에서 분란을 일으키는 것을 제일 싫어한다. 그래서 그 전에 항상 마음을 차단시킨다. 마음이 시끄럽거나 골치가 아픈 일은 싫다. 특히 마음이 아픈 일 따위는.

그런데 지금 이 순간, 어쩌면 그의 마음에 소란한 분란을 일으킬지도 모르는 이영이 떠올랐다. 한 번 떠오르기 시작하자 그 마음이 걷잡을 수 없이 커진다.

우현은 후두둑 떨어지는 비를 어깨로 맞으며 자동차 문을 열었다.

시동을 켜는데 다시 이영의 얼굴이 떠올랐다.

체념 어린 긴 한숨과 함께 우현은 이영에게로 운전대를 돌렸다.

어쨌든 이 모든 것에도 불구하고 지금은 그녀가 보고 싶다.

그 동그랗고 하얀 이마를, 갸름한 콧등을, 항상 어루만져 보고 싶던 볼을, 가슴 설레게 하던 쇄골을 찬찬히 음미할 수 있도록 그녀가 눈앞에 있었으면 좋겠다.

우현은 조급한 마음을 억누르며 액셀을 힘껏 밟았다.

뭐하고 있느냐는 질문에 이영은 예상대로 비를 보고 있다고 했다.

나올 수 있느냐라는 말엔 상상일 수도 있겠지만 조금은 기쁜 목소리로 그럼요, 하고 외쳤다.

우현은 아무런 무늬가 없는 커다란 검정 우산을 받쳐 들고 도로를 등지고 서 있었다. 오른손을 주머니에 넣었다가 잠시 뒤엔 왼손을 주머니에 넣었다. 자꾸만 조바심 쳐지는 마음을 애써 진정시키고 있을 때 찰방 물소리를 내며 이영이 종종걸음으로 그의 곁으로 다가왔다.

그녀는 우산도 없이 윗도리에 달린 후드를 뒤집어쓴 채였다.

우현은 그 모습을 보자마자 성큼성큼 그녀에게로 다가갔다.

"뭐야, 비 다 맞잖아."

미간을 찡그리며 이영의 머리 위로 우산을 씌워 주었다.

"이 정도 비는 맞아 줘도 돼요."

앞머리에 맺힌 빗방울을 손가락으로 툭툭 털어내며 이영은 방긋 웃었다.

"하여튼 서른 넘은 여자가, 쯧쯧."

우현은 바지 뒷주머니에서 손수건을 빼내서 무뚝뚝하게 머리카락에 묻은 물기를 톡톡 닦아 주었다. 우뚝, 이영의 움직임이 멈추었다. 괜찮은데. 기어들어 가는 목소리로 중얼거리며 두 손을 얼른 주머니에 집어넣었다.

우현은 아랫입술을 꼭 깨물고 있는 이영을 내려다보며 천천히 손을 내렸다.

약간 발그레한 그녀의 볼이 살짝 엿보였다.

이 여자, 부끄럽구나. 그 생각에 슬며시 미소가 지어졌다.

잠시 그녀를 봤을 뿐인데 그녀가 마치 괜찮아, 하고 그를 다독여 준 것처럼 차갑게 굳어 있던 우현의 마음이 조금씩 느슨해지기 시작했다.

"좀 걷지."

대뜸 이영의 어깨를 한손으로 끌어당겨 안으며 우현은 걸음을 떼었다.

눈을 동그랗게 뜨고는 뭐라 입을 벙긋하던 그녀는 결국 아무런 말도 못 하고 그의 품에서 어색하게 걸었다. 우현은 그 모습이 웃겨 혼자서 킥킥거렸다.

휙 고개를 치켜뜨고는 흘겨보는 이영을 못 본 체하며 우현은 헛기침을 하며 앞을 바라보았다. 노려보며 뭐라 따질 것 같은 이영도 결국은 아무런 대꾸 없이 다시 앞을 바라보았다.

행여 기분이 나빴나 싶어 그녀의 기분을 살필 찰나 우현은 자신의 허리 쪽으로 슬며시 다가오는 손길을 느꼈다.

엉거주춤 슈트 자락을 잡았을 뿐인데 간질간질 솜털이 배 속을 휘저으며 지나가는 것만 같았다. 정남과의 일 때문에 서늘했던 마음과 몸에 조금씩 열기가 오르기 시작했다.

우산 위로 떨어지는 봄비 소리에 맞춰 심장이 거세게 뛰었다. 촤르르, 비를 가르며 지나가는 자동차가 마치 심장 위를 지나가는 것처럼 가슴께가 먹먹한 것도 같았다.

우현은 까맣게 내려앉은 눈동자로 비를 맞으며 고개를 숙이고 있는 가로등을 가만히 바라보았다. 지금 이영과 함께 있는 이 느낌을 설명할 말이 딱히 떠오르지 않는다. 친숙한 듯 생소하다. 설레는 동시에 가슴에 싸한 기운이 돈다. 이렇듯 극단적인 두 마음이 우현의 마음에 커다란 소동을 일으키고 있었다.

"오늘도 일했어요?"

"음?"

"설마 휴일에도 정장을 차려입고 다니진 않을 테고. 아, 이쪽으로 한 바퀴 돌아요."

이영은 말을 하면서 손가락으로 왼쪽을 가리켰다.

"본가에 들러 저녁 먹고 오는 길이야. 그 선엔 회사에 있었고."

"맞다! 독립해서 혼자 산다고 했죠?"

"응."

"일, 너무 열심히 하는 거 아니에요? 오늘 같은 날은 쉬면서 부모님이랑 좀 더 보내지 그랬어요. 동생도 이제 곧 결혼한다면서요."

"부모님은 중학교 때 이혼하셨고 오늘은 어머니랑 있었어."

이혼이라는 말에 이영은 흠칫 놀라 고개를 돌렸다. 약간 당황스런 눈길로 입술을 달싹이다 그냥 입을 다물었다.

"에이, 오늘 만나자고 전화 안 하길 잘 했네. 낮부터 되게 심심했는데. 회사에 있다고 했으면 얼마나 김빠졌겠어요?"

우현은 이영의 삐죽이는 입술을 보며 슬며시 미소를 지었다.

"전화하지. 했으면 당장 일 때려치우고 달려왔을 텐데. 심심하니까 회사 나갔지."

"에? 심심해서 일해요? 이거, 이거 안 되겠네. 애인이 이런 마인드를 가지고 있다니."

이 여자는 자신이 무슨 말을 하는지 알까. 그리고 이젠 재킷 안, 셔츠 자락으로 손이 들어와 있는 것도 알까.

'애인'이라는 말이 언제부터 이렇게 가슴을 쿡 찌르는 말이었나. 마치 나는 당신 거예요. 하고 속삭이는 것 같다. 미쳤나? 드디어 미쳤나? 우현의 심장이 번개를 맞은 것처럼 번쩍거렸다.

안고 싶다. 여자를 안고 싶다.

우현의 마음이 순간 욕망으로 꿈틀거렸다.

아무리 경험이 없다고 해도 요즘 세상에 따라오는 수순을 모르지는 않으리라.

욕심이 생긴다. 연애를 하는 동안 육체적으로 위로를 받은들 어떠랴. 어차피 사랑을 하고 싶고, 사랑을 알고 싶다고 했던 여자다.

그 사랑에 정신적인 것만 포함된 것은 아닐 것이다.

우산대를 움켜쥔 그의 손에 힘이 잔뜩 들어갔다. 한숨을 억누르며 이영의 어깨를 좀 더 감싸 안으려고 했을 때였다.

"우리 커피 마셔요."

어느새 이영이 그에게서 너무나 쉽게 빠져나가 편의점을 가리키고 있었다.

"커피는 무슨……."

우현은 이영의 어깨를 감싸던 손을 황망하게 바지 주머니에 집어넣으며 조금 불퉁하게 중얼거렸다.

"비 오는 날 커피가 빠지면 안 되죠. 기다려요, 내가 따듯한 커피 사 올게요."

"커피 많이 마시면 잠 안 와."

이영은 편의점의 문을 밀려다 어이없는 표정으로 그를 돌아보았다.

"늙은이 같은 말 좀 그만해요. 가끔 보면 이상해. 여태 나랑 아침에 만나서 커피 마셨어요?"

"뭐! 늙은이?"

그러나 이영은 휙 하니 편의점의 문을 밀고 들어가 버렸다. 어서 오세요, 인사하는 젊은 남자의 목소리가 들리고 뭐라 묻는 이영의 목소리가 뒤를 따랐다.

이영은 코앞에 있는 커피는 나 몰라라 하고 괜스레 이리저리 두리번거렸다. 심장이 금방이라도 발치에 굴러떨어질 듯 울려댄다. 캔커피를 집어 들려는데 손이 미세하게 떨리는 게 느껴졌다. 급하게 양 손가락 끝을 비비며 아까 만져졌던 우현의 느낌을 잊으려 안간

힘을 썼다.

아, 미치겠다. 이렇게 가슴이 두근대서 어떻게들 연애를 하냐?

쳇, 괜스레 심술이 난 척 삐죽거렸지만 우현은 우산을 받쳐 든 채 편의점 앞을 기다리는 이 순간이 왠지 편하고 즐겁다는 생각을 했다.

마침 나이 어린 연인들이 노란 우산 속에서 깔깔거리며 지나갔다. 서로의 허리를 움켜잡은 손들이 한참을 우현의 시야에서 떠나지 않았다.

"맛있죠?"

잠시 뒤, 두 손으로 커피를 잡은 이영이 의기양양 웃으며 물었다.

대답 대신 고개만 끄덕이는 우현을 보며 그녀는 또 피식 웃었다. 그녀가 사온 커피의 헤이즐넛 향이 봄비 냄새에 섞여 코끝에 머물렀다가 이내 공기를 타고 서서히 흩어졌다.

"언제 영화 보러 안 갈래요? 심야 영화, 이런 거."

살짝살짝 그녀의 어깨가 우현의 팔에 감질나게 부딪쳤다.

"음."

"다음 달엔 벚꽃 축제 가요. 서울도 좋고, 다른 곳도 좋고. 어때요?"

"그래."

우현은 재잘거리는 이영의 수다에 고개를 끄떡이면서 커피를 마셨다. 이것저것 하고 싶은 게 많은 이영의 계획을 마음에 새기며 앞으로 있을 자신의 스케줄을 머릿속에 그려 보기까지 했다. 순간 우현은 이런 자신이 좀 어이가 없어서 그녀 몰래 피식 웃어 버렸다.

"이번 주 중엔 시간 괜찮으면 준경 씨 카페에 갈래요? 와플도 먹고 싶고."

"거기 말고 와플 진짜 잘하는 곳 알아."

느슨하던 그의 입매가 약간 굳어졌다.

"에? 사촌이라면서요? 그럼 되나? 팔아 줘야지."

준경을 보고 방긋 웃던 이영의 모습이 뇌리를 스쳐 지나갔다. 그리고 거기 알바하는 녀석이 이영을 맘에 두고 있다고 했었나?

"그런 건 박이영 씨가 신경 쓸 일이 아니네요."

무뚝뚝하게 잘라 말하는데도 이영은 눈치 없이 또 재잘거렸다.

"그거 알아요? 거기 꽃미남 직원들 많아서 은근 인기 있잖아요."

흠칫 놀란 우현의 고개가 옆으로 획 하니 돌아갔다.

"뭐, 꽃미남?"

"그래서 거기에 예쁜 누나들이 많이 가잖아요. 몰랐어요?"

알고 있다. 그렇게 하라고 조언한 것도 자신이다.

어이없다고 웃어야 할지, 아니라고 화를 내야 할지 모르겠다.

"여자들은 나이 들면 다 그래? 이쁜 남자가 좋아?"

괜스레 뿔이 났다. 소년같이 말간 남자들을 이영이 눈여겨보고 있었다니. 순진하게 그저 와플만 맛있어요, 이럴 줄 알았는데 말이다.

"행여 실없이 웃어 주는 놈 있음 그게 다 계산된 거라는 거 잊지 말라고."

이영은 뾰족 날이 선 우현의 말에 체, 하며 물웅덩이에 신발 코를 들이밀었다. 툭, 물을 차내며 뭐라 투덜거렸다.

"하여튼 그냥 넘어가는 게 없어요. 그냥 내가 예뻐서 웃어 주는 거라고 말해 주면 안 되나?"

"난 거짓말은 못해."

"네, 네. 알아 모시겠습니다요."

토닥거리던 둘은 봄비 소리를 들으며 주택가로 접어들었다. 길게 들어선 주택가 사이사이엔 조그만 골목길이 자리 잡고 있었고 간간이 멍멍, 개 짖는 소리가 비 내리는 밤거리를 조금은 처량하게 만들었다.

"너무 조용하네. 그죠?"

이영은 희미한 불빛만 새어나오는 주택가를 휙 돌아보았다.

"늦었잖아."

"다니는 사람도 없고."

"일요일 밤은 원래 그래."

우현의 무덤덤한 대답에 눈을 치켜뜨면서도 이영은 뭔가를 꾹 누르는 듯 숨을 들이켰다.

"우산이 참 커요. 그죠?"

"뭐?"

우현은 뜬금없이 우산 얘기를 하는 이영을 힐끔 내려다보았다.

"요즘은 거리에 쓰레기통이 너무 없죠?"

우현의 눈썹이 꿈틀거렸다. 눈을 가늘게 뜬 채 어딘가 안절부절 못하는 기색이 역력한 이영을 유심히 살펴보았다.

"우리, 손잡았었죠?"

"손?"

우현의 미간이 점점 깊어졌다.

"팔짱은 꼈었나? 기억도 안 나네. 꼈었어요?"

"아니."

"저기, 그래도 오늘…… 어깨도 잡았고 허리도 잡았으니까……."

계속 머뭇머뭇 입술만 달싹거리던 이영은 대뜸 걸음을 멈추더니 뭔가 단단히 결심한 눈동자로 우현을 똑바로 올려다보았다.

"내참, 가벼운 연애 한다면서요! 그럼 매뉴얼 같은 그런 거 없어요?"

대뜸 톡 쏘아 붙이는 이영의 말에 우현의 눈동자가 커다래졌다.

"뭐?"

"우리 한번 안아 보자고요!"

이영의 얼굴이 토마토처럼 빨개졌다. 어둠이 내려앉아 그나마 다행이라 할 정도로 얼굴에 더운 열기가 한꺼번에 몰려들었다. 그럼에도 꿋꿋이 우현을 올려다보았다.

아, 젠장! 눈이라도 감을까?

"아……!"

잠시 우산대가 흔들렸다. 참 알 수 없는 여자다. 종잡을 수가 없다.

우현은 거세게 뛰어오르는 심장을 움켜잡듯 우산대를 단단히 고쳐 쥐었다.

밤이어서 다행이다. 우산이 있어서 다행이다. 우현은 어금니를 지그시 깨물며 이영의 얼굴을 가만히 내려다보았다.

"그러고 싶어?"

초조하게 고개만 크게 끄덕이는 그녀를 보며 우현은 잠시 주위를 돌아보았다. 가로등 불빛만이 조명처럼 희미하게 이영의 뒤에서 어스름 빛을 내려 주고 있었다.

"그래, 비도 오고."

우현은 말을 하면서 천천히 한 발 내딛었다. 반면, 이영은 한 발 물러났다.

"어둡고."

그러면서 한 발.

"커다란 우산도 있고."

그러면서 우산을 조금 기울여 시야를 차단하면서 한 팔로 그녀의 등을 감싸며 끌어당겼다.

"굿 타이밍."

그녀의 팔이 조금 망설이는 듯하더니 이내 그의 등을 천천히 안았다.

그는 그녀의 정수리에 턱을 살짝 비비며 눈을 감았다.

아, 미치겠다.

그는 조금 더 그녀를 세게 끌어당겼다. 그녀도 조금 세게 마주 안았다. 몸을 뗀 그는 그녀의 턱을 살짝 들어올렸다. 그녀의 눈동자가 그의 시선을 피하지 않고 점점 깊어 갔다.

지금이 진짜 굿 타이밍.

우현은 약간 고개를 비틀며 그녀의 입술을 찾았다. 파르르 떨리는 그녀의 입술을 머금었다. 그의 등을 안은 그녀의 손에 힘이 들어가는 게 느껴졌다.

그는 그녀의 입술을 사탕을 먹듯 조금 빨아 당기다가 턱을 쥔 손에 약간 힘을 주었다.

그녀의 입술이 열리고 그의 혀가 거침없이 들어갔다. 아, 빌어먹을. 따뜻하다. 이영의 혀가, 입안의 속살이 우현을 끊임없이 데운다.

어떻게 할 줄 몰라 허우적거리는 그녀의 혀를 살살 달래듯 마주쳤다. 흠칫 놀라듯 도망가려는 혀를 낚아채 감아올렸다. 억눌린 신음소리, 그 소리에 우현의 모든 열기가 하체로 몰려든다. 조금만 더, 조금만 더! 헤집어도 헤집어도 조바심이 난다. 하지만 저 멀리 골목 끝에서 부릉, 오토바이 소리가 들린다. 흠칫 어깨를 움츠리는 이영 때문에 아쉽지만 가만 혀를 거둬들였다. 하지만 조금만 더, 우현은 이영의 입술을 다시 한 번 빨아 당기고는 놓아주었다.

짧지만 강한 키스가 끝나고 이영은 약간 숨찬 듯 호흡을 몰아쉬며 그의 품에 안겨 있었다. 그의 심장도 그녀의 심장만큼이나 거칠게 오르내리고 있었다. 그 사실이 조금은 위안이 된 이영은 살짝 고개를 들어 그를 올려다보았다.

"한, 한꺼번에 너무 훌쩍 뛰어넘었네요."

약간 떨리는 미소로 장난스레 입을 열었다. 그러나 그녀를 바라보는 그의 눈길에 이영의 심장은 또 덜컥 내려앉았다. 이영은 마른 침을 몰래 삼키며 또 미소를 지었다.

"뭐, 뭐야. 노련한 연애 경험자치곤 너무 조용한 거 아니에요?"

그래도 아무런 대꾸도 않던 그는 알 수 없는 한숨소리와 함께 이영의 손을 끌어당겨 팔짱을 끼웠다.

"쉿, 지금은 여운을 즐기는 중."

그러면서 일부러 그러는 건지 입술을 약간 달싹거렸다. 그 모습에 이영의 얼굴이 화끈 달아올랐다.

두 사람은 조금은 가늘어진 봄비 속을 조용히 걸었다. 이제 한 번의 모퉁이만 돌면 이영의 집이 보일 터였다. 괜스레 마음이 조급해진 이영은 우현을 돌아보았다.

"우현 씬, 어떤 사람이에요?"

질문을 받은 우현은 발걸음을 멈추고 진지한 이영의 눈동자를 쳐다보았다.

내가 어떤 사람이지?

그는 일순간 조용해진 밤거리에 귀를 기울이다 우산을 걷어내고 하늘을 올려다보았다. 비는 어느새 그쳐 있었다. 우산의 물기를 탁탁, 털어내고 우산을 접은 우현은 조금 느긋하게 걸음을 떼었다. 잠시 떨어졌던 그녀의 손을 깍지 끼어 끌어당기며 입을 열었다.

"……음, 글쎄. 어떤 사람이지? 이름은 채우현, 나이는 서른넷. 키는 187. 몸무게는 72kg에서 왔다 갔다. 혈액형은 O형."

"저기요, 됐거든요?"

이영이 입술을 삐죽이며 타박을 주었다. 또 장난이야. 이렇게 중얼거리는데도 우현은 계속 말을 이어나갔다.

"부모님은 이혼. 네 살 터울의 남동생은 다음 달에 결혼에 골인. 이 얘긴 했었지? 서울에서 태어나 서울에서 공부했고 유학이니 뭐니 갔다 온 적은 없음. 사업차 해외에 몇 번 오가는 정도. 주로 일본에 자주 들락날락. 집안 대대로 하던 식당을 박차고 나와 나름 독립 중. 그래서 어머니한테 책임감 없는 놈이란 소릴 듣고 있음. 오늘도 어김없이 듣고 옴. 또래 동기들 사이에선 가끔 밥맛 떨어지는 놈, 잔정 없는 놈, 능구렁이 같은 놈 등 억울한 소리를 듣기도 함. 연애도 몇 번 했고, 사랑 비슷한 것도 했지만 지금은 기억에서 가물가물. 그리고 지금은 별것도 아닌 사랑을 하고 싶어 안달인 여자와 연애 중."

그리고…….

그 여자를 골리는 취미가 요즘 생겼고 또 그 여자가 깔깔거리며 웃는 소리를 듣는 게 좋음. 그것도 나 때문에.

우현은 비밀스런 미소를 지은 채 그녀의 손을 꼭 잡았다.

"네, 네. 잘 알았습니다요. 하여튼, 진지한 구석이 없어."

이영은 그의 장난기에 장단을 맞추며 고개를 주억거렸다. 하지만 아까와 달리 이상하게 마음 한구석이 차분히 가라앉았다.

자꾸만 '지금은 기억에서 가물가물' 이라는 그의 말에서 생각이 멈추었다.

언젠가 자신과의 추억도 가물가물해지겠지. 왠지 싫다. 아니, 그 말 한마디에 마음을 쓰고 있는 그녀 자신이 싫은 건지도 모르겠다.

이영은 더 깊이 파고드는 생각을 단숨에 잘라 버리곤 그에게 방긋 웃었다. 거기엔 약간의 거짓 웃음이 섞여 있었다.

"저기, 키 187에 72kg을 왔다 갔다 하는 채우현 씨. 여기가 우리 집이네요."

이 남자는 알까. 가물가물한 그 기억을 끌어안고 사는 여자가 있을지도 모른다는 걸.

이영은 왠지 복잡하게 얽혀 버리는 자신의 마음을 무겁게 다잡았다. 사랑은 환상이라고 말한 그에게 한 방 먹일 기회는 영영 오지 않을지도 몰랐다. 사랑이란 한 인간과 특히 한 남자와 감정적으로 얽힌다는 거였다. 또 그걸 얽히지 않게 모든 실타래를 가지런히 풀어놓아야 한다는 뜻이기도 했다. 그런데 저 남자는 어떤 감정의 찌꺼기노 보여 줄 것 같지 않다.

"연락할게."

가라앉으려는 마음을 애써 잡고 있을 때 우현의 입술이 이영의 이마에 살포시 내려와 입을 맞추었다. 일 초도 되지 않는 그 짧은 순간에 그녀의 심장이 다시 쿵쾅쿵쾅 뛰기 시작했다.

미쳤군.

이영은 애써 미소를 지으며 손을 흔들었다. 그러나 뒤돌아서다 말고 다시 우현을 불렀다. 그러자 우현은 여전히 미소를 머금은 채, 응? 하고 쳐다본다.

"참, 하나 더 있다."

"뭐가?"

"키스도 무지무지 잘하는 채우현 씨. 잘 가요."

"뭐? 하, 하하하!"

말해놓고도 부끄러워 후다닥 들어가 버리는 이영을 보며 우현은 유쾌하게 웃음을 터트렸다.

아, 어쩌지. 이 연애가 그의 뜻대로 흘러가 주지 않을 거라는 생각이 든다.

박이영, 어쩌냐. 이렇게 예뻐서 어쩌냐.

목련 나무가 학교 운동장 둘레에 활짝 입을 벌리며 서 있었다.

동그랗게 말린 꽃잎이 시들기도 전에 떨어져 가끔 아이들의 발길에 무심히 밟히기도 했다.

아이들이 거의 빠져나간 운동장엔 육상부 아이들이 저희들끼리 무리지어 달리기를 하고 있었다. 이영은 교실 창문 너머로 끝없이 이어져 있는 건물들과 아무렇게나 이어져 있는 것 같지만 어딘가 규칙적인 전깃줄. 그리고 너무 일률적이어서 우스운 노란 물탱크를 바라보았다.

[우리 한번 안아 보자고요!]

그 말은 동료인 김지영 선생 때문이었다. 서른둘, 동기인 그녀는 이번에 둘째를 임신한 터였다. 그래서인지 행복해 보이다가도 금세 우울해지기 일쑤였다.

며칠 전 영양사 선생한테서 차를 얻어 마시며 이런저런 수다를 떨고 있을 때였다. 창밖을 내다보며 유달리 조용하던 그녀가 대뜸 이러는 거였다.

[우리 남편이랑 서로의 마음을 알게 된 날, 있잖아. 그 남자가 우리 집 앞에서 뭐랬는지 알아? 두 팔을 크게 벌리면서 한번 안아 보자, 이러는 거야. 안 그래도 남편의 고백에 가슴이 미친 듯이 뛰고 있는데 안아 보자는 말까지 들었으니 그냥 정신이 몽롱한 거 있지?]

행정실의 스무 살, 신희가 그래서요? 그래서요? 하면서 눈동자를 반짝거렸다.

[냉큼 달려갔지. 근데 있잖아. 그 남자랑 연애하고 결혼하고, 지금이 벌써 햇수로 십 년째잖아. 그런데도 이상하게 그때 그 기억은 잊히지가 않는 거 있지? 그 남자랑 키스한 때보다, 그 남자랑 처음 사랑을 나눴을 때보다 그때의 기억이 더 짜릿하게 남아 있는 거 있지?]

마지막 말이 좀 흔들리는가 싶더니 지영은 와락 울음을 터트려 버렸다.

어머, 선생님 왜요? 신희까지 눈물을 매달고는 지영의 어깨를 위로하듯 어루만졌다.

그때 이영은 지영의 들썩이는 어깨를 보며 그런 생각을 했다.

우현을, 그 남자를 안는 느낌은 어떤 것일까. 몇 년이 지나고, 십 년이 지나도 잊히지 않을 그런 짜릿함을 느끼게 될까.

그 생각을 내내 하고 있던 이영은 그날 밤, 우현을 봄비 속에서 보자마자 그를 안아 보고 싶다는 마음이 간절했었다.

그래서 안았다.

지영의 말처럼 누군가와 심장을 맞대고 마주 안는다는 건, 평생 기억에 남을 만큼 소중한 느낌을 안겨다 주었다.

이영은 습관처럼 손가락으로 입술을 매만졌다.

이상했어. 아니, 좋았어. 아니, 아니 정말 이상했어.

뭐라 딱 단정 지을 수 없는 그때의 느낌들이 내내 그녀를 혼란스럽게 했다.

봄비의 냄새와 우산 위로 앙증맞은 소리를 내던 비 소리. 가로등의 희미한 불빛.

그리고…….

헤이즐넛의 커피 향과 스킨 냄새 같기도, 몸에 배인 냄새 같기도 한 그만의 체취.

이영은 코로 깊은 숨을 들이마시며 어제의 기억을 떠올렸다.

몇 번도 더 되풀이한 그 기억을.

"오호! 커피만 놓고 도망을 가?"

자리에 없기에 캔 커피를 내려놓고 왔는데 그거 보고 그러나 보다. 캔 커피를 손에 들고 들어오는 은해의 눈길은 며칠 전과 다름없이 곱지 않다.

"도망은 무슨. 선배가 자리에 없어서구만."

처음엔 미안하다, 미안하다. 그저 고개를 숙이고 연신 사과를 했다. 홍, 눈이 머리 꼭대기에 있는 년! 이라는 억울한 얘기까지 들으며 참았더랬다. 하지만 하루 이틀이 지나자, 아니 그럼 주선자 생각을 해서 결혼이라도 해야 하나 싶어 짜증이 스멀스멀 아지랑이처럼 피어올랐다.

"괜찮은 남자도 지 발로 걷어찬 주제에 요즘 얼굴이 왜 그렇게 피는 건데? 연애하는 년처럼."

"거참, 애들 듣겠다. 말 좀 조심해."

은해는 그제야 주위를 두리번거리며 살핀다. 그러나 이내 못마땅한 표정으로 이마를 확 구겼다.

"너, 벚꽃 보면 미친 녀, 여자처럼 돌잖아. 외롭지? 외롭지?"

약을 올리듯 말하며 은해는 커피 한 모금을 입에 물었다.

"나, 연애해."

"풋!"

"아, 선배!"

이영은 교실 바닥에 흩뿌려진 커피자국을 보며 인상을 구겼다. 급하게 물티슈를 뽑아 쪼그리고 앉았다.

"너, 너 진짜야? 언제? 누구? 야아!"

"얼마 안 됐어."

"도윤 씨 만나기 전부터?"

"아냐, 하지만 도윤 씨 애프터 거절한 건 그 사람 때문이었어. 이상하게 내내 그 사람이 신경 쓰이고 그랬거든."

그러면서 이영은 가슴께를 꾹 눌렀다.

"그리고 어기가 막 아프고 뛰고, 그랬어."

은해는 이영의 말이 어째 아련하게 작아진다는 느낌에 미간을 슬쩍 구겼다.

"근데 지금 표정이 왜 그래? 벌써 싸웠냐?"

"아니, 너무 좋은데. 만날수록 자꾸 더 좋아지는데 그 남자……."

"왜 이상한 놈이야? 나쁜 놈이야?"

급한 성격대로 지레짐작하며 다그치자 이영은 그제야 피식 웃음을 흘렸다.

"아냐, 그런 거. 그냥…… 그 남자 가벼운 연애 신봉자거든."

"뭐, 뭐야!"

은해가 도끼눈을 하고는 목소리를 있는 힘껏 내질렀다.

10.
귀여운 남자

　사람에겐 어떻게든 피하고 싶은 상황이란 게 하나쯤은 있기 마련이다.

　이영은 지금 이 순간이야말로 그 '때'라는 생각에 눈을 질끈 감았다.

　"어! 누나!"

　"어, 지훈아."

　지훈은 태호를 닮아 키가 훤칠했다. 나이가 들어 약간 어깨가 구부정한 태호와 달리 지훈은 서른이라는 나이에 맞게 건장하고 준수한 청년이었다.

　"뭐야, 이런 데서 다 마주치고. 안 그래도 연락하려고 했는데 잘됐다. 다음 스케줄이 어떻게 돼?"

　그러나 지훈은 이내 이영 옆에 서 있는 우현을 보곤 눈을 동그랗

먼데이
189

게 떴다. 눈짓으로 누구냐고 묻고 있었다.

"저기…… 인사해."

이영은 난감한 듯 잠시 우물거렸다. 이런 상황이 연출되리라곤 상상도 해 본 적이 없었기 때문이었다.

"채우현이라고 합니다."

입술을 잘근 씹으며 망설이고 있는 이영을 앞서며 우현이 먼저 지훈에게 손을 내밀었다.

"아, 이지훈이라고 합니다."

그러면서도 눈길은 내내 이영에게 머물러 있었다. 그러니까 누구냐고, 묻고 있었다.

사실은 지훈이 만나자고 연락이 오면 우현에게 부탁해서 같이 나가자고 할까, 그런 생각까지 했었다. 그러면 언제나 그렇듯 과거의 얘기를 추억거리나 되는 듯 마구 헤집는 지훈의 신경이 조금은 다른 곳으로 옮겨 가진 않을까 하는 이유 때문이었다.

그런데 막상 닥치고 보니 소개하는 것조차 난감하게 느껴졌다. 하긴 사귄다고 하면 이내 두 집안이 다 알아 버릴 거고 미옥이나 태호 두 사람 다 순리처럼 결혼을 떠올릴지도 몰랐다. 그러면 그냥 연애나 하자는 이 남자는 아마 저만치 물러나 버릴 것이다.

"우린 별다른 계획 없어요. 괜찮으시면, 같이 식사하러 갈까요?"

우현은 쭈뼛거리며 서 있는 이영의 어깨를 감싸 안으며 지훈과 그의 옆에서 호기심 어린 눈동자로 두리번거리는 여자를 향해 방긋 웃었다.

지훈은 이영의 어깨에 얹어진 우현의 팔을 의미심장하게 흘깃거렸다.

"네, 좋아요. 참, 누나. 다음 달에 나랑 결혼할 친구야. 김미현이라고. 미현아, 인사해. 내가 얘기했지? 그 누나야."

"안녕하세요."

"네에. 박이영이라고 해요. 결혼 축하해요."

이영은 다정하게 웃으며 미현을 쳐다보았다. 하지만 그녀의 머릿속엔 '그 누나'라는 말이 그 옛날, 텅텅 비어 버린 미옥의 옷장을 발견한 그때를 무작정 떠올리게 했다.

"하하, 정말 보기 좋다. 나는 누나가 혼자 사는 게 아닌가, 은근히 걱정했었는데 말이야."

유쾌하게 웃는 지훈을 보며 이영은 디저트로 나온 커피를 어색하게 마셨다.

"왜 그런 생각을 했대?"

"그렇잖아. 어릴 적 그런 경험을 했으니 사랑이나 남자, 뭐 이런 것에 마음을 열기가 쉽지는 않을 거라고 생각했었거든. 게다가 엄마한테도 누나가 여태 제대로 연애한다는 얘기를 들은 적이 없었으니까 말이야."

"원래 입이 무거워서 그래요. 내가 들은 연애사만 해도 열 손가락은 꼽아야 합니다."

저녁 식사 내내 단답형의 짧은 대답밖에 하지 않아 이영의 마음을 불안하고 초조하게 만들었던 우현이 불쑥 아무렇지도 않게 거짓말을 했다.

"예? 정말요?"

상체를 앞으로 내밀며 놀랍다는 듯 눈을 동그랗게 뜨는 지훈을 보며 우현은 좀체 알 수 없는 표정을 지으며 의자에 등을 기대었다. 그의 눈동자는 오롯이 지훈을 향해 있었다.

"좀 신중한 게 탈이라면 탈이랄까. 이영인 아무 문제없습니다."

잠시 우현을 물끄러미 바라보던 지훈은 곧 고개를 젖히며 웃음을 터트렸다. 그 모습에 우현의 눈썹이 위험하게 꿈틀거렸다.

"하하하! 형님이 꽤나 누나한테 빠진 모양이네요. 뭐, 내가 나름 누나의 짝으로 상상했던 사람과는 좀 차이가 나긴 하지만 형님도 마음에 듭니다, 하하하."

"어떤 사람을 상상했는데요?"

우현의 차가운 목소리에 이영의 미간이 살짝 구겨졌다. 하지만 전혀 눈치를 못 챈 지훈은 여전히 싱글벙글이었다.

"글쎄요, 좀 더 나이가 있고 좀 너그럽고 이해심이 많고…… 뭐 그런 사람요. 누나한테 딱 믿음을 줄 수 있는 그런 사람 있잖아요. 어릴 때 버림받은 사람은 잠재의식 속에 또 버림받을지도 모른다는 생각이 숨겨져 있다잖아요. 그런 불안감을 잠재울 수 있는 그런 사람?"

"저, 저기 언니. 손 씻으러 갈 건데 같이 가실래요?"

돌연 미현이 자리에서 일어나며 이영을 바라보았다. 왠지 간절한 눈빛이었다.

"갔다 와."

주저하는 이영의 손등을 살짝 만지며 우현이 다정하게 웃었다.

화장실로 향하면서도 이영은 쉴 새 없이 재잘거리는 지훈과 그의 말을 조용히 듣고 있는 우현을 돌아보았다.

왠지 불안한데.

우현은 이영이 화장실로 사라지자마자 의자에서 천천히 등을 떼었다. 그리곤 두 팔을 테이블에 올리며 상체를 지훈에게로 숙였다.

멀리서 보면 마치 다정하게 비밀이야기를 하는 것처럼 보였다.

"내가 말이야."

"네?"

어릴 때 이영이 어땠는지를 재잘거리던 지훈은 우현의 난데없는 반말에 눈을 휘둥그레 떴다.

"제일 싫어하는 게 뭔지 알아?"

"무, 무슨……."

지훈은 아까와는 판이하게 다른 우현의 모습에 어리둥절한 표정을 지었다.

"인간에 대한 기본적인 예의도 없는 것들이거든? 근데 더 싫고 끔찍한 건 뭔지 알아? 자신이 그렇다는 것조차 모르는 인간이야. 상대 가슴에 생채기를 수없이 내면서도 하하거리며 그냥 쓰다듬은 거라고 말하는 인간들 말이야. 너무 끔찍하지 않아?"

그제야 지훈의 얼굴이 급속도로 붉게 달아올랐다.

"지금 저보고 하는 소립니까?"

우현은 대놓고 인상을 차갑게 굳히며 테이블에서 팔을 내렸다.

"한 번이라도 이영일 생각해 봤어? 그쪽이 희희덕대며 하는 어린 시절 얘기를 듣기만 해도 가슴이 아플 거란 생각은 안 들어? 아마 눈앞에 그쪽이랑 가족들이 어른거리는 것도 불편할걸? 그렇지 않겠어? 엄마를 뺏어간 사람들이야. 그쪽이 말한 그 버림받은 어린 시절을 만들어 준 사람들이라고. 하긴 애초에 이영이가 왜 그쪽을 만나 이렇게 시간을 보내는지조차 이해가 되지 않지만 말이야."

"우린 가족이나 같아요. 형제나 마찬가지라고요."

우현은 지훈의 이기적이고 어이없는 말에 멱살이라도 쥐고 흔들고 싶은 마음을 간신히 억눌렀다.

"하! 가족? 형제? 웃기는 소리 작작해. 내가 이 자리에서 분명히 밝혀두는데, 한 번만 더 이영이 앞에서 그딴 실없는 얘기를 지껄이기만 해. 그날 이후론 절대 이영이랑 만날 수 없을 테니까."

우현의 차가운 목소리에 지훈의 얼굴이 은은한 조명 아래 어둡게 가라앉았다.

"악의는 없어요. 아시죠?"

손을 씻다가 이영은 고개를 들었다. 거울 속의 미현이 조금은 난처한 표정을 지으며 서 있었다.

"악……의요?"

"지훈 씨요. 정말 언니 걱정 많이 하거든요."

이영은 쓸쓸하게 웃으며 페이퍼 타월을 뽑았다.

"알아요."

"아마 미안해서 그럴 거예요."

"……?"

"언젠가 지수 언니랑 다 같이 모여서 맥주를 마신 적이 있었는데요. 그때 지수 언니가 술에 취해서 막 울었거든요. 언니 얘기를 하면서요. 그때 그 사람이 그러는 거예요. 자꾸 숨긴다고 있었던 일이 없어져? 누가 그러던데 때론 대놓고 까발리는 것도 상처 치유의 한 방

법이 될 수도 있대. 우리가 두고두고 갚자. 그러면 돼, 걱정 마……."

이영은 물기에 젖어 손바닥에 축 늘어진 페이퍼 타월을 저도 모르게 꼭 움켜쥐었다.

"요즘 저더러 얼마나 잔소린데요. 언니 애인 구해 오라고요. 언니보다 먼저 결혼하는 게 미안해 죽겠다면서 저더러 만날 멋진 남자 하나 데려오라고 구박했었어요. 근데 이렇게 멋진 애인이 있다는 걸 알게 되었으니 지훈 씨 지금 속으로 엄청 좋아할 거예요. 뭐, 저도 한시름 놓았구요. 호호호."

언제나 지훈을 만나면 웃어 주었지만 사실은 불편했다. 만나고 돌아온 날은 꼭 맥주 한 병을 비워야만 편히 잠을 잘 수 있었다. 미옥은 굳이 불편하면 만나지 않아도 된다는 말을 늘 했다. 하지만 이영은 마음씨 착한 천사처럼 그럴 리가, 하며 하하거렸더랬다.

하지만 사실은 불편했던 거다. 아니, 사실은 만나지 않았으면 하는 바람을 가진 적도 있었다. 게다가 지훈이 매번 아무렇지도 않게 과거 얘기를 끄집어낼 때마다 움찔움찔 저도 모르게 온몸이 상처투성이가 되곤 했다. 그런데도 아닌 척했던 거다.

이영은 애살스럽게 팔짱을 끼는 미현과 함께 화장실을 나왔다. 염려와 달리 우현과 지훈은 겉으론 평온한 표정이었다.

"우리 이제 그만 갈까?"

지훈이 자연스레 계산서를 들며 일어섰다.

"오늘은 내가 살게. 동생이 먼저 결혼해서 미안하다는 표시야."

"오, 그래? 이거 미안한 일을 종종 만들어야 되겠는데?"

농을 던지며 이영은 방긋 웃었다.

돌아가는 차 안은 전에 없이 조용했다. 오늘 식당에서부터 내내 조용하던 우현은 차 안에서조차 좀체 입을 열지 않았다. 이영은 아까 헤어질 때 귓속말로 속삭이던 지훈의 말을 떠올려 보았다.

[누나, 축하해. 남자 잘 골랐더라. 우리 결혼식에 저 사람도 꼭 데리고 와. 알았지?]

어떻게 흘라당 넘어가 버렸지?

이영은 곁 눈길로 우현을 힐끔거렸다.

"도대체 왜 만나는 거야?"

우현은 조금 짜증스럽게 입을 열었다. 내내 참아왔던 짜증이 결국은 두 번째 횡단보도 앞에서 돌덩이에 맞은 네온등처럼 팍, 하고 터지고 말았다.

착한 것도 정도가 있어야지. ·

"네?"

"그 자…… 아니, 당신 동생이라고 자처하는 그 남자 식구들 말이야. 도대체 왜 만나는 거야?"

"그야……."

"가족이나 다름없네 어쩌네 하는 말은 하지도 마."

왜 이렇게 화가 났을까.

이영의 상체가 그에게로 향했다.

"왜 그래요?"

"그런 말을 잘도 참아 주더군. 설마 그 말들이 아무렇지도 않다는 말은 아니겠지? 도대체 어떻게 그런 말을 지껄이게 내버려두는 거야. 어?"

정말 화가 났다, 이 남자.

이영의 눈이 동그래졌다. 그녀 쪽으론 쳐다보지도 않고서 도로
만 응시하고 있는 우현의 옆모습에 분노가 손에 잡힐 듯이 또렷했
다.

화가 났다. 화가 났어.

그런데도 덩달아 화가 나거나 그러지 않았다. 짜증 비슷한 감정
도 생겨나지 않았다. 오히려 가슴이 콩닥콩닥 뛰기 시작했다.

"아마도…… 미안해서겠죠."

우현의 고개가 신경질적으로 돌아갔다. 말도 안 돼, 말을 하지
않아도 표정에 적나라하게 드러나 있다. 이영이 어깨를 으쓱이
며 어설프게 미소를 짓자 결국 우현은 도로가에 차를 세우고 말았
다.

"말이 되는 소릴 해. 미안하다니, 뭐가……."

"내가 엄말 다시 뺏어 왔잖아요. 지금도 엄만 내 옆에 있고."

이 여자, 진심이야?

우현의 고개가 그녀에게로 기울었다.

"원래 당신 어머니야. 몰라? 어릴 때……."

우현은 말을 이어가려다 입술을 꾹 다물고 말았다. 막연하게 짐
작하고 있던 일을 오늘 지훈에게 듣고 지금 우현의 마음은 설명할
수 없을 만큼 엉망이었다.

겨우 열 살의 나이에 그녀를 버리고 집을 나가 버렸다고 했다. 더
구나 그 자식은 태연하게 '엄마'라고 불렀다! 그 말을 할 때마다 이
영이 움찔거리는 것을 느꼈다. 우현에겐 최소한 그렇게 보였다. 그
생각만으로도 가슴에서 불이 나는 것만 같았다.

"우현 씨, 나는요. 아빠 장례식 날 있잖아요. 아빠가 돌아가신 게

슬퍼서 운 게 아니라 이제 정말 나 혼자구나…… 그러면서 막 울었거든요. 이럴 때 엄마라도 있으면 좋겠다. 날 버리고 나간 엄마지만 지금이라도 돌아와만 준다면 모든 걸 용서해 주겠다…… 그렇게 간절히 기도했었어요. 그런데 정말 마법처럼 엄마가 돌아온 거예요. 장례식장에 나타난 엄마는 친척분들이 욕을 하고 멱살을 잡아도 아무 말도 않고 그냥 내 옆에 있어 줬어요. 우현 씨, 그때 나는 이미 엄말 용서했어요. 그리고 그 이후로 엄만 죽 내 옆에 있잖아요. 나는 그걸로 만족해요. 그래서 나는 미안해요. 지훈이, 그래도 엄마랑 십 년을 같이 살았는데 얼마나 아득하고 슬펐을까요? 내가 누구보다 그 마음을 잘 알잖아요. 그래서 나는 지훈일 미워할 수 없어요……. 게다가 저번엔 태호 아저씨한테 가라고 했는데도 그냥 돌아온 엄마예요. 참 이기적이게도 그런 엄마가 나는 고마워요. 그래서 나는 그 가족들에겐 참 미안해요. 남들이 바보 아니냐고 말해도 어쩔 수 없어요. 그냥, 내 맘이 그래요."

낮은 이영의 목소리를 가만히 듣고 있는 우현의 표정은 어두운 장막을 드리운 것처럼 가늠할 수가 없었다. 얼마 동안 차 안엔 또 침묵이 맴돌았다. 이영은 앞 창문에 비친 가로등을 바라보며 앉아 있었고 우현은 그런 이영을 바라보고만 있었다.

"……바본 걸 알긴 아는구나."

우현은 상체를 천천히 세우며 운전대를 잡았다.

"지훈이가 우현 씨 되게 좋게 본 모양이던데요?"

천천히 차를 움직이던 우현의 눈썹이 씰룩 위로 치켜 올라갔다.

"남자 잘 골랐다면서 자기 결혼식에 데리고 오라던데요? 아, 걱정 마요. 가자 소린 안 할 테니까요. 안 그래도 엄마가 요즘 결혼

안 하냐고 보기만 하면 은근 잔소리라고요. 그리고 결혼의 '결' 자도 꺼내지 않는 남자랑 연애만 하는 거 알게 되면 아마 까무러치실 걸요?"

우현은 방긋 웃는 이영을 보며 미간을 살짝 구겼다.

"그럼, 오늘 본 당신 동생은 어쩔 건데?"

"걱정 마요. 내가 알아서 할게요."

명쾌한 해결방법을 아는 사람처럼 이영은 단박에 대답했다.

뭘 알아서 한다는 거야? 틀린 말이 아닌데 왜 이렇게 기분이 나쁜 거지?

"그런데 있잖아요……."

"뭐?"

우현은 입을 삐죽이며 불퉁스럽게 대답했다.

"고마워요."

무슨 소리야? 도대체가 이영의 마음을 따라잡을 수가 없다. 우현은 인상을 찌푸리며 그녀를 돌아보았다.

"우현 씨가 화를 내는데 나는 막 감동인 거 있죠? 날 걱정하면서 화를 내 주는 사람이 있다는 게 이렇게 좋은 줄 몰랐어요."

"누가 걱정한다는 거야? 그냥 바보 같아서 화가 났을 뿐이야. 누가 보더라도 화가 날 일이라고."

"알았어요."

그래도 방긋 웃는 이영의 모습에 우현은 이상하게 초조하고 짜증이 났다.

"난 누굴 걱정하고 이런 성격이 아니라고. 그런 오지랖을 얼마나 싫어하는데."

"네에, 네."

이영은 우현의 말에 그냥 건성으로 고개를 끄덕이곤 창밖을 내다보았다. 창문에 비치는 우현의 옆모습에 또 혼자 방긋 웃었다.

귀여워, 이 남자.

"선생님, 사왔어요."

교실 뒷문이 드르륵 열리며 까무잡잡하고 개구쟁이처럼 보이는 한 녀석이 까만 비닐봉지를 흔들며 나타났다.

"어, 그래?"

이영은 활짝 웃으며 비닐봉지를 제 무릎으로 툭툭 치며 교실을 가로질러 오는 지석을 바라보았다.

"물은요?"

"아, 맞다!"

그러면서 이제야 돌아서서 포트의 전선을 꽂는 이영을 보며 지석은 책상에 비닐봉지를 툭, 내려놓으며 투덜거렸다.

"제가 금방 갔다 온다고 했잖아요. 강당 뒤에 담만 넘으면……."

'담'이라는 얘기에 이영의 고개가 획 하니 돌아갔다. 그리고 지석을 매섭게 쏘아보았다.

그제야 투덜거리던 지석의 입이 쑥 들어가 버리고 봉지에서 컵라
면 두 개를 꺼내는 데 온 신경을 집중하며 고개를 얼른 숙였다.

"담, 넘었어?"

그래도 대꾸도 없이 컵라면을 씌운 비닐을 벗겨내고 뚜껑을 표시
선까지 정확하게 벗겨냈다.

"응?"

"죄송해요."

이 녀석의 좋은 점은 거짓말을 못한다는 것과 잘못을 빨리 인정
한다는 것.

그럼에도 불구하고 이영은 선생으로서의 사명감으로 짐짓 엄하게
몇 마디 덧붙였다.

"위험해, 안 돼! 알지?"

"네, 네."

건성으로 말하며 스프를 죽 찢어 통에 붓는데도 이영은 그 모습
에 또 생글거렸다.

"저기요, 선생님. 선생님 거는 선생님이 좀……."

그러나 이내 이영의 쭉 치켜 올라간 눈썹을 보고는 아무 말 없이
다른 스프도 죽 찢었다.

털썩 의자에 앉은 지석은 치켜 올라간 컵라면의 종이 뚜껑을 손
바닥으로 누르며 창밖을 바라보았다. 혼자서 몰래 컵라면을 먹으려
다 들킨 것이 억울한 것일까.

이영은 지석의 표정을 몰래 살피며 바로 맞은편에 앉았다.

"집에 가서 먹지, 왜 여기서 먹어?"

"그냥요."

그러곤 또 대답이 없었다. 하지만 그녀가 생글거리며 계속 쳐다
보자 결국 지석은 한숨을 내쉬었다.

"알잖아요. 집에선 이런 거 못 먹어요. 친구들도 학원 간다고 가
버리고 없고. 그냥 교실에서 얼른 먹고 가야겠다…… 그랬죠."

그런데 그걸 전산실에 들러 프린트 몇 가지를 하고 들어오던 이
영한테 들킨 것이다.

[나는 새우탕.]

지석은 입술을 댓 발 내밀며 이영이 주는 돈을 받아 교실을 나갔
지만 이영은 알고 있었다. 지석의 눈동자가 반짝반짝 빛이 나는 것
을. 이 녀석은 날 좋아해. 그런 꾸밈없는 감정이 손에 잡힐 듯 보였
다. 아이들은 그렇다. 그래서 이영은 아이들이 좋았다.

포트가 하얀 증기를 뿜어내며 달칵 소리를 냈다.

이영은 지석의 컵라면엔 선까지 정확하게 부어 주고 자신은 조금
모자라게 부었다.

이래야 맛있지. 혼자서 아이처럼 중얼거리며 그 위에 월간 과학
잡지를 올려놓았다.

"왜 갑자기 이게 먹고 싶었어?"

"맛있잖아요."

"아빠가 싫어하시잖아."

"어른들은 웃겨요. 그럼 맛없게 만들든가. 이렇게 맛있게 만들어
놓고, 왜 먹지 말라는 건데요?"

"이 녀석이! 원래가 나쁜 음식일수록 중독처럼 몸에서 당기는 기
야."

"선생님은요?"

"나? 나야 너 혼자 먹는 게……."

지석이 빤히 이영을 쳐다보았다.

"체, 그래 맛있으니까."

이영의 시인에 지석은 의기양양 웃었다. 그 모습에 뭐라 한 소리를 하려는데 지석이 다 됐다고 외치며 뚜껑을 열어젖혔다. 뜨거운 김과 함께 소금기 짙은 특유의 스프 냄새가 코를 자극하며 퍼져나갔다.

"아빠가 포화지방산, 환경호르몬 뭐, 이런 얘길 하던데요? 많이 드시지 마세요."

지석은 이영이 하려던 얘기를 태연히 자기가 하고는 후루룩 정말 맛있게도 먹었다. 게다가 뚜껑을 깔때기 모양으로 접어 라면을 그 안에다 건져 놓았다. 이영도 지석이 하는 양을 보고 따라하자 불룩하게 면이 들어간 지석의 입이 동그랗게 말려 올라갔다.

"집에선 라면, 전혀 안 먹어?"

"가끔 봉지라면을 끓여 주시긴 해요. 알죠? 라면을 두 번이나 끓여 기름기 빼고요. 거기다, 일명 아빠가 개발한 스프국물에 말아 줘요. 멸치다시 냄새가 확 나면 입맛이 뚝 떨어진다니깐요?"

그 모습이 상상되자 이영은 저도 모르게 킥킥거리는 웃음을 냈다. 지석의 아버지라면 그러고도 남을 거라는 생각에 더 웃음이 났다.

"얼마나 좋아? 네 건강을 그리 생각해 주시니. 고마운 줄 알아, 이 녀석아!"

하지만 지석의 말이 백번이고 이해가 갔다. 이영 같아서도 그런 라면은 일단 사절이었다.

"네, 네."

고개를 크게 끄덕이며 대답하는 지석을 보는 이영의 눈이 따뜻하게 반짝였다.

지석의 나이 이제 겨우 열두 살.

이영이 열 살 때 미옥이 집을 나간 것처럼 지석도 열 살의 나이에 부모님이 이혼을 했다. 그런데도 지석은 참 밝고 건강하게 자랐다.

그건 아마도 남겨진 아버지의 사랑 때문일 거다.

이영은 지석의 아버지를 떠올리며 건져 올린 라면을 후후, 불며 열심히 먹고 있는 지석을 흐뭇하게 바라보았다.

지석의 아버지는 학교에서도 꽤나 유명해서 모르는 학부형이나 선생님이 없었다.

조그만 사업체를 경영하는 사람인데, 남자답다 못해 좀 우락부락하게 생긴 사람이었다. 그런데 어찌나 지석을 대하는 게 살갑고 여성스러운지 처음엔 대단하다 대단하다, 감탄을 하고 흘깃거리기만 하던 사람들도 그를 알게 된 햇수가 길어질수록 그냥 동기 엄마와 같은 마음이 되어 같이 모여 수다도 떨고 그러게 되었다.

학교 행사에도 빠진 적이 없고 흔히들 홀아비가 키우는 남자아이답지 않게 지석은 그야말로 깨끗하고 단정하기 그지없었다. 정작 지석, 본인이야 항상 불만인 듯 보였지만 이영은 엄마가 챙겨 주는 아이들보다 지석이 더 깨끗하다고 장담할 수 있었다.

그래서일까. 엄마를 잃었지만 지석은 참 밝았다. 그건 그의 아버지가 그 몫을 너무나 완벽하게 해내고 있기 때문이었다.

"어제 킹콩을 봤거든요?"

"그래? 재미있었어?"

"그럭저럭요. 근데 왜 사랑 때문에 죽기까지 한대요?"

"응? 사랑?"

"그렇잖아요. 결국 킹콩이 죽은 건 여자를 사랑했기 때문, 아니에 요?"

이영은 열두 살짜리 사내아이의 입에서 나온 '사랑'이라는 말에 왠지 웃음이 났다.

"그런가?"

기억을 더듬는 척, 이영은 미간을 접었다.

"여기도 사랑, 저기도 사랑. 도대체가 무진장 싸우다가도 뜬금없 이 사랑한다고 그러고. 하여튼 이상한 드라마나 영화, 진짜 많아요."

"그만큼 중요하니까 그런 게 아닐까? 살아가는 데 중요하니까."

"하긴 엄마도 그 사랑 때문에 아빠랑 이혼을 했으니까요."

지석의 태연한 말에 이영은 잠시 숨을 멈추었다. 뭐라고 대답을 해야 하는데 교과서나 지침서에나 나올 법한 말은 지껄이고 싶지 않다.

"……아빠가 그러셔?"

"네, 엄만 굉장히 사랑하는 사람이 생겨서 우리를 떠났대요."

순간, 이혼한 남자 같지 않게 언제나 밝게 웃던 지석의 아버지가 떠올랐다. 누구나 그가 그런 아픔을 겪었다고는 생각하지 않았다. 애 엄마요? 누군가가 그렇게 물었을 때, 그는 아무렇지도 않게 웃 으며 이혼했다고 했다.

"엄마가 밉니?"

"아뇨? 왜요? 아빠가 그러는데요, 정말 사랑하는 사람이랑 못 살 게 되면 엄마가 굉장히 불행할 거랬어요. 그러면 아빠도 나도 불행하고요. 사랑은 그냥 그런 거래요. 딱딱하게 굳어 있는 게 아니라 굉장히 말랑말랑한 거라 때때로 쉽게 변하기도 한다고요. 어쩔 수 없는 거라고요. 저도 나중엔 아빠보다 더 사랑하는 여자가 생기면 떠날 거래요. 뭐, 지금은 상상도 가지 않지만요."

지석은 창틀에 두 다리를 쭉 뻗어서 올리며 또 말을 이었다.

"그리고 아빠가 엄마 역할까지 너무 완벽하게 하니깐 엄마가 그립다거나 그렇진 않아요. 엄마랑은 가끔 이메일도 주고받고요. 엄마랑 같이 사는 그 아저씨도 뭐, 좀 바보같이 생겼지만 저한테 잘해 줘요. ……가끔, 아주 가끔 그 말랑말랑한 엄마의 마음을 아빠가 오랫동안 잡고 있었으면 좋았겠다, 이런 생각을 하긴 하지만요."

이영은 잠시 수평선 너머로 죽 이어진 하늘의 끝을 바라보았다. 봄 하늘도 가을만큼이나 파랗고 높았다.

눈동자가 흐릿해진다. 왜일까. 열두 살 꼬마 녀석의 사랑이야기에 눈물까지 매달다니, 요즘의 이영은 왠지 감성적이 된 것만 같았다.

"하여튼 킹콩 한번 보세요. 우리 아빠 킹콩이 마지막에 63빌딩에서 죽는 장면을 보곤 울었다니깐요?"

지석의 '63빌딩'이라는 말에 감성적이 되어 가던 이영의 눈이 놀라움으로 커졌다.

"63……빌딩?"

천진난만한 표정으로 네, 하고 고개를 끄덕이는 지석을 보던 이영은 결국 푸하하, 하고 웃음을 터트리고 말았다. 지석의 어깨를 팡팡, 치며 큰 소리로 웃었다. 아프다며 인상을 그리는 지석의 머리카락을 세게 문지르면서도 계속 키득거렸다.

제법 어른 같은 말을 한다 싶었는데 역시 아이였다.

단순한 착각이겠지만 그래도 어떻게 그런 착각을 하나 싶은 것이 귀엽고 순수했다.

이래서 아이들이 좋다. 전혀 계산적이지 않고 어리석을 정도로 순수하다. 요즘 아이들은 무섭다, 어쩐다 하지만 역시나 소수일 뿐. 대부분의 아이들은 이렇게 눈물이 날 정도로 예쁘다.

이영은 딱딱하게 굳었던 자신의 마음 일부분이 조금은 말랑말랑해진 기분이 들었다.

[알았어, 알았다고! 현정이나 어머니 잔소리에도 미칠 것 같은데 형까지 이러지 마.]

우현은 우진의 짜증스런 목소리를 떠올리며 창가에 서서 운동장을 바라보았다. 뒤에선 우현의 아버지, 상준이 커피를 끓이고 있었다.

"진짜 웬일이야? 그냥 들른 거 맞아?"

우현은 몸을 돌려 소파로 다가와 앉았다.

"네, 근처에 일도 있고 해서요."

"그래? 잘 왔다. 그동안 잘 지냈어? 사업은 잘 되고?"

"네, 그럭저럭 꾸려나가고 있어요."

"카페 레드 앤 얘기는 나도 들었다. 얼마 전엔 부산에도 하나 오픈했다며?"

"아직 두고 봐야죠 뭐."

상준은 커피를 한 모금 마시는 우현을 뿌듯하게 바라보았다. 큰아들이 이렇게 컸다. 어디에 내놔도 전혀 손색이 없고 아니, 오히려 부러워할 만한 아들이 되었다. 자식이 자라는 건 때론 안타깝고 서글픈 일이기도 하지만 또 그만큼 가슴 벅찬 일이기도 했다.

"우진이…… 연락 없었죠?"

커피 잔을 내려놓으며 우현은 천천히 입을 열었다.

상준의 느긋하던 어깨가 잠시 긴장으로 굳어졌다.

"음……."

별 대답이 없는 상준을 보자 우현은 왠지 마음이 불편해졌다.

"다음 주 토요일이에요. 양평 별장에서 하우스 웨딩으로 한대요. 하룻밤 꼬박 새면서 하겠다고 계획이 대단해요."

그러면서 재킷 안주머니에서 청첩장 하나를 꺼내 건네주었다.

상준은 청첩장을 조심스레 받아들고는 우진과 현정이 웃으며 찍은 사진을 잠시 바라보았다.

예쁘다.

"서로, 많이 사랑하지? 니가 보기엔 어떠니? 잘 살 것 같아?"

"네, 우진이와 달리 제수씨가 참 긍정적이고 밝아요. 그래서 우진이가 꼼짝 못해요."

"아이, 가졌다며?"

상준이 사진 속의 우진을 엄지손가락으로 쓰다듬었다. 그 손길에 우현의 눈길이 잠시 머물렀다.

"네, 건강하대요."

"네 엄만 좀 속상한가 보더라. 안 그러는 사람인데 며칠 전엔 전화로 한참을 울더라. 우진이가 아이 가진 게 속상한 게 아니라……."

상준은 얼마 전 정남과의 통화를 떠올리자 마음이 짠하게 울려 퍼졌다.

[이봐요, 나 인생 헛산 것 맞죠? 그렇죠? 나 정말 엉망인 거 아는

데…… 그런데…… 그놈이 말하는 게 너무…… 야속해서……
흑……!]

정남이 울었다는 말에 우현은 잠시 움찔했다. 아마도 그가 본가
에 들른 후가 아닐까 나름 짐작해 보았다.

"괜찮은 아가씨가 하나 있는데 만나 볼 생각 없니? 내가 아끼는
제자다. 너만 괜찮다면……."

"아니요. 괜찮습니다."

"아직…… 결혼 생각이 없는 거냐?"

"네."

상준은 단답형으로 짧게 대답하고는 입을 다물어 버리는 우현의
모습에 마음이 어둡게 가라앉는 것을 느꼈다. 하고픈 말이 많은 듯
입술을 약간 달싹였지만 더 이상 말을 잇지는 못했다.

"오실 거죠? 그날."

약간의 침묵이 흐른 후, 우현이 상준에게 단도직입적으로 물었다.

상준은 우현을 바라볼 뿐 잠시 아무런 말이 없었다. 그러나 이내
가벼운 표정으로 애써 활짝 웃었다.

"그럼 가야지. 아들 녀석 결혼식인데, 가야지."

대답이 아니라 마치 스스로에게 다짐하는 것처럼 들렸다.

"조만간 우진이가 올 거예요. 아시잖아요. 그 녀석, 좀 고집스러
워도 잔정 많은 거……."

"그래, 그래……."

그리곤 또 침묵이 흘렀다. 서른넷의 사내와 예순셋의 사내 사이
엔 원래 그다지 할 말이 많지 않다. 우현은 커피 잔 밑바닥에 깔린
갈색의 테두리를 말없이 응시하다 자리에서 일어났다.

"이제 그만 가 볼게요."

"벌써? 안 바쁘면 저녁이라도 같이 먹자구나."

"아뇨, 다시 회사에 들어가야 해서요."

"그래……."

말을 길게 끌며 상준은 훌쩍 커 버린 우현의 등을 바라보았다. 자식이 자라면 서로의 나이 듦에 대해 얘기를 나눌 줄 알았다. 어느 정도 자신들을 이해하고 고개 끄덕여 줄 줄 알았다. 하지만 어느새 자식들은 더 낯선 얼굴들이 되어 가고 있었다.

"바쁜데 어서 가 봐라. 오랜만에 만나서 반가웠다."

"네, 그럼 가 볼게요."

우현은 활짝 웃는 상준에게 희미한 미소만 보인 채 등을 돌렸다. 하지만 이내 상준이 또 불러 세웠다.

"내가 그런 얘길 한 적 있었냐? 이렇게 잘 자라 줘서 고맙다고……."

그 말에 우현의 표정이 서서히 굳어졌다.

"……그렇게 생각하세요?"

"응?"

"아버지 아들, 그렇게 잘 자라지 못했거든요. 겉만 멀쩡하지 속은 완전 꽝이에요. 그래서……."

그러나 뒷말은 더 이상 잇지 못하고 안녕히 계세요, 라는 말을 한 숨처럼 덧붙이며 돌아섰다. 이제 나이가 들어 좁아진 어깨와 희끗한 머리카락을 가진 상준을 복도에 남겨둔 채.

계단을 내려가는 우현의 발걸음이 무거웠다.

잘 자랐다고?

정말 잘 자란 인간이라면 책임질 일 따위를 겁내거나 무서워하지 않을 것이다. 정말 잘 자란 인간이라면 그 여자, 이영을 보며 불안하고 초조해하지 않을 것이다. 여자의 순수함이, 여자의 솔직함이 너무 예뻐서 덜컥 겁이 나지도 않을 것이다.

손 안의 모래처럼 그녀가 빠져나가는 것을 지켜봐야 한다는 게 안타까웠다. 하지만 그것뿐이다. 어떻게 해야 할지 모르겠다. 그저 이영의 손을 잡고 이영의 웃는 얼굴을 바라보고, 그저 이영이 가끔 깔깔거리게 쓸데없는 농을 거는 정도밖에 하지 못한다.

만약 이영이 자신 말고 잘 자란 남자를 만난다면 어떻게 될까.

그 생각에 우현의 심장이 아프게 죄어들었다.

인상을 사납게 굳히며 계단을 내려서려는데 바로 모퉁이의 교실 안에서 깔깔거리며 웃는 여자의 목소리가 복도 너머로 들려왔다.

그 웃음소리가 마치 이영의 소리와 같아 우현의 미소가 잠시 자조적으로 비틀려 올라갔다.

이젠 환청까지 들리는 거냐?

그러다 문득 이영의 직업이 생각이 났다. 학교 선생님이랬잖아.

설마, 그런 우연이 있을라고.

우현은 잠시 머뭇거리다 교실의 뒷문으로 살짝 안을 들여다보았다.

어릴 적 우현이 생각했던 것보다 훨씬 더 작아진 책상과 의자들이 줄을 맞추어 서 있었다.

그 반듯한 열을 따라 움직이던 그의 시선 끝에 왼쪽 창가의 책상 위에 등을 보이고 앉은 여자와 소년이 보였다. 여자는 소년의 어깨를 툭툭 쳐대며 깔깔거리고 있었다.

소년이 아프다는 듯 인상을 쓰며 뭐라 대꾸하는데도 여자는 소년의 머리카락을 세게 헝클어뜨리고는 또 혼자 키득거렸다.

문득 여자의 옆모습이 보였다. 예상대로 이영이었다.

우현은 전혀 가식 없이 큰 소리로 웃는 이영의 모습에 넋을 잃고 멍하니 서 있었다. 또 가슴이 저리듯 아파왔다.

왜 이러지?

우현은 가슴께에 손을 올려놓으며 크게 숨을 들이마셨다.

묘한 우연이다. 이건 우연이 아니라 운명이라고 누군가 떠벌린다 해도 지금 이 순간만큼은 그 운명이란 것에 고개를 끄덕여 주고 싶었다. 그녀와의 연결고리가 내내 불안했던 마음 한구석을 조금은 느긋하게 해 주었다.

어린 소녀처럼 두 발을 책상 아래에서 까닥거리는 이영의 모습에 웃음이 났다.

사랑 때문에 누구보다 상처 받았을 텐데도 그녀는 바보처럼 사랑을 믿고 있었다.

저렇게 소녀처럼 웃고 저렇게 어린 아이와 재잘거리는 마음을 가진 그녀는 진짜다. 말로만 떠벌리는 게 아니라 그녀는 정말로 사랑을 믿고 있는 것이다.

우현은 까맣게 내려앉은 눈동자로 한발 물러났다.

세상은 지극히 계산적으로 주고받는 관계의 연결고리.

완벽하게 이타적인 사랑이란 없다.

하물며 요즘은 절대적이라 믿고 있는 부모의 사랑도 가차 없이 무너지게 하는 경우가 허다하다. 이런 삭막한 세상에서 지극히 단조롭게 잘 살아가고 있는 자신이야말로 현실적인 것이다.

우현은 잠시 풍경처럼 그들을 바라보다 천천히 걸음을 돌렸다.

정말, 정말 잘 자란 인간이라면…….

더 늦기 전에 그녀를 놔주어야 해.

그녀처럼 사랑을 믿는 바보 같은 남자한테 돌려주어야 해.

하지만 차에 올라타고도 한참을 우현은 자리에서 떠나지 못했다. 운전대에 손을 올려놓고 앞을 뚫어지게 바라보다 입술을 잘근잘근 씹어댔다. 그러다 거칠게 휴대폰을 꺼내들었다.

왠지 울컥 화가 치밀어 올랐다. 어차피 자신처럼 잘 자라지 못한 사내는 이기적인 법이다.

"우현 씨?"

이영의 목소리가 담벼락에 무리지어 피어 있는 개나리만큼이나 샛노랗다.

우현은 그제야 몸의 긴장을 풀고 느긋하게 시트에 머리를 기대었다. 그녀가 불러 주는 자신의 이름이 좋다. 때로는 담백하게, 때로는 다정하게. 그리고 때로는 채우현 씨, 하며 허리에 손을 얹은 채 노려본다. 그 모습도 너무 어여쁘다.

지석의 말 때문이었을까.

이영은 우현을 보자마자 말랑말랑해진 마음이 부풀어 오르는 것을 느꼈다. 마치 예전 학급문고에서 본 동화책에서처럼 석쇠에 굽던 찰떡이 지붕을 뚫고 올라갈 것처럼 그렇게 크게 부풀어 올랐다.

"여긴 어떻게 알고 왔어요?"

"너무너무 보고 싶어서 왔지."

그러면서 씨익 웃는 그의 입매가 부드럽게 말려 올라갔다. 자꾸만 그 입술에 눈길이 갔다. 이영은 안전벨트를 매는 척하며 두근두근, 아무 생각 없이 뛰는 그녀의 심장을 지그시 눌렀다.

"농담 말고요."

"어? 농담 아닌데? 엄청 보고 싶더라고. 개나리만 봐도 박이영 생각이 나고, 길거리에 날리는 벚꽃만 봐도 떠오르고……."

"체, 하여튼 나 골려먹는 재미가 쏠쏠하죠?"

입술을 삐죽이는 이영을 바라보며 하하거리던 우현은 운전대를 돌리면서 잠시 앞을 바라보았다. 이내 그의 눈동자가 진지하게 가라앉았다.

진짜다. 요즘 그가 바라보는 일상적인 풍경에 이영이 불쑥불쑥 끼어들곤 했다.

"이영아, 오늘 뭐 먹고 싶어?"

가끔 그가 이영아, 하고 불러 줄 땐 심장이 간질간질 어쩔 줄 모른다. 누구에게나 불리는 이름인데도 우현이 불러 주는 자신의 이름을 듣노라면 자꾸만 기대를 품게 된다. 아마도 저 남자는 수많은 여자들의 이름을 불렀겠지만. 그 생각이 들자 마음이 서글퍼진다.

"진짜 어쩐 일이에요?"

좌회전 신호를 기다리며 서 있을 때 이영이 또 물었다.

"아는 선생님 만나러."

누구요? 하며 눈을 동그랗게 뜨던 이영의 머릿속으로 이름 하나가 퍼뜩 떠올랐다.

채우현, 채상준.

[네 또래 아들놈이 있어. 소개해 줄까? 엄청 잘난 놈인데.]

상준은 가끔 놀리듯 그렇게 이영에게 이죽거렸었다.

"우리 교장선생님, 되게 좋으신데……."

"그래?"

"초등학교 때 담임선생님이셨어요. 운동회 날 김밥도 사 주곤 하셨어요. 이런 날은 김밥을 먹어 줘야 한다면서."

"좋겠네. 난 얻어먹은 적도 없는데."

우현은 피식 웃으며 가볍게 말을 던졌지만 이영은 왠지 더 이상 말을 이을 수가 없었다.

이영은 눈처럼 꽃잎을 흩날리며 선 벚꽃나무들을 바라보았다.

나이가 든다는 것은 그 사람의 모든 얘기를 듣지 않아도 대충의 히스토리를 짐작할 수 있다는 거였다. 이 남자, 채우현이 사랑을 믿지 못하는 이유 아니, 사랑을 하는 인간들을 믿지 못하는 이유를 조금이나마 짐작할 수 있었다.

잠깐이나마 말랑말랑하게 부풀어 올랐던 이영의 마음이 차가운 바람을 맞은 것처럼 순식간에 가라앉았다.

그리곤 어김없이 가족들끼리 모여 김밥을 먹는 친구들의 일상적인 모습을 부러운 듯 바라보던 열 살짜리 꼬마 여자아이가 떠올랐다. 그럴 때마다 자신의 정수리를 장난스레 문질러 주던 커다란 손도.

그런데 다른 한 곳에선 그 커다랗고 다정한 손길을 기다린 또 다른 소년이 있었던 거다.

우현이 데리고 간 남산 하얏트 호텔로 올라가는 길목에 자리한 이 레스토랑은 건축물을 짓는 데만 삼 년이라는 시간이 걸렸다고 했다. 노출된 콘크리트 형식의 이 건물은 어느 쪽으로 보아도 약간 비스듬하게 건축이 되어 있었다.

3층에서 내려다본 남산의 저녁 풍경은 하늘에서 별을 뿌려놓은 듯 무척이나 인상이 깊었다.

"어때?"

"굉장해요."

이영은 스테이크를 먹으면서도 내내 창문에서 눈을 떼지 못했다.

"하루 종일 앉아 있으래도 있겠어요. 너무 예뻐요."

그녀의 눈동자에 별이 반짝였다. 그 별이 손에 잡힐 것만 같아 우현의 손이 잠시 움찔거렸다.

"참, 좋아요."

미소를 지으며 또다시 창밖을 내다보는 그녀를 보며 우현도 미소를 지었다.

"그래, 나도 이곳을 처음 봤을 때 좀 멍했었어."

이영은 고개를 돌려 가만 그를 쳐다보았다.

"아뇨. 우현 씨가 좋아요, 참."

그 말에 우현의 심장이 요란하게 들썩이기 시작했다. 별처럼 반짝이는 그녀의 눈동자가 그의 눈에 오롯이 박혔다.

"이래서 다들 연애란 걸 하나 봐요. 친구랑 이런 곳에 와도 좋겠지만 우현 씨랑 여기 이렇게 앉아 있는 느낌은 뭐랄까, 친구는 그냥 편하다면 우현 씨랑은……."

이영이 말을 멈추었다. 우현의 입술이 약간 초조하게 타들어 갔다.

마음도 덩달아 요란하게 엉키기 시작했다. 그 다음 말을 듣고 싶지만 왠지 들으면 돌이킬 수 없을 것만 같았다.

"편안하고 좋고, 막 설레고 그래요. 한번 말해 봐요. 원래 이런 거예요? 가벼운 연애를 해도 원래 이렇게 좋고 설레고, 가슴 뛰는 거예요?"

"가벼운 연애는 연애 아닌가?"

툭 말을 던지듯 내뱉고는 목이 가라앉는 듯해 급하게 물 잔을 집어 들었다. 이영의 어깨너머를 무심한 듯 바라보았지만 눈동자는 끝없이 가라앉았다.

우현의 눈길이 다시 이영에게 머물렀다. 이영의 자그마한 얼굴, 반짝이는 눈동자, 부드러운 미소. 담아도 담아도 채워지지 않는 갈증이 생긴다. 하지만 우현의 마음은 자꾸만 추를 달고 심해 바닥으로 추락하고 있었다.

"도대체 우현 씨가 생각하는 가벼운 연애는 뭐예요?"

"만나서 밥 먹고 차 마시고, 가끔 영화도 보고 드라이브도 가고."

"모든 연애가 다 그렇지 않나? 그럼 진지한 연애는요?"

"집착, 눈물, 질투, 구속…… 뭐, 이런 영양가 전혀 없는 감정의 연속? 그 짧은 유효기간에 속아 결혼이란 걸 할 수도 있는 무서운 거?"

[당신 뭐야. 도대체 당신 뭐야!]

[생각할 게 있다고? 나는 이렇게 피를 토하고 있는데 뭐, 생각할 거? 그래서 이번엔 언제 들어오려고? 어? 만날 도망만 가는 거, 이제 지겹지도 않아? 어디 있어, 어디 있냐고!]

[자식? 자식들이 뭐! 얘들이 내 인생 살아 줘? 내가 왜 얘들 눈치까지 보면서 당신한테 말을 해야 하는데?]

[내 말이 틀려? 나를 위해 그 정도도 못해 줘? 당신 왜 이렇게 이기적이야!]

우현이 어릴 때부터 정남과 상준은 끊임없이 싸웠지만 이혼하기 전, 일 년은 더 끔찍했다. 내내 정남의 고함소리가 끊이지 않았고 저녁엔 항상 정남이 소리 지르고 울부짖으며 물건들을 때려 부수곤 했다. 급기야 상준이 집에 들어오지 않는 날들이 많아졌고 정남은 그럴 때마다 전화통을 붙잡고 소리를 치든가, 아니면 우현을 붙잡고 하소연을 했다.

[이게 무슨 사랑이야, 이게 무슨 사랑이냐고! 흑흑흑!]

정남은 상준에게 울분을 토해내다 마지막엔 언제나 이렇게 혼잣말을 하며 소리 내어 울었었다.

우현의 목소리가 점점 차가워졌다. 눈동자도 굳어졌다. 순간 꿈에서 깬 듯한 느낌이 들었다. 그래, 잠시 꿈을 꾼 거야. 어이없는 꿈. 지금의 자신이야말로 지극히 현실적이고 이성적이다.

"어? 왜 이렇게 말이 없어요? 아까 내가 막 설렌다고 해서 겁먹었어요?"

이영은 우현의 말투에 움찔해지는 마음을 억누르며 일부러 장난을 걸 듯 말을 건넸다.

"겁먹긴. 내가 그런 얘기 한두 번 들어 봤을까 봐?"

그러나 우현의 말투에 지끈 심장이 조여들었다. 장난기는 어디에도 찾아볼 수 없다. 첫 만남에서 느꼈던 그 서늘함이 곳곳에 묻어 있다. 자신을 바라보는 눈동자도 어딘가 모르게 낯설다.

"하, 하긴 연애의 고수신데 어련하시려고요."

부러 과장되게 장난기를 담아 말을 했지만 손끝이 떨려온다. 가슴이 아프다.

나, 상처 받은 건가?

잠시 테이블에 무거운 침묵이 흘렀다. 테이블 위에 올려진 우현의 손을 바라보았다. 기다란 손가락에 손톱도 우현처럼 단정하고 멋있다. 그와 대조적으로 손톱이 뭉텅한 자신의 손을 바라보고는 조심스레 끌어 모아 무릎 위에 내려놓았다.

그 모습을 물끄러미 바라보는 우현과 눈이 마주쳤다. 이영은 어색한 표정을 짓지 않으려 애를 쓰며 미소를 그려 보았다.

"우, 우리 영화 보러 갈래요? 참, 요즘은 뭐 하지? 은수가 얼마전에 엄청 재미있는 영화 봤다고 했는데……."

그러면서 휴대폰으로 문자를 넣기 시작했다. 그러나 이내 고개를 번쩍 들었다.

"아! 바쁜가? 내참, 물어보지도 않고. 바빠요? 바쁘면 다음에……."

"괜찮아, 보자."

"네, 그래요."

문자를 보내려 고개를 숙였다. 눈물이 차오른다.

이 남자의 다정함에, 가끔 이영아, 하고 불러 주는 그 낮은 목소리에, 장난을 치며 웃음을 터트리는 그 모습에…… 잠시 착각을 했던 거다. 그래, 바보같이 그랬던 거다. 이래서 우현이 너무 현실을 모른다고 했나 보다.

우현은 여전히 테이블 위에 손을 얹어놓은 채로 이영의 정수리를 내려다보았다.

이 여자와 정말 쿨하게 연애만 할 자신이 없어졌다.

사업을 하는 사람은 언제나 상황 판단이 잘 되어야 한다. 우현은 그것만큼은 자신 있다고 자부하고 있었다. 결코 무모하게 달려들거나 들뜨지 않았다. 자로 잰 듯 정확한 정보가 없는 한 움직이지 않았다. 그리고 실패할 확률이 크다면 흔쾌히 물러날 줄도 알았다.

그런데 처음으로 그의 감정이 제대로 컨트롤이 안 된다. 끝이 예고된 시작이니 불안해할 필요가 없다고 생각했다. 벚꽃이 휘날리는 흐드러진 봄을 잠시 만끽한다고 누가 무어라 할 것인가. 하지만 더 이상 나아갔다간 어떻게 될지 모르겠다. 무섭다. 아들 앞에서 손목을 긋고 목숨을 버리려 한 정남처럼 자신도 더 깊이 빠져들었다간 이영을 끔찍하게 만들어 버릴지도 몰랐다.

우현은 이영의 어깨너머에 그림처럼 펼쳐진 도시의 별빛을 안타깝게 바라보았다.

영화를 보는 내내 이영은 실컷 웃었다. 눈가에 눈물까지 찍어가며 웃었다.

[이거 보려고? 삼류 코미디 영화, 별로야.]

[어쩌지? 난 엄청 좋아하는데. 오늘만 이거 보면 안 돼요?]

우현은 눈썹을 씰룩이며 확인하듯 되물었지만 이영이 꼬옥 보고 싶다고 단오하게 말하자 어깨를 한 번 으쓱하고는 흔쾌히 따라와 주었다.

이영은 화면에 비친 여자배우의 걸걸한 사투리를 들으면서 어깨를 들썩이며 웃었다. 심드렁한 표정으로 의자에 몸을 깊숙이 파묻은 우현의 시선을 뒤통수에 고스란히 느끼면서도 이영은 한 번도 그를 돌아보지 않고 영화에 완전 집중한 채 내내 키득거리거나 깔깔거렸다.

[난 입이 텁텁해서 팝콘 싫은데.]

[정말요? 난 되게 좋아하는데.]

이영은 좋아한다던 팝콘은 몇 번 먹지도 않고 손에 그냥 든 채로 스크린만 바라보고 있었다. 웃으며 팔이라도 툭 건드리거나 소곤소곤 수다라도 떨 것 같았는데 이영은 영화관에 불이 꺼지자마자 내내 의자에서 등을 뗀 자세로 내내 앞만 응시하고 있었다.

게다가 우현이 좋아하지 않는다는 것에 냉큼 자기는 좋아한단다. 마치 기를 쓰고 누군가에게 알려 주고 싶기라도 한 듯 꽤나 열성적인 태도였다.

하지만…… 하지만 왜지?

왜 저 여자의 가는 어깨가, 웃음으로 떨리는 저 어깨가 울고 있는 것처럼 아련한 거지?

우현은 목을 젖히며 피곤한 듯 손가락으로 관자놀이를 꾹 눌렀다.

그는 잠시 연애하면서 영화관에 몇 번을 왔었나 되돌아보았다. 아무리 생각해도 한 번도 없다. 우선은 우현 자신이 다른 사람들과 어울려 보는 것을 별로 즐기지 않았다. 그래서 괜찮은 영화나 평이 좋은 영화들은 선별해서 집에서 조용히 보곤 했다.

불이 켜지고 자막이 올라가는데도 이영은 잠시 그 자세 그대로 자막을 쳐다보고 있었다. 그러다 돌연 돌아보며 환하게 웃었다.

"재밌었어요?"

"그냥."

우현은 짧게 대답하며 자리에서 일어났다. 마지막 무리에 섞여 발을 내딛었다. 이영은 어깨에 가방을 메며 또 생글 웃었다.

"난 재밌던데…… 우현 씨랑 나랑 되게 다르다."

방긋방긋 웃으며 중얼거리는 이영의 목소리에 우현의 표정이 단박에 굳어졌다. 무언가 개운치 않은 기운에 마음이 차갑고 서늘해진다.

"이봐……."

우현이 팔을 뻗으려는 찰나, 이영이 엘리베이터를 타려고 급히 발길을 돌리는 남자에 의해 순간 비틀거렸다. 잽싸게 이영을 낚아채 옆구리에 끌어당겼다.

"아! 고마……."

고개를 돌려 우현을 바라보며 중얼거리다 또다시 말을 멈춘다. 우현은 여전히 이영의 팔꿈치를 꽉 잡고 있었다.

젠장! 우현은 두 눈을 질끈 감았다가 떴다.

"저…… 잠깐 화장실 좀……."

그렇게 빠져나간 이영은 종종걸음으로 어깨로 흘러내리는 가방을 추스르며 모퉁이로 사라졌다.

우현은 벽에 등을 기댄 채 기인 한숨을 내쉬었다. 순식간에 사람들이 빠져나가고 드문드문 그 다음 상영을 기다리는 사람들이 모여들고 있었다.

이영은 화장실에서 나오자마자 우현을 발견하곤 잠시 주춤하는 듯하더니 또 방긋 웃었다.

그 웃음이 너무 거슬려 우현은 인상을 그렸다. 아까까지 짓던 웃음이 거짓으로 보였다면 지금의 웃음은 어딘가 편안해 보였다. 마치 무언가 결심한 사람처럼 평온하고 또…… 무심해 보였다.

"정말 재미없었어요? 그래도 그 걸쭉한 욕은 정말 웃기지 않았어요?"

"욕 좋아해? 욕이 나올 때마다 웃더군."

"하하, 내가 그랬어요? 하긴 그 욕을 듣는데 내 속이 왜 그렇게 후련하던지. 하하!"

그냥 고개를 끄덕이는 그를 보면서도 이영의 수다가 길어졌다. 배우가 어떻고, 중간중간에 나오는 대사들이 무슨 의미인지 끊임없이 말하곤 했다.

그러나 지하 주차장으로 향하는 엘리베이터를 타자마자 이영은 배터리가 방전된 것마냥 힘없이 벽에 등을 기대어 섰다. 그 모습에 움찔 우현의 가슴이 조여들었다.

저 여자, 힘든 거다. 지금 자신과 마주하는 게 힘든 거다.

바지 주머니에 있는 손가락이 요동을 친다. 눈앞의 이영을 와락 움켜잡고 싶다고 생각하면서도 저렇게 억지로 웃는 이영의 진심을 감히 마주하고 싶지 않아 주춤하게 된다.

그때 한 무리의 사람들이 엘리베이터 안으로 들어왔다. 가장자리로 물러나다 이영을 흘깃 쳐다보는 남자의 모습이 눈에 들어왔다. 남자의 시선이 이영의 얼굴을 자꾸만 훔쳐보다 검정색 니트 때문에 유난히 더 하얗게 보이는 쇄골에 머문다. 순간 우현은 저도 모르게 이영의 손을 와락 움켜잡으며 곁에 바짝 붙어 섰다. 흠칫 놀란 듯 그녀가 올려다보는데도 우현은 앞만 응시한 채 입술을 꾹 다물었다.

"있잖아요. 고등학교를 졸업하고 직장 생활을 이 년 정도하다가 결혼한 친구가 있거든요……."

차에 오르고 잠시 뒤, 이영은 창밖을 보면서 입을 열었다.

"그 친구는 어릴 때, 부모님이 이혼하고 친척 집을 전전하면서 살았어요. 근데 친구의 남편도 비슷한 환경의 사람이었어요. 엄마가 어릴 때 집을 나가고, 새엄마 밑에서 살았다고 했어요. 근데 가족하고 사이가 좋지 않아 고등학교 들어가면서 집을 나와 버렸대요. 환경이 비슷해서인지 둘은 단박에 가까워졌어요. 그 두 사람, 정말 분위기가 비슷했거든요. 어딘가 우울하고 슬퍼 보였어요. 나도 뭣 모를 때였지만 둘이 참 닮았다, 그런 생각을 했었어요. 근데 결혼하고 바로 임신을 해서 아들 하나를 낳았거든요? 그 아이가 태어나고 얼마 있다가 친구들이랑 찾아갔었는데요. 내 친구가 창백한 얼굴로 이러는 거예요. '나는, 있잖아……. 시간이 빨리빨리 흘러서 우리 아기가 얼른 컸으면 좋겠어. 우리 아기가 엄마가 없어도 될 때까지 빨리 시간이 가 버렸으면 좋겠어'. 그렇게 말하는 친구가 이상하게 불행해 보이는 거예요. 분명 남편을 사랑해서 결혼했는데 말이죠. 그런데 그러더라고요. 살아보니까 나완 좀 다른 사람을 만났으면 좋았을걸, 하는 생각이 든다고요. 너무 똑같은 사람이라 불행할 땐 항상 그 불행이 배가 된다는 거예요. 어쩔 땐 그게 너무 숨이 막힌다고요. 그냥 나를 웃게 해 주는 사람을 만났더라면 좋았을 텐데. 그 친구가 결국은 울면서 그러더라고요."

이영의 말을 조용히 듣던 우현은 고개를 돌려 그녀를 찬찬히 살폈다.

우울한 이야기와 달리 그녀는 방긋 웃고 있었다.

그 얼굴에 갑자기 우현은 또 와락 짜증이 몰려들었다. 처음으로 방긋거리며 구김 없이 웃는 그녀의 얼굴이 보기가 싫다. 운전대를 쥔 손이 잠깐 꿈틀거렸다. 그러나 아무런 말도 건네지 않았다.

"잘 가요."

이영은 차에서 내리기 전, 잠시 머뭇거리다 다정하게 인사를 건넸다. 그 인사에 어둡고 음울하던 우현의 마음이 결국 꿈틀거렸다.

다음에 봐요, 도 아니고 잘 가, 라니.

우현은 끝까지 다정한 미소를 매달고 돌아서는 그녀의 어깨를 다급하게 붙잡아 돌렸다. 그녀의 눈이 놀란 듯 동그래졌다.

우현은 그녀의 뺨을 조금 강하게 부여잡고는 입술을 부딪쳤다. 놀란 듯 이영의 손이 우현의 어깨를 세게 밀었다. 그래도 아랑곳 않고 이영의 입술을 벌려 헤집고 들어갔다. 이영의 손에서 힘이 빠지자 우현은 이영의 손을 자신의 목에다가 가져다 놓고는 그녀의 혀를 깊이 빨아 당겼다.

가벼운 연애니 진지한 연애니 지금 이 순간은 생각하기 싫다. 그냥 지금 눈앞의 여자를 안고 싶다. 그 강렬한 욕구에 우현의 마음은 더욱 거세게 타올랐다. 그녀의 혀를 빨아 당기면서도 뭔가가 자꾸만 모자란다. 이영의 머리카락을 쓰다듬고 등을 쓰다듬었다. 그러다 허리에 손을 불쑥 집어넣었다.

"……!"

이영은 우현의 뜨거운 손을 느끼고는 눈을 동그랗게 떴다. 눈앞에 열에 들뜬 남자가 보인다. 이런 것도 자로 잰 듯 느긋하게 할 것 같은 남자는 의외로 뜨거웠다. 저번 골목길에서의 키스도 그랬다. 하지만 오늘은 무언가 더 다급하고 거칠었다. 원래 이런 것일까. 이 남자가 생각하는 연애는 사생활은 쿨하게 서로 터치를 하지 않지만 육체적인 것에서는 이렇게 거리낌 없이 열정을 드러내는 그런 것일까.

또다시 심장이 지끈거리며 쑤셔온다.

이영은 우현의 입술이 목덜미를 지나 쇄골에 이르자 왠지 모르게 슬픔이 치미는 것을 느꼈다. 이 남자의 뜻대로 조금 가볍게 더 만나고 싶었는데……. 이 남자가 자기 페이스대로 끌고 가도 자기는 또 자기 식대로 가면 될 줄 알았는데. 그게 아니었다. 자신이 진지함 속으로 한 발 내딛자 남자의 차가움이 못 견디게 슬프다.

이제 그만해야 되나. 왜 자신은 이 남자처럼 담백하지 못한 거지?

[집착, 눈물, 질투, 구속, 뭐 이런 영양가 전혀 없는 감정의 연속? 그 짧은 유효기간에 속아 결혼이란 걸 할 수도 있는 무서운 거?]

남자의 말이 떠오르자 말할 수 없이 가슴이 아프다.

허리를 연신 쓰다듬던 우현의 손이 자연스레 가슴으로 올라왔다. 귓바퀴에 닿은 우현의 입술을 느끼면서 이영의 입술이 저절로 벌어 졌다.

손을 들어 우현의 머리카락을 쓰다듬었다. 그녀의 손길에 우현이 잠시 움찔하는 게 느껴졌다.

이제 진짜 그만.

이영은 조금 힘을 주어 뒤로 물러났다. 그러자 우현의 흐트러진 머리카락과 열기에 붉어진 눈동자가 고스란히 눈에 들어온다. 가슴 아픈 와중에도 지금 이 모습이 너무 멋지다.

이영의 눈동자에 물기가 번져오기 시작했다. 이영은 그것을 감추 려 입술을 비틀려 억지로 미소를 만들어 보였다. 그 미소에 우현의 얼굴이 일그러졌다.

이영을 바라보는 우현의 눈동자가 까맣게 내려앉았다. 마음은 폭 풍처럼 거세게 요동을 치는데 이영을 향해 거세게 떨리던 몸은 조 금씩 이성을 되찾고 있었다. 이영의 입술이 빨갛게 부풀어 올랐다. 그 모습에 뭔가 뿌듯하면서 동시에 아팠다.

"조심해서 가요."

어느새 이영이 차에서 내려섰다. 운전대를 움켜쥔 손가락에 힘만 잔뜩 들어갔다. 뭐라고 말을 해야 하는데 미련 없이 돌아서서 가 버리는 이영의 뒷모습만 물끄러미 보고 있다. 이런 자신이 소름 끼치게 싫다. 갑자기 부모님에 대한 원망이 거칠게 휘몰아쳤다.

왜 그 지경이었는지, 왜 그따위로밖에 사랑을 못했는지, 왜 한 번도 자신 앞에서 행복하게 웃지 않았는지.

그러나 이내 한숨을 내쉬며 두 눈을 감았다.

아니다, 서른넷이나 먹은 남자가 이러고 사는 게 부모의 탓인 양 생각하는 자체가 부끄럽다. 자기혐오에 허우적대는 자신의 꼴이 우습다. 우현은 입술을 굳게 다물며 차를 천천히 출발시켰다.

[우현아, 병원 가자. 너, 병원 가야 해.]

[제가 왜요. 아픈 사람은 어머닌데.]

병원 벤치에 앉아 있던 우현의 옆으로 다가온 상준이 조심스레 입을 열었다. 두 사람이 이혼하고 3년 만에 처음 보는 얼굴이었다.

그날 우현이 느낀 감정이 해방감이었다는 것을 아무도 모르리라.

상준과 헤어지고 일 년가량을 우현은 새벽이 되도록 잠을 이루지 못했다. 정남이 퇴근하고 돌아와 내내 술을 마시는 걸 알고 있었기 때문이었다. 그러다 와장창 유리잔이 깨지는 소리가 들리고 이내 '이렇게 살아서 뭐해, 죽어 버릴 거야!' 하며 유리조각을 손목에 댄 채 고래고래 고함을 지르곤 했던 것이다. 그럴 때마다 우현은 울먹이는 우진을 달래놓고 서재로 내려가 정남을 진정시키고는 침대에 눕히곤 했다.

[우현아, 우현아! 너는 엄마 안 버릴 거지?]

[네에, 버리지 않아요.]

[아니야. 남자새끼들은 다 똑같아! 너도 네 애비 자식인데…….]

[주무세요.]

그리곤 무심한 표정으로 바닥에 앉아 유리조각을 치웠다.

일 년이 지나자 조금 잠잠해지는 것 같았지만 여전히 새벽마다 술을 마셔야만 정남은 잠이 들었다. 어쨌든 우현은 정남이 잠들기 전까진 잠을 잘 수가 없었다. 그러나 3년째 접어들자 정남은 상준에 대한 원망을 쏟아 붓는 일이 드물어지고 술을 마시는 횟수도 점점 줄어들었었다. 드디어 현실을 받아들이고 안정을 찾은 것 같았다. 평소와 달리 점점 말 수가 없어지고 조금 어두워 보일 때도 있었지만 레스토랑 일이 바빠 피곤한가 보다, 대수롭지 않게 여겼다. 그랬는데…….

우현은 갑자기 밀려드는 기억에 눈살을 찌푸리며 갓길에 급하게 차를 세웠다. 머리가 지끈거리고 손바닥에 땀이 차오른다. 이미 다 잊혀진 과거인데 왜 이렇게 선명하게 기억이 나는 거지? 잊혀진 게 아니었나? 말끔히 기억에서 지워진 게 아니야?

그날, 선득하던 새벽의 공기와 거실에 울려 퍼지는 시계소리에 심장이 이상하게 같이 울렁거렸다. 그래서 저도 모르게 정남의 방문을 돌아보았다.

고요하다. 다시 고개를 돌려 계단을 올라가려다 다시 돌아보았다. 너무 고요하다. 순간 알 수 없는 이끌림에 우현은 정남의 방을 지나쳐 서재의 문을 살짝 열어 보았다.

열자마자 책상에 엎드린 정남의 정수리가 보였다. 한 발을 내딛자 훅, 하고 우현의 뇌리에 비릿한 피비린내가 와 박혔다. 다급하게 들어서자마자 축 늘어진 정남의 손목을 타고 쉴 새 없이 흘러내리는 핏줄기가 보였다. 그리고 바닥에 동심원을 그리듯 번져나간 피웅덩이도.

책상 위에 놓인 커터 칼을 보는 순간, 우현의 눈동자가 까맣게 타들어 갔다.

치밀함. 그 치밀함에 구역질이 치밀어 올랐다.

그때 이미 닫혀진 마음의 문에 안전고리까지 철컥, 잠기는 소리를 들었다. 자신은 절대 사랑에 목메어 울부짖지도 상대에게 갈구하지도, 저렇게 처절하게 무너지지도 않으리라 빌어먹을 신이 아니라 자기 자신에게 굳게 맹세를 했었다.

그랬는데…… 고작 여자 하나가 짓는 미소에, 여자가 부르는 다정한 이름에, 여자가 바라보는 눈길에 마음의 문이 요동을 친다.

[우현 씨랑 나랑 되게 다르다.]

[그냥 나를 웃게 해 주는 사람을 만났더라면 좋았을 텐데. 그 친구가 결국은 울면서 그러더라고요.]

[잘 가요.]

우현은 갑자기 숨이 막혀와 넥타이의 끝을 조급하게 확 풀어 버렸다. 인상을 사납게 그으며 운전대를 꽉 움켜잡았다.

이영의 말들이 자꾸만 머릿속을 하얗게 만들었다. 현실을 너무모르는 거 아니냐고 놀린 주제에 이영의 이성적인 말들이 지금은 가시가 되어 자신을 찌른다. 오늘 레스토랑에서 이영의 수줍은 고백을 듣는 순간 철렁 심장이 내려앉았다. 그것을 들키지 않으려고 일부러 더 차갑게 굴었다. 그랬더니 여자는 단박에 상처 받은 얼굴이 되었다.

우현은 마른세수를 하며 시트에 머리를 기대어 눈을 감았다. 안 되는데, 잠시 자신을 다잡아 보지만 한 번 꿈틀거린 마음은 걷잡을 수 없이 고개를 내밀었다.

우현은 결국 휴대폰을 꺼내 통화 버튼을 눌렀다. 초조한 기다림 끝에 이영의 맑은 목소리가 들려왔다.

—……여보세요?

"말해 봐."

—네?

다짜고짜 묻는 그의 말에 조금 당황한 그녀의 목소리가 들려왔다.

"아까 말한 그 친구, 지금 행복해?"

무슨 말인지 몰라 어리둥절하던 이영은 이내 아, 하고는 말이 없었다.

"우린……."

갑자기 목구멍이 따가웠다. 우현은 목에 손바닥을 누른 채 마른 침을 삼키고는 간신히 말을 이었다.

"우린 너무 달라. 알지?"

—…….

"당신은 코미디 영화를 좋아하지만 나는 딱 질색이야. 또 당신은 팝콘을 좋아하지만 나는 텁텁해서 너무 싫다고"

—네에. 우린 너무 달라요.

이영의 목소리가 조곤조곤 조용하다. 마치 달래듯 마음을 울린다.

"당연하지. 우리 둘 다 부모님의 사랑으로 상처를 입긴 했지만 한번 봐. 당신과 나는 전혀 판이하게 자랐어. 극단적으로 당신은 사랑을 믿지만 나는 믿지 않잖아. 안 그래?"

─네에, 네. 말 안 해도 알아요. 우현 씬 결혼도 질색하잖아요.

힘없이 중얼거리는 이영의 목소리에도 아랑곳 않고 우현은 조급하게 말을 이어 나갔다. 만나는 사람마다 이영과 어울리지 않는다는 얘기를 했었다. 그럼에도 불구하고 이영은 전혀 개의치 않았다. 그랬는데, 모든 것이 뒤죽박죽이다.

이영의 사랑이 겁나면서도 이영이 자신을 놓아 버릴까 봐 광적으로 조마조마하다. 이영의 사랑을 받고 싶으면서도 그 사랑이 두렵다. 아니, 사실을 말하면 이영에게 점점 더 집착하게 되는 자신이 두렵다. 정남처럼 될까 봐 두렵다. 상대를 황폐하게 하고 그 주위 사람들을 불행하게 하는 그런 사랑. 너무 끔찍하고 무섭다.

"그리고 비슷한 아픔이 있는 사람들끼리 만나 행복한 사람들도 많아. 그 사람의 불행을 이해하기 쉬우니까. 너무 다른 사람보단 그게 낫지."

─……그래요.

그녀의 목소리가 꽃 내음에 섞인 밤공기를 청아하게 가르며 들려온다.

"그 친구들은 그때 너무 어려서 그래. 지금은 행복하게 잘 살고 있을 걸? 지금도 연락해?"

─아뇨.

"거봐. 한번 연락해 봐. 지금쯤 아들딸 더 낳고 잘 살고 있을 거야."

─우현 씨.

"……왜?"

―하고 싶은 말이 그거예요?

"그래, 그러니까……."

―…….

"당신은 사랑을 믿으니까…… 그러니까…… 그런 사랑을 하게
될 거라고."

―……네에…….

"내, 내가…… 현실을 모르니 어쩌니…… 말한 거 너무 심각하게
생각하지 마……."

―……그래요?

"그래, 나는…… 아니, 당신은…… 휴우……."

잠시 둘 사이에 침묵이 흘렀다. 이럴 줄 알았어. 점점 조여 오는
자각에 우현은 마음이 지친 듯 늘어지는 것을 느꼈다.

"박이영."

―네.

"이영아……."

―네에…….

"당신은 전혀 문제가 없어, 알지? 문제는…… 나야……. 그걸 알
아 둬."

우현은 두 눈을 꼭 감으며 시트에 머리를 기대었다. 열려진 창문
으로 봄의 따뜻한 공기를 가르며 달리는 자동차의 소음이 간간이
들려왔다.

이제 정말 봄인가? 서늘한 기운이 없어졌다. 이젠 조금 더 따뜻
해지겠지? 그런데도 마음은 얼음장처럼 차갑다.

―자요?

먼데이
233

이영의 목소리에 걱정이 묻어났다.

"아니."

—피곤한데 그만 끊고 가요.

"응."

그러면서도 그는 여전히 휴대폰을 귀에 대고 있었다.

따뜻한 봄 공기가 열려진 창문 사이로 들어와 눈을 감은 그의 코끝을 쓰다듬고 지나갔다. 순간 봄바람을 따라 온 것처럼 기억 하나가 떠올랐다.

사랑이 뭐라고 생각하느냐는 그녀의 말에 그는 이렇게 대답했었다.

[글쎄, 상대가 아니면 안 되는 절절함? 그리움? 멍하니 있어도 생각나는 마음? 언제나 함께하고픈 거?]

당시 비아냥거리듯 했던 말이 이젠 비웃듯 우현의 마음속으로 가시가 되어 되돌아왔다.

—우현 씨.

"응."

—우현 씨도 아무 문제없어요. 알죠? 그냥…… 그냥 우리가 너무 다른 거예요.

"……."

—그렇잖아요. 문제가 전혀 없는데 왜 난 여태 제대로 된 연애를 못 해 봤겠어요? 안 그래요? 문제가 있다는 우현 씨는 어떻게 연애를 했겠어요.

"그건……."

—그건요…… 우현 씨가 문제가 있는 게 아니라…… 나랑, 나랑 그냥 다른 거예요. 안 맞는…… 거예요.

"……!"

―이제 끊어요. 너무 신경 쓰지 말구요. 나, 되게 긍정적이에요.
알죠?

춥다. 마음이 꽁꽁 얼듯이 차갑다. 우현은 시큰거리는 눈가를 문
질렀다.

약을 먹어서 고칠 수만 있다면 고치고 싶다. 이영처럼 사랑을 믿
는 사람이 되고 싶다.

마음이 아프고 아리다. 극적인 마음이 만나 생긴 소용돌이가 마
음속에서 폭풍 같은 소란을 일으켰다.

휴대폰을 손에 쥐고 이영은 침대에 걸터앉아 고개를 폭 숙였다.

내내 울지 않아야지, 울지 않아야지. 입술을 잘근잘근 씹으며 참
아냈다. 영화를 보며 웃을 때도, 우현의 시선이 뒤에서 느껴져도 행
여나 우현과 시선을 마주하면 왈칵 눈물을 쏟을 것만 같아서 안간
힘을 다해 참았다. 그러지 않으면 안 그래도 주춤하는 남자가 도망
가 버릴까, 비참하게도 안절부절못했다.

알고 있다고 생각했다. 상처 받을 것 같으면 잽싸게 물러나자는
안이한 생각도 했다. 역시…… 우현의 말대로 현실을 너무 몰랐던
거다. 한 사람을 마음에 담기 시작하면 걷잡을 수 없이 흐른다는 것
을 몰랐던 거다. 휴대폰을 쥔 손등에 결국 눈물이 후두둑 떨어졌다.

차 안에서 자신을 움켜잡던 그의 입술이 너무 슬펐다. 당신은 아
무 문제없어, 라고 말하는 그의 목소리가 너무 아프다. 이 남자, 너
무 착한 거다. 이 얘기를 들으면 아마도 미간을 잔뜩 좁히며 어이없
어 하겠지만 너무 착하기 때문에 자신한테 이런 전화를 한 거다.

내 진심이 다칠까 걱정하는 거다. 그 마음을 알기에 다그칠 수 없다. 당신은 왜 겁쟁이처럼 다가오지 못하냐고 쏘아붙일 수가 없다.

하지만 야속한 건 어쩔 수 없다. 그 차가움에 상처 받는 자신의 마음이 가엾다.

어떻게 해야 하나.

이영의 입에서 기인 한숨이 슬픔과 함께 쏟아졌다.

오늘 둘 다 이별을 말하지 않았지만 모든 대화에는 이별이 담겨 있었다.

차라리 우현처럼 쿨하게 연애를 할 수 있다면 얼마나 좋을까? 그냥 만나서 차 마시고 밥 먹고, 드라이브 가고……. 그러다 헤어지자고 하면 어깨를 툭 치며 잘 지내요. 할 수 있는 그런 연애.

그런 약이라도 있으면 먹고라도 고치고 싶다.

우현은 홍대에 위치한 카페 레드 앤에 들어서자마자 단박에 우진
을 알아보았다.

우진은 창가 테이블에 앉아 조금은 무료한 표정으로 노트북을 툭
툭 건드리고 있었다.

오늘 아침, 우진은 침울한 목소리로 좀 봤으면 좋겠다고 전화를
걸어왔다. 우현은 조금 빡빡한 일정을 머리에 그리면서도 전혀 토를
달지 않고 그러겠노라고 했다. 안 그래도 아직 상준을 찾아가지 않
았느냐는 잔소리를 며칠 전 한 참이었다.

창가에는 패브릭 화분을 타고 내려온 타라 잎들이 빈티지한 느낌
을 만들어내고 있었다.

우현은 우진이 마시고 있는 커피를 힐끔거리고는 그가 들어서자
마자 뛰어온 직원에게 커피를 부탁했다.

"도대체 이런 커피 잔은 어디서 사 모은 거야?"

우진은 눈 덮인 시골 풍경이 그려진 금장테두리의 찻잔을 들어 올리며 심드렁하게 물었다.

레드 앤에는 한 벽면을 가득 채운 그릇장이 있다. 그 속에는 다양한 빈티지 찻잔들이 빼곡히 들어차 있다. 우현이 직접 빈티지 샵에서 사오거나 부탁해서 산 것들이었다. 레드 앤 손님들은 우선 찻잔을 고르고 메뉴를 선택한다. 20대와 30대 여성에게 엄청난 인기를 끌고 있는데 요즘은 중년의 여성들도 입소문을 듣고 찻잔을 구경하러 오는 경우도 더러 있다.

저 찻잔이 1970년 독일에서 페인터들이 손으로 직접 그린 것이라고 설명한다면 아마도 눈이 휘둥그레질 것이다. 가격을 듣는다면 아마도 까무러치겠지?

"무슨 일이 있는 거냐?"

그 말에 우진은 고개를 들었다. 하지만 고개를 약간 돌리고는 우현의 시선을 비껴서 창밖을 멍하니 바라보았다.

"……자신이 없어."

"뭐가."

"아빠가 된다는 게 도대체…… 뭘까?"

내내 먼저 결혼하는 것을 자랑이라도 하듯 우현을 놀리던 우진이 었다. 게다가 현정의 임신에 기쁜 마음을 숨기지도 못하던 그였다.

[드디어, 드디어 해냈어! 현정이 고게 이젠 빼도 박도 못 하게 생겼어. 흐흐흐!]

"좋은 아빠가 될 자신이 없어……."

"걱정 마. 잘할 거다."

무슨 말이라도 해야 하는데 해 줄 말이라곤 이렇게 판에 박힌 말 밖엔 없다. 우현은 조용하게 가라앉은 우진의 얼굴을 애잔하게 바라보았다.

"결혼식이 다가올수록, 현정이 배가 조금씩 동그래질수록 여기가, 여기가 너무 답답해."

그러면서 우진은 자신의 가슴을 꾹 눌렀다.

"왜, 부모님 때문이냐?"

자신과는 다를 거라 생각한 우진의 상처에 우현의 마음이 묵직하게 가라앉았다.

"뭐, 보고 자란 게 있어야 말이지."

그러면서 털썩 등을 의자에 기대고는 팔짱을 끼었다. 우진의 시선은 테이블 모서리 어딘가를 뚫어지게 쳐다보고 있었다.

"너는…… 괜찮은 줄 알았는데."

"체, 나는 단세포냐? 저렇게 안 살아야지, 하고 이를 악물었지. 그리고 놓치고 싶지 않은 여자를 만나기도 했고."

오후 햇살이 창문을 통해 비스듬히 들어와 테이블 위로 늘어졌다. 직원이 총총 뛰어와 블라인드를 내려 주자 우현은 설핏 미소를 지어 보였다.

"그거 기억나? 아버지가 방울토마토 심으셨던 거?"

"……응."

상준의 얘기에 우진의 목소리가 잦아들었다.

"너, 되게 신기해하면서 내내 물뿌리개 들고 쫓아다녔잖아."

"그리고 보니 자전거도 아버지한테 배웠어."

"그래, 너 내가 두발자전거 타는 거 보고 건방지게 단계를 마구 뛰어넘으려고 했지."

상준은 대체로 다정한 사람이었다. 정남과의 불화 중간 중간에 언제나 그들과 함께 있어 주려고 노력했다. 기억을 굳이 더듬지 않아도 이렇게 선명하게 떠오른다. 그런데 왜 여태 우진과 한 번도 이런 얘기를 나눈 적이 없을까.

지옥과 같은 전쟁이 이혼하고 끝날 줄 알았는데 사실은 이혼하고 3년가량을 우진과 우현은 또 다른 지옥 속에서 살았다. 우현은 내내 정남 때문에 잠을 못 이루었고 우진은 정남에게 매일 상준이 자신들을 버린 거라는 말을 수없이 들어야만 했다. 상준이 찾아오지도 그들이 찾아가지도 못하게 철저하게 단절시켰다. 정남이 스스로 손목을 긋기 전까지.

그래서 우진의 마음속에는 항상 상준에 대한 원망이 있었다. 그 불화 속에서도 우진이 견딜 수 있었던 건 상준의 다정함과 따스함 때문이었다. 하지만 어느 날 훌쩍 그가 떠나 버리자 우진은 정남만큼 배신감에 치를 떨어야만 했다. 이렇게 다시 불구덩이 속으로 자신들을 밀어 넣고 가 버린 그가 미워서 견딜 수가 없었다.

"그래도 내겐…… 형이 있었어."

그 말에 우현의 시선이 우진에게 멈칫 머물렀다.

"형, 다시 말해 줘. 나 잘할 수 있겠지?"

"그래, 넌 잘할 수 있어. 넌 이미 좋은 아빠야. 왜냐하면 넌……
좋은 남자거든."

"아, 씨! 눈물 날라 그래. 나, 현정이 닮아 가나 봐."

피식 웃으며 우진은 눈가를 문질렀다.

그래, 넌 용감한 남자다. 놓치고 싶지 않은 여자를 만나 그 여자

240

를 당당히 움켜쥔 너야말로 내게는 가장 빛이 나는 사람이다.

창밖엔 활기차게 사람들이 오고 가는데 카페 안은 아델의 허스키한 목소리가 깊은 새벽처럼 소울을 울리며 울려 퍼지고 있다.

When will I see you again?

가사를 듣는 순간, 우현은 짙은 그리움에 눈을 감았다.

이영은 차를 세우고 오늘 아침 미옥이 부탁한 전기밥솥을 들고 내렸다. 회사에 놓고 밥을 해먹던 밥솥이 고장이 났다는 필주의 말에 미옥이 마침 집에 있는 전기밥솥을 갖다 주라고 부탁을 한 터였다.

그 전화 이후, 열흘이 지났다. 우현에게선 이틀이나 삼 일에 한 번 정도 안부를 묻는 문자가 왔다.

〈점심은?〉

〈먹었어요? 우현 씨는요?〉

〈감기는 안 걸렸어?〉

〈괜찮아요. 우현 씨도 조심해요.〉

〈잘 지내고 있지?〉

〈그럼요^^〉

달라진 게 있다면 이영이 행여 바빠서 바로 답장을 보내지 않으면 같은 문자를 연거푸 보내온다는 거였다. 대답을 들을 때까지. 그럴 때면 이영은 설레면서 또 기대를 품게 되는 자신이 싫어 잔뜩 미간을 찌푸리곤 했다.

그래서 오늘 우현의 회사에 들를 일이 생겼지만 따로 연락하지 않았다. 이젠 자신들이 어디까지 와 있는지, 갑자기 모든 경계가 뒤죽박죽이었다.

이영은 필주와 헤어지고 잠시 우현이 있는 위층을 쳐다보다 고개를 내젓고는 엘리베이터로 향했다. 여기로 올 때까지만 해도 필주를 만나다 우연이라도 그를 만나게 되면 좋겠다는 바람을 가졌었다. 하지만 그와 마주하고 또 과장되게 방긋 웃고 싶지 않다. 아직은 그럴 준비가 되어 있지 않았다. 이영은 콩닥거리는 심장을 진정시키며 엘리베이터 버튼을 눌렀다. 그리고 잠시 뒤, 엘리베이터의 문이 열렸다. 그러나 한 발을 내딛으며 고개를 들다 이영은 깜짝 놀라 걸음을 멈추었다.

"어!"

정말 운명처럼 우현이 거기 서 있었다. 블랙 슈트에 눈처럼 하얀 셔츠를 입은 우현은 바지 주머니에 두 손을 찔러 넣은 채 비스듬히 서 있다가 화들짝 놀라며 몸을 굳혔다.

이영은 너무 놀라 떨리는 미소를 겨우 입가에 걸치려는 찰나 그의 옆에 차가운 표정으로 서 있는 중년의 부인을 보았다. 순식간에 미소가 쑥 들어가 버리고 말았다.

느낌이 좋지 않아.

"여긴 웬일이야?"

우현은 곧 놀라움을 수습하고 평소와 같은 어조로 물었다. 그러자 옆에 서 있던 정남의 눈동자가 이영을 아래위로 차갑게 훑어 내렸다.

"볼일이 있어서 왔다가……."

이영이 정남의 눈치를 보며 말을 흐리자 우현이 그제야 정남을 쳐다보았다.

"인사해, 어머니셔."

아, 느낌이 좋지 않더라니.

이영은 눈을 질끈 감고 싶은 걸 억지로 참고는 예의바르게 웃으며 고개를 숙였다.

"안녕하세요, 박이……."

"됐어요. 이름은 무슨."

"어머니."

우현이 조금 차가운 목소리로 정남을 불렀지만 그녀는 마치 그의 애인을 엘리베이터 안에서 자주 마주쳤던 사람처럼 태연한 표정이었다.

"그렇잖아. 결혼할 여자라도 돼? 아니잖니. 어차피 다른 애들처럼 그냥 사귀다가 말 것 아니니? 그런 애들 이름을 일일이 알아서 뭐하려고. 필요 없다. 그런데 아가씨, 오늘은 우현이가 나랑 먼저 약속이 되어 있는데 어쩌지? 좀 이르지만 지금 저녁 먹으러 가는 길이거든."

"나 만나러 온 거야?"

우현은 정남의 말을 무시하고 이영을 똑바로 바라보았다.

"아, 아니 그게……."

"그럼 같이 가자. 어머니랑 같이 저녁 먹어도 상관없지? 어머니도 상관없으시죠?"

그러나 우현은 두 사람의 의견 따위는 애초에 관심이 없는 사람처럼 이영과 정남이 황당하게 쳐다보는 것을 무시하고는 이영의 손까지 움켜잡고는 성큼 걸음을 옮겼다. 정남은 어이가 없는 듯 입을 벌리고는 우현의 뒷모습을 멍하니 바라보았다.

이영은 숨 막히는 침묵 속에서 입술을 오므리며 최대한 조용히 밥을 씹었다.

우현을 힐끔 봤다가 맞은편의 정남도 힐끔 쳐다보았다.

얼음가면을 뒤집어쓴 사람들처럼 냉기가 뚝뚝 흘러내렸다.

꽤나 값이 나갈 것 같은 한식집에서 이영은 여태 먹어 보지도 못한 반찬이며 나물들의 맛을 제대로 느껴보지 못한 채 불편하게 앉아 있었다. 그러다 힐끔 우현을 다시 쳐다보았다. 조금 날이 서고 거친 느낌이다. 그래도 자신을 보면 장난도 걸어 주고 웃어 주기도 했는데, 아까 손을 잡고 가면서 잘 지냈냐고 물어봐 주곤 별다른 말이 없었다. 자신은 우현의 그 한마디가 왠지 너무 다정하게 들려 또 가슴이 콩콩 하릴없이 뛰었다.

"청첩장, 니가 전해 줬다며?"

"네."

"그래도 동생 일이 신경 쓰이긴 했던 모양이지?"

정남의 비꼬는 어투에 이영은 고개를 들었다. 마치 그녀는 없는 사람처럼 정남은 오롯이 우현만 바라보고 있었다.

"어제 제수씨랑 들렀답니다."

"흥, 현정이 보기 남사스러워서."

"이제 한 식구예요. 부끄러워할 게 뭐 있습니까."

"아, 그래서 이렇게 결혼도 안 하고 연애만 주구장창 하는 게 자랑스러우냐?"

"부끄러운 일도 아니죠."

전혀 동요하는 기색 없이 대답하고 있었지만 이영은 우현의 손가락에 잔뜩 힘이 들어간 것을 느낄 수가 있었다.

"책임감이라곤 눈곱만큼도 없는 녀석 같으니. 하긴 집안일이 어떻게 되어 가는지 관심도 없으니 결혼도 사업도 나 몰라라 하고 나간 거겠지."

어떻게 저렇게 태연하게 밥을 먹으면서 칼 같은 말을 서슴없이 내뱉는지, 이영은 조금 무섭다는 생각을 했다. 울컥거림도, 손의 떨림도 없었다.

오히려 그걸 지켜보는 이영의 입안이 바싹 마르기 시작했다.

금세라도 깨어질 것만 같은 살얼음 위를 간신히 건너고 있을 즈음 우현의 전화벨이 요란하게 울렸다. 그는 번호를 확인하자마자 실례한다며 자리에서 일어났다.

이영은 그를 붙잡고 싶은 마음을 애써 억누르며 그가 나간 문을 멍하니 바라보았다. 그러다 맞은편에 앉은 정남을 조심스레 바라보았다. 정남은 우현이 나가자마자 소리 없이 긴 한숨을 토해냈다. 그리곤 물 잔을 들어올렸다. 정남의 손가락이 미세하게 떨리고 있었다.

이영은 그 떨림을 말없이 바라보곤 정남의 얼굴을 다시 찬찬히 훑어보았다.

차가운 가면이 조금 느슨해져 보였다. 왜 아들 앞에서 그런 가면을 쓰고 있는지 알 길은 없지만 이영은 조금은 인간적인 면을 엿본 것 같아 다행이라는 생각을 했다.

정남은 물을 마시다 이영과 눈이 마주치자 다시 가면을 쓴 듯 눈동자가 차가워졌다.

"도대체 결혼 생각이 없는 남자랑 만나는 여자의 마음은 어떤 거지? 똑같은 생각인가? 그냥 연애나 하고 말자, 뭐 그런 거?"

차가운 말투지만 이상하게 더 이상 무섭지 않았다.

이영은 정남의 실낱같은 한숨소리와 떨리는 손가락을 떠올리며 조금은 편하게 입을 열었다.

"결혼 생각이 없는 건 아니구요. 단지 연애의 끝이 꼭 결혼이어야 한다는 생각은 갖고 있지 않아요."

이영의 대답이 좀 의외라고 생각했는지 정남의 눈동자가 처음으로 이영에게 관심을 나타내며 반짝였다.

"저 녀석은 절대 결혼 안 할 거야. 책임감이라곤 전혀 없는 녀석이지. 아마 여자들을 꽤나 울리고 다녔을걸?"

"글쎄요. 연애의 끝이란 게 언제나 쿨하게 끝나진 않으니까요. 누군가 운 사람도 있었겠죠. 하지만 그게 우현 씨 책임이라는 생각은 안 해요. 그 사람은 아마 언제나 시작하기 전에 자기 생각을 확실하게 밝혔을 거예요. 그러니 우현 씨를 책임감이 없는 사람이라고 매도하는 건 좀 아니라는 생각이 들어요."

"아가씬 꽤나……."

"박이영이라고 합니다."

정남은 잠시 이영을 쳐다보았다. 말끔한 얼굴이 꽤나 예뻤다. 우현뿐 아니라 어떤 남자라도 좋아할 만한 얼굴이었다.

"연애의 끝은 항상 지저분해. 그렇지 않은 연애란 거의 없지. 쿨하다고? 흥! 그렇다고 착각하는 것뿐이야."

"요즘은 결혼의 끝도 지저분한 경우가 많아요. 결혼이 해피엔딩을 보장하진 않죠."

정남은 뭐라 대답을 하려다가 결국 입을 다물었다. 이영이 그녀의 결혼생활을 알고 던진 말은 아니겠지만 어쨌든 정남으로선 더 이상 대답할 말이 딱히 떠오르지 않았다. 결국은 자신도 행복하지 못해 이혼했다.

그래, 어쩌면 이런 주제에 우현에게 결혼하라고 강요하는 게 우스운 건지도 몰라.

정남은 씁쓸한 미소를 지으며 다시 물 잔을 집어 들었다.

"우현 씨와 만날 때면 언제나 동생분한테서 전화가 와요."

"……."

"매번 상대는 뭔가를 묻고 우현 씬 해답을 주더군요. 그리고 준경 씨 아시죠? 그 카페도 정기적으로 들러 이모님께 보고하는 것 같고요."

"……그래서?"

"그런 사람을 집안일에 무관심하다고 하시는 건 아닌 것 같아서요. 언젠가 한번 물은 적이 있어요. 왜 사업을 물려받지 않고 독립을 했냐고요."

"뻔하지. 내가 하라니깐 싫었던 거야. 그 녀석은 어릴 적부터 내가 바라는 것과는 어긋나기로 유명했어."

"동생이, 우진 씨가 더 잘 꾸려 나갈 거라고 그랬어요. 기회를 주고 싶다고. 차남이라는 이유로 매번 순위에서 밀려나는 건 좀 억울하지 않겠느냐고요."

조소를 머금고 있던 정남의 얼굴이 진지하게 굳어 갔다.

"그럼 그 녀석이 희생이라도 했다는 거야?"

"아뇨, 어차피 우현 씬 컨설팅 쪽 일을 하고 싶었다고 했어요. 다만 모든 걸 흑백으로 보는 건 좋지 않다고 생각합니다."

"꽤나 당돌한 아가씨네."

"불편하셨다면 죄송합니다."

정남은 정중하게 고개를 숙이는 이영을 생각에 잠긴 눈으로 바라보았다. 이영이 말하는 것처럼 생각해 본 적은 단 한 번도 없었다. 당연 집안의 사업은 장남이 이어야 한다고 생각했고 그걸 거부한 우현이 괘씸했다. 또 나이가 들면 결혼을 하고 자식을 낳는 것이 순리라고 생각했다. 그러니 사고를 쳐서 앞지른 우진도, 결혼이라면 고개부터 내젓는 우현도 한심하게 보일 뿐이었다. 한 번도 다른 경우를 생각해 보지 못했다.

[당신하고 다른 생각을 가졌다고 해서 나쁜 거야? 그런 거야?]

옛날, 정남이 상준에게 교직을 그만두고 사업을 같이하자고 했을 때 그는 단박에 거절했었다. 그녀는 그걸 이해하지 못했다. 사랑한다면 그녀의 말을 따라 주어야 한다고만 생각했다.

그래, 한 번도 내가 그의 말을 따라 줄 생각은 못했지. 그까짓 선생 자리보다 사장님이 더 대단하다고만 생각했으니까.

"아가씨가 울게 될지도 몰라."

정남은 다시 젓가락을 들었다.

"네?"

"그 녀석은 겁쟁이야."

"네?"

정남은 이영의 동그란 눈을 보며 콧방귀를 뀌었다.

"흥, 이래 봬도 그 녀석 엄마야. 그 녀석은 자신을 백 프로 다 보여 주지 못해. 그러면 망가질 거라 생각하지. 그래서 언제나 선이 명확해. 게다가 얼마나 고집불통이게. 그 녀석이 결혼을 안 하겠다는 말은 정말 그러겠다는 거야. 그래서 내가 속이 터지는 거라고. 근데 아가씨 결혼에 치를 떨진 않는다며? 사랑을 한다면 상대랑 같이 살고 싶은 게 자연스런 본능 아니겠어?"

눈을 가늘게 뜨고 바라보는 정남의 눈초리가 꽤나 날카로웠다. 이영의 마음을 떠보려는 의중이 숨어 있었다. 이영은 체념처럼 한숨을 쉬며 미소를 지었다.

"걱정 마세요. 저는 쉽게 울거나 하지 않아요."

거짓말. 하지만 이건 거의 자신에 대한 다짐과 비슷했다. 더 이상 울지 않으리라는.

"그래? 아주 자신만만하네? 그 말은 아직 우현일 사랑하고 있지 않다는 뜻으로 해석해도 돼?"

정남의 시선이 이영을 꿰뚫어 볼 듯이 날카로웠다.

"사랑은 환상일 뿐이에요."

이영의 대답에 정남의 눈썹이 날카롭게 치솟았다. 순간 우현의 모습이 겹쳐져 이영은 말없이 미소를 지었다.

"우현 씨가 그러더라고요. 사랑은 환상일 뿐이라고. 하지만 저는 사랑을 믿어요. 전…… 겁쟁이가 아니거든요."

정남의 시선이 이영에게서 떨어지지 않았다. 수많은 감정들이 정남의 눈동자를 스치고 지나갔다. 결국 정남은 미간을 접으며 물 컵을 집어 들었다.

바보 같은 녀석. 눈앞의 보석을 놓치다니.

"죄송해요. 전화가 너무 길었죠?"

잠시 뒤, 문을 열고 우현이 들어섰다. 이영은 그저 방긋 웃었고 정남은 짜증스러운 듯 다시 한 번 우현을 쏘아보았다.

"바보 같은 녀석."

"네?"

우현은 난데없는 핀잔에 놀라 눈을 동그랗게 뜨고는 정남을 바라보았다. 그러나 정남의 시선은 우현은 아랑곳 않고 이영에게만 향했다.

"이영이라고 했지? 하는 일이 뭐야?"

우현은 정남의 물음에 성실하게 대답하는 이영을 힐끔 바라보았다.

열흘 동안 몇 번을 이영의 동네를 갔다가 돌아오곤 했다. 몇 번의 연애를 쿨하게 한 주제에 여자에게 다가가는 방법조차 모르다니. 어이가 없어 한참을 자괴감에 빠져들었다.

하필 정남과 있을 때 이영과 마주쳤지만 우현은 어떻게 해서든 이영을 붙잡고 싶었다. 머리는 온통 뒤죽박죽이지만 이영이 옆에 있으니 마음만은 더할 나위 없이 좋다. 하지만 아까 밖에서 언뜻 들은 이영의 말에 우현의 눈동자가 까맣게 타들어 갔다.

"불편해요?"

이영은 자그만 차에 구겨 앉은 우현을 돌아보았다.

"괜찮아."

그의 기다란 다리가 불편하게 구겨져 있었지만 그는 팔짱을 낀 채로 아무렇지 않게 앉아 있었다.

"속은요? 소화제라도 먹을래요?"

"그 정도는 아니고."

정남을 보내고 우현은 갑자기 속이 불편하다며 이영에게 데려다 달라는 말을 뜬금없이 꺼냈다. 정말 속이 불편한지 그의 얼굴은 어딘가 어두워 보였다.

정말 괜찮은 걸까?

운전을 하면서도 이영은 걱정스럽게 그를 힐끗거렸다.

[사랑은 환상일 뿐이에요.]

아까 전화를 끊으며 들어오다 들은 한마디. 그 말에 우현은 멈칫 방문 앞에 멈추어 섰다. 그러나 이내 다른 전화가 들어와 돌아서야만 했다.

사랑은 환상, 허상. 그 이상도 이하도 아니다.

그렇게 믿고 있으면서 왜 이영이 내뱉은 말에 이렇게 마음의 동요가 멈추지 않는 것일까.

이 억울하고 짜증스런 기분은 뭐지?

우현은 불편한 듯 몸을 뒤척이며 고개를 돌렸다.

"학동역에서 어느 쪽으로 가요?"

"공원 쪽으로 직진하면 돼."

[연애를 하면 원래 이렇게 좋고 설레고, 가슴 뛰는 거예요?]

열흘 전 이영이 했던 말이 떠오르자 갑자기 또 화가 치밀어 올랐다. 우현은 긴 한숨을 토해내며 고개를 돌렸다. 그의 눈동자가 까맣게 내려앉았다.

"여기예요?"

이영은 고개를 숙여 우현이 사는 오피스텔을 올려다보았다.

"응."

그러나 그는 여전히 자리에 앉아 있었다.

"아직도 속이 불편해요?"

걱정스런 그녀의 얼굴을 보던 우현은 살짝 주먹을 움켜쥐었다.

"더 심해지는 것 같아. 괜찮다면 집까지 좀 데려다 줘."

잠깐 이영의 눈이 동그래졌다.

"열은? 두통은 없어요?"

이영의 손바닥이 우현의 이마를 덮었다. 그 서늘하고 상쾌한 느낌에 우현의 눈꺼풀이 저절로 닫혔다. 하지만 몸은 더 뜨겁게 달아오르기 시작했다.

우현은 이영의 손등 위로 자신의 손을 덮었다.

"어! 손도 뜨겁네. 안 되겠다. 얼른 내려요."

이영은 시동을 끄고 후다닥 내리더니 재빠르게 조수석의 문을 열고 우현의 안전벨트까지 풀어 주며 팔을 잡아당겼다.

아, 미치겠다.

우현은 이영에게 은근 몸을 기대며 숨을 들이마셨다. 그러자 벚꽃향인지 향긋한 봄 내음이 폐부 깊숙이 파고들었다. 온몸이 후들 떨려왔다. 이영을 움켜쥐고 싶은 욕구가 겁이 날 정도로 휘몰아친다.

잠시 뒤, 우현의 오피스텔에 들어와서도 이영은 마치 전에도 온 사람처럼 자연스럽게 그를 소파에 앉히고 주방으로 들어갔다.

"물 좀 마실래요? 아니, 소화제라도 먹을래요? 어디 있어요?"

물 잔을 들고 우현의 옆에 앉으며 이영은 또 걱정스럽게 미간을 찌푸렸다.

"소화제 같은 건 없어."

목이 타들어 갈 듯이 말랐지만 이상하게 물조차 넘기기가 힘이 들었다.

"바늘로 좀 따 줘요?"

"바……늘?"

"사실, 난 체한다고 소화제 먹은 적은 한 번도 없거든요. 어릴 때도 할머니가 그냥 바늘로 쿡, 찔러서 피 몇 방울 짜내면 그게 또 신기하게 명치에 맺힌 게 쑤욱 내려가곤 했거든요? 그래서 그런지 체하기만 하면⋯⋯."

"그럼 나도 따 줘. 근데 바늘 같은 건 없는데."

"걱정 마요. 나한테 있어요."

가방을 뒤져 조그마한 상자에서 바늘을 꺼내 든 이영은 제법 능숙한 솜씨로 그의 팔을 잡으며 바싹 다가앉았다. 우현은 소파 위에 양반다리를 하고 앉은 이영을 가만히 쳐다보았다. 앙증맞은 이마가 형광등 불빛 아래에서 반짝인다.

이영은 진지한 표정으로 그의 소매를 걷고 그의 어깨를 톡톡 두드렸다.

제법 굵은 팔 때문에 이영의 손이 버거워 보였지만 우현은 오롯이 그에게 집중하고 있는 이영의 얼굴을 뭐에라도 홀린 듯 쳐다보았다.

아까 그 말은 무슨 뜻이야?

묻고 싶은 말이 명치끝에 걸려 있었다. 정말 속이 불편한 것처럼 명치가 따끔거렸다.

"조금 따끔거릴 거예요."

그의 엄지손가락에 실을 묶은 후 이영은 바늘을 정확하게 그의 엄지손톱 위, 연한 살을 찔렀다가 뺐다. 그녀의 말대로 조금 따끔했지만 곧 맺히는 핏방울에 왠지 모를 용기가 생겨났다.

"사랑을⋯⋯ 믿는다고 했잖아. 아냐?"

"왜요? 또 현실을 모른다고 놀릴 참이에요?"

그 말에 움찔하면서도 이영은 그의 손을 꾹꾹 눌러 피를 짜내면서 대수롭지 않게 대꾸했다.

"믿어? 아직도?"

잠깐 이영의 눈동자가 그의 얼굴에 머물렀다. 그의 얼굴이 너무 진지해서 절로 마른침이 꼴깍 넘어갔다.

"그. 그래요, 믿어요. 왜요?"

이영은 퉁명스레 대꾸하고는 휴지로 피를 닦아냈다.

우현은 그녀의 대꾸에 온몸의 긴장이 그림자처럼 바닥으로 늘어지는 것을 느꼈다.

긴 한숨을 토해내며 머리를 소파 등받이에 기대었다. 이영의 말대로 피 몇 방울에 명치끝이 시원하게 뚫린 것만 같았다. 한결 숨 쉬기가 나아졌다. 가벼운 목소리로 입을 열었다.

"바보."

이영은 눈을 감은 채 소파에 편하게 기대어 앉은 그를 한 번 흘겨보고는 반대편으로 자리를 옮겨 앉았다. 그리고 그의 셔츠 소매를 풀었다.

"후회할 때 없어요? 사랑이 환상이라는 둥 쿨하게 말해놓고 놓치고 싶지 않은 여자라도 만나면 어쩌려고 그래요?"

"……걱정 마. 절대 놓치지 않을 거야. 아야!"

이영은 그의 한마디에 바늘을 그만 너무 깊게 쿡 쑤셔 넣고 말았다. 그가 깜짝 놀라 손을 움츠렸고 이영은 너무 당황해서 얼굴이 붉어졌다.

"어머! 어떡해, 어떡해. 어디 봐요."

소파에 내려온 이영은 그의 팔을 잡아당겨 엄지손가락을 살폈다.

아까보다 더 큰 방울의 피가 맺히기 시작했다. 이영은 저도 모르게 그의 엄지손가락을 입으로 머금었다.

앗! 도대체 내가 무슨 짓을 하는 거지?

그러나 상황을 판단했을 때는 이미 늦어 있었다. 이영은 그의 손가락을 머금은 채로 그의 눈동자를 바라보고야 말았다. 무서우리만치 어두웠다.

"미, 미안……."

말도 제대로 잇지 못하고 이영은 그의 손을 던지다시피 내려놓으며 주춤 뒤로 물러섰다. 하지만 이내 그에게 팔을 붙잡히고 말았다.

그는 자신의 무릎으로 이영을 잡아당겼다. 얼떨결에 그의 무릎에 올라앉은 이영은 엉거주춤한 폼으로 그의 품에 안겼다.

이상하리만치 그의 몸이 뜨거웠다. 정말 아픈 것일까.

이영이 불편하게 꼼지락거리며 그의 얼굴을 살필 찰나, 그의 커다란 손바닥이 그녀의 뺨을 살며시 쓰다듬었다.

"저, 저기……."

그러나 이영은 더 이상 말을 이을 수가 없었다. 그의 갈라진 입술이 스치듯 그녀의 입술을 문질렀기 때문이었다. 그 감질나는 느낌에 이영의 온몸이 전기가 인 듯 떨려왔다.

그는 좀 더 그녀의 얼굴을 끌어당기더니 그녀의 입술을 완전히 덮었다.

음미하듯 살짝 베어 물다가 엄지손가락으로 그녀의 턱을 아래로 살짝 당겼다. 그러자 희미한 신음소리와 함께 그녀의 입이 열렸고 그는 거침없이 그 속으로 파고들었다.

이 순간만큼은 그가 지켜온 모든 규칙이나 가치관들이 무너져 내리는 것만 같았다.

이영은 천천히 그의 목에 팔을 둘렀다. 엉덩이에 느껴지는 그의 단단한 느낌에 오소소 소름이 돋았다. 그와 동시에 왠지 모를 기대감으로 심장이 터질 듯이 부풀어 올랐다.

그의 손이 이영의 가슴을 자연스레 쓰다듬으며 쓸어 올렸다.

"아!"

이영은 신음소리를 내뱉으며 눈을 질끈 감았다. 어느새 소파 위에 눕혀진 그녀는 용기를 내어 떨리는 눈꺼풀을 들어 올렸다.

그녀를 내려다보고 있는 그의 눈동자와 마주했다. 그의 얼굴이 어딘가 모르게 낯설어 보였다. 긴장된 미소를 짓고 있는 그의 얼굴을 가만 쳐다보고 있자니 이영의 마음이 이상하게 차분해지기 시작했다.

이영은 손을 들어 올려 그의 뺨을 감싸 안았다. 그 손길에 그의 눈꺼풀이 가볍게 떨리더니 닫혔다. 그 순간, 이영은 알 수 없는 뭉클함에 코끝이 시큰해졌다.

우현의 혀가 쉴 새 없이 파고드는 동안 이영의 상의가 어느새 가슴께까지 밀려 올라갔다. 브래지어의 선을 엄지손가락으로 감질나게 연신 쓰다듬었다.

이영이 우현의 목을 바짝 끌어당겨 안자 우현의 손이 불쑥 브래지어를 걷어 올리고 거침없이 들어왔다.

"……흡!"

놀란 토끼처럼 두 눈이 번쩍 뜨였다. 그러나 목덜미로 내려간 그의 입술이 순식간에 가슴 위로 내려왔다. 이영은 터져 나오려는 신음을 꾹 누르며 그의 어깨를 세게 부둥켜안았다.

"하……. 이……영아……."

거친 숨을 몰아쉬며 그가 부르는 이름이 너무나도 섹시하게 들렸다. 이영의 전신이 찌릿하게 움츠러들었다.

정점을 혀로 핥아 내리자 이영의 정신이 까무룩 아득해지는 것만 같았다. 그 느낌이 생소하면서도 너무 좋아 발가락에 절로 힘이 들어갔다. 연신 거친 숨을 몰아쉬며 그의 머리카락을 쓰다듬었다.

조용한 거실에 울려 퍼지는 소리에 정신을 차릴 수가 없다. 지금이 순간만큼은 우현의 서늘함도 가벼운 연애관도 문제가 되지 않는다. 그저 원초적인 본능에 몸 둘 바를 모르는 여자만 있을 뿐이다. 이래서 원나이트가 가능한가 보다.

원나이트.

그 생각이 들자마자 이영의 눈이 번쩍 뜨였다. 조금씩 이성이 자리 잡으며 이 남자도 원초적인 본능에 이끌려 이런 행동을 하는지도 모른다는 생각이 불현듯 들기 시작했다.

그러자 조금씩 마음이 서글퍼지기 시작했다.

이영의 굳은 몸짓을 눈치챘는지 우현이 시선을 들어 가만 이영을 바라보았다. 그녀의 얼굴에서 무언가를 읽으려는 듯 우현의 미간이 한없이 좁아졌다. 하지만 이내 긴 한숨과 함께 짧게 입을 맞추고는 브래지어를 내리고 옷매무새를 고쳐 주었다.

이영의 흐트러진 머리카락을 쓰다듬어 주자 이영의 얼굴이 형광등 불빛 아래 붉게 타올랐다.

우현은 긴 한숨을 억지로 삼키며 다시 그녀의 입술을 거칠게 덮쳤다.

아, 이 마음을 어떻게 설명해야 할까.

왠지 눈물이 날 것만 같았다. 이런 심정을, 이런 감정을 도대체 사람들은 어떻게 견디는 거지? 이 여자를, 이렇게 순수하고 예쁜 여자를 어떻게…….

우현은 살며시 입술을 떼어내고 볼이 발그레한 이영의 수줍은 눈동자를 바라보았다.

"내가 한 수 가르쳐 준다고 했지?"

그의 말에 이영의 눈동자가 조금 놀란 듯 커지다가 이내 약간 흐려졌다. 하지만 흐트러진 머리카락을 쓰다듬으며 이영은 조금 퉁명스럽게 대답했다.

이 남자는 지금 이 순간에 꼭 저런 말을 해야 하나?

"뭐요? 가벼운 연애요?"

"각오하고 잘 따라와."

"네?"

"나는 이미 마음을 정했으니까 각오하라고."

"무, 무슨……."

우현은 그런 이영의 볼을 한 번 톡 건드리고는 소파에서 일어났다. 엄지손가락에서 피 몇 방울 빼낸 것밖에 없는 것 같은데 웬일인지 속이 뻥 뚫린 것마냥 개운했다.

"가자, 바래다줄게."

"됐거든요. 속 불편하다면서요. 쉬어요."

"박이영 손이 약손인가 봐. 금세 나았어."

그러면서 이영의 손을 부드럽게 움켜잡았다. 이영은 우현에게 끌려가면서 인상을 찌푸렸다.

내가 바늘로 다른 데를 찔렀나? 왜 이렇게 다정한 거야?

"그냥 내 차로……."

"오늘 내가 그 꼬맹이 차 한번 몰아 볼게. 튼튼한지도 볼 겸."

"저기요……."

"이번 주 토요일 올 거야?"

"네?"

"아까 어머니가 우진이 결혼식에 오라고 초대하던데? 아니야?"

[이번 토요일에 별장에 놀러 와요. 우리 둘째 녀석 결혼식이야.]

"글쎄요…… 시간이……."

물론 갈 생각은 없다. 안 그래도 기겁해서 한발 물러난 남자가 자기 가족 결혼식에 참석하겠다고 하면 기함을 할 것이다.

"그날 데리러 갈게. 같이 가자."

"네에?"

이영은 눈을 동그랗게 뜨고는 기어코 자신의 차를 탄 우현을 쳐다보았다. 안 그래도 작은 차가 더 좁고 작아 보였다. 우현은 인상을 있는 대로 그리면서 시트를 넓히고 조절하면서 시동을 걸었다.

우현은 이영의 손이 자신의 이마에 슬쩍 닿았다가 사라지자 눈썹을 꿈틀거리며 돌아보았다. 이영은 갸우뚱 고개를 저으며 우현을 자꾸만 힐끔거렸다.

내가 진짜 어디를 잘못 찔렀나? 이 남자가 갑자기 왜 이렇게 달라 보이지? 자신의 어머니를 만나서 무슨 얘기라도 들었나?

우현의 속내를 알 수가 없어 초조하고 불안하다. 남자의 다정함에 또 한 발 내딛을까 봐 자신한테 겁이 났다. 이젠 사랑을 믿게 해 주겠다고 대범한 척 굴 수도 없다. 한 사람을 마음에 담자 그 마음은 믿을 수 없을 만큼 약하고 여렸다. 아직은 그 아픔이 익숙하지 않다.

"번거롭게……."

이영은 자신의 집이 보이자 눈살을 찌푸렸다. 이 저녁에 또 택시를 타고 집으로 돌아갈 그를 생각하니 마음이 불편했다.

"미리 연락할게. 기다리고 있어."

"네?"

"토요일 날, 약속했잖아. 기다리고 있으라고."

"가도 괜찮을까요? 굳이 내가……."

"참, 내일 수업 마치고 시간 괜찮아? 오후 5시에. 어때?"

"네?"

우현은 이영의 동그란 눈을 보면서 피식 웃음이 새어나오는 걸 간신히 참았다. 미간을 찡그렸다가 눈을 가늘게 뜨는 폼이 우현의 속내를 가늠해 보려고 나름 열심히 노력중이다.

우현은 그 모양새가 너무 귀여워 코를 살짝 잡았다가 놓았다.

"이 아가씨가 오늘 까마귀 고기를 먹었나? 왜 이렇게 말을 못 알아들어?"

"내참, 누가 할 소리! 도대체 오늘……!"

"뭐, 오늘 뭐?"

이영은 우현이 길쭉한 몸을 굽혀 자신의 눈동자를 똑바로 바라보자 말을 멈추고는 움찔 어깨를 움츠렸다.

오늘 왜 그러냐고, 자꾸 뭔가를 기대하게 감정을 흘리는 이유가 뭐냐고, 대놓고 물으려다 이내 입을 다물었다. 가까이 다가온 우현 때문에 심장이 쿵쾅 뛰어 제대로 말이 나오지 않은 것도 있지만 행여 섣불리 말했다가 우현을 또 물러나게 만들고 싶지 않다. 이 남자가 오늘 무슨 바람이 불었든, 내일 또 말끔히 잊고 서늘하게 바라보든 잠시라도 이 순간을 만끽하고 싶다. 남자의 본심이 뭔지는 머리 아프게 생각하지 않으련다.

"아뇨, 아니에요."

손을 내저으며 과장되게 웃는 이영을 보며 우현은 눈을 가늘게 떴다.

"내일 시간 있냐고. 아까 물었잖아."

"아, 별일은 없는데…… 왜요?"

"그래? 그럼 내일 문자 넣을 테니까 늦지 말고 약속장소로 5시까지 와."

"무슨 일인데요?"

"들어가."

이영의 뒤통수를 살짝 감싸 안더니 부드럽게 입을 맞추었다.

어깨에서 가방이 주룩 힘없이 흘러내린다. 당황한 이영이 허겁지겁 가방을 끌어당기며 초인종을 눌렀다. 뒤통수에 우현의 웃음소리가 들리는 듯도 하다.

대문이 열리자 우현은 이영의 등을 살짝 밀며 잘 자, 라는 말을 하고는 성큼 발길을 돌렸다. 이영은 대문을 닫고 계단을 올라서다 문득 멈추어 서고는 다시 뒤를 돌아보았다. 골목 어귀에 아직 서 있는 우현이 보인다. 이영을 본 것일까, 손을 흔들어 보인다. 이영은 저도 모르게 손을 마주 흔들다 지레 놀라 손을 내리고는 현관문을 열고는 얼른 들어섰다.

"왔어?"

"네에."

미옥의 말에 인사를 건네고 방으로 들어오면서도 이영은 내내 멍한 표정이었다.

저 남자, 진짜 뭐지? 열흘 전, 자기를 보면 설레고 좋다는 말에 차갑게 한 발 물러나던 남자였다.

[당신은 사랑을 믿으니까…… 그러니까…… 그런 사랑을 하게 될 거라고.]

그런 말까지 한 주제에…….

이영은 침대에 털썩 주저앉아 우현의 얼굴을 그리며 가만 심장에 손을 대어 보았다.

왜 그러는지, 혹시 내가 좋아진 건지, 궁금한 게 너무 많지만 물어보기가 겁난다.

피식 웃으며 또 순진하게 현실을 모르니 어쩌니 숙맥 취급당할까 봐 두렵다.

13.
연애 자가 면역 질환

양재동 aT센터 세미나실.

'메뉴의 기본전략 및 기능' 이라는 주제로 우현이 발표를 하고 있었다.

이영은 꽉 메운 세미나실을 살짝 엿보고는 살금살금 들어가서 제일 뒷자리에 살그머니 앉았다. 재킷을 벗고 하얀 와이셔츠에 넥타이만 맨 우현이 마이크를 들고 스크린을 보며 설명을 하고 있었다.

"메뉴 개발은 기존 고객을 유지하면서 기본 콘셉트를 흐트러뜨리지 않는 범위에서 신 메뉴가 개발되어야 합니다. 또한 차별화되고 경쟁력 있는 상품으로 소비자의 지역별 특성도 고려해야 합니다. 그러므로 메뉴 개발을 장기적, 단기적 전략으로 세분화해서 접근할 필요가 있습니다."

마이크를 타고 흘러나오는 우현의 목소리는 어딘가 단호하고 힘이 있어 듣는 사람으로 하여금 꽤 설득력 있게 들렸다.

조금 어색하게 몸을 꿈틀거리다 우현과 눈이 마주쳤다. 그 짧은 순간, 이영은 설핏 우현의 미소를 본 것도 같아 내심 가슴이 두근거렸다.

도대체 오늘 왜 오라고 한 거야?

마침 휴대폰이 진동을 하자 이영은 자리에서 살짝 일어나 복도로 빠져나왔다.

"잘 지냈어?"

—자알 지냈어?

은수의 말이 뾰족하게 늘어졌다. 그 목소리를 들으며 이영은 모퉁이를 돌아 햇빛이 아직 비치는 창가로 다가섰다.

"잘 못 지냈나?"

—언제 보고할 거야?

"뭘?"

알면서도 모른 척 이영은 시치미를 뚝 뗐다.

—뭐얼? 요게 요즘 군기가 빠졌지? 엉?

"보고할 끈덕지가 없어서 그런다."

—······.

"듣고 있나?"

—······그 남자 불능이야? 그때는 말짱해 보이던데. 아니, 오히려 은근 섹시해 보이던데······.

"야!"

말이 이상하게 어긋나자 이영이 얼굴을 붉히며 와락 고함을 질렀다.

—그럼 뭐야, 도대체 왜 여태 진전이 없는 거냐고!

"휴우! 연애를 하고 있는지 어떤지도 모르겠는데 무슨……."

그러나 이내 말을 멈추었다. 그래도 키스도 하고 그…… 가슴……도. 왠지 되게 부끄럽고 민망하다. 뒤죽박죽 감정이 엉망인 남자와 나는 왜 그렇게 진도를 나간 거야?

—뭐어! 그건 또 뭔 말이야! 그 남자, 웃기네. 되게 쿨하게 보이던데 생각보다 밍숭한 모양이네?

"너무 쿨해서 탈이야."

혼잣말처럼 중얼거리며 고개를 돌렸다. 그러자 세미나가 끝났는지 복도에 사람들의 웅성거림이 들려왔다.

"은수야, 끊어야겠다. 다음 주엔 꼭 보자. 끊는다."

—야, 야아!

은수의 고함소리를 다급히 차단하고 이영은 복도로 발길을 돌렸다. 슈트를 입은 군단들이 복도에 서서 무리를 지어 얘기를 나누고 있었다. 그 무리 속에서 우현이 우뚝 서 있다.

체, 남자의 존재감에 입술이 삐죽이 올라갔다.

우현은 짙은 회색 재킷을 입은 채 누군가와 이야기를 나누고 있었다. 이영이 살짝 걸음을 내딛자 우현이 마주하고 있는 여자가 눈에 들어왔다. 여자는 윤이 나는 짧은 커트에 부드러운 양가죽 스웨이드 코트를 걸쳤다. 크고 늘씬한 다리가 길게 쭉 뻗어 있었고 반짝이는 스톤 장식의 웨지힐이 아찔한 각선미를 더 돋보이게 해 주었다. 북적대는 무리들 중에 우현과 여자가 서 있는 곳만 유난히 눈에 띈다. 그건 이영만의 생각은 아닌 듯 주위에 있는 사람들은 한 번쯤 그들을 돌아보았고 안면이 조금이라도 있는 사람들은 조심스레 말을 걸곤 했다.

심장이 우뚝 멈춘 듯 숨을 쉴 수가 없다. 그 아찔함에 이영은 마른침을 꼴깍 삼키며 돌아서서 도망가 버리고 싶은 유혹에 질끈 눈을 감았다.

문득 아이보리 색 트렌치코트와 검정 스키니에 단순한 옥스퍼드 슈즈를 신은 자신의 모습을 힐끔 내려다보았다. 한 번도 옷차림에 대해 신경 쓴 적이 없었다. 가끔 은수가 과감하게 몸매가 드러나는 원피스 따위를 권해도 이내 '이걸 입고 도대체 어딜 가라고?' 하며 유혹을 떨쳐 버리기 일쑤였다. 그런데 우현과 마주한 여자가 입고 있는 몸매가 드러나는 원피스가 빌어먹게도 눈이 부시도록 섹시하다.

가방끈을 살짝 만지며 눈을 들었을 때 우현이 누군가를 찾는 듯 두리번거리는 게 보였다. 혹시나 자신을 찾는 게 아닌가 싶어 손을 들어 보이려다 주춤 한 발짝 물러섰다.

여자가 우현의 귀에다 대고 뭐라고 말을 하자 우현의 눈썹이 눈에 띄게 휙 하니 올라가는 게 보였다. 우현이 몸을 세우며 여자에게 무어라 대꾸를 하려다 이영과 눈이 딱 마주쳤다. 그러자 바로 방향을 돌려 자신에게로 성큼 다가오는 우현을 보며 이영은 입가에 미소를 지어 보이려 갖은 애를 썼다. 우현이 가까이 왔을 때 이영은 어느 정도 평소와 다름없는 미소를 그려낼 수 있었다.

"도대체 어디 갔었어?"

대뜸 팔꿈치를 잡으며 사람들의 무리를 헤쳐 나갔다.

"아, 잠깐 전화가 와서……."

"그래? 많이 기다렸지? 어떻게 왔어? 택시 타고 왔어?"

"아뇨, 지하철."

그 말에 우현이 돌연 못마땅한 듯 이영을 내려다본다.

뭐, 어쩌라고? 내가 택시 타라면 타고, 오라면 오고 그래야 하나?

마음에 날이 서서 목구멍으로 울컥 말이 쏟아져 나오다가 멈추었
다. 오라 해서 온 것은 맞으니 딱히 할 말도 없었다.

"배고파?"

그냥 고개만 절레절레 저으며 한 걸음 내딛을 찰나, 우현과 마주
하고 얘기를 나누던 여자가 기다렸다는 듯이 눈앞에 불쑥 나타났다.

"벌써 가게?"

우현은 여자에게 고개만 끄덕이고는 걸음을 계속했다.

"누구?"

그러나 여자는 우현의 팔을 슬쩍 잡으며 기어이 가던 길을 멈추
게 만들었다.

이영은 정면으로 바라본 여자의 모습에 쿵하고 심장이 내려앉는
것 같은 아찔함을 느꼈다.

아, 이 남자의 취향이 이렇구나.

갑자기 우현의 첫인상과 여자의 첫인상이 묘하게 잘 어울린다는
생각을 했다. 그러자 마음이 곤두박질치듯 한없이 가라앉기 시작했
다.

짙은 아이라이너에 감싸인 여자의 눈동자는 차갑지만 이지적이
다. 어딘가 각이 져 보이는 턱 선은 여자가 웬만한 일에선 꿈쩍도
안 할 것 같은 강인함을 느끼게 해 주었다.

이 남자, 진짜 그런 사랑을 했구나.

장난치듯 자신에게 쿨한 사랑을, 가벼운 연애를 운운했었다. 그
걸 믿지 않은 것은 아니지만 그 당사자가 눈앞에 있으니 그게 마치

현재 진행형처럼 느껴져 이영은 순간 우현에게 조금이라도 품었던 실낱같은 희망이 눈앞에서 힘없이 무너지는 것을 느꼈다.

"애인."

"저, 그냥……."

우현과 이영이 동시에 내뱉은 말에 여자의 눈썹이 미미하게 올라갔다.

"뭐야? 진짜 애인이야? 내가 아까 다시 만나자고 해서 지금 연막을 치는 건 아니고?"

역시 여자는 단도직입적이다. 이영의 손을 잡은 우현의 손에 힘이 들어가는 것이 느껴졌다. 그 느낌에 슬픔이 차오르는 것은 뭐지?

그러나 이런 마음과 달리 이영은 생글생글 잘도 웃음을 지어 보였다. 역시 나이는 허투루 먹는 게 아니구나. 혼자 감탄을 하며 이영은 입을 열었다.

"아! 우현 씨 전 여자 친구셨구나! 어쩐지 너무 잘 어울린다, 그랬어요. 이 남자, 되게 쿨하고 멋진 연애를 했다고 얼마나 자랑했는데요. 반가워요, 박이영입니다."

이영은 우현과 잡고 있던 손을 빼내어 여자에게 불쑥 손을 내밀었다.

여자와 우현, 둘 다 쌍둥이처럼 인상이 서서히 굳어졌다. 그러나 역시 여자 쪽이 먼저 피식 웃으며 이영의 손을 잡았다.

"이은영이에요. 잘 어울린다고 말해 주니 뭐, 기쁘긴 하네요."

은영은 짙은 슈트를 입고 차갑게 눈동자를 빛내고 있는 우현과 처음 봤을 때부터 반짝반짝 빛나는 이영을 말없이 훑어 내렸다. 우현이 유난히 큰 때문인지 이영은 우현의 가슴께에 겨우 오는 듯했다. 은영은 이영의 손을 짜증스럽게 다시 찾아내어 잡는 우현을 보며 미간을 슬쩍 접었다. 저 남자가 별일이네.

"간다. 아까 물음에 대한 답은 이거다."

우현은 은영에게 차갑게 내뱉고는 이영과 잡은 손을 대뜸 들어 보였다. 이영이 당황해하며 무어라 말을 하려는데도 우현은 성큼성큼 계단을 향해 걸음을 옮겼다.

"저기, 은영 씨 갈게요."

이 와중에도 고개를 돌려 예의바르게 인사를 건네는 이영을 보며 은영은 어이없는 웃음을 터트렸다. 걸어가면서 이영이 무어라 말을 하는지 우현은 고개를 잔뜩 숙여 여자의 입술에 귀를 가져다 대었다. 그러나 이내 무슨 소리를 들었는지 고개를 휙 하니 돌린다. 지켜보고 있던 은영이 흠칫, 어깨를 움츠리는데 우현이 미세하게 고개를 까닥인다.

하! 기가 막혀서!

아마도 인사도 안 하냐고 여자한테 퉁바리라도 맞은 모양이었다.

어이없기도 하고, 허탈하기도 한 마음으로 은영은 엘리베이터로 발길을 돌렸다. 저번 행사 때 우현이 한 말에 좀 기대를 했었나 보다. 그래서 며칠 전부터 내내 우현을 생각했더랬다. 주기적으로 엄마가 들이미는 맞선자리에 신물이 난 데다 어쨌든 다시 만난 우현이 여전히 멋지니까 한 번 더 만나 보자 얘기를 꺼낸 거였다.

그러나 엘리베이터를 타자마자 은영은 저도 모르게 쿡쿡, 숨죽여 웃느라 어깨가 미세하게 떨려왔다.

아, 고소해! 고소해!

"오늘 정말 맛있는 거 먹이려고 했는데."

"그런데요?"

"갑자기 먹이기 싫어졌어!"

"그건 또 무슨 말이에요?"

은영과 헤어지고 계단으로 내려오는 동안 이영은 발이 허공에 떠다니는 줄 알았다. 사람들이 다 자기 기럭지인 줄 아나? 손만 달랑 잡은 채로 성큼성큼 내려가니 이영은 거의 두 계단을 뛰다시피 내려와야 했다. 숨이 차서 저기요, 하고 몇 번을 불렀지만 우현은 아랑곳 않고 끝까지 내려갔다.

그러더니 대뜸 차에 타서 이러는 거다.

뭐야? 누가 맛있는 거 먹고 싶댔나? 그리고 지금 맛있는 거 먹고 싶은 생각 하나도, 없거든요!

그러면서도 우현은 대뜸 목적지도 말하지 않고 거침없이 운전대를 돌렸다. 어딘가 틀어진 것 같은데 왜 저가 틀어졌는지 어이가 없는 이영은 입술을 꾹 다물고는 창가에 바짝 붙어 내내 바깥만 바라보며 앉아 있었다.

"궁금하지도 않아?"

"……."

"그 여자."

그러면서 곁눈질로 이영을 흘기듯 쳐다보았다.

"뭐요, 예전 여자 친구라면서요."

뭐, 어쩌라고! 멋있다고 박수라도 쳐 주랴? 대뜸 뒤틀린 마음이 꿈틀거린다.

"그래서, 뭐 할 말이 없냐고."

기어코 확인사살을 하려는 남자에게 기가 막혀 이영은 잠시 우현은 뚫어져라 쳐다보았다. 그 눈길에 우현이 갑자기 슬금슬금 미소를 지어 보이려 했다.

"뭐, 확실히 눈은 높데요. 그건 인정."

"뭐?"

"왜 이래요? 칭찬이라구요. 여자인 내가 봐도 멋지던데 뭐. 하여튼 두 사람이 서 있는데 확실히 그림은 되더라고요. 키도 그렇고, 분위기도…… 그렇고."

말을 하면 할수록 비참함이 삐죽이 올라온다. 가슴이 아려오는데도 이영은 솔직하게 느낀 바를 말하며 시큰둥하게 시선을 돌렸다.

달콤한 게 먹고 싶다. 휘핑크림에 초콜릿 시럽이 줄줄 흐르는 와플이 엄청 당긴다.

신호를 받아 차가 멈추자마자 우현은 몸을 휙 하니 돌려 이영을 바라보았다.

"그런 말이 아니잖아."

"뭐가요."

"그러니까 내 말은……. 됐어, 그만둬."

짜증스런 말투로 고개를 휙 돌려 버리고는 신호가 바뀌자마자 우현은 다시 차를 출발시켰다. 이영은 너무 어이가 없어서 눈을 동그랗게 뜨고는 그를 바라보았다.

연희동의 조금 북적거리는 대로변을 벗어나면 조금 조용한 골목 길이 나온다. 그 길에 들어서자마자 우측에 퓨전 한식 레스토랑이 있다. 이영은 외관만 보아도 가격대가 상당할 것 같다는 생각을 하며 우현을 따라 조용히 들어갔다.

미리 예약을 한 덕분에 둘은 조용한 룸으로 자리를 잡았다. 한식 집 같지 않게 모던하고 이국적인 아치형 창문이 인상적이었다.

종업원이 들어와 디너 코스를 시키고 둘은 또 아무 말 없이 앉아 만 있었다.

물 잔을 만지작거리는 우현은 어딘가 불퉁스러워 보였고 이영은 물 잔에 입술을 갖다 대며 슬금 그의 눈치를 살폈다. 그러다 저 남 자의 눈치를 보는 자신이 한심한 생각에 물 잔을 힘주어 잡았다가 놓았다.

하지만 마음에 담으니 남자의 일거수일투족에 신경이 쓰인다. 휴 우, 긴 한숨을 내쉬고는 역시 마음을 준 쪽이 기우는구나 하는 우울 한 생각에 빠져들었다.

우현은 이영의 긴 한숨에 움찔하며 고개를 들었다. 동글동글한 정수리가 보인다. 냉큼 정수리를 쓰다듬으며 웃어 주고 싶은데 자꾸 만 은영을 보며 생글 웃던 이영의 모습이 잊히지가 않는다. 질투라 면 질색하던 우현이 이영의 덤덤한 모습에 그만 울컥 화가 치밀어 올랐다.

문득 예전 사귀던 여자들이 어떻게 질투를 안 하냐며 좋게는 눈 을 흘기고, 심하게는 울면서 사랑하는 거 맞냐고 소리쳤던 기억이 났다. 그때마다 우현은 상대 여자에 대해 어이가 없거나 단박에 질 려 버렸었다.

[아니, 상대가 질투해 주는 게 좋아? 그건 자신만 바라봐 달라는 은근 이기적인 구속이잖아. 안 그래? 여자들은 도대체 왜 그렇게 유 치한 거야?]

친구들 모임에서 우현이 이렇게 투덜거린 적이 있었다.

[야, 너 여자들 질투는 그래도 귀여워. 남자들 질투는 얼마나 징한데.]

친구 중 한 놈이 그런 우현에게 장난기 어린 미소를 지은 채 대답을 했지만 그때도 우현은 실없는 소리라 콧방귀를 뀌며 넘겨 버렸었다. 우현은 질투라는 감정 자체가 당최 이해가 가지 않았다. 아니, 이해하고 싶지도 않다. 정남도 상준이 자신의 마음을 몰라준다고 고함을 치다가 결국엔 다른 여자가 있는 거 아니냐는 말로 다그치곤 했었다. 그런데…… 역시 피는 속일 수 없는 건가. 이영에게만은 솔직하게 인정하기로, 그렇게 마음을 먹었는데도 막상 한 번 빗장을 풀자 어김없이 정남의 모습이 속속 드러나기 시작한다. 어쩌면 알고 있었는지도 모른다.

상준을 부러 보지 않으려는 우진은 사실 상준을 무던히도 닮았다. 다른 사람들과 잘 섞이는 유한 성격과 은근한 고집. 그리고 자신은 정남을 닮았다. 그걸 알고 있었다. 정남의 독단적인 성격과 독립성. 그리고 단도직입적인 성격. 누가 뭐라 해도 꿈쩍하지 않는 강철 심장. 하지만 그 누구보다 소유욕도 집착도 강하다.

우현은 다시 움찔 물러나려는 자신의 마음을 느끼며 의자에 등을 기대어 이영의 어깨너머로 시선을 옮겼다.

저 여자, 내가 이런 인간인 걸 알면 기함을 할까? 쿨하다고 자랑하듯 말한 주제에 사실은 지 여자를 꽁꽁 묶어 곁에 두고 싶어 하는 지독한 남자란 걸 알면 저 사랑스런 눈동자가 단박에 겁에 질리겠지?

"저기…… 키 187에 몸무게 72kg쯤 되는 채우현 씨."

"……."

"돈도 많고 맛있는 집도 많이 아는 채우현 씨."

"……왜."

"되게 여자 보는 눈도 높은 채우현 씨……."

이번엔 우현이 대답 없이 못마땅한 듯 눈을 치켜 올려 세웠다.

"그래서 엄청 재수 없는 채우현 씨."

"뭐?"

"키도 별로고, 몸매도 별로고, 옷 스타일도 꽝이지만 내가……
영 별로는 아니죠?"

우현은 멈칫 고개를 들어 이영을 쳐다보았다. 분명 장난인 것 같
은데 이영의 표정은 또 왜 저렇게 진지한 걸까. 갑자기 우현의 심장
이 덜컹 내려앉는다.

"그, 그 이은영이란 여자만큼은 아니더라도 나도 좀 괜찮죠?"

"무슨 말을 듣고 싶은 거야?"

"치, 무슨 말은. 그냥 금이 간 내 심장에 약 발라 달라 이거지.
그 여자 보고 가슴이 철렁했으니까 좀 다독여 달라고요. 나 이쁘죠?
채우현 씨 눈에는 못 미치겠지만 나 그래도……."

"예뻐, 엄청 예뻐. 예뻐서 심장이 쪼그라들 정도로 예뻐."

이영의 말을 대뜸 자르며 우현이 말했다. 그 말이 너무 진지해서
이영의 눈이 다 동그래졌다. 그러다 서서히 뺨에 홍조가 서린다. 그
모습에 우현의 심장이 정말 쪼그라들듯이 아려온다.

어떻게 저렇게 귀엽고 사랑스러운지 너무 좋아서 돌아 버릴 지경
이다.

테이블이 너무 넓다. 손만 뻗으면 닿을 수 있는 거리인데도 그 간

격이 너무 넓게만 느껴져 우현은 조바심이 나고 목이 말랐다.

마침 종업원이 들어오고 정갈한 나박김치와 타락죽이 나왔다.

"먹어 봐. 여기 음식들 꽤 담백하고 좋아. 가끔 생각날 정도로."

"잘 먹겠습니다."

이영은 항상 초등학생 아이처럼 무언가를 먹을 때마다 기도처럼 말을 했다.

"그런 얘기 일일이 안 해도 박이영 예의 바른 거 아니까 그냥 먹어."

그 말에 이영은 숟가락을 멈칫하고는 우현을 바라보았다. 의외의 말을 들은 듯 조금 멍한 표정이었다.

"그런가? 하긴 버릇처럼 그러는 것 같기도 하네요."

"선생님이라 그런가?"

"아뇨, 그건 아닐 거예요. 꽤 어릴 때부터 그랬으니까."

"그래?"

"아마……."

오물오물 타락죽을 입안에 넣고 음미하면서 이영은 생각에 잠긴 듯 시선을 허공에 두었다.

"먹는 게 아니, 먹을 수 있다는 게 너무 감사해서 그럴 거예요."

"응?"

"끼니 놓칠 때가 많았거든요. 그래서 할머니가 드문드문 밥을 차려 주시거나 아빠가 과자봉지를 사들고 오시는 날엔 그게 그렇게 감사하고 감격스럽더라고요. 그때부턴가? 항상 먹을 것들 앞에선 감사한 생각이 먼저 들어요. 뭐, 내가 직접 차린 밥상 앞에서도 그렇고."

타락죽을 말끔히 먹으며 이영은 덤덤히 말을 이어나갔다. 그 말에 우현의 심정이 어찌 되었는지는 모르고 이영은 화가 날 정도로 평온한 얼굴이다.

"맛있는 거 왕창 먹여 줄 테니까……."

"응?"

우현의 말을 잘못 들었는지 이영이 상체를 숙이며 되묻는다.

그 모습에 또 절로 철렁거려 우현은 저도 모르게 몸을 들어 이영에게 쪽, 하고 입을 맞추고는 냉큼 몸을 물렸다.

얼음. 이영의 표정이 얼음땡 할 때의 꼬마들 표정이다. 그 표정이 너무 웃겨 우현의 어깨가 절로 들썩거렸다.

"고 입에 맛있는 거 매일매일 넣어 줄 테니까 각오하라고."

이영은 이런 연애를 계속하다간 제 명에 못살 거라는 생각을 심각하게 했다. '연애 자가 면역 질환'이라는 병에 걸린 것 같다. 연애엔 도통 면역력이 없으니 남자가 보내는 눈빛, 표정, 목소리 하나하나에 병이 난 듯 시름시름 앓는다.

이튿날, 이영이 저녁을 먹고 집 앞 초등학교 운동장을 걷고 있을 때였다.

"너 지훈이 봤다며?"

미옥이 옆에서 걸으며 아무렇지도 않게 물어왔다.

순간 아차 싶은 생각에 이영은 입술을 깨물었다. 지훈에게 연락을 해서 입막음을 한다는 걸 깜빡했다. 뭐라고 하지? 이영은 엉덩이를 제법 씰룩이며 앞질러가는 여자의 뒷모습을 멍하니 바라보며 따라 걸었다.

"어, 우연히."

"아가씨 참하지?"

"어? 어, 어! 예쁘더라."

흘깃 미옥의 눈치를 보았지만 지훈에게 다른 얘기를 들은 기색은 전혀 없었다. 이영은 지훈이 제법 눈치가 있는 녀석이라는 생각을 하며 가슴을 쓸어내렸다.

"필주아줌마는 나더러 미친년이라 그런다. 그 애들 여태 만나는 거 가지고. 너한테도 못할 짓이라고 욕 무지 해."

"아줌마가 또 확실한 내 편이지."

이영은 일부러 의기양양하게 웃어 보였다.

"그래, 내가 엄청 나쁜 년인 거 알긴 하는데 니가 그 애들만큼은 좀 이해해 줬으면 좋겠어. 니가 정 싫다면 어쩔 수 없는 거지만 그 애들도 정말은……."

"알아, 걱정 마요. 엄마도 미안한 거잖아. 그지?"

미옥은 잠시 걸음을 멈추고 이영을 돌아보았다. 그저 방긋 웃기만 하는 이영의 눈동자엔 정말 이해의 눈빛이 섞여 있었다.

여기서 울면 안 되는데.

미옥은 눈을 깜박이며 다시 걸음을 떼어냈다.

"야, 너무 착한 자식은 부모 먼저 간댄다. 적당히 착하게 굴어."

"체, 이해한대도 그러네? 그리고 나 엄청 나쁜 생각도 많이 해. 걱정 마셔."

그러면서 실없이 헤헤거리는 이영을 보며 미옥도 어쩔 수 없다는 듯이 피식 따라 웃었다.

정수리를 은은하게 비추는 달빛과 담장을 넘어와 흐드러지게 핀 개나리들. 그 길을 따라 운동하는 사람들의 모습이 너무 평화로워 보였다. 그러나 그 평화로움은 대문 앞에 이르러서 어김없이 깨어지고 말았다.

"그 남자, 지훈이 결혼식 날 데려올 거냐?"

"어? 어?"

"뭘 놀라? 지훈이 말로는 엄청 멀쩡하게 생긴 놈이라며? 데려와. 그날 좀 보자."

그리고는 대문을 열고 먼저 들어가 버렸다.

입을 벌린 채 멍하니 서 있는 이영의 정수리 위로 비웃듯 어김없이 달빛이 쏟아져 내렸다.

14.
남자가 집착하는 여자

가든파티가 한창 열리고 있는 테이블을 벗어난 우현은 정원에서 마주 보이는 남한강을 바라보며 서 있었다.

우진과 현정의 웃음소리가 사람들의 소음 속에 행복하게 섞여 있었다.

"충분히 먹은 거냐?"

상준이 어느새 우현의 옆에 와 서 있었다.

우현은 소나무 가지에 매달린 풍경을 손으로 한번 쳐 보고는 고개를 돌렸다.

"네, 아버지는요?"

"더 있다간 계속 먹을 것 같아서 나왔어. 나이가 드니 이상하게 단것이 당기더라."

그리곤 잠시 둘 다 아무런 말이 없었다. 그러다 사람들이 와, 하고 지르는 함성에 둘 다 동시에 뒤를 돌아보았다. 현정을 번쩍 안고 있는 우진을 향해 사람들이 왁자지껄 웃고 있었다.

"너랑 이영이, 심각한 거냐?"

그 말에 우현은 이영을 바라보았다.

오늘 이영은 오렌지 컬러의 하늘하늘한 스트라이프 원피스에 네크라인 부분에 리본으로 장식이 된 머스터드 컬러의 카디건 차림이었다. 그러다 가든 테이블 의자에 앉아 구두를 살짝 벗는 걸 보았다. 우현의 눈이 잠깐 걱정으로 흐려졌다. 이영은 슬금슬금 주위의 눈치를 살피더니 발뒤꿈치를 주무르며 한숨을 내쉬고 있었다.

우현은 다소 클래식해 보이는 베이지색 펌프스를 바라보며 미간을 슬쩍 접었다. 오늘 이영은 평소와 많이 다른 모습이었다. 머리카락도 차분하게 어깨에 늘어뜨리고 원피스에 구두, 게다가 화장까지 평소보다 진하게 했다. 오렌지 펄이 들어간 입술을 보고는 우현의 심장이 덜컹 내려앉았다. 이곳으로 오는 내내 몇 번을 힐끔거리며 봤는지 모른다.

게다가 원래가 눈에 띄는 얼굴인데 화장까지 하고 나니 그 분위기가 확연히 달라 보였다. 맑고 고운 얼굴에 색이 칠해지니 그야말로 반짝반짝 윤이 나는 얼굴 윤곽이 확 드러났다. 눈도 더 동그랗고 콧날은 오똑하며 입술은 도톰하게 윤이 났다. 집어 삼켜도 될 만큼 먹음직스러웠다.

"이영이, 예쁘죠?"

상준은 우현의 뜬금없는 대답에 우현을 가만 쳐다보았다. 이영을 바라보는 눈길이 진지하고 뜨겁다. 그건 사내만이 아는 눈동자다.

"그럼, 너무 예뻐서 탈이지. 그런데도 저 녀석은 그런 말, 별로 좋아하지 않는다."

우현이 의아한 눈길을 던졌다.

"엄마가 반반한 얼굴로 남자를 꾀어 도망갔다고 어릴 때부터 할머니한테 맞으면서 자란 모양이더라. 엄마의 죄를 옴팡 뒤집어쓰고 살았지, 중학교 졸업 전까지. 게다가 할머니가 이영이더러 엄마를 쏙 빼닮아 언젠가는 남자들을 홀리며 다닐 거라는 둥, 별의별 얘기를 다 했었대."

우현은 유난히 털털한 차림이었던 이영을 떠올렸다. 분명 열이면 열, 모두가 예쁘다고 생각할 정도로 이영은 자꾸만 눈길이 가는 얼굴을 가지고 있었다. 게다가 체형도 가늘고 예뻐서 분명 꾸미고 다닌다면 엄청 따르는 남자들이 많았을 것이다.

이영은 자신의 취향이라고 하지만 사실은 할머니 말씀처럼 반반한 얼굴로 남자를 꾈지도 모르는 자신의 내면을 두려워했는지도 모른다.

"하지만 이영인 누구보다 마음이 예쁘다. 그걸 알아봐 주는 남자를 만났으면 좋겠어."

그게 너였으면 좋겠어.

언제부터인지 모른다. 그냥 이영을 보면 자연스레 너무 예쁘고 아까워 곁에 두고 오래 볼 수 있으면 좋겠다는 생각을 막연하게 했었다. 그리고 누구보다 사랑에 목말라 하는 아이라 사랑을 듬뿍 받았으면 하는 바람도 가졌었다.

왜 우현이 떠올랐는지는 몰랐다. 그냥 이영을 보면 우현이 떠올랐고, 우현을 보면 이영이 떠올랐다. 그래서 둘을 만날 때마다 소개해 줄 사람이 있는데 어떠냐고 물으면 두 사람 다 똑같이 그 권유를 고사했었다.

그런데 자신과 전혀 상관없이 둘이 만나 이렇게 눈앞에 나타나다니, 그게 놀라우면서도 한없이 좋은 상준이었다.

"제가…… 잘할 수 있을까요?"

퍼뜩 고개를 돌려 우현을 바라보았다. 우현의 시선은 빛을 받아 반짝이는 강물에 머물러 있었다.

"그럼, 너는 잘할 수 있다."

우현이 어떤 상처를 입었는지, 왜 저렇게도 마음을 꽁꽁 닫았는지 알고 있다. 그래서 아들의 서늘함에 항상 미안하고 안타까웠다. 그래서 이영을 떠올렸다. 이영에겐 미안하지만 팔은 안으로 굽는다고 우현에게 마음이 더 가는 건 어쩔 수가 없었다. 이영의 밝음을, 순수함을 알기에 우현의 서늘함이 이영으로 인해 조금 따스해지길 바랐다. 우현 또한 그 모든 것에도 불구하고 정남을 지키고 우진을 보살폈다. 그만큼 책임감이 강하고 사실은 너무나 따스한 녀석이다. 그걸 알기에 이영의 곁에 우현을 세워 그림을 만들어 보곤 했던 것이다.

조금의 망설임도 없는 단호한 말투에 우현은 조금 놀란 듯 상준을 쳐다보았다. 그러다 다시 눈길을 돌려 앞을 바라보았다.

"사실…… 겁이 나요. 혹시나 이영일 질리게 할까 봐. 마음에 담으니 그 마음이 너무 넘쳐나 어쩔 줄을 모르겠어요. 꽁꽁 숨겨 아무도 볼 수 없게 만들고 싶어요. 휴우!"

가슴 절절한 고백 끝에 우현은 긴 한숨을 쉬며 손을 들어 이마를 문질렀다.

"저 아인 강하다. 네 엄마도 그렇고."

그 말을 하는 상준의 목소리엔 따스함이 배어났다.

정남이 불같은 성격이라면 상준은 고요한 물 같은 사람이었다. 상준의 사랑은 언제나 제자리였고 정남은 항상 그 이상을 바랐다. 두 사람의 불행은 거기서부터 시작이었다.

정남의 인생은 상준을 중심으로 돌고, 돌고 또 돌았다. 그래서 숨이 차는 것은 정남이었고 결국 지친 것도 정남이었다. 헤어지고 몇 년 동안 정남은 우진과 우현은 안중에도 없었다. 낮에는 미친 듯이 일에 매달리고 밤에는 언제나 비틀거릴 정도로 술을 마셔댔다. 사랑이란 것에 쉽게 무너져 내리는 정남을 보면서 인간을 끔찍할 정도로 약하게 하는 것이 사랑이라는 생각을 갖게 되었다.

"어머니, 아버지와 헤어지자마자 무너졌어요. 아시잖아요. 그게…… 너무 끔찍했어요……."

"우린…… 너무 서로를 몰랐다. 분명 사랑을 해서 결혼을 했고 싸우는 중에도 그 사랑엔 변함이 없다고 생각했었다. 훗, 내 문제점이 뭔지 아니?"

"……."

"그냥 생각만 주구장창 한다는 거야. 그러니 네 엄만 아마도 돌기 일보 직전이었을 거야. 저 사람은 언제나 명확하잖니. 저 사람이 불같이 화를 내면 나는 그저 고요하게 가라앉기만 했지. 그 불을 다스릴 줄 몰랐어. 너희가 태어나고는 너희 앞에서 싸우기 싫어 입을 더 다물었던 것 같아. 근데 그게 더 화근이었지. 네 엄마…… 엄마이기 전에 내 여잔데…… 항상 아이 앞이니 조심해라, 아이 앞이니 나중에 얘기하자, 이랬으니 말이다. 그렇게 몇 년이 흐르니 지치더구나."

"결국…… 사랑으로도 극복이 안 된 거군요."

우현의 어두운 목소리에 상준은 몸을 돌려 우현을 마주 보았다.

"그래, 사랑이 모든 걸 해결해 주진 않는다. 사랑하는 사람을 지키기 위해선 수많은 것들이 필요해. 그런데 나는 정작 나 자신을 버리지 못했지. 아마도…… 나는 네 엄마를 온전히 사랑한 게 아닌지도 몰라. 언제나 네 엄마 말에 귀를 기울이지만 결과적으론 나 하고 싶은 대로 했거든. 네 엄마와 헤어지고 한참만에야 그게 보이더라. 내가 무슨 짓을 했는지……."

서서히 바스러지는 햇살이 강물을 붉게 물들이기 시작했다. 그 모습이 아련해 우현의 심장이 찌릿 절로 아파왔다. 사랑을 하니 주위의 모든 풍경이 시적으로 다가온다. 그 깨달음에 우현은 실소가 터져 나오려는 것을 억지로 참았다.

사랑이 모든 걸 해결해 주지 않는다는 상준의 말에 고개를 끄덕이면서도 지금 자신은 사랑이 모든 걸 해결해 준다고 찰떡같이 믿고 싶다. 이성과 감성이 너무 극단적이라 어이가 없으면서도 노을을 눈이 아니라 마음에 담는 자신이 조금은 좋다. 왜냐면 이영을 찾아내어 마음에 담았으니까.

"네 엄마가 사실은 외할아버지 손에 외롭게 자라 사랑에 목마른 사람인 걸 알았어야 했다. 마음으로 막연하게 알고만 있는 게 아니라 그 사람을 위해서 적극적으로 무언가를 해 주어야 했는데……. 알겠지, 이 마음을 알겠지…… 이러면서 나 하고 싶은 대로만 했지. 레스토랑일도 어쩌면 조금의 관심을 기울여 달라는 말이었는데 행여 조금이라도 발을 내딛으면 당장이라도 학교 때려치우라 할까 봐 근처도 가지 않았다. 네 엄마가 고함을 지르면 달래 주거나 싸울 생

각은 않고 '아, 저 소리 너무 싫다. 도망가고 싶다.' 이러면서 숨어

버렸잖아. 너무 가엽지 않니, 네 엄마?"

　두 사람의 눈에 단박에 정남이 들어왔다. 한복을 곱게 차려입은

정남은 이영과 마주 앉아 있었다. 두 사람은 그냥 보기에도 너무나

달라 보였다. 정남이 선이 굵고 고집이 있어 보이는 반면 이영은 유

하고 고와서 고집이라곤 도통 없을 것만 같다. 하지만 우현은 알고

있었다. 두 사람이 저렇게 쉽게 담을 허문 이유를. 저 두 사람은 외

형은 달랐지만 실상은 비슷한 사람이었다. 정남이 깨지고 부서지는

것을 두려워 않고 사랑을 했듯이 이영 또한 주위를 둘러싼 환경에

도 불구하고 사랑을 꿈꾸어 왔다. 아마 정남의 눈에는 그게 보일지

도 몰랐다. 이영이 사실은 고집쟁이라는 것을.

　"아버지도 어머니와 달리 유순한 사람을 만났다면 달라졌을지도

모릅니다."

　"그래, 그건 네 엄마도 마찬가지다. 나와 달리 저 사람을 강하게

이끌어 주는 사람을 만났더라면 좋았을지도 모르지. 우현아, 사랑

은…… 그럼에도 불구하고 하는 거야. 이런 사람을 만났어야 하는

데, 저런 사람을 만났어야 하는데, 가 아니라 이런 사람을 만났음에

도 불구하고 사랑하는 것."

　"……!"

　"난 그걸 하지 못했다. 그럼에도 불구하고 네 엄마를 보살피고

보듬어야 했는데 나를 버리지 못했어. 네 엄마가 자신을 버리고 나

한테 매달리는 게 사실은 너무 부담스러웠지. 네 엄마에 비해……

난 너무 약한 사람이었다."

　상준의 눈이 상념으로 어두워졌다. 정남이 손목을 그은 날의 전

화를 이렇게 세월이 흐른 후에도 잊지 못한다. 그래서 아직까지 밤 중이나 새벽에 걸려오는 전화엔 무섬증이 인다. 두려워서 죽을 것만 같다.

[⋯⋯미안해. 이런 나를 참아 줘서 정말 미안하고 고마워⋯⋯.]

병원에서 깨어난 정남은 어딘가 달라 보였다. 예전과 다름없는 모습인데도 눈동자는 전에 없이 고요하고 차분했다. 자신을 향해 항상 반짝였던 그 눈동자가.

그리고 퇴원하기 직전, 정남은 상준에게 조용히 고백을 하듯 읊조렸다. 그 말에 가슴이 철렁한 자신과 달리 정남은 한 번도 본 적이 없는 서늘함으로 그를 대했다. 그때 처음으로 상준은 정남에게서 우현의 모습을 떠올렸다. 그때의 그 아득함을 어떻게 표현해야 할까. 정남이 다시는 이런 일을 저지르지 않을 거라는 안도감과 함께 진짜 정남과 끝이라는 절망과도 같은 아득함을. 그 이후로 정남은 아들들을 만나는 것을 허락해 주었다. 그러나 상준에게 더 이상 곁을 내주지 않았다.

[나, 당신한테 버린 집착을 아들한테 하나 봐. 천성은 변하지 않아, 그렇지? 나, 왜 이렇게 끔찍한 거야⋯⋯.]

우현이 레스토랑을 그만두고 독립해 나간 후, 정남은 처음으로 상준에게 울면서 기대어 왔다. 그때 안도감 비슷한 걸 느꼈다면 정남은 아마 도끼눈을 하고 상준을 노려 볼 것이다.

"넌 잘할 수 있다. 네 엄마 아들이니까. 저렇게 강한 사람의 아들이니까. 온 마음을 다해 사랑을 할 수 있을 거다. 이영이에게 집착하는 네 자신보다 바보같이 놓친 네 자신이 아마도 더 끔찍할 거다. 저 아인, 그걸 감수할 만큼 사랑스럽지 않니?"

눈가가 시큰거린다. 코끝이 매워온다. 아, 젠장! 우현은 물기가 차오르는 눈동자를 들어 하늘을 올려다보았다. 행여 흘러내릴까 두 눈을 깜박이며 울음을 꾹 눌러 참았다.

"우, 우진이가…… 아빠가 되는 게 두렵답니다."

"……!"

"잘할 수 있을 거라고 말씀해 주십시오. 아마도 간절히 그걸 원할 겁니다."

상준의 고개가 급히 우진 쪽으로 돌아갔다. 그리고 입술을 지그시 다문 그의 눈동자가 서서히 젖어 갔다.

"어디 봐."

대뜸 이영의 곁에 의자를 끌어다 앉은 우현이 이영의 종아리를 들어 올렸다.

"앗! 저, 저기요!"

주위의 시선이 몰리자 이영은 얼굴을 확 붉히며 고개를 급히 숙였다. 그러나 우현은 전혀 아랑곳 않고 이영의 다리를 자신의 허벅지에 올려놓았다.

"쯧쯧, 누구한테 잘 보이려고 그 높은 구두를 신은 거야. 만날 단화에 운동화만 신는 발이 견뎌 내겠어?"

어째 짜증도 섞여 있다. 그러나 연고를 바르고 밴드를 붙이는 손은 한없이 부드럽다.

이영은 그 묘한 대치에 입술을 삐죽이면서도 우현의 가는 머리카락과 이마를 부드럽게 바라보았다. 이은영이라는 여자의 아찔한 힐을 보고 충동구매 했다는 걸 저 남자는 알까?

"여기에 우리만 있는 게 아니라고요."

"그래서."

아, 저 무심한 말투. 역시 고수다.

"부모님도 계시고 친척 어르신들도 계신 거 알죠?"

우현은 이영의 다른 발까지 들어 올려 꼼꼼히 약을 바르고 밴드를 붙였다. 하지만 이내 구두를 내려다보더니 인상을 쓴다. 이영의 말은 아예 들리지도 않는다는 표정이다.

그러나 이영은 살짝 고개를 돌리면 보이는 주위의 시선에 안절부절 마음이 불안했다. 우진 다음으로 우현이 결혼이라는 수순을 조만간 밟을 것 같다는 나름의 짐작들이 얼굴 곳곳에 나타나 있었다. 이 남자, 결혼이라면 칠색 팔색 하면서 저런 건 눈에 들어오지도 않나?

"고마워요."

구두에 발을 끼워 넣으며 이영이 부드럽게 웃었다. 밴드가 있어 그런지 아까보다 걷는 게 좀 편한 느낌이었다.

"다음부턴 괜한 고생하지 마."

퉁명스레 구두를 바라보며 말하는 투가 마음에 안 들어 이영의 입술이 삐죽이 비틀어졌다.

"예뻐 보이려면 이 정도는 감수해야 하거든요. 흥, 뭘 알아야 말이지."

이게 다 자기한테 잘 보이려고 이러는 건데. 그래, 아찔한 각선미를 하도 많이 봐서 이 정도에는 무디단 말이지?

이영은 갑자기 심사가 확 뒤틀렸다. 갑자기 집에 두고 온 하얀 운동화가 눈에 아른거린다.

그냥 편한 거나 신고 오는 건데!

"더 예뻐 보여서 어쩌려고? 어? 누구한테 잘 보이려고? 그냥 맨발로 돌아다녀도 이쁘니까 제발 이런 짓거리 좀 하지 마. 안 그래도 누가 볼까 겁나고 짜증 나 죽겠구만, 왜 요즘은 이렇게 안 하던 짓을 해서 사람 심장 덜컹거리게 해? 기다려 봐. 별장에 신을 거 있나 찾아보게."

그리고는 별장을 향해 냉큼 돌아서서 가 버린다.

뒤에 남겨진 이영은 눈을 동그랗게 뜨고 입도 한껏 벌린 채 우두커니 서 있었다. 얼굴이 아니, 온몸이 빨갛게 타올랐다. 저 남자…… 진짜 고수구나…… 하는 생각이 들면서도 심장이 산과 강물을 뒤흔들 만큼 쿵쾅거려 정신이 아득해지는 것만 같았다.

이게 아닌데……. 고개를 흔들며 정신을 차려 보려 아무리 애를 써도 정원에 하나둘씩 들어오는 조명등에 절로 코끝이 시큰거리며 따갑다.

아, 저 남자의 사랑을 온전히 받으면 어떤 기분일까? 아마도 까무러치게 좋을 것만 같다. 우현의 사랑을 받고 싶다, 받고 싶다! 격랑이 인 듯 가슴이 요동을 친다.

"이영 씨, 맞죠? 안녕하세요?"

화들짝 놀라 돌아보니 준경이 미소를 지으며 서 있었다. 아까 식사 도중에 잠깐 눈인사는 나누었다. 가끔 카페에 갈 때마다 준경은 없어 그날 은수랑 같이 보고는 오늘 처음 보는 거였다. 그래서인지 이영을 바라보는 준경의 눈길에 감탄의 빛이 약간 어려 있었다.

"너무 예쁘세요. 이렇게 미인이라 우리 알바 녀석들이 난리였나?"

"네?"

"하하, 모르셨어요? 한 녀석이 그러더니 이제는 그것도 전염이

289

되었는지 이영 씨만 왔다 하면 다들 수군수군하잖아요.”

카페의 직원들이 다 친절해서 어떤 예외를 두고 생각해 본 적은 없었다. 하지만 누군가가 자신을 좋아라 한다니 기분이 꽤 괜찮았다.

별장에서 정남이 신던 운동화를 하나 찾아 나오던 길이었다. 고개를 한껏 젖히며 까르르 웃는 이영을 발견했다. 그 옆엔 준경이 황홀한 눈길로 이영을 바라보고 있었다.

순간 관자놀이가 쨍하고 아파왔다.

왜 저렇게 웃는 거야. 왜 아무한테나 웃는 거냐고.

우현은 인상을 그리며 성큼성큼 이영의 앞으로 걸어갔다.

“아, 형! 이영 씨가……!”

준경의 입이 저도 모르게 쩍하고 벌어졌다. 우현은 준경은 본체만체하고 자연스레 이영의 앞에 한쪽 무릎을 꿇고 앉아 구두를 냉큼 벗겨냈다. 어, 어! 하며 비틀거리던 이영의 손이 저도 모르게 우현의 어깨를 짚었다.

붉다 못해 빨갛게 물든 이영에도 불구하고 우현은 운동화 끈을 조절해 신발을 신기고 다시 끈을 꼭 메어 주었다. 그 모든 과정을 멍하니 쳐다보던 준경은 더 이상 말이 이어지지가 않아 바보처럼 서 있기만 했다. 거의 평생 저 인간을 알아왔다. 몇 번의 연애를 지켜보기도 했고 그때마다 남자로서 패배감이 들 정도로 우현은 참으로 멋지게 연애를 했다. 오는 여자 막지 않고 가는 여자 막지 않는 그 태연함이 부러워 미칠 지경이었다. 거기다 오는 여자는 많고 가는 여자는 아쉬워들 하니 더 부러울밖에.

준경은 우현의 등을 바라보았다. 그의 어깨에 엉거주춤 손을 올리고 있는 이영도.

슬그머니 웃음이 삐져나왔다. 저 인간…… 큭큭!

"너도 오늘 자고 갈 거냐?"

"어? 안 그러려고 했는데 지금은 생각이 좀 바뀌네?"

뭔 소리냐는 듯 우현의 눈썹이 씰룩거렸다. 그러거나 말거나 준경은 한손엔 이영의 구두를 쥐고 다른 한손으론 이영의 손을 꽉 움켜잡은 우현을 벙글거리며 바라보았다.

"이영 씨랑 사귀어?"

대뜸 준경이 묻자 이영은 저기, 하며 망설이듯 입술을 달싹였고 우현은 바짝 이영을 옆구리에 잡아당겼다.

"그건 왜 묻는데?"

"그런 거 아니면 내가 대시해 보려고. 이영 씨, 보면 볼수록 딱 내 스타일이네."

"네에?"

이영의 눈이 휘둥그레지는 것은 본 척도 않고 우현의 눈이 준경을 향해 차갑게 번쩍였다.

"죽을래?"

그러면서 이영의 어깨를 와락 움켜잡더니 성큼 손바닥으로 목덜미를 감싸듯 쓸어내렸다. 그 손길에 이영의 목이 빨갛게 타올랐고 준경은 기어코 웃음을 터트리고 말았다.

"하하하, 채우현 인생에도 이런 날이 오는구나! 하하하! 왜 이렇게 통쾌한 거야!"

이영은 준경의 웃음에 대뜸 기분이 나빠져 우현의 손을 쳐내기에 여념이 없었다. 그러나 우현은 전혀 아랑곳 않고 이영의 어깨를 여전히 꽉 움켜잡고 있었다.

"카페 매상 더 떨어졌다며? 아까 이모가 카페 정리하면 어떠냐고 물으시더라."

그 말에 준경의 웃음이 뚝 그쳤다.

"저 둘, 심상치 않지?"

정원에는 우진과 현정의 친구들로 떠들썩했고 친척 어른들과 동네 어르신들은 따로 별장 안에 음식을 준비해서 모셨다. 잠시 숨이라도 돌릴 겸 나온 정남은 벤치에 앉아 있었다.

정남의 말에 상준은 이영의 손을 잡고 뒤뜰로 성큼 사라지는 우현을 바라보며 찬찬히 미소를 지었다.

"예쁘지 않아?"

그 말에 정남은 슬쩍 상준을 쳐다보고는 다시 앞을 바라보며 어깨를 으쓱거렸다.

"뭐, 저 때는 다 이쁜 거 아닌가?"

"하긴, 우리도 저렇게 예뻤을 거야."

둘은 각자의 상념에 젖어 정원등에 비친 소나무의 긴 그림자를 하릴없이 눈으로 좇았다.

"그런데 왜 이렇게 되었지?"

약간 자조 섞인 어투에 상준이 정남의 옆모습을 애잔하게 바라보았다.

"당신은, 이제…… 나를 바라보지 않아. 그렇지?"

모든 게 상준을 중심으로 움직이는 정남을 봤을 땐 숨이 턱 막히는 것만 같았다. 무엇이든 같이하기를 바라는 것도, 무엇이든 자기가 하는 대로 움직이길 바라는 것도. 사랑했지만 그때는 그것으로부터 도망가기에 바빴다. 그래서 한 번도 정남과 제대로 싸워 보지 못했다. 지나고 나서야 자신이 얼마나 이기적이었던가를 깨달았다. 다른 사람들이 보기에 말이 없고 차분한 상준이 더 많이 참고, 더 많이 배려하는 줄 알고 있었다. 그래서 상준의 친구들도 이혼했을 당시, 그럴 줄 알았다거나 잘 했다는 친구들이 대부분이었다.

하지만 실상은 그렇지 않았다. 정남은 끊임없이 두 사람에 대해 얘기해 보길 원했고, 자신이 원하는 바를 명확하게 말했었다. 그때마다 상준은 솔직하게 말하지 못하고 '어, 그래. 그렇게 할게.' 항상 말로만 그 순간을 모면했었다. 그러나 그게 말뿐이라는 걸, 결코 상준은 정남을 위해 바뀌지 않을 거라는 걸 정남은 몇 년이 지나고 나서야 확실히 깨닫기 시작했던 것이다.

[차라리 처음부터 안 된다고 해! 왜 처음엔 그럴 것처럼 나를 믿게 만드느냐 말이야. 왜 나한테 기대하게 만들어 놓고 당신은 항상 그 자리 그대로냐고!]

정남은 상준의 말이 의외라는 듯 한번 쳐다보고는 이내 피식 웃어 버렸다.

"내가 이 나이가 되어도 그랬으면 좋겠어? 아, 생각만 해도 끔찍하다. 그러고 보면 나이가 먹는다는 게 나쁜 건 아냐, 그치?"

"나는…… 나이 먹는 게 싫다. 당신, 이렇게 나이 드는 거 그냥 바라보는 게 싫어. 옛날 반짝반짝 빛날 때 피터지게 싸우더라도 옆에 있었어야 했는데…… 난 시간이 무지 아깝고…… 그렇네."

상준의 눈가가 금세 붉게 달아올랐다. 나이가 들면 남자에게 여성호르몬이 더 많이 분비된다고 하더니 그래서 그런지, 눈물도 쉽게 나온다.

정남의 어깨가 약간 주춤하며 굳어졌다. 손목을 그은 이후, 정남과 상준의 관계는 다소 냉정하고 합리적으로 변했다. 자식들을 위해서만 간단한 전화통화를 했고, 생일이나 어버이날이라고 가족끼리 모임을 갖는 일도 없었다. 그냥 자식들이 따로따로 정남과 상준을 만났을 뿐이었다. 그러면 둘 다 상대의 안부를 묻거나 고개를 끄덕이는 게 전부였다.

정남은 한편으론 상준에게 집착하는 자신에게 벗어난 것만 같아 기뻤고, 한편으론 온 마음을 다 바쳐 사랑한 마음이 사그라지고 있는 것에 서글펐다. 변하지 않는 것은 없다는 간단명료한 진리 앞에 자신도 결국은 한갓 평범한 인간에 지나지 않는다는 것을 깨달은 그 순간을 어떻게 설명해야 할까. 누군가를 사랑하고 그 사랑이 자신의 중심에 있을 땐 저만 특별한 줄 알았다. 어리석게도 세상은 변해도 자신만은, 자신의 사랑만은 변하지 않을 거라 믿었다. 결국 자신도 세상의 한 부분인 것을 그때는 몰랐다. 그래서 정남은 나이 듦이 나쁘다고만은 생각지 않았다. 자신의 내면을 들여다 볼 수 있는 지금 이 나이가 나름 좋다고 느낀다. 예전엔 그저 상준의 내면에만 관심이 있었다. 그래서 결혼에 실패를 했던 거다.

지금 자신의 내면은 어떤가. 잠시 정남은 상준에 대해 생각했다. 아직까지 무슨 문제가 생기면 그가 먼저 떠오른다. 달라진 게 있다면 그에게 무작정 다가가지는 않는다는 거다. 나름 고민하고 고민하고 그러다 해결이 안 되면 푸념처럼 털어 놓는다. 이렇게 되기까지도 많은 시간이 필요했다. 처음엔 오기와 자존심으로 그에게 더 알리지 않았으니까.

이 남자는 지금 나에겐 어떤 의미일까.

가만히 상준을 들여다보았다. 희끗한 머리카락이 조명을 받아 유난히 반짝인다. 그의 말대로 반짝 빛나던 때의 상준이 새삼 그립다. 미치도록 괴로웠던 그때의 그를 이렇게 그리운 듯 떠올리는 걸 보면 정말 이젠 나이가 들었나 보다.

"정년퇴임하고 어떻게 지낼 거야? 계획하고 있는 일은 있어?"

"……뭐, 계획한 일은 있지. 그게 워낙에 어이없는 일이라…… 당신은 아마도 기함할 거야."

주춤 말하는 투가 어째 영 자신도 없고 기운도 없다. 슬금슬금 정남의 눈치를 살피는 듯 몸을 꼼지락거리는 상준의 표정이 안절부절 어쩔 줄을 모른다.

"뭔데 그래? 당신 계획에 내가 기함일이 또 뭐야?"

"그게…… 내가 모아둔 돈 좀 투자해서 우, 우리 레스토랑 지점 하나 낼까…… 하고……."

"……!"

그야말로 기함을 한 정남의 표정에 상준은 말을 제대로 맺지도 못하고 눈을 질끈 감았다. 몇 년 전부터 내내 드는 생각이었다. 자신이 생각해도 어이가 없었지만 상준이 꿈꾸는 노후에 정남과 레스토랑이 들어 있었다.

분명 어떤 기대도 없다. 상준에겐 더 이상 바라는 것도 없다. 그런데, 그런데…… 왜 이렇게 눈물이 나는 걸까. 그 옛날 자신이 꿈꾸었던 일이다. 전국에 자신들의 레스토랑으로 꽉꽉 채우는 일. 그곳을 돌아다니며 여행하는 자신과 상준.

"이, 이 남자가 좀 알긴 아네? 우리 레스토랑, 지금 패밀리 레스토랑 업계에서 1위거든? 당신 봉 잡은 거야, 알아?"

"……응, 알아. 알고말고. 내, 내가 좀 운이 좋지?"

상준은 시큰해지는 코끝을 손가락으로 문지르며 정남의 어깨에 손을 얹었다. 나이 60에 가슴이 두근거린다. 사랑은 참, 공평하게도 온다.

얘기 좀 하자고 말한 사람은 이영인데 우현은 마치 기다렸다는 듯이 그녀를 뒤뜰로 이끌었다.

"얘기해."

나무에 이영을 턱 기대어 놓고는 대뜸 바싹 다가와 굽어본다. 이영은 목을 한껏 젖히며 우현을 쏘아보았다.

"저기요, 목 아프거든요. 뒤로 좀 물러서요."

"그냥 여기 봐, 여기 보면서 얘기해."

자신의 가슴팍을 툭툭 두드리며 전혀 움직일 기미가 없다. 아, 이 남자가 진짜 왜 이래!

심장이 이젠 수위를 벗어나 미친 듯이 쿵쾅거린다. 이렇게나 가까이 있으니 저 눈치가 빠른 남자가 모를 리가 없다. 불만스런 눈으로 우현을 올려다보니 왠지 의기양양, 표정이 무척이나 얄밉다.

에구, 못살아!

차갑니 가볍니 혼자 쿨한 것처럼 굴더니 어디 용암에 뒹굴고 왔나, 전신에서 불같은 기운이 치솟는다. 옆에 있는 자신조차 뜨겁게 달아오른다.

"저기요, 내가 많이 생각해 봤는데요……. 내가 좀 면역력이 떨어져서……."

"뭐? 뭔 말이야? 어디 아파?"

그러면서 이영의 이마를 쓱 만지더니 뺨까지 더듬더듬 만진다.

"에휴, 됐거든요! 그 가벼운 연애 한 번만 더 하다간 사람 남아나지도 않겠네."

그러면서 우현의 손을 툭, 하고 쳐냈다. 그러자 우현의 미간이 잔뜩 좁혀진다.

"내, 내가 그, 그 어쨌든 우현 씨 말대로 현실을 좀 모르잖아요. 그래서 말인데…… 가벼운 연애도 이 정도면 나중에 진지한 연애는 시작도 못하겠더라고요. 뭐가 만날 이렇게 떨리고 열이 나고 아픈 것처럼 시름시름 앓느냐고요. 저기, 가벼운 연애의 매뉴얼 같은 건 없어요? 헤어질 땐 친구처럼 가볍게……."

"그러니까 각오하라고 했잖아!"

이영의 말을 대뜸 자르며 우현은 날카롭게 소리를 질렀다. 그 소리에 움찔 놀란 이영은 눈을 휘둥그레 뜨고 그를 올려다보다 자신도 이래서는 더는 못살겠다 싶어 같이 고함을 질렀다.

"뭔 각오를 자꾸 하래요! 각오해도 안 된다고요, 체질적으로 그게 안 된다고요. 됐어요?"

"체질적으로 안, 된, 다?"

이영의 앞에서 턱하니 팔짱을 낀 채 두 발을 벌리고 선 우현이 어스름하게 떠오르는 달빛에 섬광처럼 빛이 났다.

하지만 이미 이성을 잃어 가고 있는 이영은 자꾸만 속의 말을 꾸역꾸역 내뱉게 만드는 우현이 너무 미워 씩씩거리며 두 손을 허리에 얹었다.

"왜요, 그럼 안 돼요? 나는 이렇게 생겨먹었다고요. 또 숙맥이라고 놀릴 참이에요? 하지만 그쪽이 생각하는 연애가 이런 거라면 나는 심장 떨려서 못 해 먹겠어요. 이렇게, 이렇게 만들어 놓고 나중에, 나중에 어깨를 툭 치면서…… 아무렇지 않게…… 헤어지자고 하면…… 나, 나는…….”

아, 울면 안 되는데. 눈가에 힘을 주지만 이내 눈물이 그득 고이더니 두 뺨 위로 마구 흘러내린다. 이래서 저 남자가 숙맥이라고 하는 모양이다. 나는 당신을 사랑하는데 당신은 왜 그렇게 가벼운 연애만 고집하느냐고 따져 물을 수도 없다. 그래서 구구절절 말을 하다 보니 이런 자신이 너무 가여워 그냥 눈물이 흘러내린다. 아, 체질을 바꾸고 싶다! 자꾸 그림처럼 잘 어울렸던 이은영이라는 여자가 선명하게 떠올랐다. 그 여자처럼 이 남자와 헤어지고 나서도 친구로 남을 수 있다면 얼마나 좋을까.

매일 밤 도망간 엄마를 부르며 술을 마시던 아빠가 떠올랐다. 자신도 그 피를 이어받았으니 어찌 보면 당연한 거다. 누군가를 마음에 담으면 가슴절절히 잊지 못하는 유전자가 자신의 온몸에 흐르고 있다. 처음으로 그런 아빠를 두고 도망간 엄마가 야속한 생각이 들었다.

우현은 부르르 떨리는 입술을 잘근 깨물며 억지로 눈물을 삼키는 이영의 턱을 가차 없이 쥐고 들어올렸다.

“나, 죽일 참이야?”

눈물을 줄줄 흘리며 우현을 올려다본다. 그 눈물에 우현의 심장이 조각나듯 아파왔다. 생살을 도려내듯 아프다. 아파서 죽을 것만 같다.

한 손으로 조금 거칠게 이영의 뺨에 흐르는 눈물을 남김없이 닦아냈다. 그런데도 눈동자엔 금방이라도 떨어질 듯한 눈물이 대기 중이다.

"박이영."

"흐, 흑…… 왜요."

"이영아……."

"……."

"휴우, 각오하라고 했잖아. 그 말은…… 그 말은 집착, 눈물, 질투, 구속 이런 감정에 휘말릴 각오를 하라는 뜻이야."

이영이 깜짝 놀라 눈을 깜박거리자 대롱 매달려 있던 눈물이 또르르 뺨 위로 굴러 떨어졌다.

우현은 그 눈물을 입술로 쓸어내리며 깊은 한숨을 내쉬었다.

"그, 그런 각오를 내가 왜 해요?"

"진지한 연애를 하고 싶다며. 그럼 그에 수반되는 감정들을 다 받아들일 각오를 하라고."

이영의 눈물이 어느새 초고속으로 쏙 들어갔다. 우현의 말들을 곱씹어 보느라 눈동자가 살짝 가늘어졌다.

"나는 당신 하나 때문에 이 모든 걸 받아들였어."

"왜……요?"

"왜라니. 당신이 진지한 연애를 하고 싶다고 했잖아."

"그러니까 왜 그 말을 하냐고요. 내가 그러든 말든 예전엔 현실을 모른다고 비웃기만 했잖아요."

우현의 눈이 조금씩 조금씩 커지다 이제는 어이가 없는 표정으로 그녀를 내려다보았다.

"어휴, 순둥이."

갑자기 집게손가락으로 이마를 톡 건드렸다.

"그 피 말리고 영양가 없는 짓을 내가 왜 하려는 것 같아? 그것도 여태 한 번도 한 적도 없고 할 생각도 없었던 그 짓을, 어?"

"내, 내가 어떻게 알아⋯⋯!"

설, 설마!

이영의 눈이 휘둥그레지고 우현의 눈은 점점 더 가늘어졌다.

"저, 정말⋯⋯?"

"응."

이영의 말이 이어지지 않자 대뜸 대답부터 하는 우현이었다.

그래도 여전히 말이 이어지지 않자 긴 한숨을 내뱉으며 우현은 이영의 두 뺨을 감싸 안았다.

"어머니가 아버지한테 하시는 걸 보면서 끔찍하다고 생각했어. 저런 게 사랑이라면 세상 인간들 다 미친 거라는 생각도 했지. 하지만⋯⋯ 박이영, 당신을 사랑하는 순간부터 나는 그 말도 안 되는 끔찍한 감정에 휘말려 버렸어. 어느 순간 난 당신한테 집착하고 당신을 구속하고 싶고, 당신과 말을 하는 모든 사내놈들이 죽이고 싶을 만큼 미워. 봐, 너무 끔찍하지 않아?"

얘기하면서도 정말 끔찍한지 우현은 어느새 이영을 놓고 한 걸음 물러서 바지 주머니에 두 손을 찔러 넣었다.

"처음으로⋯⋯ 어머니가 이해되었어. 누군가를 사랑한다는 게 이렇게 병적으로 아픈 거라면 나는⋯⋯ 나야말로⋯⋯."

우현의 시선은 이영의 어깨너머 나무기둥에 어둡게 내려앉았다. 그러나 이내 두 눈을 부릅뜨고는 이영을 노려보았다.

"이래도 좋아? 하고 싶어? 마냥 좋기만 한 사랑? 하! 웃기고 있

300

네. 그게 바로 환상이야. 사랑은…… 젠장, 나만 바라보라고 강요하고 나를 보고 웃지 않으면 죽을 만큼 괴롭고, 안고 싶고, 만지고 싶고, 누군가 행여 뺏어갈까 꽁꽁 숨기고 싶고, 멋대로 심장은 벌렁거리고 행여 다른 사람한테 눈을 돌릴까 전전긍긍, 보고 있어도 불안하고 안 보이면 미칠 것 같고! 이런 거야. 알아? 당신이 죽도록 하고 싶은 사랑의 실체가 이런 거야, 알아?"

기어코 말로 내뱉은 우현은 눈을 질끈 감아 버리고 말았다. 지레 겁에 질려 이영이 도망갈까 혼자서 속앓이 하던 마음을 토해내자 후련함보다 두려움이 급습한다. 제발! 눈을 질끈 감고는 고개를 모로 돌려 이영을 외면했다.

저 남자, 지금 나 사랑한다고 말한 거 맞지?

표정을 좀 더 잘 보고 싶은데 달빛에 가려 실루엣만 보인다. 사선에 비껴 있는 정원 등에 비친 우현의 옆모습이 잔뜩 괴롭게 일그러져 있다. 입술을 꾹 다물고 있는 남자의 모습에 심장이 몽글몽글 부풀어 오른다. 다리마저 힘이 없어 휘청거린다. 그러나 이영은 한걸음 앞으로 내딛으며 우현과의 사이를 좁혔다. 열려진 재킷을 헤치고 허리를 껴안으며 가슴팍에 얼굴을 기대었다. 움찔거리며 떠는 우현의 몸이 고스란히 느껴졌다. 그것마저 사랑스럽고 설레어 이영의 얼굴에 감격스런 미소가 어렸다. 한껏 숨을 들이키자 말로 표현할 수 없는 우현의 내음이 심장을 직통한다. 온몸이 간질간질, 그야말로 해일이 일고 폭풍이 휘몰아친다.

아! 이 남자의 사랑을 받는다는 느낌이 이런 거구나!

허공에서 잠깐 멈춘 우현의 손이 이영이 가슴팍에다 얼굴을 문지르자 부들부들 참지 못하고 어깨를 껴안았다. 등을 쓰다듬고 머리카

락을 쓰다듬으며 연신 안도인지 설렘인지 모를 한숨만 내리 내쉬었
다.

고개를 바싹 든 이영의 입술을 거칠게 삼키며 우현은 이영의 몸
을 바싹 끌어올렸다. 자신의 몸에 꼭 맞게 붙이며 이대로 이 여자를
집어 삼켰으면 좋겠다는 갈망에 몸을 부르르 떨었다.

"하…… 오, 오늘 자고 갈 거지?"

간신히 입술을 떼며 말을 하고는 대답도 듣기 전에 이영의 입술
을 다시 삼킨다. 그냥 오늘 이대로 보냈다간 죽을 것만 같다는 생각
이 전신을 휘감았다.

거칠게 서로의 입술이 부딪쳤다. 조심스럽던 이영조차 우현의 입
술에 적극적으로 매달렸다. 그러자 두 사람이 내는 거친 숨소리가
기대선 나무둥치를 타고 내려가 그 뿌리마저 수줍게 흔들어 놓았다.

가까스로 이영을 바닥에 내려놓았다. 거친 숨소리에 눈동자마저
몽롱하다. 그런 이영을 바라보는 우현의 눈동자가 까맣게 가라앉았
다. 이제 더는 되돌릴 수 없는 감정. 아니, 몰랐으면 억울해서 돌아
버렸을 이 감정이 감사하기까지 해서 우현은 이영이 숨 쉬는 공기
마저 아깝고 안타깝다.

여전히 그의 가슴에 얼굴을 묻은 이영이 수줍게 입을 열었다.

"저기, 내가 비밀 하나 알려 줄까요?"

"……비밀?"

"남자가 집착하는 여자, 그거 내 로망이거든요. 마구마구 집착해
줘요. 그게 또 사랑한다는 나름의 정표 아니겠어요? 참, 대신 나도
엄청 집착이나 질투 심하거든요? 행여 전에 사귀던 여자들과 마주
쳐도 아니, 눈도 마주치지 말아요. 그냥 쌩하고 지나가란 말이에요,

알았죠!"

가슴팍에서 고개를 빳빳이 든 이영의 눈길이 제법 매섭다. 실상은 그렇게 하지도 못할 거라는 걸 알고는 있지만 우현은 아무 말도 하지 않았다. 어쨌든 이영이 무심하게 '아, 전 여자 친구구나.' 하고 쿨하게 지껄이는 꼴은 못 보겠으니 말이다. 하지만.

"이래서 현실을 모른다는 거야."

머리를 절레절레 흔들며 한심하다는 듯 중얼거리자 이영의 눈썹이 삐뚜로 올라갔다. 집착의 '집' 자도 모르는 주제에. 속으로 중얼거리며 이영의 입술을 또 베어 물었다.

"아, 아니 오늘 가야 하는데……."

아무리 그래도 우현의 부모님이 계신데 냉큼 좋다며 자기가 그렇다. 아무리 저 남자가 불같은 레이저를 쏘아대도. 게다가 상준은 자신의 은사님이 아닌가 말이다. 그래, 아무리 사랑에 미쳐도 이건 안 될 말이다.

"이층 복도 끝 방, 준비해 놨다."

어느새 정남이 불쑥 나타나 아무렇지도 않게 말하며 지나갔다.

"아, 아니에요! 저는 그냥 갈게요."

"지금 몇 신 줄 알아? 이 녀석 차 가지고 온 거 아냐? 지금 내 아들을 이 오밤중에 운전시켜 데리고 가겠다고?"

아니, 무슨 말이 또 그렇게 되나. 어이가 없기도 정남의 말투나 인상이 무섭기도 해서 이영은 슬금 뒷걸음을 치며 우현을 쳐다보았다. 그러나 우현은 고맙다며 생글 웃기까지 했다.

"원하는 게 있다. 알지? 며칠 내로 전화하마."

그렇지. 그냥 넘어갈 리 없다는 걸 알면서도 우현은 자신의 어깨를 툭 치며 귓속말을 하고는 사라지는 정남을 멍하게 쳐다보았다.

"피곤하지? 가자."

대뜸 손을 이끌고 계단을 오르는 우현을 보며 이영은 저기요, 하며 연신 중얼거렸다.

그리곤 방 안에 들어오자마자 눈에 확 들어오는 침대에 황급히 눈길을 돌리고는 벌게진 얼굴로 우현을 바라보았다.

"그래도 이건 아니지 않아요? 미혼 남녀가, 그것도 남자 부모님이 떡하니 계신 집에…… 이건…….."

"무슨 소리야? 잠자는 거랑 그거랑 뭔 상관이라고?"

"상관있거든요! 어떻게 그렇게 뻔뻔해요? 아무리, 아무리…….."

사랑에 미쳐도 그렇지. 그 말은 못 하고 이영은 우현의 태연함에 혀를 내둘렀다.

"아니, 뻔뻔한 인간은 잠도 안 자나? 당신이 빨리 자야 나도 잘 거 아냐, 내. 방. 에. 서!"

"네? 네, 네에. 그, 그렇군요."

이영의 붉은 얼굴에 웃음이 터져 나오는 것을 억지로 삼키며 우현은 짐짓 엄한 표정을 지어 보였다.

"박이영, 혹시 이상한 생각 한 건 아니지? 설마, 설마 여기서!"

"앗! 아니에요! 미쳤어요, 내가 무슨…… 하하, 말도 안 돼! 그냥 낯선 곳에서 자기가 영 부, 불편해서 그러지. 미쳤나, 내가…….."

"그렇지? 난 또 예의바른 우리 박이영 선생께서 이상한 생각을 했나 하고. 그럼, 잘 자."

그러면서 냉큼 이영의 입술에 쪽, 하고 입맞춤을 하고는 문을 열고 나왔다.

문에 기대어 키득키득 웃음을 삼킨 우현은 매번 말려드는 이영이 너무 귀여워 어쩔 줄을 몰랐다. 사랑하는 여자가 당황하는 모습 보는 게 즐거우면 어떻게 되는 거야, 변태인 거야? 왠지 모를 꺼림칙함에 손가락으로 볼을 슬쩍 긁으면서도 복도를 걸어가는 우현의 어깨가 웃음으로 떨려왔다.

"아주 좋아 죽는구만."

준경과 술 한 잔을 하고 있던 우진은 우현의 벙글거리는 얼굴을 슬쩍 노려보았다.

"새신랑이 왜 이러고 앉았어?"

우현은 대뜸 우진의 술잔을 뺏어 마시고는 의자에 등을 느긋하게 기대어 앉았다.

"신부가 홀몸이 아니라 죽겠단다. 완전 뻗었어."

심드렁한 말투가 어째 힘이 없다. 그 모습에 우현은 피식 웃음을 지었다.

"오늘 내 결혼식이거든?"

"누가 뭐라냐?"

"근데 왜 형이 새신랑 같은 표정이야, 재수 없게!"

"야, 저 얼굴은 항상 재수 없었어. 뭘 새삼스럽게."

준경이 한마디 더 거들며 이죽거리는데도 우현의 얼굴에서 느긋함이 지워지지 않는다. 그 모습에 두 사람은 그야말로 경악을 한 채 우현을 바라보았다.

"저 인간이, 미쳤구나?"

"내가 그렇댔잖아. 완전 갔더라고."

둘이서 숙덕숙덕하는데도 우현은 말없이 공기 속을 휘도는 봄의 기운을 한껏 음미하며 눈을 감았다. 어째 이영의 내음도 섞여 있는 것 같다. 박하처럼 알싸하고 라일락처럼 달콤한. 불쑥 이영이 자고 있는 이층 방에 시선이 머물렀다. 가슴이 뜨거워진다. 우현의 손이 다시 술잔으로 갔다.

똑똑, 노크를 하려다 문득 허공에 손을 멈추었다. 열기를 잠재우려는 듯 후, 하고 길게 숨을 내뱉고는 문을 살짝 열었다. 깜깜한 어둠이 그를 반갑게 맞이했다.

벌써 잠든 건가?

아쉬움도 잠시 달빛 어린 창가에 이영의 실루엣이 보이자 또다시 숨 가쁜 열기가 찾아들었다.

잠이 오냐, 잠이?

삐딱한 마음과 함께 허탈함이 음습했다. 자신만 만날 안달하는 것 같은 상처 받은 자존심, 저 여자를 안고 싶다는 간절함.

침대에 잠이 든 이영을 가만히 굽어보았다. 참, 박이영답게 잔다 싶을 정도로 이영은 두 손을 모아 가슴 위에 가지런히 놓고는 얌전히 잠들어 있었다.

"……이영아."

그러나 속삭이듯 부른 그의 목소리에 이영의 눈이 반짝하고 떠졌다. 그 반짝거림에 우현의 심장이 덜컥 내려앉았다. 이영은 마치 언제 잠을 잤냐싶게 벌떡 일어나 침대 헤드로 소스라치게 물러났다.

"뭐, 뭐예요!"

그 모양새가 너무 웃기기도 하고 시트를 꽉 움켜쥔 모습이 예쁘기도 해서 우현은 침대에 턱하니 걸터앉아 시트에 감싸인 다리를 슬쩍 잡았다.

"원래 이렇게 잠귀가 밝아? 그냥 이름 한번 부른 건데 벌떡 일어나냐? 사람 무안하게."

이영은 우현의 손길을 피해 다리를 슬쩍 세우며 더듬더듬 입을 열었다.

"자, 자고 있었는데 갑자기 부르니까……."

이영은 두 눈을 감았다. 이 남자가 제 이름을 부를 때마다 심장이 벌렁거리며 반응을 하니 잠결에도 그랬나 보다. 게다가 낯설고 설레어 깊은 잠에 빠져들지 못했었다.

자리를 옮겨 더 가까이 이영의 곁으로 다가온 우현은 시트를 꼭 움켜 쥔 이영의 손을 덮었다. 잔뜩 힘이 들어간 그녀의 손을 부드럽게 떼어내며 자신의 손에 깍지를 끼었다. 'HEXE'에서 손이 예쁘지 않다고 놀린 기억이 떠올랐다. 초등학교 때부터 밥을 하고 콩나물을 다듬었다고 했다. 그때, 처음으로 자신의 입을 꿰매어 버리고 싶었다.

그 손가락에 입을 맞추자 이영의 입에서 신음과도 같은 한숨이 터져 나왔다. 그 소리에 우현은 어떤 망설임도 없이 거칠게 이영의 입술을 열었다.

"……흡!"

입술을 단박에 가르고 거침없이 혀를 내밀었다. 숨이 막힌 듯 헐떡이던 이영의 몸이 스르르 무너지듯 내려왔다. 그녀 위로 우현의 몸이 자연스럽게 겹쳐졌다.

"하…… 사랑해."

이영의 눈에 이내 보석 같은 눈물이 차올랐다. 이영은 떨리는 손가락으로 그의 턱을 어루만졌다.

우현의 얼굴이, 눈동자가 전에 없이 진지하고 아름다웠다. 남자의 얼굴이 이렇게도 아름답고 예쁠 수 있구나.

파르르 떨리는 그의 눈썹을 따라 그녀의 심장도 가늘게 떨리기 시작했다.

그녀의 머리를 감싸 안은 우현의 손바닥이 불처럼 뜨거웠다.

그가 내쉬는 숨소리에 심장이 터질 듯이 부풀어 올랐다. 갑자기 모든 신경이 그에게로 곤두서기 시작하더니 이내 온몸이 두근두근, 간질간질 요동을 치기 시작했다.

그의 혀가 거침없이 그녀의 입술을 가르고 치아를 두드리더니 깊숙이 들어왔다. 그녀의 온몸을 마시듯 혀를 잡아채더니 약간 거칠게 빨아 당겼다.

숨소리마저 앗아간 그의 입맞춤에 그녀의 몸이 저절로 꿈틀거리기 시작했다. 창밖엔 봄바람이 강물을 타고 올라와 그들이 뿜어대는 열기를 조금씩 식혀 주곤 했다.

원피스 단추가 하나둘 풀릴 때마다 그의 손바닥은 뜨겁게 달아올랐고 그녀의 숨소리는 점점 더 거칠어졌다.

"저, 저기 불을……."

그녀의 말에 우현은 벌떡 몸을 일으켰다. 잠시 그녀를 내려다보는 그의 눈동자가 욕망으로 발갛게 달아올라 있었다. 이영도 바지에서 빠져나온 그의 셔츠 자락에 얼굴이 화끈거렸다. 탁, 소리와 함께 불이 꺼지자 창문으로 은은한 달빛이 어스름한 무대조명처럼 피어

올랐다. 그 달빛을 등에 지고 우현은 셔츠 단추를 풀어 내렸다. 그 모습을 올려다보던 이영은 마른침을 삼키며 이미 열려진 원피스자락을 힘없이 끌어 모았다.

이영의 하얀 속살이 달빛을 받아 사금을 뿌린 듯 반짝거렸다.

우현은 셔츠를 아무렇게 던져놓고 침대에 걸터앉았다. 그녀의 팔을 쓸어 올리다 반쯤 벗겨진 원피스를 어깨에서 천천히 끌어내렸다. 그러자 새하얀 브래지어가 달빛을 받아 유난히 반짝였다. 그 브래지어에 감싸인 동그랗고 뽀얀 가슴에 정신이 아득해진다.

우현은 금세 깨어질 것처럼 그녀의 가슴을 살며시 어루만졌다. 파르르 떨리는 그녀의 떨림이 그의 욕망을 더 타오르게 했다. 점점 더 가슴을 쓰다듬는 그의 손길이 거칠어지더니 이내 참지 못하고 입술로 곧추선 정점을 빨아 당겼다. 혀로 돌돌 말아 올리는 짜릿한 감각에 헉, 그녀의 입에서 절로 신음소리가 터져 나오고 고개가 약간 뒤로 젖혀졌다.

이런 느낌이구나. 이런 마음이구나.

사랑하는 남자에게서 사랑을 받는다는 건, 사랑하는 남자를 안고 싶다는 바람은 이렇게 설레고 이렇게 강렬하고 이렇게 어지러울 만큼 황홀한 거구나.

그녀의 온몸이 그를 환영하듯 봉오리를 벌렸다. 그 속을 그가 조심스레 어루만지며 자리를 잡았다.

그녀의 브래지어가 자연스레 벗겨지고 그의 버클이 살짝 부딪치는 소리도 들렸다.

등에 와 닿는 침대의 하얀 시트조차 감미로웠다. 이영은 열에 들뜬 사람처럼 숨소리를 거칠게 내뱉었다. 그의 맨가슴이 그녀의 맨가슴을 누르자 그녀의 허리가 꿈틀꿈틀 비틀렸다.

아! 어떤 수식어로도 설명할 수 없는 감탄이 폐부 깊숙이 터져 나왔다.

허벅지를 쓸어내리는 그의 뜨거운 손바닥. 그 열기에 조금씩 열리는 그녀의 속살.

"아플 거야."

귓가에 뜨거운 목소리가 들려옴과 동시에 그가 밀고 들어왔다. 엉덩이를 꿰뚫는 뜨거운 고통에 잠시 숨이 턱하고 막히는 것만 같았다.

이영은 아랫입술을 꽉 깨물며 신음을 참았다. 하지만 하체가 덜덜 떨려오는 것을 막을 수는 없었다. 잠시 그 떨림을 안타까워하며 우현의 움직임이 멈칫 멈추었다.

"미안……."

그의 목소리에 물기가 느껴져 이영은 질끈 감았던 눈을 파르르 떠올렸다. 그가 미안할 일이 아닌데. 그냥 자연스레 일어나는 일일 뿐.

하지만 위로의 말을 건네지도, 웃어 주지도 못했다. 그저 그의 목덜미를 다정스레 안아 주는 것밖에는.

그의 입술이 다정하게 그녀의 이마에, 눈두덩에, 콧등에 봄바람처럼 내려앉았다. 잠시 불처럼 뜨겁던 하체가 진정되는 듯 가라앉았다.

눈을 다시 감았다. 그가 느껴지고, 그가 살아 있는 것처럼 그녀의 문을 살짝살짝 두드리고 있었다. 그 느낌에 온 신경을 집중하자 무언가가 간질간질 그녀의 속살을 간질거리기 시작했다.

움직여 줘.

그 말은 차마 하지 못하고 다리를 살짝 움직였다. 그러자 그의 입에서 신음이 터져 나왔다. 이번엔 용기를 내어 엉덩이를 약간 움직였다. 그러자 그가 질끈 눈을 감는 게 보였다.

바보.

이영은 미소를 지으며 그의 귓가에 속삭였다.

"이젠…… 움직여도 돼요."

그의 가슴이 눈에 띄게 들썩이더니 이내 조심스레 움직이기 시작했다. 조금씩 밀려드는 아픔에 다시 미간을 접었지만 이내 생소한 느낌이 그녀를 두드리기 시작했다.

이건 뭐지? 이 느낌은 뭐지?

무언가 조바심이 쳐지고 무언가 다급하게 갈증이 나는 이 느낌.

그의 움직임이 빨라지고 그녀의 신음소리도 깊어졌다.

아! 탄성처럼 내뱉는 그의 신음에 맞추어 그녀도 짧고 강렬한 신음을 내뱉었다.

뻣뻣하게 힘이 들어가 있던 하체가 갑자기 나른해지고 온몸이 기분 좋게 늘어졌다.

그와 함께 행복한 잠이 찾아들었다.

"우현 씨, 우현 씨."

조심조심 그를 흔들어 깨우는 손길에 우현은 잠에 취한 채 겨우 눈을 떴다가는 다시 감았다. 그러면서도 부둥켜안은 손에 힘을 풀지 않았다.

이 여자, 왜 이렇게 감촉이 좋은 거야. 맡아도 맡아도 질리지 않는 내음까지.

우현의 커다란 손이 가느다란 등허리를 지나 엉덩이로 움직였다.

그러나 이영은 화들짝 놀라며 그의 손을 걷어냈다.

그 손길에 우현은 잠에서 완전 깨어 눈꺼풀을 들어올렸다.

"좀 더 자. 아직 일러."

베개에 등을 기대어 앉은 이영을 끌어내리며 우현은 또다시 눈을 감았다.

"그, 그게 아니라고요. 우리 지금 출발해요."

"어?"

이영의 이마에 입을 맞추고 관자놀이에 입술을 내렸다. 자신의 맨가슴에 슬쩍 와 닿는 그녀의 가슴에 또 다시 열기가 치솟는다. 그래서 우현은 더 바싹 이영을 끌어당겼다. 허벅지를 벌려 자신의 다리를 슬쩍 끼워 넣으니 소스라치게 떠는 이영이 느껴졌다.

"우, 우현 씨. 정신 좀 차리라고요. 나 어른들 못 봐요. 그러니까 얼른 가요. 응?"

우현의 입술을 이리저리 피하며 제법 간절하게 부탁을 늘어놓았다. 우현은 달아나는 이영의 입술은 포기하고 목덜미로 슬쩍 입술을 밀어붙였다.

"……아! 아, 제발 우현 씨. 나 부끄러워 죽는 꼴 보고 싶…… 아!"

우현의 입술이 가슴에 와 닿자 이영의 말이 어느새 신음이 바뀌어 갔다. 입술이 절로 벌어지자 이 순간이 민망하다 여기면서도 파고드는 우현을 뿌리칠 수가 없다.

"슥……맥."

"……어?"

웅얼거리는 그의 말을 제대로 못 들은 이영이 뭐라 되묻기도 전에 우현의 입술이 가슴 선을 타고 내려와 배꼽 부근에 이르자 이영은 그야말로 경기를 하듯 화들짝 놀라 우현의 어깨를 있는 힘껏 밀었다. 그러나 그녀의 허리를 꽉 움켜쥔 그는 꿈쩍도 하지 않았다. 행여 새벽잠 없는 어르신들이 자신의 신음소리를 듣는 건 아닐까, 이 와중에도 걱정이 되어 미칠 것만 같다. 이영은 아랫입술을 꽉 깨물며 신음을 미친 듯이 속으로 삼키기에 바빴다. 안간힘을 써서 두 다리를 버둥거려 보았지만 이내 우현의 가차 없는 애무에 부르르 떨리며 힘없이 늘어졌다. 그 틈을 놓치지 않고 우현의 단단한 몸이 쑥 밀고 들어왔다.

"아……!"

미칠 것 같다. 그 쾌감이 어젯밤과는 비교가 안 될 정도로 적나라하게 느껴져 이영의 엉덩이가 요동을 치듯 꿈틀거렸다. 그 느낌이 자신이 느끼기에도 너무 야해서 이영은 두 눈을 질끈 감은 채 그의 팔뚝을 와락 움켜잡았다. 뭐라도 잡지 않으면 미칠 것 같은 갈망이 우현의 거친 숨소리와 함께 더욱더 거세게 타올랐다.

우현은 내내 고개를 숙이고 밥을 먹는 이영의 모습에 혼자서 흐뭇한 미소를 짓고 있었다. 이영은 누군가 말을 걸때마다 화들짝 놀라기 일쑤였다. 게다가 얼굴까지 내내 붉어져 있으니 그냥 무심하던 사람들마저 호기심 어린 표정으로 힐끔거린다.

바보.

금방이라도 웃음이 터질 것 같다. 우현의 키득거림을 힐끗 본 이영의 눈이 처음으로 날카롭게 반짝 빛을 냈다.

오늘 아침 겨우 우현을 달래서 제 방으로 돌려보냈다. 보내면서도 망을 봐 주 듯 복도를 좌우로 살피기를 여러 번, 수신호까지 보내며 우현을 확 밀어냈다. 그 모양새가 우습다 여기면서도 우현은 태연하게 구겨진 슈트 차림 그대로 어슬렁거리며 복도를 걸어갔다. 그 뒷모습이 너무 얄미워 이영은 조금 전 사랑한다, 외친 남자의 뒤통수를 확 내려쳤으면 좋겠다는 엄청난 생각까지 한 터였다.

그러나 눈을 갸름하게 뜨고 이 모든 것을 지켜보던 정남은 큰아들의 어이없는 유들유들함에 혀를 내둘렀다. 냉정하고 침착해 그 속에 한 번만 들어갔다 나왔으면 죽어도 좋겠다는 극단적인 생각까지 한 적이 있었다. 언제나 잔소리를 늘어놓아야 겨우 반응을 기대할 수 있다. 그런데 제 여자가 당황해서 어쩔 줄 모르는데도 그저 좋아서 죽으려 한다. 이영이 뭐라 말하며 팔을 툭 쳐내는데도 막 신혼을 즐기는 부부처럼 우현의 눈은 이영의 곁에서 떠날 줄을 모른다. 아니, 눈만 그렇나? 그저 어떻게 하면 이영을 한 번이라도 더 만져 볼까, 내내 쓰다듬고 만지고……. 도대체 저 인간은 누굴 닮은 거야!

그러다 보니 친척들도 하나둘 '도대체 둘이 무슨 사이야?' 하며 물어온다. 대뜸 결혼할 사이라 하기도 뭐해서 그냥 만나는 사이라고 대충 얼버무리긴 했다.

"도대체 뭔 짓을 한 거냐?"

"뭔 짓이라뇨?"

정원 산수유나무 아래로 끌려나오며 우현은 시큰둥하게 대답을 했다.

"결혼까지 생각하는 거냐?"

단도직입적으로 대뜸 하고 싶은 질문부터 던졌다. 행여 연애만 할 거라는 대답이 나오면 어쩌나 불안함도 없지 않아 있었다.

"할 겁니다."

산수유 아래 드러난 LED등을 발로 툭 건드리며 우현은 당연한 것 아니냐는 듯 건조하게 대답했다.

분명 기뻐해야 하는 일인데도 내내 결혼과 담쌓은 것처럼 굴던 녀석이 단박에 대답을 하자 어째 묘하게 섭섭했다. 이게 아들 가진 엄마의 마음인가?

"흥, 다행이네. 놓치면 바보천치라고 한바탕 퍼부어 줄라 했더니."

우현은 잠시 정남의 옆모습을 말없이 바라보았다. 언제나 날카롭게 날이 선 그녀의 옆선이 세월에 무디어진 것인지 조금 편안해 보인다.

"그날…… 죄송했어요."

정남은 흥, 하고 콧방귀를 뀌며 몸을 휙 돌렸다.

"자식이란 것들은 부모 가슴에 비수를 꽂아놓고도 그저 미안하다, 그 소리만 하지."

"어머니……."

"뭐, 나도 그 아이 덕에 이런저런 생각을 많이 하게 됐다."

"네?"

"부모라고 무조건 자식을 위해 희생해야 한다는 생각은 버려라. 나도 니가 장남으로서 해야 할 도리에 대해선 이제 더 이상 언급하지 않을 테니."

정남은 천천히 고개를 들어 남한강에 흩뿌려지는 아침햇살을 감동 어린 시선으로 바라보았다. 이젠 진짜 늙었나 보다. 자연이 눈에 들어오고 마음에 묻힌다.

"너나 나나 부모나 자식이기 전에 한 인간이잖니. 나도 그저 평범한 여자였고 내 사랑이 너무 아팠다. 너희들이 눈에 보이지도 않을 만큼. 그런데 참 우습지? 잘 극복했다고 나름 기특해하고 있었는데 니가 갑자기 결혼도 싫다, 사업도 잇기 싫다, 이러곤 나가 버리는데…… 왜 네 아버지가 생각나는 거니? 갑자기 다시 그때로 돌아가는 것 같더라. 왜 내가 사랑하고 의지했던 남자들은 이렇게 내 곁을 떠나나…… 갑자기 너무 억울하고 너무 화가 나더라. 그래서 너만 보면 말이 곱게 나가지 않았나 봐. 속으론 니가 잘해 나가고 있어서 기특하다, 그랬으면서도 말이야. 뭐, 너희 젊은 애들 말로 좀 쪽팔리긴 하지만…… 미안하다, 나도.”

우현은 가슴을 크게 들썩이며 강물을 타고 올라오는 봄바람을 들이마셨다.

그리고 두 눈을 천천히 감았다.

왜 이 순간에 이영이 떠오르는 것일까.

그녀의 와플, 그녀의 차가운 손가락, 그녀의 쇄골.

그리고 그녀가 꿈꾸는 사랑과 그녀가 바라본 쇼 윈도우의 구두.

‘사랑해요.’ 하고 속삭이던 목소리.

갑자기 울컥, 코끝이 시려온다.

“아버지와 헤어진 걸 후회하지 않으세요?”

“글쎄, 네 아버지와 사랑한 건 후회하지 않는다. 비록 헤어졌지만 나는 한 번도 네 아버지랑 만나지 말았으면 좋았을걸, 하는 생각은 한 적이 없어. 그래, 정말 그런 적은 한 번도 없어.”

정남은 말끝을 흐리면서 무리 속에 섞여 있는 상준을 아련하게 바라보았다. 어제 처음으로 상준과 마주 앉아 속내를 다 털어놓았다. 그리곤 두 사람 모두 울었다.

"행복하게 해 줘라."

"네."

"그리고…… 무엇보다 네가 행복해야 해. 그렇지 않으면 그 누구도 행복하게 해 줄 수 없다."

"네에, 누구보다 행복해요. 이영이가 옆에 있기만 하면 세상 사람들 모두를 행복하게 해 줄 수 있을 만큼요."

"미친놈."

정남의 일갈에도 개의치 않고 우현은 크게 웃어 버렸다.

15.
앞치마 두른 남자

"그 가벼운 연애 한다는 놈이랑은 어떻게 됐어? 끝냈지?"

학급 홈페이지를 점검하던 이영은 '놈' 이라는 은해의 말에 인상을 찌푸렸다.

"그놈이랑 잘 지내고 있거든요."

"뭐어!"

은해는 머그잔을 든 채로 있는 힘껏 고함을 질렀다. 그 소리에 교감선생님의 눈초리가 날카롭게 날아들었다.

"선배, 좀!"

몸을 잔뜩 숙이며 은해의 팔뚝을 살짝 꼬집었다.

"야, 잔말 말고 나와."

복화술을 하듯 입을 다문 채 말을 내뱉고는 성큼 교무실 문을 열고 나갔다. 이영은 자신의 책상 위에 떡하니 놓인 머그잔에 한숨을 삼키며 몸을 일으켰다.

"너, 미쳤냐? 아무리 외로워도 그렇지. 그런 놈이랑 어떻게 여태 만나니? 응? 그런 놈은 여자 홀리는 데 선수라고, 이것아!"

운동회가 몇 주 안 남았다. 무용연습을 하는 아이들을 바라보며 이영은 벤치에 등을 기대어 앉았다. 올 여름도 더우려는지 벌써부터 햇빛이 예사롭지 않다. 우현은 어제 1박 2일로 부산에 출장을 갔다. 그쪽 날씨는 어떤지 모르겠다.

"뭐, 여자 홀리는 데 선수긴 하더라."

은해는 태연자약한 이영의 목소리에 뜨악한 표정을 지으며 한동안 말을 잇지 못했다. 그러더니 이내 이영의 앞을 초조하게 왔다 갔다 했다.

"박이영 선생. 너, 잘 들어라. 면역력이 없으니까 그런 인간한테 걸리는 거야. 내 친구의 친구의 동생의 친구 얘기 해 줄까? 그 애가 키도 훤칠하게 크고 늘씬하대. 게다가 학교 선생이다? 그런데 학교 때부터 제대로 연애 한 번 못 해 본 거라. 그러더니 뜬금없이 누구 소개로 한 남자를 만났는데 이 허우대 멀쩡한 남자가 애를 공주님 취급하며 출퇴근시켜 줘, 밥 사 줘, 선물 사 줘, 그렇게 지극정성일 수가 없대. 남자는 강남 어디 입시학원을 경영한다고 그랬대. 애가 면역력이 꽝이니 이놈이 몹쓸 바이러스인지도 모르고 덜컥 몸안에 받아들였지. 근데 결혼식 올리자마자 남자가 학원을 정리하더래. 정리하니까 빚이 한 10억이었다나? 시골에 있는 시댁엔 시어머니가 키우는 늦둥이 시동생이 있었는데 알고 보니 그 남자의 아들이었다더라? 안 믿기지? 막장드라마에나 나오는 얘기 같지? 근데 아냐. 실화라고, 실화!"

피를 토하듯 열변을 토하던 은해는 자신의 얘기에 적당히 추임새까지 넣고 안타까운 한숨까지 내쉬는 이영을 보며 내심 만족스런 미소를 지어 보였다.

"그래서 이혼했대?"

"얼마 전에 임신했다고 울면서 전화가 왔더란다. 그 이후로는 나도 몰라."

두 사람은 운동장 한쪽에서 계주 연습을 하는 아이들을 바라보며 나이와 결혼, 자식 유무와 전혀 상관없이 오롯이 '여자'라는 이유로 지극히 본능적인 공감에 빠져들었다.

그 침묵 속에서 각자만의 생각에 빠져들어 있을 때 이영의 휴대폰이 감미롭게 울러 퍼졌다.

—아직 학교지?

"네, 어디예요?"

이영의 다정한 목소리에 은해의 인상이 확 구겨졌다. 목에 손날을 세우며 빨리 끊으라고 난리다.

—마칠 때 다 됐지?

"네, 어디냐구요. 아직 부산이에요?

오늘 일찍 도착할지도 모른다고 했는데. 아, 보고 싶다! 이영의 표정이 그리움으로 시무룩하게 가라앉았다.

—나, 보고 싶지?

체, 이젠 독심술도 하나? 입술을 삐죽이면서도 우현의 목소리가 듣기 좋아 이영은 발을 까닥이며 미소를 지었다.

"나는 안 보고 싶은 모양이네?"

—어제 잠도 제대로 못 잔 거 알면서 그런다.

어제 새벽까지 전화통을 붙잡고 있느라 둘 다 잠을 이루지 못했다.

[휴우, 이제 출장도 못 다니겠다. 어떡하냐. 박이영을 주머니에 넣어 다닐 수도 없고.]

그 말에 키득 웃으면서도 가슴이 찌릿해서 혼자서 심장에 손을 대고 천장을 바라보았다.

누군가를 이렇게 그리워할 수 있나. 누군가를 이렇게나 사랑할 수 있나.

가슴 절절한 그리움에 눈물이 쪼르르 눈가를 타고 흘러내렸었다.

아침에 눈을 뜨니 휴대폰을 손에 쥔 채였다. 언제 잠이 들었는가 싶어 화들짝 놀라 휴대폰을 들여다보았다. 통화중이라 떠 있어 엉겁결에 여보세요, 했다. 그러자 아아, 깼어? 우현의 까칠한 목소리가 귓가를 간질이며 들려왔다.

"보고 싶어서 그러지."

—마술 부려서 나 좀 데려가지.

"쿡, 그럴까요? 짠하고 나타나게 하는 주문 같은 거 없나?"

—혹시 알아? 눈을 감고 뭐라도 주문 외우고 있어 봐.

이영의 닭살스러움에 은해가 치를 떨고 있을 때 운동장을 가로지르며 검정색 벤츠가 들어섰다.

"이야, 저 매끈한 차는 뭐야? 죽인다. 어디 돈 많은 학부모라도 오셨나?"

휴대폰을 손에 쥔 채 고개를 든 이영의 미간이 점점 좁아졌다. 외부인 주차 장소에 주차를 한 어딘지 낯이 익은 차에서 휴대폰을 귀에 댄 채 한 남자가 내려섰다.

"이야, 저 기럭지 봐라. 저 사람은 뭐냐? 학부라기엔 너무 아깝다. 제발, 제발! 그냥 손님이라고 해 줘. 저 남자가 학부라면 나 여기서 드러누울 테야!"

─주문 열심히 외우고 있어?

"으응……. 근데 너무 열심히 외웠나 봐.

─응?

"나, 지금 우현 씨가 보여. 헛것이 보이나?

이영의 말에 우현이 고개를 휙 돌려 운동장 여기저기를 돌아본다. 그러더니 이영이 앉은 벤치를 바라보더니 휴대폰을 끊고는 거침없이 걸어왔다.

"야, 야. 저 남자 여기로 온다. 뭐 물어보려 하나? 혹시 자기 아들 반 찾는 건 아니겠지? 어?"

"선배, 저 사람이야."

"뭔 소리야?"

은해는 이영의 말은 귓등으로 들으며 우현을 보느라 정신이 없었다.

"선배가 말한 그놈이라고."

"아, 그래? 어…… 어? ……어!"

은해의 고함소리는 우현의 등장으로 더 이상 이어지지 않았다. 점점 더 가까이 다가온 남자는 은은한 화이트 스트라이프 패턴이 들어간 네이비의 클래식한 슈트 차림이었다. 타이를 매지 않고 연한 하늘색 셔츠를 받쳐 입은 모습이 두 눈을 질끈 감고 싶을 정도로 멋지다. 젠장! 은해는 절로 나오는 욕설을 삼키며 남자의 이목구비를 낱낱이 뜯어보았다.

"우현 씨, 인사해요. 동료 선생님이자 친한 선배, 김은해 선생님."

"안녕하십니까. 채우현이라고 합니다."

단정한 미소를 짓는 남자. 남자는 과하지도 부족하지도 않다. 적당한 감정 선이 마음에 든다. 이런 남자가 가벼운 연애나 신봉하다니, 기뻐해야 할지 화를 내야 할지 잘 모르겠다.

그냥 지금 이 순간, 이영의 심정을 백분 이해하겠다. 아니, 이해하고도 남는다.

"진짜 어쩐 일이예요? 갑자기."

"죽겠는데 어떡해. 마무리는 우리 직원들한테 맡기고 나 혼자 죽어라 왔지."

그러면서 이영의 볼을 슬쩍 쓰다듬는다.

"피곤할 텐데……."

볼을 붉게 물들인 채 말하는 폼이 너무 닭살스러워 은해는 저도 모르게 오금이 저려왔다.

"언제 마쳐? 아직 멀었어?"

이영의 머리카락을 손으로 쓰다듬으며 제법 애절하게 묻는다.

"교장선생님, 뵙고 갈래요?"

"됐어, 괜히 붙잡으실걸 뭐. 오늘은 당신하고만 있을래. 빨리 가자."

"네에, 준비하고 올게요. 차 안에서 쉬고 있어요. 알았죠?"

"응."

그래, 사실 나는 인간들이 그리 되고 싶다던 투명인간이었구나. 둘 사이에 떡하니 버티고 있는 한 덩치 하는 내가 보이지 않다니. 나, 드디어 만세삼창이라도 불러야 하나. 이왕 이렇게 된 거 저 인간들을 따라다녀 봐? 어차피 안 보일 거 아냐? 뭔 짓을 할지 짐작이 가지만 너무너무 보고 싶다! 보고 나면 울화가 치밀어 화병에 죽을지 모르지만 보고 싶다!

"아, 선배! 여기 있었네. 빨리 가요."

"우리 이영이 잘 부탁합니다."

은해는 이영의 팔에 끌려가면서 입술을 잘근잘근 씹었다.

젠장! 이제 내가 보이는 거냐?

한손은 운전대에 놓은 채 이영의 손을 잡았다. 이영이 수줍게 웃자 그의 심장이 움찔거리며 조여 온다. 신호가 걸리면 이영 쪽으로 몸을 돌려 또 하염없이 바라본다. 그러면 이영은 또 배시시 웃고 그는 그 입술에 자신의 입술을 살짝 부딪친다.

다시 신호가 바뀌자 우현은 초조한 한숨을 내쉬고는 저녁을 건너뛰자고 해 볼까, 어이없는 생각을 했다. 그러나 어쨌든 저 조그만 입에 맛있는 걸 마구 먹이고 싶은 욕구도 제법 큰지라 우현은 되도록 저녁 식사가 짧기만을 바랄 뿐이다.

이영은 우현의 오피스텔로 들어오며 엉거주춤 현관에서 신발을 벗었다.

"직접 해 주겠다고요?"

"응, 기다려. 금방 해 줄게."

우현은 재킷을 벗으며 방으로 들어갔다.

이영은 여전히 어리둥절한 표정으로 소파 끄트머리에 걸터앉았다.

하얀 스포츠 칼라의 티셔츠와 청바지로 갈아입은 우현은 이영의 곁으로 다가와 입술에 쪽, 하고 입을 맞추고는 주방으로 들어갔다. 전에 레스토랑을 경영했고 지금은 외식업 컨설팅을 한다곤 하지만 우현과 요리를 연관 지어 생각해 본 적은 없었다.

그러나 따라 들어간 주방엔 다양한 요리기구들이 제법 있었다.

우현은 자연스레 허리에 앞치마를 두르고는 냉장고 문을 열어 이것 저것 재료들을 신속하게 골라냈다.

앞치마를 두른 모습에 준경의 카페에서 우현을 처음 보았을 때가 떠올랐다.

"그거 알아요?"

"어?"

채소를 씻으며 고개를 든 우현의 얼굴엔 다정함이 가득하다.

"앞치마 두른 남자, 엄청 섹시한 거?"

그 말에 우현의 손이 멈칫 멈추었다. 이영을 바라보다 무언가 갈 등을 하듯 허공을 바라보다가 고개를 흔든다.

"박이영."

"네?"

"저어기, 저쪽에 가 있어."

그러면서 그가 가리킨 곳은 거실 소파 구석이었다. 깊숙이 자리 를 잡고 앉으면 주방에서 움직이는 그의 모습이 보이지 않는다.

"왜요?"

불만스럽게 소리를 높이자 '빨리!' 하며 제법 무섭게 쳐다본다. 이영은 투덜거리며 소파에 가서 털썩 주저앉았다. 그러나 물 흐르는 소리, 달그락거리는 소리에 신경만 곤두세우고 있은 지 몇 분도 되 지 않아 또 우현이 불렀다.

"박이영, 이영아!"

"아, 왜요!"

벌떡 일어나 그 자리에서 우현을 노려보았다. 그러자 우현이 손 가락으로 까닥하며 오라고 한다. 뭐야, 똥개 훈련시키나? 미간을 잔

뚝 좁히면서도 그가 오라는 대로 또 걸음을 옮겼다.

아니, 어제 못 봐서 얼굴 좀 보고 있겠다는데 왜 자꾸 이리 가라 저리 가라야!

"안 되겠다. 여기 앉아 있어. 안 보이니까 더 싫다."

뭐라는 거야?

입술을 씰룩거리면서도 아일랜드 식탁 앞 의자에 앉았다.

"그 대신 입, 다물어."

"네, 네. 그 요리 뭔지는 몰라도 참, 기대되네요. 요리 하나 하는데 뭔 요구사항이 그렇게 많아요?"

"말 시키지 마. 나, 엄청 참고 있어."

팬을 꺼내들고는 능숙하게 오일을 두른다. 불을 다루는 남자도 섹시하구나. 이영은 턱을 괴고 앉아 황홀하게 우현을 바라보았다.

이마에 흘러내린 머리카락, 곧게 뻗은 콧날, 얇지도 두껍지도 않은 입술. 그리고 멋지게 그을린 팔뚝과 팬을 들 때마다 드러나는 힘줄.

아아. 갑자기 절로 신음이 흘러나온다. 저 기다란 손가락이 자신의 몸을 더듬던 기억이 떠오르면서 갑자기 몸이 간질간질, 심장이 콩닥콩닥 뛴다.

우현 몰래 꼼지락거리면서 그의 동선을 끊임없이 따라가고 있는데 갑자기 그가 커다란 빨간색 볼을 쾅 소리 내어 놓고는 기다란 한숨을 내쉬었다.

움찔, 놀란 이영은 또 뭐가 신경에 거슬렸나 싶어 지레 놀라 숨을 멈추었다.

내참, 밥 한번 얻어먹기 되게 힘드네.

"배, 많이 고파?"

"아, 아니…… 뭐, 그다지……."

이영의 우물거림에 우현은 몸을 휙 돌리고는 거칠게 앞치마를 풀어 버렸다. 그리고는 냉큼 이영을 잡아끌더니 주방 밖으로 데리고 나왔다.

"아, 아…… 왜요."

거실로 나오자마자 우현은 이영의 목을 두 손으로 움켜잡고는 거칠게 입술을 부딪쳤다.

어찌나 다급하게 몰아붙이는지 이영의 몸이 넘어질 듯 휘청거렸다. 그러나 전혀 아랑곳 않고 우현은 이영의 혀를 뽑아 버릴 듯 빨아 당겼다.

그러면 안 된다고 티끌만큼 남아 있는 이성이 제동을 걸었지만 마음의 빗장을 열고 결계를 풀어 버리자 이영을 사랑하는 감정이 걷잡을 수 없을 만큼 넘쳐흐른다. 이렇게 한 사람을 마음에 담을 수 있나 싶을 만큼 모든 일상에 그녀가 있다.

이영의 시폰 블라우스의 단추를 하나둘 벗겨낼 때마다 드러나는 그녀의 속살에 입술로 낙인을 찍듯 눌렀다. 이영의 숨 가쁜 신음이 들리고 우현의 심장은 터질 듯 아프다.

문득 그녀가 없는 삶이 어떠했는지 기억이 나지 않는다. 그때의 자신도 분명 성실하게 살았다고 자부했는데 돌이켜보면 참으로 쓸쓸하게 껍데기만 뒤집어쓰고 살았던 것만 같다.

누군가를 만나서 완전한 자신을 느끼는 것. 참으로 경이롭고 감동스러운 일이다.

이영의 가는 어깨 너머로 블라우스가 벗겨지자 우현은 부끄러운 듯 브래지어를 손으로 가리는 이영의 손을 조금은 거칠게 잡고는 소파에 눕혔다. 충분한 전희도 없이 우현은 다급하게 이영의 바지를 속옷과 함께 끌어내리고는 자신의 바지 버클을 거칠게 열었다.

열에 들뜬 이영의 눈이 동그랗게 떠지는데도 열기에 가득 찬 우현의 입에선 거친 신음소리만이 새어나왔다.

"하아…… 미치겠어. 미안……."

단박에 이영의 허벅지를 벌리며 속살을 뚫고 들어갔다. 이영의 짧은 신음을 자신의 입으로 삼키며 우현은 미칠 것 같은 열기를 잠재우기 위해 조금 거칠게 움직였다.

이영이 없는 삶을 생각할 수 없을 만큼 그녀의 존재가 주는 간절함이…… 무섭다.

그녀를 잃어버린다면, 이라는 무서운 가정 앞에서 우현은 속절없이 무너진다. 눈앞에서 목을 한껏 젖히며 신음을 내지르는 여자가 이영임을, 절정에 이를 때면 눈을 뜨고는 우현을 바라보는 여자가 이영임을 우현은 새기고 또 새겼다.

이 여자가 자신의 것임을 눈으로 마음으로 자꾸만 확인하고 싶어하는 자신의 초라한 마음이 가엾다. 위로받고 싶다.

"……박이영. 하…… 이영아……."

그의 애타는 부름에 이영의 젖은 눈동자가 우현을 바라본다.

"사……랑해……."

매번 자신의 사랑고백에 이영은 울어 버릴 듯 입술을 떤다. 열락에 젖은 이 순간에도 이영은 입술을 가늘게 떨다가 결국 눈물을 흘린다.

"사랑해요."

부드러운 입맞춤과 대조적으로 그들의 움직임은 절정을 향해 급박하게 움직였다. 곧이어 두 입술 사이에서 탄식과도 같은 신음이 터져 나왔다.

"저기, 우현 씨는 굳이 오지 않아도……."

"굳이?"

기분 나쁜 듯 눈썹이 위로 슬쩍 올라갔다. 지훈이 녀석이 어떻게 알고 연락을 했는지 이영은 알리지도 않았는데 우현은 대뜸 결혼식에 같이 가자고 집 앞으로 찾아왔다. 마침 미옥은 지수와 함께 미장원에 들렀다 바로 식장으로 온다며 새벽같이 나가고 없다.

안 그래도 미옥이 자꾸 결혼식에 꼭 데려오라고 하는 통에 어찌해야 하나 고민이 이만저만이 아니었다. 만약 오늘 우현이 나타나면 미옥의 반응이 절로 예상이 되었다. 아마도 눈을 동그랗게 뜨고는 놀랐다가 금세 굳어질 것이다.

"그럼 당신은 우진이 결혼식에 왜 굳이 온 거야?"

"아, 아니 그건……."

"그건?"

떡하니 버티고 서서 이영에게 대답을 종용하는 그가 나중엔 짜증스러워 이영은 대뜸 고개를 치켜들고는 노려보았다.

"어쨌든 지훈인 내 친동생도 아니고, 그러니까 우현 씨가 굳이 오지 않아도……."

"가족이나 다름없다며? 아냐? 아님, 가족한테 나 소개시켜 주기 싫어서 그러는 거야?"

네, 그래요. 그러니 눈치껏 좀 빠져 주시죠.

이제야 이 남자의 사랑을 받는다는 기쁨이 어떤지 만끽하고 있는데 행여 결혼 이야기가 나와 이 남자가 주춤 물러날까 두렵다. 연애의 끝이 결혼일 거라고 생각지 않는다. 그건 우현과 생각이 같다고 생각했다. 아니, 했었다.

역시 인생은 막말을 하면 꼭 되돌아오는 모양이다. 겪어 보지도 않고 지껄이지 말라고, 인생은 그렇게 녹록한 게 아니라고 경고하는 것 같다. 사람을 마음에 담으니 그 곁이 탐난다. 그런데 막상 결혼 이야기를 꺼내려니 불안하고 용기가 나지 않는다. 나름 용감하다고 생각하던 이영은 우현의 말대로 사랑이란 게, 참 여러 가지로 사람 비참하게 만드는구나 싶어 절로 한숨이 터져 나왔다. 우현이 이렇게 거침없이 자신의 측근들을 만나려 하는 것을 보면 결혼에 뜻이 있는 듯도 하지만 감히 모험을 걸지 못하는 이 좁쌀만 한 마음은 또 뭐란 말인가.

"네에, 가요. 갑시다. 대신 가서 나더러 또 바보니 착해 빠졌니, 그런 얘기 마요."

"흥, 바보니까."

"뭐요?"

휙 하니 돌아보는 이영의 입술에 짧게 입을 맞추고는 조수석에 밀어 넣었다.

"공주님, 가시죠."

꾸욱, 참았다. 바보라는 말이 목구멍이 아니라 혀끝에서 맴도는데도 우현은 꾹 참았다.

[하하, 오셨군요. 집에서 생각해 보니 이영이 누나처럼 그런 상처

를 가진 사람은 오히려 형님 같은 분이 제격이라는 생각이 들더라고요. 누나의 버려질 것 같은 위태로움을 형님의 그 견고함으로 꽉 채워 주십시오!]

새신랑만 아니라면 그 자리에서 그 자식의 입을 꽉 꿰매어 주고 싶었다. 처음 봤을 때, 주먹이라도 날려 줬어야 했다. 우현이 두 주먹을 부르르 떨고 있을 때 이영이 슬그머니 그 손을 풀어 주었다. 다정하게 웃는 웃음이 미안하다 말하고 있었다. 그러자 맥이 빠지듯 전의가 사라졌다. 그저 내가 이 여자를 지켜 줘야지, 그 빌어먹을 지훈이 자식 말대로 이영의 위태로움을 내가 잡아 주마, 다짐까지 했다.

미옥은 우현을 보고 소스라치게 놀랐다. 무슨 말을 할 듯 입만 벙긋거리다가 이내 밀려드는 하객들을 맞이하느라 그 순간을 놓쳤다. 그러나 가끔씩 우현 쪽을 힐끔거린다. 그 표정이 어째 밝은 것은 아니라 우현의 마음도 조금 무거워졌다.

그런데다 태호 친척들의 수군거림 때문에 우현의 신경까지 조금씩 날카로워졌다.

도망간 여편네가 왜? 저 애가 저 여자 딸이래. 둘이 다시 합쳤어? 참 뻔뻔하지 않아?

우현도 들리는 말을 미옥과 이영이 못 들었을 리 없다. 그럼에도 불구하고 이 자리를 지키는 두 사람과 이 두 사람을 부른 태호의 가족들이 우현의 눈엔 그저 기가 막힐 뿐이었다.

미옥의 부재를 이영이 어떻게 견뎠을까를 생각하면 그 상상만으로도 가슴이 찢어질 듯 아프다. 그때 자신이 이영을 알았다면, 그 어긋남이 못 견디게 원망스러울 정도로 어린 시절의 이영을 안아 주고 싶어 미칠 지경이었다. 그러니 자신의 눈에 태호의 가족이 곱게 보일 리 없었다.

신부가 입장하고 지훈이 장인에게서 신부를 건네받는 장면에서 우현과 깍지를 끼고 있던 이영의 손이 동요하듯 움찔거렸다. 시선을 돌려 이영을 보니 어딘가 감격스러움에 젖은 옆모습이 보인다. 곧 눈물이 흘러내릴 듯 눈가가 촉촉하기까지 하다. 그 모습을 물끄러미 바라보던 우현은 이영의 귓가에 입술을 가져가며 자그마하게 속삭였다.

"바보."

이영의 시선이 휙 하니 자신에게로 향했다. 무어라 불만스런 말을 내뱉으려는 찰나 우현이 다시 자그마하게 속삭였다.

"사랑해."

이영의 얼굴이 확 붉어졌다.

"미, 미안하다."

지훈이 가는 것을 보고 친척 어르신들을 위해 대절한 버스에 지수와 어르신들이 오르자 비로소 이영은 큰일을 치른 듯한 기분에 긴 한숨을 토해냈다. 우현은 마침 전화를 받으러 건물 안에 있었다.

이영은 바로 옆에서 더듬거리며 말을 건네는 태호를 동그란 눈으로 올려다보았다.

"무슨 말씀이세요?"

"진작 이 말을 했어야 했는데…… 미안하다."

뭐가 미안하다는 건지 물어볼 필요도 없이 이영은 태호의 사과가 무엇을 뜻하는지 알아 버렸다. 이영은 급히 고개를 돌리고는 식장

앞에 여러 무리를 이룬 사람들을 쳐다보았다. 사과를 바란 적은 한 번도 없었는데 태호의 한 마디에 마음이 조금 엉켜들었다.

"내, 내가 네 엄마 꼬였잖니. 너 데리고 가자는 말 차마 못 하는 네 엄마 마음을 일부러 모른 척했다. 내, 내…… 새끼들 때문에……."

이영은 발밑을 바라보며 서 있었다.

"같이 사는 동안 한숨을 짓는 네 엄마를 볼 때마다 가슴이 철렁했어. 행여 너 보러 갈까 봐 혼자서 병신처럼 전전긍긍, 네가 어떻게 살 거라곤 생각 않고……. 그저 나 좋자고 네 엄마 묶어놨었다……."

안 그래도 눈물이 많은 태호는 기어코 눈가의 눈물을 훔치며 식장으로 몰려드는 줄지은 차량들을 멍하니 바라보았다. 두 사람을 스쳐 지나가는 수많은 인파 속에서도 둘은 마치 그 옛날 이영의 집 앞 어둑한 골목에 서 있는 것처럼 그렇게 침묵 속에 빠져들었다.

"저는요…… 괜찮아요, 라는 말은 하지 않을래요. 그 전엔 사실 몰랐는데 방금 아저씨 사과에 마음이 이상해져요. 저, 사실은 아저씨 원망 많이 했었나 봐요……."

"그래, 그게 당연하지……."

"그래도 저는요…… 아저씨가 고맙기도 해요…… 나 아는 사람은 저더러 참 바보라고 하는데요…… 그래도 저는 우리 엄마 데리고 간 아저씨가 고맙기도 해요……. 그건 알아 주세요."

그 말에 태호는 결국 흑, 하고 소리를 내어 눈물을 훔쳤다.

"무, 무슨…… 내가 너를 생각……하면 천……벌을 받아도 싸다……. 그래서 네 엄마도 결국…… 떠난 거고, 내가 욕심이 너무 과……해서, 흑! 내가 미친놈이지…… 애새끼 버리고 같이 도망가자고 꼬여서는……."

몇 미터 뒤에서 그 모습을 지켜보던 미옥은 기둥에 몸을 숨기고는 재깍재깍, 평소보다 더 많이 뛰는 심장 위에 손을 올려놓았다. 가슴이 찢어질 듯 아파온다.

"이영인 괜찮을 겁니다."

순간 뒤에서 들려온 목소리에 미옥이 화들짝 놀라 돌아보았다. 태호와 이영을 어두운 눈길로 바라보는 우현이 서 있었다.

"……사장님."

"이젠 그 호칭은 좀 그렇네요. 조만간 가족이 될지도 모르는데."

그 말에 미옥의 눈이 동그래지다가 미간이 점점 좁아졌다. 그 모습이 이영과 너무 똑같아 우현은 설핏 미소를 머금었다.

"이영이와 결혼…… 하실 생각입니까?"

"그럼요, 얼른 데려오고 싶어서 미치겠습니다. 어머니 따님, 너무 사랑스럽잖아요."

'어머니'라는 말에 미옥의 눈가가 발갛게 달아올랐다. 지훈이도 반은 자식이었다. 그래서 오늘 짝을 맞춰 결혼하는 걸 보면서 내내 마음 한쪽이 뿌듯하고 섭섭했다. 그러니 온전한 자식인 이영을 사랑하는 남자가 결혼하고 싶다고 하니 그 마음이 이루 말할 수 없을 만큼 감동스러웠다. 하지만…… 그만큼 슬프다는 걸 알까? 자식이란 것들은 아마도 모르겠지. 저들이 부모가 되어야 또 알 것이다.

"저 앤, 한 번 받으면 열 번을 되갚는 아이예요. 아마 사랑도 그럴 거예요. 상대가 얼마를 주든 아낌없이 줄 겁니다. 운이 좋으시네요."

"네에, 저도 믿기지 않을 정도예요."

서로 흐뭇하게 미소를 주고받은 두 사람은 약속이나 한 듯 태호
와 이영에게로 걸음을 내딛었다.

16.
프러포즈

"취향이 달라도 너무 달라."

은수는 캔 맥주를 물처럼 마시며 인상을 찌푸렸다. 결혼식이 한 달밖에 남지 않았다며 얼마 전부터 술은 절대 노라고 외치며 뱃살을 어루만지던 그녀였다.

"뭔 취향?"

이영은 은수의 얘기를 건성으로 들으며 주머니 속의 휴대폰만 만지작거렸다. 오늘 아침 은수가 갑자기 들이닥치는 바람에 간당간당한 배터리를 그냥 들고 나왔더니 어느새 휴대폰은 잠들어 있었다. 잠시 우현을 생각하다 주말 내내 바쁠지도 모른다는 그의 말을 떠올렸다.

그래도 목소리라도 듣고 싶은데.

예전엔 친구들이 통화가 되지 않는 애인 때문에 안절부절못하는

걸 보면 그런 사소한 것에 신경을 바짝 태우고 있는 그녀들이 이해
가 되지 않았었다.

아니, 그럴 수도 있는 거지. 사랑한다고 일상이 안 돌아가나? 상
대에게도 사생활이란 게 있는 법이다.

그런데…… 하루 종일 우현의 목소리라도 듣지 못하면 온몸의 기
운이 빠진다. 이영의 일상엔 항상 우현이 있고 그녀의 사생활엔 우
현이 깊이 관여해 있다. 역시 뭐든 미루어 짐작한다는 것만큼 어리
석은 건 없다.

이영은 힘없이 어깨를 늘어뜨린 채 한숨을 내쉬었다.

"명품 영국산 식기세트 보고 촌스럽다고 하질 않나, 원래 온돌방
체질이라 침대는 절대 노라고 하질 않나……. 휴, 말도 마. 벌써부
터 지친다, 지쳐."

"그래도 니가 사고 싶은 거 다 샀잖아."

은수는 어째 시큰둥한 이영을 바라보며 눈썹을 치켜세웠다.

"야! 오늘 그거 좀 따라다녔다고 그러는 거야? 아님 이제 애인이
생겨서 친구의 고민 따윈 안중에 없다, 이거야?"

이영은 기가 막힌 얼굴로 은수를 쳐다보았다. 아현동, 논현동, 을지
로 등 안 가 본 곳이 없었다. 결국 경기도로 나가 보자는 은수의 말에
한 발짝도 움직이지 못하겠다고 얼음장을 놓고 들어온 참이었다.

"오늘도 봐. 나한테 의견을 물어놓고도 결국은 니가 하고 싶은
것만 다 골랐잖아. 아니야? 그래 놓고 뭔 불만이야?"

"야, 내가 살 거니까 당연히 내가 골라야지."

"그럼 내 의견은 일일이 왜 묻냐?"

"그야……."

"그리고 말 잘했다. 결혼하면 너만 사는 거 아니잖아. 네 남편도 살 집이니까 동훈 씨 의견도 있을 거 아냐? 적어도 십여 년은 두고 쓸 건데 너 때문에 싫은데도 좋은 척해야 해? 은근히 여자 비위 맞추는 남자들이 오히려 뒤통수치는 거 몰라?"

이영의 말에 은수는 할 말이 없는지 혼자서 투덜거리더니 맥주를 한 모금 마셨다.

이영은 피식 웃으며 벤치 아래 운동화를 툭 벗어놓곤 두 다리를 올려놓았다. 그녀들 앞으로 자전거를 탄 남자 둘이 지나가고 유행처럼 커다란 마스크를 쓴 중년의 아줌마들이 경보로 뒤를 따랐다.

잠시 아무 말 없이 남은 맥주를 툭 털어 마신 이영은 강가에 다정하게 앉아 있는 남녀를 조용히 바라보다 입을 열었다.

"은수야……. 그 사람을 보면 가슴이 막 뛰니? 여기가 막 간질거리고 또 찰떡처럼 몽글몽글 부풀어 오르니? 숨이 차고 그래?"

은수는 맥주와 함께 산 쥐포를 죽 찢다가 고개를 들었다.

"어떨 땐…… 가슴이 좀 아리기도 하고, 아침에 눈을 떴을 때 그 사람 이름이 맨 먼저 가슴에서 치고 올라오기도 하고…… 그래?"

은수는 대답 대신 검정 비닐봉지를 부스럭거리며 캔 맥주 하나를 더 끄집어냈다. 사십 여분이 지났는데도 알루미늄의 차가운 기운은 여전했다. 은수는 이영에게 말없이 맥주를 건넸다.

"나는 있잖아, 은수야……. 하늘을 보다가도, 벚꽃이 휘날리는 것을 보다가도, 아이들의 일기를 검사하다가도. 불쑥불쑥 그 사람이 떠올라. 너도…… 그러니?"

은수는 이영의 사랑 이야기에 이상하게 눈물이 차오르는 것을 느꼈다.

"체, 하여튼 사람 할 말 없게 만드는 데 뭐 있어. 나쁜 기집애."

"아냐, 너 찔리라고 그러는 거 아냐. 그냥 나, 요즘 되게 행복하거든. 근데…… 오늘 하루 종일 너 따라다니면서 발바닥이 시큰거리는데도 이상하게 니가 너무 부럽더라. 전화로 동훈 씨랑 티격태격하는 것도 너무 이뻐 보이고. 사랑하는 남자랑 같이 살 집을 구하고, 같이살 가구를 고르고 같이 먹을 그릇을 고르는 기분은 어떨까…… 그런생각을 하니깐 조금 우울하더라. 그러니까 야, 정은수. 너 복 받은줄 알아!"

이영에게서 우현에 대해 이것저것 들은 은수로서는 이영의 말을그냥 흘러들을 수 없었다.

인간이란 이렇게 이기적인 것일까.

얼마 전까지 그 남자가 프러포즈한 사실만으로도 행복했는데 불과 몇 달 만에 가구 하나에, 그릇 하나에 회의가 든다는 생각까지하다니.

"나, 나쁜 년이지?"

"그래, 이것아!"

맥주를 장난스레 부딪치며 활짝 웃는 이영을 보며 은수도 피식웃음을 터트렸다.

왜 사람들은 생각해 보면 아무것도 아닌 일에 의미를 두고 매달리는 것일까.

은수는 갑자기 동훈의 투덜거리는 목소리가 너무도 듣고 싶었다.

이영과 은수는 달빛을 향해 고개를 들었다.

사람들의 일상적인 소음과 산책 나온 개들이 짖는 소리까지 평화롭게 느껴졌다.

아, 보고 싶다……

마음속으로 우현을 떠올렸을 뿐인데도 벌써부터 이영의 가슴이
떨려왔다.

이영은 조금은 숨이 가쁘게, 산책하는 사람들과 조깅하는 사람들
을 지나 돌계단을 성큼성큼 올라갔다. 그 끄트머리에 이르자 횡단보
도가 눈에 들어왔다.

빨간 신호등을 바라보는 이영의 마음이 전에 없이 초조했다. 보
고 싶다고 생각하니 그 마음이 걷잡을 수 없이 커져만 갔다. 초록불
이 바뀌자마자 이영은 급하게 뛰쳐나갔다.

빨리 집에 가서 전화해야지. 아니, 그 사람 집 앞에라도 갈까?

"도대체 어디 있었던 거야!"

그때, 정신없이 뛰어가던 이영의 팔을 확 가로채는 팔이 있었다.

너무 놀라 고개를 돌리니 단단히 화가 난 우현이 서 있었다.

"하루 종일 연락도 안 되고. 도대체 뭐야!"

사람들이 힐끔 쳐다보는데도 아랑곳 않고 고함을 지르는 그에게
화가 나기는커녕 마음이 말랑말랑해졌다. 이상하게 히죽 웃음까지
삐져나왔다.

"엄청 보고 싶었는데……"

그 말에 우현의 눈썹이 잠시 꿈틀거렸다. 그녀의 팔목을 움켜잡
고 있던 손을 그제야 의식하고는 힘을 뺐다.

방긋 웃으며 머리카락을 자연스레 쓸어 넘기는 그녀의 모습에 우
현의 가슴이 미친 듯이 뛰었다. 하루 종일 너무 보고 싶었다. 아니,
그녀에게 모든 걸 다 내보인 이후부턴 매분 매초마다 그녀가 보고

싶었다.

일산에서 열리는 프랜차이즈 박람회가 오늘 오픈하다 보니 하루가 어떻게 갔는지도 모르고 지나갔다. 하지만 점심 때 잠시 그녀와 통화를 시도했지만 어쩐 일인지 휴대폰이 꺼져 있었다. 그때부터 초조하고 불안하던 마음이 오후 내내 통화가 되지 않는 그녀 때문에 어느새 위험수위까지 도달하고야 말았다.

하지만 그녀의 보고 싶었다는 말 한마디에 와락 그녀를 안아 버리고만 싶었다.

"언제 왔어요?"

동그란 그녀의 두 눈 때문에, 부드러운 그녀의 입매 때문에 그는 아무런 말도 할 수 없었다. 보기만 하면 단단히 경고해 줄 거라고 벼르고 왔으면서도 막상 그녀가 눈앞에 다가오자 가슴이 벅차 아무런 말도 할 수가 없었다.

"네? 네?"

고개를 코앞에 들이대며 묻는데도 그는 그녀의 손을 단단히 움켜잡을 뿐 아무런 말이 없었다. 그러나 이렇게 따뜻한 공기에도 그녀의 손은 여전히 차가웠다. 그 차가움에 마음 한쪽이 아파왔다.

그는 성큼성큼 차로 다가가 그녀를 태웠다. 그리고도 아무런 말이 없었다. 갑자기 어색해진 그녀도 아무런 말이 없었다. 힐끔 그를 곁눈질하다 그와 눈을 마주치고 말았다.

무슨 말이라도 해야 하는데, 휴대폰이 배터리가 다 되어서 그랬다고 말을 해야 하는데, 도대체가 말이 나와 주지 않았다. 그의 시선에 이영은 더 입을 떼기가 힘이 들었다.

그가 시동을 켜는 틈을 타 그녀는 몰래 숨을 몰아쉬었다. 며칠 전

다정한 모습과 달리 오늘 그의 시선은 어딘가 모르게 어둡고 깊었다.

차는 멀리 가지 않아 이내 멈추어 섰다. 두리번거리며 거리를 살필 겨를도 없이 그의 커다란 손이 그녀의 머리를 감싸 쥐었다.

"아, 저⋯⋯."

그의 입술이 정수리에 와 닿았다. 그 느낌에 그녀의 눈썹이 파르르 떨리며 내려앉았다.

이번엔 이마에 그의 입술이 느껴졌다. 그녀의 온몸이 저리도록 떨렸다.

이마에서 내려온 그의 입술은 그녀의 감은 두 눈을 스쳐 지나 볼로 천천히 내려왔다.

"너⋯⋯무⋯⋯."

잔뜩 잠긴 그의 목소리가 입술 사이로 미세하게 흘러나왔다. 하지만 뒷말은 더 이상 들리지 않았다. 그의 입술이 어느새 그녀의 입술을 머금었기 때문이었다.

그녀의 입술을 가만히 빨아 당겼다. 그 어떤 은밀한 접촉보다 더 가슴이 떨렸다. 그녀의 입술을 혀로 가르고 닫힌 그녀의 이를 혀로 핥으며 서서히 그 사이를 침범해 들어갔다.

너무 보고 싶었어.

너무 안고 싶었어.

너무, 너무⋯⋯

당신이 절실했어.

그의 손이 그녀의 목덜미를 지나 쇄골을 쓰다듬었다. 움찔하던 그녀의 손이 참지 못하고 그의 등을 꽉 움켜잡았다.

그때 밖에서 부릉, 소리를 내며 오토바이가 지나가는 소리가 들렸지만 이미 그들의 귓가엔 아무런 소리도 들리지 않았다. 그저 자신들의 거친 숨소리와 옷깃을 스치는 미세한 소리만이 차 안에 가득했다.

그의 손이 쇄골을 지나 어깨를 타고 내려와 그녀의 옆구리를 훑어 내렸다. 그리곤 그녀의 셔츠 안으로 손을 집어넣었다. 아기 같은 속살이 그의 심장을 뜨겁게 달구었다. 오피스텔에서의 밤이 기억에 생생히 떠오르자 더 참을 수가 없었다. 이내 그의 손바닥이 그녀의 가슴 쪽으로 거침없이 밀고 올라갔다.

"아……!"

눈을 동그랗게 뜬 그녀는 다급히 그의 손등 위로 자신의 손을 덮었다. 그래도 강하게 밀어붙이는 그의 입술을 간신히 떼어내고는 고개를 들었다.

약간 흐트러진 그의 머리카락이 눈썹 위로 내려와 있었다. 그 모습에 또 가슴이 설레었다.

그는 어둡게 가라앉은 눈동자로 그녀를 내려다보았다. 그녀는 약간 부어오른 입술을 초조하게 오물거리며 그를 바라보고 있었다.

어딘지 물기가 촉촉한 그녀의 눈동자에 그의 마음이 조금씩 누그러졌다.

하지만 장난기 어린 눈동자로 그녀의 가슴에 대고 있던 손을 꿈틀거려 지그시 눌러 주었다.

"저기, 저기……."

우현은 당황해서 어쩔 줄 모르는 그녀에게 싱긋 웃으며 그녀의 매무새를 어루만져 주었다.

흐트러진 머리카락을 가지런히 넘겨 주고 삐뚤어진 셔츠 자락을 바로잡아 주었다.

그리곤 그녀의 두 **뺨**을 천천히 어루만졌다.

"나, 벌써 서른 중반이야. 알지?"

"네?"

"이제 늙은이라고."

이영의 미간이 살짝 찌푸려졌다. 무언가를 곰곰이 생각할 때면 그녀의 미간은 언제나 귀엽게 구겨지곤 했다.

"당신도 적은 나이가 아닌 건 알지?"

"돌려서 말하는 거 그만하랬죠?"

이영이 작게 투덜거리자 그의 눈동자가 따스하게 반짝거렸다. 입술도 부드럽게 말려 올라갔다.

처음 만났을 때, 참 차가운 눈동자라고 생각했는데 지금은 그녀의 온몸, 구석구석을 데울 만큼 따스하게 빛나고 있었다.

"아이를 둘 정도 가지려면 지금부터라도 열심히 노력해야 한다고."

"네? 뭐, 뭐라고……."

"더 늙기 전에 엄마, 아빠 소리 듣는 게 좋지 않아?"

그제야 우현의 말이 무슨 뜻인지 알게 된 이영의 코끝이 시큰하게 달아올랐다.

"체, 난…… 아직도 거뜬하다고요……."

우현은 코를 훌쩍이며 간신히 말을 잇는 이영의 머리를 다정하게 끌어안았다.

"그럼 당신, 이제 나한테서 절대 못 벗어나. 알지?"

눈물이 나면 안 되는데, 그런 생각을 하기도 전에 기다렸다는 듯이 눈물이 그녀의 **뺨**을 타고 흘러내렸다.

거창한 이벤트 따위가 뭐야. 그냥 우현이 같이 살자는 말만 했어도 이영의 가슴은 불꽃이 터지듯 펑 터져 버렸을 것이다. 아, 내가 너무 쉽게 넘어갔나? 퍼뜩 이런 생각이 들었지만 이내 고개를 저으며 우현의 등을 꽉 끌어안았다.

재고 계산하는 것 따윈 몰라, 알고 싶지도 않아. 그러기엔 시간이 너무 아깝다.

이렇게 나름 관대한 생각을 하며 감동에 젖어 있을 때, 느닷없이 우현이 어깨를 잡고 이영의 몸을 떼어냈다.

"참, 폰에 있는 주소록 다 내놔."

"네?"

"오늘처럼 통화 안 됐단 봐. 그 주소록에 있는 사람들한테 다 아— 전화해 볼 테니까."

"저기요, 그거 의처증이거든요?"

그 말에 순간 우현의 인상이 어두워졌다. 장난으로 이죽거리던 이영은 심각하게 굳어진 그의 모습에 당혹스러운 표정을 지었다. 우현은 이런 이영의 눈길을 피하며 고개를 돌리기까지 한다.

"나 때문에…… 숨 막히고 그래?"

이게 얘기가 왜 이렇게 진전이 되나 싶어 미간을 잔뜩 좁히며 우현을 쳐다보는데도 우현의 시선은 이영의 어깨너머 어딘가를 하염없이 헤맨다.

"아, 아니! 누가 숨 막힌다고. 하하, 농담을 그렇게……."

"휴우, 이영아……."

그가 부를 때면 매번 이렇게 마음이 나른해진다.

"네에."

내가 너무 농담이 지나쳤어. 방금 청혼까지 해 준 남자한테.

"앞으론 절대 당신 행선지 궁금해하고 그러지 않을게. 전화 받지 않음 바쁜 일이 있나, 그렇게 생각하고 오늘 못 만난다고 하면 알았다고 하고 기다릴게……."

"어? 이봐요, 채우현 씨. 그런 얘기가 아니잖아요."

이영은 어깨를 늘어뜨리고 힘없이 중얼거리는 우현의 뺨을 두 손으로 감싸고는 자신과 눈을 맞추도록 단단하게 고정시켰다.

"아니, 뭔 농담을 그렇게 살벌하게 받아쳐요? 내가 뭐랬어요? 집착당하는 여자가 로망이라고 했죠? 그거 진짜예요. 어디 가든, 뭘 하든, 누굴 만나든 마음대로 하라는 남자? 보기엔 널 믿는다, 그러는 것 같지만 나는 그거 되게 서글플 것 같거든요? 아니, 사랑하는 사람이면 뭘 하든 관심이 가고 신경이 쓰이는 게 당연하지. 나도 우현 씨 일거수일투족이 신경 쓰이거든요? 그럼 난 의부증인가? 나 내버려두지 마요. 이 남자도 날 엄청 좋아하는구나, 누군가가 날 채 갈까 엄청 걱정하는구나, 이런 생각하게 나 좀 마구 집착해 줘요. 알았죠?"

제법 진지하게 또 마지막엔 적당히 애교까지 섞어서 우현에게 말하고는 그 입술에 입을 맞추었다. 그러자 우현은 온몸에 가득 찬 긴장을 툭 내려놓고 이영을 끌어안았다. 한참을 이영의 목덜미에 얼굴을 묻고 있던 우현이 다짐을 하듯 입을 열었다.

"이영아."

"음?"

"이제 어디 가든 꼭 전화해야 해?"

"네에."

"혹시 나랑 같이 갈 수 있는 곳이면 꼭 같이 가고."

"그럼요."

"아니면 누구랑 가는지 꼭 말하고."

"그런다니깐요."

"시간이 조금이라도 나면 나한테 전화하고, 알았지?"

"네……."

"다른 남자랑은 되도록 말도 섞지 말고."

"……."

"특히 웃지 말고, 알았지?"

"저기요……."

"그리고…… 주소록에 있는 번호, 다 내놔."

"……!"

뭔가 느낌이 이상해 고개를 들려고 하는데 우현이 머리를 감싸 안으며 자신의 어깨에 기대어 꼼짝 못하게 했다. 그러나 어딘가 미세하게 우현의 어깨가 떨리고 있다.

뭐지? 무언가 기분 나쁜 예감에 힘을 잔뜩 주어 우현의 품에서 벗어나려 하자 확연하게 웃음기가 가득한 우현이 키득거리며 간신히 중얼거렸다.

"큭, 바보……."

마지막.
용서와 믿음

상견례를 하고 돌아온 날 새벽.

이영은 아까부터 규칙적으로 들리는 발자국 소리에 눈을 떴다. 우현이 정식으로 인사를 오고 상견례 날짜와 결혼식 날짜까지 일사천리로 이루어지고 있었다.

우현은 추진력은 타고난 모양인지 이영이 나서거나 고심하기도 전에 언제나 한 발 앞서서 계획을 세우곤 했다. 신혼집은 우현이 살고 있는 오피스텔로 정했고 가구는 침대와 소파를 바꾸는 정도로 그쳤다.

이영은 자리에서 일어나 휴대폰을 확인했다.

새벽 2시.

아까 상견례를 하면서부터 조금 가라앉은 듯 보이던 미옥의 얼굴이 다시금 떠올랐다. 부드럽게 웃으며 정남과 상준의 말에 적당히 추임새를 넣으며 대화를 하던 미옥은 헤어지고 돌아오는 차 안에서 긴 한숨을 내쉬었었다.

이영은 걱정스러운 듯 미간을 접으며 거실로 나왔다. 텔레비전의 불빛을 조명삼아 미옥이 앉아 있었다.

"엄마……."

조금 멍해 있던 미옥은 이영의 목소리에 놀란 듯 눈이 동그래졌다.

"왜 나왔어? 잠이 안 와?"

"응, 누가 자꾸 방문을 열었다 닫았다 해서."

그러면서 미옥의 옆에 털썩 앉았다. 이 늦은 새벽에도 유선에선 아침드라마를 재방송하고 있었다.

"미안, 나 때문에 깼구나? 휴우……! 이상하게 잠이 안 오네."

미옥은 손바닥으로 맨 얼굴을 비비며 한숨을 내쉬었다.

"왜, 내가 시집간다니깐 섭섭해?"

장난스레 건넨 이영의 말에 미옥은 잠시 동안 말끔하게 쳐다보기만 한다.

"어? 왜 이래? 진짜야? 시집 안 가냐고 잔소리할 땐 언제고."

"나…… 진짜 되게 섭섭했나 보다. 분명히 채 서방이 인사하러 올 때만 해도 너무 기쁘고 그랬는데. 왜 이러지?"

이영은 서글픈 미소를 짓고 있는 미옥의 어깨에 살며시 머리를 기대었다.

"나도 그래, 엄마. 기쁘면서도 섭섭해. 너무 좋은데도 좀 슬퍼."

"치, 내내 방긋방긋 좋아 죽더구만."

이영의 머리카락을 쓰다듬으며 미옥이 장난스레 삐죽였다.

"엄마, 여자한테 결혼이란 게 그런가 봐. 우현 씨 앞에선 차마 얘기 못 하겠는데 나 요즘 좀 우울하기도 하고 그래."

"행여나 그런 얘기 하지 마라. 채 서방이 알면 기겁할라."

그 말에 이영은 쿡, 하고 웃었다.

아마 하얗게 질릴 터였다. 그건 우현을 덜 사랑해서도 아니고 그를 못 믿어서도 아니다. 남자에게 결혼이란 게 어떤 의미인지 이영이 완전히 이해 못하듯 우현 또한 그럴 것이다.

두려움일 수도 있고, 모퉁이를 돌기 전의 설렘일 수도 있다. 한 남자의 아내가 된다는 것과 이젠 미옥과 육체적으로나 정신적으로 조금씩 분리가 된다는 것.

[박이영 선생, 드디어 너도 아줌마 대열에 들어서는구나. 흐흐, 지금이야 알콩달콩 깨가 쏟아질 것 같지? 결혼해 봐라. 어른들이 하는 말이 하나도 틀리지 않다는 걸 절감하면서 살아가게 될 거다. 그리고 결혼이란 거, 내 생각엔 여자가 더 힘들어. 남자도 결혼과 동시에 경제력에 대한 책임감이 뒤따르니 어쩌니 하지만, 여자처럼 송두리째 인생이 바뀌진 않잖아? 빌어먹을, 여자는 왜 이렇게 의무가 많은 거야? 이래서 전생에 죄를 많이 지어서 여자로 태어난다는 말까지 있는 건가 봐.]

결혼이 마치 악의 구렁텅이라도 되는 양 이영에게 이죽거리던 은해의 얼굴이 조금 어두워졌다. 사랑이 모든 것을 해결해 주지 않듯 결혼 또한 사랑의 완성품으로 내내 반짝거리진 않을 것이다. 미옥 또한 그랬고 정남도 그랬다. 하지만 믿고 싶다. 내 사랑만은, 내 결혼만은 내내 반짝거리길 믿어 보고 싶다. 이래서 우현이 현실을 모른다고 했나, 이영의 입가에 설핏 자조적인 미소가 지어졌다.

"엄마, 이제 태호 아저씨한테 가."

이영은 고개를 들어 미옥을 진지하게 쳐다보았다.

"또 쓸데없……."

"아냐, 정말 진심이야. 나도 이제 태호 아저씨, 아빠라고 부르고 싶어. 지수 언니나 지훈이한테 한없이 다정한 태호 아저씨 보면 얼마나 부러웠는데. 나도 아빠 좀 만들어 주라."

애교를 떨 듯 안겨드는 이영을 바라보며 미옥의 눈가가 촉촉하게 젖어들었다. 오늘 상견례 자리에서 우현의 부모님을 보며 이상하게 마음이 착 가라앉았다. 이런 자리에서 자신의 옆자리가 그렇게 크게 느껴지다니. 이영의 결혼식 때문에 나온 주제에 그런 생각이 드는 자신이 어이가 없기도 했다. 하지만 다정한 바깥사돈의 눈길과 안사돈의 당당한 미소가 부러웠다. 가슴이 미어질 정도로 누군가가 그리웠다. 이제 정말 이영이 자신의 곁을 떠난다는 냉정한 현실을 접하고 보니 참으로 이기적이게도 자신의 외로움이 절절하게 각인되어 잠을 못 이루게 했다.

"미안해……."

"체, 만날 뭐가 미안해. 그리고 이제 태호 아저씨 좀 그만 괴롭혀. 그 착한 아저씨가 무슨 죄야. 그리고 결혼식 때 나 손 잡아 주기로 아저씨랑 약속했으니까 그렇게 알아. 알았지?"

"……!"

이영은 가만히 미옥의 손을 잡았다.

"우리 이제 다 털어 버려요. 아빠, 할머니, 이제 우리가 놔드리자. 생각해 보면 참 불쌍한 분들이야. 안 그래요? 나, 이제 정말 행복지고 싶어. 그런데 엄마 혼자 여기 두고 가면 나 온전히 행복할 자신이 없어. 우현 씨랑 행복한 와중에도 새벽에 잠깨어 엄마 걱정

할지도 몰라. 그랬으면 좋겠어?"

미옥은 흐느낌을 억누르며 고개만 절레절레 흔들었다.

"엄마, 우리 행복해지자. 응?"

결국 미옥은 눈물을 후두둑 흘리며 고개를 끄덕였다. 아랫입술을 지그시 깨물며 울음을 참던 이영도 미옥의 눈물을 닦아 주며 결국 울어 버리고 말았다.

"파티요?"

이영의 눈이 동그래졌다.

"그때 이탈리안 레스토랑에서 본 친구 있지? 그 녀석이 홍대 앞에 와인 바를 하나 더 오픈한다고 오픈 시음회 겸 파티를 한대. 거창한 건 아냐. 그런데 친구 녀석들이 결혼 전에 당신 보고 싶다고, 그날 모두 모이기로 했대. 괜찮겠어?"

"아, 네에……."

"왜, 싫어? 싫으면 안 가도 돼."

"아, 아니에요. 가요. 당연히 가야죠. 결혼 전에 한번 봐야죠, 그럼요."

그러면서도 뭔가 어색하게 웃는 이영을 보며 우현의 눈이 점차 가늘어졌다.

"박이영."

딴 생각에 빠져 있던 이영은 그제야 고개를 들고는 심상치 않은 우현의 눈길을 마주했다.

"별거 아니에요. 그냥 그런 곳엔 뭘 입어야 하나, 그랬어요. 알잖아요. 내 옷들…… 마구 편하게 입는 것들만 있어서."

우현을 만나고 가끔 치마를 입고 나타날 때가 있긴 했지만 그녀는 여전히 거추장스러운 것을 싫어했다. 하지만 유행과 전혀 상관없이 입고 다니는데도 우현의 눈에는 그게 그렇게 예뻐 보일 수가 없었다. 더구나 진을 입고 나타날 때면 우현의 눈이 그녀의 다리를 보느라 가늘어지기 일쑤였다. 그런데 혹시나 거창하게 꾸미고 나타날까, 갑자기 불안하고 초조하다. 우진의 결혼식 때, 준경이조차 눈을 떼지 못했지 않은가.

"행여, 그날 때문에 옷 살 생각 마. 잘 보일 놈 아무도 없어. 그냥 인사만 해, 인사만."

"왜 잘 보일 놈이 없어요? 우현 씨가 있잖아요, 우현 씨."

우현은 그런 그녀를 귀여운 듯 쳐다보며 작게 웃음을 터트렸다. 그러면서 이영의 머리카락을 커다란 손으로 쓸어내렸다.

이영은 칫! 하면서도 그가 이렇게 아기처럼 쓰다듬어 주면 금세 꼬리를 흔드는 강아지가 되어 버린다.

"그럼 옷은 됐고, 근사한 구두 하나 사 줄래요?"

다른 여자들이 하는 식으로 팔짱을 끼며 제법 아양을 떨며 말하는데도 웬일인지 그에게서 아무런 대답이 없었다. 이영이 고개를 드니 이상한 표정의 그가 그녀를 내려다보고 있었다.

"왜요? 언제는 나더러 아무것도 안 사 달라고 해서 섭섭하다면서요?"

"그래도 구두는 절대 안 돼!"

"아니, 왜……."

"하여튼 안 돼!"

그러면서 이영의 손을 꽉 움켜쥐고는 성큼성큼 걸음을 옮겼다.

그러나 곧 걸음을 멈추고는 뒤를 휙 돌아보았다. 무언가 화가 치미는지 입술을 꾹 다문 채로 그녀를 노려보았다.

"나는 절대 당신한테 구두 따윈 사 주지 않을 테야. 그런 거 신고 도망이라도 가면 난 어쩌라고. 당신이 없어지면 나는 어떡하라고! 내가 살 수 있을 것 같아?"

이영은 얼굴을 홍당무처럼 붉힌 채로 멍하니 입을 벌렸다.

어떻게 하면 저렇게 진지한 얼굴로 저런 말을 거침없이 내뱉을 수 있는 거지?

그의 엄청난 내공에 감탄을 하면서 이영은 고개를 절레절레 흔들었다.

테이블에 죽 늘어선 이름 모를 와인들을 유심히 보며 입속으로 조그맣게 중얼거리고 있을 때였다.

"라 크……레마 소노마…… 코스트 피……노누아……?"

"체리향과 코코아, 아니스향이 살짝 감돌죠. 100% 프랑스산 오크통에서 숙성해서 우아하고 타닌의 맛과 아주 잘 어우러져 있답니다. 가장 피노다운 피노누아라고 할까요?"

화들짝 놀라 고개를 드니 하얀 이를 드러내며 웃는 남자가 이영을 내려다보며 서 있었다. 어딘가 낯이 익다고 생각한 순간, 남자는 손을 내밀었다.

"기억나요? 이경훈입니다. 우현이랑 저희 가게에 왔었잖아요."

"아, 네. 안녕하세요? 오픈 축하해요."

살짝 그의 손을 잡고는 내려놓았다. 경훈은 여전히 이영을 보며 싱긋, 능글맞은 웃음을 지어 보였다.

"그때 진작 알아봤어야 했는데……."

"네? 무슨……."

"딱 느낌이 오더라고요. 우현이 녀석, 그날 이영 씨한테서 한시도 눈을 떼지 못하던데요. 하지만 이렇게 결혼까지 하게 될 줄은 진짜 몰랐습니다."

경훈은 이영의 잔에 와인을 따라 주며 조금 장난스럽게 눈을 찡 긋했다.

내 말이.

이영은 잔에 떨어지는 검붉은 색에 잔뜩 심취한 채 속으로 중얼 거렸다.

경훈의 눈이 다시 한 번 이영을 훑어 내렸다.

무릎 바로 아래까지 내려오는 다크 초콜릿색 원피스가 이영의 하 얀 종아리를 감질나게 덮고 있었다. 벌룬 스타일의 치맛단에 허리선 을 예쁘게 잡아 주는 검정색 벨트. 그리고 쉬폰 소재로 셔링이 잡힌 소매가 귀엽고 여성스러워 보였다.

쳇! 운도 좋은 녀석.

왠지 조금 샘이 났다. 이영의 하얀 피부와 핑크색 입술. 그리고 아무런 보석도 없는 기다란 목선이 눈에 띄게 예뻤다.

[조금 늦을 것 같아. 잘 모셔.]

흥, 잘 모시라니.

"그 녀석, 잘해 줍니까? 혹 차갑게 굴어서 이영 씨 속상하게 하 지는 않아요? 결혼 준비도 일 바쁘다고 혼자 하라 그러진 않구요?"

카나페를 집어 들던 이영의 눈이 잠시 경훈에게 머물렀다.

"누가요? 우현 씨가요?"

"네, 물론. 감정 표현에 엄청 인색한 놈이잖아요. 내가 그 녀석 몇 번 연애하는 거 봤는데, 그게 연애인지 비즈니스인지 도통 알 수 가 없더라고요. 그런데도 여자들이 좋다는 거 보⋯⋯!"

눈이 차츰 가늘어지는 이영의 모습에 경훈은 황급히 입을 다물었 다. 잘 모시라는 명령을 받아놓곤 우현의 과거에 대해 떠벌렸으니 순간 당혹감이 밀려들다가 이내 우현이 이런 일에 흥분할 녀석은 아니라는 생각에 안도감이 슬쩍 들었다. 하지만 예비신부에겐 이런 말이 좋을 리 없다. 조금 미안한 마음이 들어 경훈은 어색하게 미소 를 만들어 보였다.

"하하, 그래도 이제 임자 만났으니 결혼이란 걸 할 맘이 들지 않 았겠습니까? 그만큼 이영 씨가 좋다는 말이겠죠?"

이영을 발견한 우현은 우뚝 그 자리에 멈추어 섰다.

쇄골이 훤히 내다보이는 스퀘어 라인의 목선과 틀어 올린 머리에 서 빠져나온 머리카락들이 관자놀이와 목덜미에 자연스럽게 흘러내 려져 있었다.

그녀가 다가올 때마다 힐끔거리는 주위의 시선이 느껴졌다.

그녀의 목선과 그녀의 종아리를 쳐다보는 남자들.

순간, 두 주먹을 불끈 쥔 우현의 눈동자가 어둡게 가라앉았다.

"왔어요?"

"응."

"나도 온 지 삼십 분 정도밖에 안 돼요."

"그래."

단답형으로 대답하는 우현이 이상하다는 생각을 전혀 못한 이영은 그의 손을 자연스레 잡아끌었다. 그러나 우현은 그녀의 손을 놓고는 그녀의 어깨에 손바닥을 대고는 조금 강하게 끌어당겼다. 이영은 수줍은 듯 웃었지만 우현은 입술을 꾹 다문 채 정면을 바라보며 성큼성큼 걸었다.

"회사에 무슨 일 있어요?"

사람들을 피해 창가에 이르자 이영이 조금 걱정스런 표정으로 물었다. 그 눈길에 우현은 애써 표정을 누그러뜨렸다.

"아니, 아무 일 없어."

"그래요? 난 우현 씨 얼굴이 좀 어두워 보여서⋯⋯. 피곤해서 그래요?"

바싹 다가온 이영은 우현의 소매를 잡으며 얼굴을 살폈다.

그 모습에 우현은 결국 한숨을 크게 내쉬고는 이영의 입술에 입을 살짝 맞추었다. 그러자 몇몇 시선들이 곧장 날아들었다. 아마도 아까 우현의 친구들이라며 앞을 다투어 인사를 한 사람들일 것이다.

"많이 피곤하면 우리, 그냥 갈까요?"

"아니. 피곤한 거 아냐. 그냥⋯⋯."

이영의 뺨을 살짝 쓰다듬으며 말을 이어가려는데 경훈이 다가와 우현의 어깨를 툭 건드렸다.

"시간 괜찮냐? 너 만나고 싶다는 사람이 있어서 말이야. 이영 씨, 우현이 잠깐 빌려갈게요. 괜찮죠?"

우현은 이영의 이름을 다정하게 부르는 경훈을 못마땅하게 노려보곤 그녀에게 잠깐만 기다리라는 말을 하고 돌아섰다.

"야, 진짜 결혼하는 거냐? 무슨 사고라도 쳤어?"

우현은 경훈의 말에 눈썹을 세우곤 노려보았다.

"무슨 말이야."

"야, 야! 내가 뭔 말을 했다고 인상을 쓰냐? 그냥 결혼의 '결' 자도 안 꺼내던 놈이 갑자기 결혼한다니까 그러지. 너나 나나 결혼엔 회의적인 인간들 아니냐? 그래서 뭔 사고라도 저질렀나 했지. 하긴 탐나긴 탐나겠다."

그러면서 경훈은 슬쩍 이영을 돌아보았다. 마지막 말에 우현의 걸음이 멈추었다. 순식간에 얼굴이 얼음처럼 차갑게 굳어졌다.

"그래도 그냥 연애만 하고 말지 그랬어. 여자는 다 거기서 거기다. 아무리 탐나도 가지고 나면 시들해지는 거, 그게 여자고 사랑이야. 알잖아."

경훈은 마치 결혼하는 우현을 몹시도 동정하는 투로 몇 마디 더 던지며 어깨를 툭툭 쳤다.

우현은 힘이 들어간 주먹을 스륵 풀어놓았다. 그리곤 침착한 표정으로 먼지를 털어 주듯 경훈의 재킷 깃을 매만지며 귓가에 바싹 다가갔다. 조용하고 차분한 목소리가 우현의 잇 사이로 흘러나왔다.

"불쌍한 놈, 가져도 가져도 탐나는 여자를 넌 못 가져 봤지? 결혼이라는 제도를 빌려서라도 여자를 내 이름과 나란히 두고 싶은 마음, 넌 아마 꿈에도 모를 거다. 왜냐하면 그런 여자를 못 만났으니까. 그리고 이경훈, 함부로 내 여자 이름 부르지 마라. 이제부턴 형수님이라고 해."

그러면서 성큼 앞서 걸어갔다. 경훈은 입을 벌린 채로 우현의 뒷모습을 멍하니 바라보았다. 저 인간이 드디어 미쳤구나, 하는 생각을 하며 맘껏 비웃어 줘야 하는데 마음엔 알 수 없는 씁쓸함이 층층이 쌓여갔다.

친구 녀석들은 하나같이 결혼할 줄 몰랐다는 말을 시작으로 와자지껄 수다를 늘어놓았다. 무슨 사내 녀석들이 말이 이렇게나 많은지 잠깐 화장실에 간다고 자리를 비운 이영이 오지 않아 초조한 우현은 친구들의 말을 건성으로 흘리며 내내 이영이 사라진 쪽만 힐끔거리고 있었다.

왜 이렇게 안 오는 거야?

결국은 미간을 잔뜩 찌푸린 채 이영을 찾아 걸음을 옮겼다. 그러다 한 남자와 얘기를 나누고 있는 이영을 발견했다.

남자는 다소 어리게 보였는데 와인 병을 들고는 이영에게 무언가를 열심히 설명하고 있었다. 진지하게 들어주는 이영에게 감명이라도 받은 사람처럼 열의에 가득 찬 표정이었다.

아무한테나 웃어 주지 말고 다정하게 쳐다보지도 말라고 그렇게 일렀는데!

우현이 그 모습을 잔뜩 노려보며 성큼성큼 다가서자 이영이 활짝 웃으며 손을 흔들었다.

"왔어요?"

"누구?"

우현은 다짜고짜 젊은 남자를 턱짓으로 거만하게 가리켰다.

"아, 와인 동호회에서 오셨대요."

남자는 우현의 기에 눌렸는지 엉거주춤 와인 병을 내려놓았다.

"나, 난 이만 가 볼게요. 즐거웠어요."

"네, 설명 잘 들었어요. 고마워요."

예의바르게 인사를 건네는 이영을 보면서도 우현은 마땅찮은 표정을 풀지 않았다.

"저런 애송이가 와인에 대해 얼마나 안다고."

"네?"

"당신 얼굴만 힐끔거리더구만."

"뭐라고요?"

"안 추워? 목은 왜 그렇게 많이 파였어? 하여튼 여자들 옷이란."

이영의 말은 아예 들리지 않는 사람처럼 우현은 짜증이 나서 어쩔 줄 몰라 하는 얼굴이었다. 그제야 우현이 이상한 것을 눈치챈 이영은 조용히 그의 움직임을 좇았다.

"이런 데서 말 거는 남자들, 조심해. 이상한 녀석들이 얼마나 많은데."

우현은 와인 잔에 좀 많다 싶을 만큼 와인을 따르고는 단숨에 마셔 버렸다.

이영의 눈매가 조금 가늘어졌다.

"내참, 그것도 모르고 방긋방긋 웃기만 하고. 그 나이 먹도록 남자를 몰라?"

"내가 심심해 보인다고……."

"하! 웃기고 있네. 그게 다 수작 거는 거라고."

"되게 친절하던데요? 나더러 예쁘다고도 하고……."

"뭐!"

그 남자가 사라진 방향으로 고개를 갑자기 돌린 우현은 찾아서 한바탕 두들겨 팰 기세로 노려보았다.

이영은 우현의 얼굴을 물끄러미 보다 슬쩍 미소를 지었다. 왠지 웃음이 나올 것 같기도 했다. 이 남자, 너무 귀여워.

"치마는 또 왜 이렇게 짧은 거야! 남자들이 다 힐끔거리더라. 알아?"

그러면서 이영을 다시 한 번 훑어 내렸다. 불빛 때문에 더 잘 드러나는 하얀 팔과 종아리에 이르자 또 갑자기 알 수 없는 화가 치밀어 올랐다.

주위의 여자들은 가슴골이 다 보이는 옷을 떡하니 입고는 돌아다니고 있었다. 하얀 허벅지가 반은 드러난 여자도 허다했다. 좀 어이없다 싶으면서도 이영은 우현에게 바싹 다가섰다.

"저기, 내가 집착당하는 게 로망이라고 했죠? 나, 하나 더 있다?"

이영은 장난스런 미소를 숨기고는 우현에게 상체를 내밀며 조용히 속삭였다.

그 모습이 너무 귀여워 우현의 손이 움찔움찔 이영을 안고 싶어 난리다.

"난, 질투하는 남자가 좋더라. 질투할 때 우현 씨 눈동자 보면 엄청 섹시한데……."

우현의 눈동자가 커졌다. 바싹 다가온 그녀의 얼굴에서 핑크빛 입술이 갑자기 도드라져 보였다. 그 눈길에 그의 입안이 바싹 마르기 시작했다.

우현은 대뜸 그만 가자고 이영의 팔을 잡아끌었다. 뒤에서 친구들이 무어라 부르는데도 우현은 들은 척도 않고 밖을 나와 택시를 잡았다.

택시 뒷좌석의 은은한 어둠이 어이없는 충동을 불러 일으켰다. 우현은 깍지를 낀 이영의 손을 들어 올려 손등에 입을 맞추었다.

지나가는 도로의 자동차와 네온들이 영화 속 배경처럼 획획 지나갔다.

얼마 전까지 그렇고 그랬던 흑백색의 거리들이 이젠 눈이 어지러울 정도로 저마다의 색으로 반짝거렸다. 사랑을 하면 세상도 오색찬란하다.

택시가 멈추어 서고, 우현과 이영은 손을 맞잡은 채 오피스텔을 올려다보았다. 그러다 둘이 눈이 마주쳤다.

조금은 가라앉은 우현을 보며 이영은 떨리는 미소를 한 자락 지어 보였다. 그녀의 입술에 잠시 시선을 주던 그는 다시 한 번 그녀의 손을 다잡아 쥐고는 성큼성큼 오피스텔의 회전문을 밀었다.

이영은 우현이 누른 19라는 숫자를 뚫어져라 쳐다보았다.

둘은 엘리베이터에 타자마자 약속이나 한 듯 한 쪽 모서리를 차지하고 서 있었다.

힐끔 우현을 쳐다보았다. 느슨하게 타이를 잡아당기던 그와 또 눈이 마주쳤다.

이영의 시선이 황급히 바닥으로 향했다. 플랫슈즈로 바닥을 문지르다 침을 꼴깍 삼키며 고개를 들었다.

그에게, 하고픈 말이 있었다.

"……저기, 있잖아요."

우현은 등을 기댄 채로 고개를 들었다.

"내가…… 얘기했던가요? 그때, 우리 동동주 같이 먹었던 날 있잖아요. 우현 씨가 나한테 그랬잖아요……."

오늘따라 엘리베이터의 속도감이 미치도록 느리게 느껴졌다. 우현은 초조한 마음을 애써 감추며 그녀를 응시하고 있었다.

"박이영, 가끔 울어도 돼. 그렇게요……."

우현의 눈동자가 잠시 반짝 빛을 발했다. 그때의 기억은 애써 떠올리지 않아도 그의 마음속에도 항상 남아 있었다.

"나, 지금 조금씩 되고 있거든요? 우현 씨 사랑하고부턴 더 쉬워졌어요."

그러면서 헤헤, 장난스레 웃어 버리는 이영의 모습에 우현은 기대었던 상체를 천천히 세웠다.

그리고 그가 한 발 내딛자마자 마법처럼 땡, 하고 신호음이 울렸다.

그 신호음과 동시에 우현은 성큼 다가가 한손으로 그녀의 목덜미를 감싸 안았다.

당신과의 거리는 단 세 걸음.

당신의 입술을 삼키기까지는 단 삼 초.

하지만,

당신을 으스러지게 안기 위해 이젠 단 세 걸음도, 단 삼 초도 기다릴 수 없다. 견딜 수 없다.

우현은 그녀의 입술을 한껏 빨아 당기면서 떨리는 손으로 겨우 비밀번호를 눌렀다.

삐삐삐삐, 전자음이 그녀에게 다가가는 신호마냥 달뜨게 만들었다.

문이 닫히고, 신발을 아무렇게나 벗어던졌다.

그녀의 커다란 토드백이 툭, 하고 거실에 떨어지는 소리를 들으면서 우현은 그녀의 얼굴을 두 손으로 감싸 안고는 더 집요하게 파고들었다.

소파가 어디에 있으며 침실이 어디에 있는지 갑자기 머릿속이 멍해졌다.

단지 그녀를 이렇게 안을 수 있다는 기쁨만이 모든 것을 지배했다. 옷자락이 스치는 소리와 숨 가쁜 소리만이 귓가에 음악처럼 맴돌았다.

우현은 재킷을 벗고, 타이를 거칠게 풀어 내렸다. 잠시 떨어진 틈을 타서 이영은 가쁜 숨을 몰아쉬었다. 틀어 올린 머리카락이 어깨 위로 어지럽게 흩어져 있었다.

"저, 저기······."

그러나 뭔가 말을 하려는 그녀에게 틈을 주지 않고 우현은 목까지 꽉 채운 셔츠의 단추를 서너 개 풀어 버린 다음 이영의 허리를 강하게 잡아당겼다.

한 치의 모자람도 없이 하체가 맞닿았다.

이영의 눈이 조금 동그래지고, 우현의 눈동자는 까맣게 타들어갔다.

그의 거친 목소리가 가쁜 숨을 가르고 튀어나왔다.

"나도······ 당신 때문에 나를 믿게 됐어. 난 당신이 절대 등 돌리고 혼자 울게 하진 않을 거야. 그러니 날 믿어."

사랑한다는 고백보다 더 눈물겨웠다. 최소한 이영에겐 그랬다.

사랑한다면서도 믿지 못해 관계를 망치는 사람들보다는 믿는다는 말, 믿어도 된다는 말.

참 좋다. 참 눈물겹다.

이영의 아랫입술이 떨리고 눈물들이 보석처럼 눈동자에 와 박혔다.

우현은 이영의 눈물을 다정하게 닦으며 입술을 내렸다.

가슴 먹먹한 감동이 가슴을 뻐근하게 만든다.

우현은 가슴을 들썩거리며 조금 거칠게 그녀의 입술을 열었다.
혀를 잡아채면서 그녀 안의 모든 것을 스스럼없이 삼켰다.

그의 손이 다급하게 원피스의 지퍼를 내렸다. 서서히 드러나는
그녀의 어깨와 쇄골이 그의 손바닥 아래 뜨겁게 달구어지고 있었
다. 그의 입술이 목선을 타고 쇄골로 내려왔다. 숭배하듯 천천히 입
을 맞추며 지퍼를 끝까지 내렸다. 발치에 커다란 카우치 소파가 걸
렸다.

우현은 그녀를 안은 채로 소파에 앉았다. 두 발을 벌린 채로 그의
허벅지에 앉은 이영은 그의 목을 두 팔로 꽉 껴안았다. 그녀의 허벅
지를 쓰다듬던 그의 손이 허리를 타고 옆구리를 지났다. 그녀의 가
슴께에서 감미롭게 주춤하자 그녀의 입에서 절로 탄식처럼 한숨이
터져 나왔다.

"하……!"

그녀의 신음소리와 더불어 그의 손이, 그의 입술이 가슴을 삼켰
다. 머릿속이 빙빙 돈다. 그녀의 고개가 의지와 상관없이 뒤로 꺾
였다.

그 짧은 순간, 이영은…… 병든 사랑을 했던 아빠와 사랑을 받고
싶었다던 엄마. 그런 엄마의 아픔을 내내 지켜보았던 태호 아저씨를
떠올렸다.

사랑을 하고 있었던 거야…….

그들 나름대로. 그들 방식으로.

그래. 사랑은 어떤 것이다, 라고 단정 지을 수 있는 게 아니야.

사랑은 말랑말랑하기 때문에 그걸 가진 사람에 따라 온갖 모양으
로 변하는 거야.

그럼, 우리에게 사랑은 뭘까…….

우리에게, 사랑은……

……용서와 믿음.

그래, 그거.

이영의 감겨진 눈가에 눈물 한줄기가 흘러내렸다.

에필로그 1

　"우현 씨, 우현 씨……."

　이영은 자신의 허리에 팔을 두르고 깊은 잠에 빠진 우현의 어깨
를 살짝 흔들었다.

　그러나 우현은 약간 뒤척일 뿐 이영을 더 보듬어 안으며 다시 잠
에 빠져들었다. 이영은 잠시 한숨을 내쉬고는 어둠이 내려앉은 방
안을 쳐다보다 뭔가 뜻대로 되지 않는지 고개를 절레절레 흔들었다.

　"일어나 봐요, 응?"

　다시 한 번 우현의 어깨를 흔들자 그제야 우현의 눈이 살짝 흔들
렸다.

　"……음 ……왜? 잠이 안 와?"

　잔뜩 가라앉은 목소리로 말을 하고는 천천히 몸을 일으켜 베개에
등을 기대었다. 그리곤 리모컨으로 커튼을 열자 아직까지 수그러지

지 않은 달빛이 침대시트 위에 쏟아져 내렸다.

"나…… 부탁이 있는데……."

두 손을 맞잡고 어렵게 말을 꺼내는 이영의 모습에 우현은 미간을 접으며 머리카락을 쓸어올렸다. 순간 가슴이 철렁하고 내려앉아 우현은 허리를 세우고는 이영의 앞에 앉았다.

"왜, 어디 안 좋아? 무슨 일 있어?"

이영의 뺨을 손으로 쓸어 주며 다정하게 물었다.

이영은 입술을 달싹이며 여전히 망설이는 듯하다가 눈을 질끈 감았다 뜨며 재빨리 말을 내뱉었다.

"나, 우현 씨가 해 준 김치전이 너무 먹고 싶어."

"어?"

"아무리 참으려고 해도 안 돼. 나, 그거 좀 해 주면 안 돼?"

우현은 머리맡의 스위치를 눌러 전등을 켰다. 잔뜩 인상을 찌푸린 이영은 오래 전부터 깨어 있었는지 또렷한 눈동자로 우현을 바라보고 있었다.

우현은 결혼을 하고도 이영을 위해 가끔 요리를 했다. 그때마다 이영은 맛있다며 칭찬을 아끼지 않았지만 몇 주 전, 주말에 비가 오자 이영이 '아, 이런 날은 부침개를 먹어야 하는데.' 하며 우현의 무릎에 누워 나른하게 중얼거렸다. 그래서 묵은 김치를 꺼내서 김치전을 해 주었다.

어찌나 아이같이 좋아하든지 미옥이 해 준 것보다 더 맛있다는 말을 하며 이영은 서너 장을 그 자리에서 거뜬히 먹어치웠다.

"지금?"

"응."

시계를 보니 새벽 3시. 자기가 생각해도 어이가 없는지 이영의 얼굴이 당혹감에 일그러졌다.

"힘들겠지? 그렇지? 내가…… 미쳤나? 갑자기 그게 너무…….''

급기야 울먹울먹 입술이 떨린다. 그 모습에 우현의 심장이 더 찌릿 아파왔다.

"해 줄게, 해 줄게. 울긴 왜 울어? 나, 하나도 안 힘들어."

이영의 눈가를 문지르며 우현은 이영의 입술에 부드럽게 입을 맞추었다.

티셔츠를 급하게 몸에 걸치고는 주방으로 나가자 이영도 쪼르르 쫓아 나왔다. 김치냉장고에서 묵은 김치를 꺼내며 방긋 웃어 주자 이영도 그제야 마주 웃었다.

금방 일어나 약간 부스스한 머리카락에 맨발로 성큼성큼 주방을 왔다 갔다 하는 모습조차 멋지다. 몇 시간 전에 사랑을 나눴음에도 지금 우현의 모습에 심장이 콩닥콩닥 뛴다.

이영은 우현 몰래 미간을 슬쩍 접으며 혀를 내둘렀다.

결혼하고 어째 더 밝히냐?

게다가 저 남자가 해 주는 요리까지 좋다. 성욕에 식욕까지. 원초적인 본능을 이렇게나 만족시켜 주는 남자가 세상에 또 있을까? 갑자기 눈물이 차오른다.

우현은 김치를 칼로 자르다 훌쩍이는 소리에 고개를 퍼뜩 들었다. 코끝을 손가락으로 문지르는 이영을 보고 우현은 우뚝 동작을 멈추었나.

뭐지? 뭔가 안 좋은 예감에 가슴이 덜컹 내려앉는다.

결혼하고 너무 무리했나? 이영의 학교생활에 무리가 없도록 요리는 우현도 충분히 도와준다고 하지만 결혼이란 게 여자한테 더 무리일 수도 있다. 게다가 이영이 내내 옆에 있다고 생각하니 욕망이 줄어드는 게 아니고 더 늘어 시시때때로 이영과 사랑을 나눈다. 눈을 뗄 수도 손을 놓을 수도 없다. 그 절절함이 이영에겐 부담일까?

우현은 한숨을 내쉬며 비닐장갑을 벗고는 이영에게 다가갔다. 눈을 동그랗게 뜬 이영을 무릎에 앉히고는 식탁 의자에 앉았다. 그러자 작은 한숨을 내쉬며 이영의 두팔이 우현의 목을 감아온다. 그 느낌에 또 우현의 심장이 쿵쾅거린다. 내참, 이것도 병이다.

"힘드니?"

고갯짓하는 이영이 느껴진다. 우현은 이영의 옴폭한 쇄골에 입을 맞추며 또 다시 물었다.

"……근데 왜 울어?"

"……우현 씨가 너무 사랑스러워서……."

그 말에 우현이 고개를 잠깐 들었다. 웃어야 하나, 잠시 망설이다 이영의 등을 부드럽게 쓸어내렸다.

"그럼 난 만날 울어야 하게?"

"……."

잠시 서로를 부둥켜안고 있던 두 사람은 이영의 키득거림을 시작으로 큭큭, 어깨를 들썩이며 웃음을 터트렸다.

"호호호, 누가 보면 우리 미친 거 아니냐고 하겠다."

"하하하, 미치긴. 아마 다른 사람들이 부러워 미칠 거다."

"어쨌든 나, 요 근래 우현 씨랑 사랑을 나눌 때마다 너무 좋은 걸 뭐."

"어, 어. 이제 부끄러워하지도 않네?"

"부끄러워하면 뭐해. 다 뽀록난 거."

"그래, 그래. 내가 더 많이 사랑해 줄게."

"근데…… 나 요즘 이상하긴 이상해요. 우현 씨랑 사랑 나누는 것도 더 좋아지고, 우현 씨가 해 준 요리들도 마구 생각나고. 아까는 글쎄, 김치전 생각에 침이 꼴딱꼴딱 넘어가서 결국은 잠자는 거 포기했잖아. 웃기지 않아요? 꼭 임……!"

말을 하다 말고 꺄악! 비명을 지르며 이영이 우현의 무릎 아래로 폴짝 내려왔다. 어리둥절한 우현을 내버려두고 갑자기 침실로 달려가 스탠드 달력을 가지고 나왔다. 미친 듯이 손가락으로 날짜를 짚더니 멍하니 손가락을 허공에 멈추었다.

"왜 그래? 뭐 잊었어? 장모님 생신, 잊은 거야?"

"우현 씨, 우현 씨…… 어떡해……!"

"괜찮아, 괜찮아. 이해하실 거야. 요즘 좀 바빴잖아. 나라도 챙겼어야 했는데 미안해."

이영을 위로하려고 어깨를 끌어당겨 안는데 이영은 냅다 우현의 두 손을 꼭 쥐고는 반짝, 눈동자를 빛내며 그를 올려다보았다.

"나…… 어쩌면…….."

"어?"

"아, 아기 생겼나 봐."

"뭐어!"

눈을 동그랗게 뜨고 쳐다보자 이영은 조금 불안한 얼굴로 고개를 끄덕였다.

시계를 보니 새벽 4시를 향해 달려가고 있었다. 집에 임신 테스트기는 없고 아침에 병원에 가 보는 수밖에 없다.

두 사람은 주방에 묵은 김치가 도마 위에 빨갛게 몸을 드러내고 흐트러져 있는 줄도 모르고 두 손을 꼭 잡고는 침실로 들어왔다.

조용히 침대에 반듯하게 누워 손을 맞잡고는 천장만 올려다보았다. 그러다 둘 다 동시에 눈을 맞추었다. 잠시 아무 말 없이 눈을 마주 보고 있다 누가 먼저랄 것도 없이 두 사람의 몸이 엉켜들었다. 입술이 입술을 만나고 가슴과 가슴이 맞닿았다.

아기가 생겼을지도 모른다는 행복감이 겹쳐져 둘 사이에 말로 표현할 수 없는 감동이 넘쳐흘렀다. 우현은 달빛이 흘려보내는 은은함에 젖은 이영의 얼굴을 감격스러운 눈으로 내려다보았다.

눈물이 난다. 어떻게 이 여자가 자신의 손에 들어왔을까. 사랑스러워 눈물이 난다는 이영의 말처럼 우현의 눈에 눈물이 고였다.

지금 당장 이영의 안으로 들어가고 싶지만 아기가 있을 지도 모른다는 생각에 안타까운 한숨을 내쉬었다.

이영의 두 손이 우현의 뺨을 쓰다듬는다. 매끈하고 남자다운 콧등을 쓰다듬고 입술을 어루만진다. 그 손길에 우현은 이상하게 마음이 차분해지는 것을 느꼈다. 이영의 손이 턱을 어루만졌을 때, 우현은 그녀의 손을 떼어내 자신의 입술에 갖다 대었다.

이영의 몸 안에 새로운 생명이 있을지도 모른다고 생각하자 자신을 둘러싼 모든 생명들이 감사하고 경이롭다. 우현은 그 마음을 담아 이영의 입술에 다시 입을 맞추었다.

다음날 오전, 두 사람은 손을 꼭 잡고 병원 문을 나섰다.

겨울 햇살이 봄 햇살마냥 따사롭다. 매서운 바람에 사람들의 목이 잔뜩 움츠려 들었는데도 두 사람 사이엔 가벼운 미풍이 불 듯 시원하다.

우현은 이영의 발그레한 볼에 입을 맞추었다.

[축하합니다. 임신 8주차입니다.]

인생엔 말로 표현 못할 일들이 이렇게나 많다는 것을 이영을 만나면서 알게 되었다.

이영의 얼굴을 보면 어떠한지, 이영의 향기를 맡으면 어떠한지, 이영의 눈물을 보면 어떠한지, 이영과 사랑을 나누는 느낌이 어떠한지. 그리고 이영이 자신의 아이를 가진 기분이 어떠한지…… 말로는 도저히 표현할 길이 없다.

다만 자신의 모든 것이 이영을 향해 있다는 것은 안다.

그녀의 웃음에 웃고, 그녀의 눈물에 울며, 그녀의 사랑에 비로소 살아 있음을 느낀다.

"고마워."

우현은 이영의 귓가에 약간 떨리는 목소리로 속삭였다. 지금 이 순간 '사랑해'라는 말보다 더 진심 어린 말은 어쩌면 이 말일지도 모르겠다.

이영은 우현의 말에 고개를 살짝 돌려 그를 올려다보았다. 따스한 눈동자 속에 오롯이 자기 모습이 담겨 있다. 그 모습에 왠지 모를 감동이 밀려들었다.

코끝이 시큰해진 이영은 아무 말도 하지 못하고 '나도' 하고 입만 벙긋거렸다. 그리곤 자신의 아랫배를 살짝 쓰다듬었다.

아가야, 고마워. 우리한테 와 줘서 고마워.

에필로그 2

　　"꿀꺽!"

　젖꼭지를 야멸차게도 빠는 아이의 입술이 너무 앙증맞다. 이영은 한 달이 지났는데도 매번 모유를 먹일 때마다 경이로운 감정에 휩싸이곤 했다. 눈을 감은 채 연신 빨아대다가 어느새 꿀꺽, 힘차게 소리를 내며 조그만 목울대가 울렁거린다. 그 모습이 신기하기도 웃기기도 해서 이영의 입가엔 미소가 떠나지 않는다. 우현 또한 매번 보는 모습인데도 이영과 아이가 꼭 부둥켜안고 있는 모습을 보노라면 흐뭇하면서도 감동스럽다.

　임신 기간 내내 입덧 때문에 고생을 한 데다 골반이 조금 작아 자연분만이 힘들지도 모르겠다는 얘기까지 들었다. 하지만 계속 일을 한 덕분인지 이영은 수업 중 양수가 터져 병원으로 갔고 6시간 진통 끝에 건강한 아이를 낳았다.

영화나 드라마를 보면 땀에 흠뻑 젖은 산모의 첫 마디가 '건강하죠?' 다. 그걸 볼 때마다 전혀 경험이 없는 이영으로선 정말 그런가, 그런 심드렁한 생각이 다였는데 막상 닥치고 보니 마치 짜 맞추듯이 그 말이 절로 튀어나왔다.

옆에서 진통을 지켜본 우현은 결국 눈물을 흘렸고 연신 이영의 뺨을 쓰다듬으며 '사랑해, 고마워.' 라는 말을 수없이 되뇌었다.

"너무 자주 먹는 거 아니야?"

우현은 아이의 뺨을 쓰다듬으며 이영의 정수리에 입을 맞추었다.

"아기는 원래 이렇게 먹는 거라고요."

"어째 돌아서면 먹는 것 같아. 당신이 먹는 거 이 녀석이 다 뺏어 먹는 것 같고."

우현은 조금 마른 듯한 이영의 뺨을 쓰다듬었다.

"다이어트도 절로 되고 좋죠, 뭐."

귀엽게 입술을 내미는 이영의 볼을 살짝 꼬집으며 우현은 부러 인상을 썼다.

"마구 먹일 테니까, 다이어트 생각은 접어."

젖을 다 먹은 아이를 건네자 우현은 자연스레 받아들고 등을 토닥토닥 두드렸다. 그러자 잠결에도 끄윽, 하고 트림을 하는 통에 이영과 우현 둘 다 작게 웃음을 터트렸다. 곤하게 잠이 든 아이를 침대에 내려놓고 우현은 소파에 앉아 쉬고 있는 이영의 옆으로 다가갔다.

"누워, 피곤해 보여."

자신의 허벅지를 두드리며 다정하게 말하자 이영도 살포시 웃으며 우현의 허벅지에 머리를 누이고는 편하게 발을 쭉 뻗었다.

"아, 좋다."

기분 좋은 한숨을 내쉬며 눈을 감는 이영을 바라보며 우현은 어느새 많이 긴 이영의 머리카락을 다정하게 쓰다듬었다.

"아버님한테선 아직 연락 없으세요?"

"응."

"풋, 엄청 고민하시나 보다."

"우진이네도 출생신고 전에 겨우 받았잖아."

이영은 상준이 그렇게 고심한 이름이 겨우 '소영'이냐며 동서, 현정이 징징거리던 것을 떠올렸다. 상준은 손자, 손녀의 이름만은 자신이 지어 주고 싶다며 고집을 피웠다. 그러나 막상 이름을 가지고 너무 고민을 하다 보니 한 달 내내 그냥 '아가' 하고 불러야만 한다는 거였다.

태어난 날짜와 시, 그리고 한자의 획. 모든 것을 염두에 두고 신중하게 고르고 있는 것을 아는 터라 무어라 더 이상 재촉은 하지 못하지만 그래도 부모 입장에선 어떤 이름이 나올까, 기대 반 걱정 반인 상황이었다.

"어젠 어머니께서 미안하다고 전화까지 하셨어요."

성질 급한 정남의 눈엔 상준이 답답해 미칠 지경일 것이다. 그래도 예전과 달리 대놓고 바르르 화를 내지 않고 상준 옆에서 가만히 기다려 준다. 우현은 얼마 전부터 자연스레 같이 살기 시작한 상준과 정남이 서로를 위하는 모습이 아직은 생소하기만 했다.

"참, 내가 재미있는 거 찾았어."

우현은 우연히 인터넷을 통해 찾게 된 영국의 민요 '마더구스'에 나오는 노래를 떠올렸다. 이영에게 알려주려고 부러 프린터까지 해왔다.

우현은 자신이 보던 책에 끼워진 종이를 꺼내들어 이영에게 건네주었다.

이영은 누운 채로 종이를 들고는 읽기 시작했다.

"월요일의 아이는 얼굴이 예쁘다……"

일요일의 아이까지 읽어내려 가는 이영의 얼굴엔 다양한 감정들이 묻어났다. 살짝 미간을 접기도 하고 입가를 부드럽게 늘리며 미소를 짓기도 하고 오호, 하며 놀란 표정을 짓기도 한다. 그 모습이 또 예뻐 우현은 읽고 있던 종이를 걷어내고 이영의 입술에 쪽, 하고 입을 맞추었다.

"우리 아기, 일요일에 태어나길 정말 잘했네. 엄청 좋아요."

"그렇지?"

다른 사람들이 들으면 웃을지도 모르지만 우현 또한 일요일의 아이를 읽는 순간, 괜스레 흐뭇해졌었다.

일요일의 아이는 사랑스럽고 쾌활하며 행복한 아이. 가족들의 마음을 밝게 만드는 힘을 가지고 태어난다.

"박이영, 당신이 태어난 요일은 뭔지 알아?"

그리곤 입을 맞대곤 속삭이듯 물어왔다.

부드럽고 다정한 우현의 입술에 자신의 입술을 살며시 문지르며 이영은 고심하듯 미간을 좁혔다.

"음, 글쎄. 태어난 요일은 한 번도 생각해 본 적 없는데?"

"한번 맞춰 봐."

"히, 월요일의 아이? 나 엄청 이쁘잖아."

장난스럽게 말하는 이영을 보며 우현의 눈동자가 반짝 빛을 냈다.

"뭐야, 단박에 맞추고."

"에? 진짜?"

이영은 놀란 눈을 하고는 벌떡 일어나 앉았다. 그리곤 다시 종이를 들고 읽어 내려갔다.

"월요일의 아이는 예쁘다. 섬세하고 다정하다. 사람의 마음을 따듯하게 해 주는 재능을 가지고 있다."

우현 또한 월요일의 아이를 읽는 순간 이영을 떠올렸다.

"그리고 또 있어. 스마트한 체형에 매력적인 눈을 가지고 있다. 좋은 사람이 모이기 쉽고 애정이 많다."

신기할 정도로 이영과 맞아 떨어져서 꽤나 이성적인 우현조차 태어난 요일로 아이들의 운명을 점쳤다는 영국의 풍습이 신빙성 있게 느껴지기까지 했다.

"우현 씨는 무슨 요일이에요?"

"맞춰 봐."

이영은 다시 종이를 읽어내려 가며 중얼거렸다.

"흠……. 우현 씨 성격으로 봐선 화요일 아니면 토요일 같은데."

그 말에 우현은 피식 웃어 버렸다. 이러다 보는 사람마다 태어난 요일을 물을지도 모르겠다.

"토요일."

"정말? 그럴 것 같더라. 열심히 일하는 노력파에 끊임없이 도전하는 정신."

정말 신기한지 이영의 눈이 호기심으로 반짝 빛이 났다.

"우리 별자리랑 탄생석도 한번 볼까? 이거, 엄청 재밌다."

"더 재미있는 거 아는데……"

"응? 어떤 거?"

"엄청 재미있고 신나고 짜릿한 거."

기다란 손가락으로 이영의 목덜미를 감싸며 살며시 끌어당겼다.

그제야 이영의 얼굴이 확 달아올랐다. 매번 꼭 안고 잠이 들긴 하지만 아쉬운 듯 이영의 몸을 마냥 쓰다듬기만 하던 우현이었다.

이영의 이마에 입술을 부비고 이내 관자놀이와 귓바퀴를 쓸어내린다. 그 아찔한 열기에 이영의 눈이 절로 감겨들었다. 한 손은 연신 이영의 등을 쓰다듬고 나머지 손은 이영의 입술을 쓰다듬으며 그 사이를 갈랐다. 이영의 입술에서 억눌린 신음이 들림과 동시에 우현은 조금 거친 듯 이영의 입술을 파고들었다.

"괘, 괜찮대……."

우현은 숨가쁜 이영의 목소리에 화답하듯 겨우 속삭이듯 되물었다.

"음……?"

"이제…… 사랑을 나눠도……."

그 말과 동시에 우현의 몸이 잠깐 멈칫 하더니 이내 거칠게 이영의 허리를 두 손으로 움켜잡았다. 그리곤 거침없이 상의를 가슴까지 걷어 올리고는 조금 전 아기가 베어 물었던 정점을 혀로 핥아내렸다.

"헉……!"

왠지 출산 전보다 더 예민하고 아릿해진 것만 같은 느낌에 이영은 참지 못하고 신음을 토해냈다. 출산을 하고 아기에게 모유를 먹이느라 정신이 없었는데 몸은 이미 우현을 애타게 기다렸나 보다. 우현의 손길에 정신이 까무러칠 만큼 황홀하고 아득하다.

이영은 우현의 머리카락을 연신 쓰다듬으며 신음을 흘렸다. 오늘

만큼은 우현을 마음껏 사랑하고 싶다는 충동이 이영을 조금은 대담하게 만들었다.

우현의 상의를 벗기려는 이영의 조급한 손길에 우현은 약간 조바심 어린 미소를 지으며 상체를 일으켜 옷을 벗어던졌다.

그리곤 발갛게 달아오른 이영의 얼굴을 뜨겁게 바라보며 바지버클을 풀었다. 까맣게 내려앉은 우현의 눈동자가 너무 섹시하다. 우현은 이영의 스커트를 걷어 올리고는 단번에 속옷을 끌어내렸다. 숨이 찬 듯 거친 호흡을 내뱉는 이영의 눈동자를 똑바로 바라보며 우현은 단박에 이영을 가르고 들어갔다.

순간 질끈 눈을 감은 이영을 보며 우현은 천천히 움직이며 이영의 눈가를 문질렀다.

"이영아……. 날 봐."

이영은 천천히 눈을 뜨며 감질나게 움직이는 우현과 그 속도에 맞게 움직이는 자신을 고스란히 느끼며 고개를 젖혔다.

미칠 것만 같다. 까무러치게 좋다. 그건 아마도 이 남자의 사랑 때문일 것이다. 욕망에 사랑이 곁들여지자 엄청난 황홀감이 찾아온다.

우현이 속도를 가하자 이영의 허리도 절로 올라갔다.

"이영아, 이영아……!"

다급하게 이영의 이름을 부르며 우현은 두 눈을 질끈 감으며 몸을 굳혔다. 이영은 내밀한 곳에 우현을 삼키며 몸속 곳곳에 퍼지는 쾌감에 저도 모르게 비명 같은 신음을 내질렀다.

우현은 이영의 목덜미에 얼굴을 묻었다. 따스하고 행복한 내음이 이영의 몸에 가득하다. 우현은 깊게 숨을 들이마시고는 이영의 쇄골에 입을 맞추었다.

"사랑해."

"사랑해요."

누가 먼저랄 것도 없이 두 사람의 입술이 다시 맞닿았다.

-THE END

작가 후기

'먼데이'는 2008년도에 이북으로 나온 작품입니다.

다향 이경순 팀장님이 손을 내밀어 주시지 않았다면 아마도 다시 들여다보지 못했을 글입니다. 그 당시엔 무엇 때문인지 잔뜩 겁을 먹고 있던 터라 종이책도, 다시 글을 쓴다는 것도 두렵고 어려웠습니다. 그래서 쓰는 일에서 벗어나 몇 년을 일상에 묻혀 보냈습니다. 그러다 보니 점차 로맨스를 읽으며 설레고 좋아하던 과거의 저로 돌아가더군요.

저에겐 아마도 이런 시간들이 필요했나 봅니다. 읽고 쓰는 것이 좋아 시작했지만 쓰는 것이 얼마나 어려운 일인가를 느끼자 그것이 저에겐 엄청난 중압감으로 다가왔던 것 같습니다.

다시 로맨스를 찾아 읽으며 혼자 웃고, 울고, 설레어 하는 시간을 가지다 보니 '아, 나도 빨리 쓰고 싶다!'라는 열망이 조금씩 싹트기 시작했습니다.

그래서 올해의 목표가 열심히 원고 투고를 하자, 였답니다. 그러던 중 좋은 기회가 찾아와 용기를 내어 그 손을 잡았습니다. 그 덕에 이렇게 '먼데이'를 종이책으로 만날 수 있게 되었답니다.

누군가에겐 지루하고 잔잔한 로맨스가 될 수도 있겠지요. 또 누군가에겐 대여비도 아깝다 여겨질 수도 있습니다. 하지만 누군가의 가슴에 사랑을 하고 싶다는 열망을 심어 줄 수 있다면, 또 누군가의 심장이 우현과 이영의 사랑으로 떨릴 수만 있다면 저는 정말 먼데이를 쓰길 잘했다며 저 자신을 토닥여 줄 수 있을 것 같습니다.

제가 로맨스를 읽는 이유는 현실을 잊고자 함도 아니고 왕자 같은 남자를 만나기 위함도 아닙니다. 제가 살고 있는 일상이 사실은 행복한 곳임을, 우리가 모르는 로맨스가 넘쳐나는 곳임을 다시 한 번 느끼게 해 주기 때문입니다.

그래서 어떻게 보면 단조로운 일상을 설렘으로 보낼 수 있답니다.

여러분에게도 로맨스가 그러했으면 합니다.

다시 한 번 인지도가 형편없는 저에게 먼저 손을 내밀어 주신 다향 이경순 팀장님께 감사드립니다. 그리고 남편, 이동훈과 제 아들 녀석들, 친정 부모님과 언제나 용기를 주는 친정 언니, 언니보다 더 제 글을 정독해 주는 형부. 모두들 감사합니다.

무엇보다 로맨스를 사랑하는 여러분들의 일상이 항상 행복하길 진심으로 바랍니다.

먼데이

1판 1쇄 찍음 2012년 6월 7일
1판 1쇄 펴냄 2012년 6월 12일

지은이 | 이예찬
펴낸이 | 정 필
펴낸곳 | 도서출판 **뿔미디어**

편집장 | 이재권
기획 · 편집 | 이경순
편집디자인 | 이진선
관리 · 영업 | 김기환, 임순옥

출판등록 | 2002년 9월 11일 (제1081-1-132호)
주소 | 부천시 원미구 상3동 533-3 아트프라자 503호 (우)420-861
전화 | 032)651-6513 / 팩스 | 032)651-6094
E-mail | dahyangs@naver.com
카페 | http://cafe.daum.net/dahyangs

값 9,000원
ISBN 978-89-6639-687-0 03810

www.bbulmedia.com

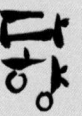

www.bbulmedia.com